DER FLUCH DER KELTEN

Margarete von Schwarzkopf, geboren in Wertheim am Main, studierte in Bonn und Freiburg Anglistik und Geschichte. Sie arbeitete zunächst für die Katholische Nachrichtenagentur, dann als Feuilletonredakteurin bei der »Welt« und viele Jahre beim NDR als Redakteurin für Literatur und Film. Heute arbeitet sie als freie Journalistin, Autorin, Literaturkritikerin und Moderatorin.

MARGARETE VON SCHWARZKOPF

DER FLUCH DER KELTEN

Kriminalroman

emons:

Lust auf mehr? Laden Sie sich die »LChoice«-App runter, scannen Sie den QR-Code und bestellen Sie weitere Bücher direkt in Ihrer Buchhandlung.

Bibliografische Information der Deutschen Nationalbibliothek
Die Deutsche Nationalbibliothek verzeichnet diese Publikation in der Deutschen Nationalbibliografie; detaillierte bibliografische Daten sind im Internet über http://dnb.d-nb.de abrufbar.

© Emons Verlag GmbH
Alle Rechte vorbehalten
Umschlagmotiv: shutterstock.com/Sviluppo
Umschlaggestaltung: Nina Schäfer, nach einem Konzept
von Leonardo Magrelli und Nina Schäfer
Umsetzung: Tobias Doetsch
Gestaltung Innenteil: César Satz & Grafik GmbH, Köln
Druck und Bindung: CPI – Clausen & Bosse, Leck
Printed in Germany 2019
ISBN 978-3-7408-0688-0
Originalausgabe

Unser Newsletter informiert Sie
regelmäßig über Neues von emons:
Kostenlos bestellen unter
www.emons-verlag.de

Für TLF, meinen wachsenden magischen Kreis,
und für meine Schwester Konstanza.

Vor allem aber in Erinnerung an den Onkel.

I write it out in a verse –
MacDonagh and MacBride
And Connolly and Pearse
Now and in time to be,
Wherever green is worn,
Are changed, changed utterly:
A terrible beauty is born.

»Easter, 1916«,
William Butler Yeats (1865–1939)

Prolog

Die Schreie der Möwen, die im Nebel die Felsen hinunterstürzten und im Dunst über den Wellen untertauchten, klangen wie die eines Menschen in Todesangst.

Der eisige Wind, der seit Tagen über die Insel fegte, legte sich wie ein kaltes Band um seinen Hals. Die dunkle Ahnung überkam ihn, dass er seinem Verfolger nicht entkommen war. Vielleicht bildete er es sich nur ein, aber er spürte seine anfängliche Überzeugung, auf der einsamen Felseninsel einen sicheren Hort gefunden zu haben, einem Gefühl der Unsicherheit weichen. Irgendwo lauerte der Namenlose auf ihn, der Mann ohne Gesicht, der ihn wie ein Raubvogel umkreiste. Er hatte ihn nicht abschütteln können, obgleich er seine Flucht aus Irland sorgfältig geplant und immer wieder versucht hatte, seine Spuren zu verwischen. Doch wie ein Schweißhund war der Namenlose seiner Fährte gefolgt, berechnend, kühl, ein erfahrener Jäger, der nur auf den richtigen Moment lauerte, um zuzuschlagen.

Oh ja, der Namenlose wusste, wie man jagte, hatte er doch lange Jahre in Amerika als Fallensteller und später als Pionier gelebt, ehe er wieder in seine Heimat zurückgekehrt war, um anderer Beute nachzustellen. Er wusste einiges über den Mann, den er erstmals vor drei Monaten in Dublin gesehen hatte und der ihm von seinem Lieblingspub »The Holy Grail« durch die Gassen bis zu seinem Haus gefolgt war, stumm, den Hut tief in die Stirn gezogen. Hogan, der Wirt des »The Holy Grail«, hatte ihm berichtet, dass er den Mann schon einige Male gesehen habe. Man erzählte sich Geschichten über ihn. Keiner wusste, wie er wirklich hieß. Er sei erst vor Kurzem zurück nach Dublin gekommen. Er tauchte gelegentlich in dem Pub auf, trank wortlos sein Bier und ging, ehe ihn jemand in ein Gespräch verwickeln konnte. Er wirkte wie ein Phantom, das nicht einmal Hogan genauer beschreiben konnte. »Groß ist er, hat dunkle Augen, aber man sieht nicht viel von seinem Gesicht wegen dieses Hutes, den er nie ablegt. Und er trägt einen dichten Bart.«

Eines Abends war ihm der Fremde bis zu seiner Wohnung gefolgt, und er hatte ihn nicht bemerkt, bis der Hund seiner Nachbarin den Fremden mit wütendem Knurren ansprang. Der Mann verschwand darauf im Schatten des nahen St. James Parks. Was der Fremde von ihm wollte, konnte er nur ahnen.

Wenige Tage später hatte er Dublin verlassen und war zunächst nach London gereist, wo er für einige Wochen bei Verwandten seines Onkels Reginald blieb. Aber das Ziel seiner Reise lag in Deutschland. Er musste den Auftrag seiner Tante erfüllen, die ihm mehr vertraute als allen anderen Verwandten ihres verstorbenen Mannes. In London glaubte er, dem Fremden entkommen zu sein, und machte sich auf den Weg in Richtung Kontinent.

Seit er vor vier Tagen nach einer stürmischen Seereise auf Helgoland gelandet war, schien sich die Natur gegen diese kleine Insel verschworen zu haben. Das Meer brandete mit gewaltigen, von Schaum gekrönten Wellen gegen die Felsen, der Sturm zerrte an den Häusern und Bäumen, die Schiffe im Hafen tanzten auf dem grauen Wasser. Kein Schiff verließ in diesen Tagen den sicheren Hafen. Soweit er wusste, war auch kein Schiff seit seiner Ankunft mehr gelandet.

Man hatte ihn gewarnt, um diese Jahreszeit hierherzukommen. Aber die karge Insel, die nach fast hundertjähriger dänischer Herrschaft nun seit siebzehn Jahren als Kronkolonie unter englischer Oberhoheit stand, erschien ihm als erste Station auf seiner Reise nach Deutschland bestens geeignet. Wer sollte ihn ausgerechnet hier suchen? Dieser bei schlechtem Wetter isolierte Felsen im Meer war der ideale Ort für eine Verschnaufpause, ehe er seine Reise fortsetzte. Er war sicher gewesen, dass er dem Namenlosen ein Schnippchen geschlagen hatte.

Aber auch ohne die Bedrohung durch den Fremden hatte er bei der Planung seiner Route von Dublin nach Deutschland in Helgoland den geeigneten Ort gesehen, um eventuelle Verfolger abzuhängen. Ein Freund von ihm hatte von Helgoland erzählt, das 1807 noch während der Kontinentalsperre in den Kriegen gegen Napoleon von den Engländern besetzt worden war. Vor drei Jahren hatten die englischen Truppen die Insel dann verlassen, und Gouverneur Henry King war nun auf seine eigene Autorität gestellt. Kein schlechter Mann, wie es hieß, der aber mit der Bedeutung Helgolands für das Empire seine Probleme hatte. Was sollte man anfangen mit dieser winzigen steinernen Insel, die den Ruhm Großbritanniens wohl kaum mehrte? Helgoland war noch kleiner als Gibraltar, das sich seit mehr als hundert Jahren unter englischer Herrschaft befand. Nützlich war die Insel allenfalls unter strategischen Gesichtspunkten.

Aber ihm gefiel es hier, obgleich dieser Ort so weit von seiner irischen Heimat entfernt lag, fast sechshundert Meilen im Vogelflug, wie ihm ein Freund erzählt hatte. Die Reise hierher dauerte insgesamt fast drei Wochen, zunächst mit dem Schiff von Dún Laoghaire an die englische Westküste, dann nach London und schließlich von Harwich nach Helgoland. Das waren noch einmal gute dreihundert Seemeilen über offenes Wasser gewesen. Bei einem älteren Fischer, einem wortkargen Mann mit wallendem Bart und roter Nase, hatte er nach der anstrengenden Überfahrt eine Unterkunft gefunden. Hinnerk fragte nicht, was ihn, den jungen Iren, hierhergeführt hatte, und hatte seine alte Seemannskiste nur mit einem kurzen Blick gestreift.

Diese Kiste war ein Erbstück seines Onkels Reginald, der einst als Kartograph für die Royal Society gearbeitet und einige Zeit in Deutschland in einem kleinen Haus am Rande eines Moors gewohnt hatte, wo er laut Gerüchten viele Abenteuer erlebt und überlebt hatte. Reginalds Schwiegervater, ein ehemaliger Seemann und späterer Besitzer eines Pubs in der Londoner Hafengegend, hatte sie seinem Schwiegersohn geschenkt. Und Reginald, der nach seiner Rückkehr aus Deutschland im Trinity College in Dublin eine lohnende Arbeit gefunden hatte, um seine stetig wachsende Familie zu ernähren, hatte die Seemannskiste seinem Neffen übergeben, als der ihm erzählte, er werde bald eine lange Reise antreten.

Er zog seine Taschenuhr aus der Manteltasche. Zeit, zum

Haus zurückzugehen und die dicke Suppe zu essen, die der alte Hinnerk abends kochte. Hinnerk war schon lange Witwer, hatte keine Kinder und die Insel nie verlassen. Ein grummeliger, aber dennoch nicht unfreundlicher Einzelgänger, der in seiner Kate hin und wieder für wenige Münzen eine Kammer an durchreisende Seeleute vermietete. Einschließlich Brot und einem Stück Käse am Morgen und einer kräftigen Suppe am Abend. Wenn Hinnerk gut gelaunt war, was aber in der kurzen Zeit, die er jetzt bei ihm wohnte, erst einmal der Fall gewesen war, servierte der alte Mann zur Abendsuppe ein dünnes Bier. Zum Frühstück gab es immerhin einen starken Tee, egal, welche Laune Hinnerk hatte.

Er steckte die Uhr wieder in die Manteltasche. Die Uhrenkette hatte er irgendwann verloren, aber er konnte sich von dem guten Stück nicht trennen, das ihm sein Vater einst geschenkt hatte. Er seufzte und wandte sich inseleinwärts. Der Gedanke an seinen Vater Gilbert, der vor vier Jahren bei dem Versuch, einen bei den Straßenkämpfen in Dublin verletzten Mann zu retten, von einem übereifrigen Soldaten Seiner Majestät getötet worden war, schmerzte noch immer. Sein Vater hatte sich als Arzt stets aus allen politischen Kontroversen herausgehalten, auch wenn er als überzeugter Katholik wenig von der religiösen Intoleranz in seinem Land hielt und von der Gleichberechtigung aller Konfessionen träumte. Aber König Georg III. schätzte diese Vorstellung wenig, und so wunderte es nicht, dass es seit gut dreißig Jahren in Irland immer wieder brodelte.

Der Pfad zu Hinnerks Kate, die in der Nähe eines steilen Hangs auf dem oberen Teil der Insel lag, verlief zwischen hohem Gras, das im kühlen Abendwind flirrende Geräusche von sich gab. Die Dämmerung vermischte sich mit dem Nebel und löste ein unbehagliches Gefühl in ihm aus. Er beschleunigte seine Schritte.

Er wollte dem alten Mann, der neben seinem friesischen Dialekt, dem Halunder, recht gut Englisch verstand, sagen, dass er die Insel schneller als ursprünglich geplant verlassen wolle. Er wartete nur darauf, dass sich das Meer und der Wind beruhigten.

Das konnte am nächsten Tag oder auch in einer Woche sein. Ein unterschwelliges Gefühl, das sein Onkel Reginald als sechsten Sinn bezeichnen würde, drängte ihn zur Weiterreise.

Pitter Petersen, ebenfalls ein älterer Fischer, hatte ihm angeboten, ihn gegen ein geringes Entgelt nach Cuxhaven zu bringen. Die Entfernung bis zur deutschen Küste betrug keine vierzig Seemeilen. Mehr als einen halben Tag würde seine Reise nicht dauern, vorausgesetzt, das Wetter spielte mit. Und erst einmal im Königreich Hannover angelangt, würde er bis zu seinem Ziel nur noch wenige Tage unterwegs sein.

Er pfiff leise vor sich hin. Seine Furcht, dass ihn der namenlose Fremde verfolgt haben könnte, kam ihm plötzlich albern vor. Niemand wusste von seinem Abstecher nach Helgoland, selbst seine Tante glaubte, er habe den direkten Weg zum Kontinent gewählt.

Das letzte Stück des Pfades zu Hinnerks Kate führte an einigen Fischerhütten vorbei. Sie lagen unbeleuchtet in der feuchten Dunkelheit, die sich in den letzten Minuten wie ein Vorhang über die Insel gesenkt hatte. Er kannte ihre Bewohner nur vom Sehen. Die Männer brachten ihre Zeit am Hafen zu, um ihre Boote zu reparieren und die Netze zu flicken, die Frauen blieben in den Häusern, und die wenigen Kinder besuchten die kleine Schule im Unterland und kamen erst am späten Nachmittag nach Hause. Hie und da schrie ein Säugling, aber ansonsten war es oft geradezu beklemmend ruhig hier oben.

Er beschleunigte seinen Schritt. Auf dem Weg lag auch die Schenke »Zum Wilden Wassermann«, in der er schon manches Bier getrunken hatte. Fröhliche Stimmen und das Klirren von Krügen waren zu vernehmen. Gerne wäre er eingekehrt, doch es zog ihn weiter. Endlich tauchte Hinnerks Behausung vor ihm auf. Der alte Fischer hatte sein Haus erst vor Kurzem neu gekalkt und einen kleinen Vorgarten angelegt, in dem allerdings zu dieser Jahreszeit nur einige zerzauste Sträucher und ein kahler Rosenstock standen. Aus dem Haus drang Licht. Er atmete erleichtert auf. Geschafft!

»Hinnerk, ich bin wieder da. Ich hoffe, dass die Suppe fertig ist, ich habe einen Mordshunger«, rief er und stieß mit dem Fuß die Tür auf, die Hinnerk nie verschloss. »Bei mir gibt es nichts zu holen«, hatte seine Antwort auf die Frage gelautet, weshalb er die Tür immer nur angelehnt ließ. »Hier kennt jeder jeden, und jeder weiß, dass ich nichts habe.«

Er betrat die Kate, die aus einem Vorraum, einer Wohnstube mit Kochstelle und zwei Kammern bestand, von denen er eine gemietet hatte. Waschen konnte man sich an der Regentonne hinter dem Haus, und die Notdurft verrichtete man in einem winzigen Holzschuppen ein Stück von der Regentonne entfernt. Jeden zweiten Tag entsorgte Hinnerk den Behälter im Schuppen und spülte alles gründlich aus. Da es fast jeden Tag regnete, blieb die Regentonne stets gut gefüllt und enthielt reichlich Wasser fürs Waschen, Kochen, Teetrinken und für Hinnerks Bemühungen, sein kleines Haus sauber zu halten.

Er streifte seine Stiefel ab und sah sich nach Hinnerk um. Auf dem grob geschnitzten Holztisch im Vorraum standen zwei Öllampen, die vor sich hin schwelten und ein schwaches Licht verbreiteten. Er schnupperte, doch er konnte keine Suppe riechen. Als er zur Kochstelle trat, sah er, dass Hinnerk zwar eine Rübe und einige Kartoffeln geschält und die Schalen neben dem Herd liegen gelassen hatte, aber offenbar noch keine weiteren Anstrengungen unternommen hatte, das Abendessen zuzubereiten. Seine gute Laune verflog jäh. Hier stimmte etwas nicht.

Ein unwirkliches Gefühl überkam ihn. Sein Atem verlangsamte sich, als er mit zitternden Händen den groben braunen Stoff beiseiteschob, der Hinnerks Schlafkammer vom Wohnraum trennte. Fast wäre er über die Gestalt gestolpert, die dort quer auf dem fest gestampften Lehmboden lag. Aus Hinnerks Brust ragte ein Messer, dessen Griff aus Walknochen im matten Licht der Öllampen aus dem Nebenraum schwach glänzte. Er erkannte Hinnerks Messer, das dieser zum Ausnehmen von Fischen benutzte. In den halb geschlossenen Augen des Toten glaubte er einen Ausdruck des Entsetzens zu erkennen. Auf dem grauen Kittel, den der alte Mann über einer Leinenhose trug, zeichneten sich rostrote Flecken ab. Ein rotes Rinnsal war auf den Boden gelaufen und hatte dort eine winzige Lache hinterlassen.

Einen Augenblick erstarrte er. Doch dann löste er sich aus dem Schock und kniete sich neben die Leiche des alten Mannes, berührte sie aber nicht. Er sah sich um. Fast fürchtete er, dass sich aus dem Schatten der Kammer jeden Moment eine Gestalt auf ihn stürzen könnte. Doch nichts regte sich. Es war im wahrsten Sinne des Wortes totenstill in der Hütte.

Aus dem Augenwinkel erkannte er, dass Hinnerks Kleidertruhe, sein einziges Möbelstück außer einem schmalen Bett, offen stand und seine Kleidungsstücke auf dem Boden verstreut lagen. Der Vorhang zu seiner eigenen Schlafkammer war heruntergerissen worden.

Mühsam richtete er sich auf und tastete sich zurück in die Wohnstube, holte eine der beiden Öllampen und ging vorsichtig hinüber zu seiner Kammer. Das flackernde Licht der Funzel genügte, um zu erkennen, dass seine Seemannskiste aufgebrochen und ihr Inhalt ebenfalls auf den Boden geworfen worden war.

Zitternd blickte er sich um und leuchtete in den Teil des kleinen Raumes, wo er gleich nach seiner Ankunft auf der Insel ein Versteck für die Objekte seiner Tante eingerichtet hatte. Trotz seines Entsetzens über den toten Hinnerk spürte er Erleichterung. Das Versteck schien unangetastet. Als er darauf zugehen wollte, hörte er von draußen ein knackendes Geräusch. Vorsichtig näherte er sich dem kleinen Fenster und sah einen gebückten Schatten an der Mauer kauern wie ein sprungbereites Raubtier.

Das genügte ihm. Er stürzte aus der Kate ins Dunkle, rutschte den schmalen Pfad hinunter und hielt erst an, als er die Schenke erreicht hatte. Mit einem gurgelnden Schrei riss er die Tür auf und taumelte in den Schankraum. Später erinnerte er sich nur noch verschwommen an die fassungslosen Gesichter der Gäste, an den Wirt, der auf ihn zueilte. Der Rest des Abends versank in einer Flut von wirren Momenten, entsetzten Rufen, dem Versuch des Wirtes, ihn mit Schnaps von seinem furchtbaren Zittern zu befreien. Immer nur ein Gedanke jagte durch seinen

Kopf: Seine Ahnung hatte ihn nicht getrogen! Der Namenlose, der Mann ohne Gesicht, war ihm doch nach Helgoland gefolgt. Und er würde nicht ruhen, bis er ihm das entrissen hatte, was ihm seine Tante anvertraut hatte.

Und täglich grüßt das Murmeltier

Anna spürte ein unangenehmes Kratzen im Hals und ein Kribbeln im Rücken. Nicht schon wieder! Erst im November hatte sie an einer Erkältung laboriert, die sie sich bei einer Veranstaltung in Hamburg eingefangen hatte. Anna schob sich eine Pastille in den Mund, die nach Lavendel und Pfefferminz schmeckte. Seit Tagen freute sie sich auf diesen Abend im Kloster Lüne in Lüneburg, wo sie über »Schätze aus dem Moor« referieren sollte. Sie würde sich diesen Abend nicht durch einen lächerlichen Schnupfen verderben lassen.

Energisch betrat sie die kühle Eingangshalle des Klostergebäudes. Dort erwartete sie eine schmale Frau von etwa fünfundsiebzig Jahren, die jetzt auf sie zutrat.

»Roswitha Ebersberg. Ich bin derzeit für die Organisation der Klosteraktivitäten verantwortlich, sozusagen ausgeliehen vom Kloster Ebstorf«, stellte sie sich ohne Umschweife vor. Sie reichte Anna eine zarte, mit Altersflecken übersäte Hand, die sie kaum zu drücken wagte. »Schön, dass Sie heute Abend Zeit für uns haben, Frau Bentorp«, fuhr Roswitha Ebersberg fort. »Wir freuen uns sehr auf den Vortrag. Er findet im Kapitelsaal statt. Ich hatte nicht allzu viel Zeit für die Vorbereitung, da ich erst vor einer Woche hierhergekommen bin und nur für einen Monat bleiben werde. Aber ich hoffe, dass alles so weit in Ordnung ist.«

Anna beeilte sich, Roswitha Ebersberg zu versichern, wie sehr auch sie sich auf diesen Abend freute.

Roswitha Ebersberg nickte. »Dann würde ich Ihnen gerne bei einer Tasse Tee die Details der Veranstaltung erläutern.« Sie marschierte voran, und Anna folgte ihr in einen kleinen, gemütlichen Raum, wo bereits Teetassen, eine dickbauchige Kanne und ein Teller mit Keksen auf einem ovalen Tisch standen.

Das Prozedere wich kaum vom Verlauf ähnlicher Veranstaltungen ab. Fünfunddreißig Minuten Vortrag, kleine Pause, danach noch mal eine halbe Stunde Gelegenheit für Fragen und Antworten aus dem Publikum. Falls es keine Fragen geben sollte, erklärte Roswitha Ebersberg, würde sie ihren eigenen Fragenkatalog einbringen. Sie lächelte und goss Tee aus der dicken Kanne ein.

Anna wollte gerade erwidern, dass ihr alles recht sei, als ein sanfter Celloklang ertönte. Frau Ebersberg blickte Anna entschuldigend an und zog ein Handy aus der Tasche ihres dunkelgrauen Jacketts. »Einen Moment, bitte. Mein Neffe ruft mich von Kloster Warnstedt aus an.« Sie stand auf und verließ mit dem Handy am Ohr das Zimmer.

Anna trank ihren heißen Tee und versuchte, sich an die Geschichte des Klosters Warnstedt zu erinnern. Aber ihr fielen nur ein paar Daten ein: Gründung im 13. Jahrhundert, Benediktinerkloster, seit der Mitte des 16. Jahrhunderts ein lutherischer Konvent. Bekannt war das Kloster heute wegen seiner großen Bibliothek und einer sehr elitären Ausbildungsstätte für Gärtner. Es wohnten auch einige Stiftsdamen dort. Doch von den ursprünglich zwanzig Frauen waren heute nur noch vier übrig geblieben. Zwei Tanten ihrer Mutter hatten dort nach dem Krieg gelebt, beide verwitwet, da ihre Männer im Krieg gefallen waren.

Anna leerte ihre Teetasse und nahm die Blätter mit den Stichworten für den Vortrag aus ihrer Umhängetasche.

Doch sie konnte sich nicht darauf konzentrieren. Fetzen des Telefonats, das Roswitha Ebersberg im Nebenraum führte, drangen zu ihr. Offenbar ging es um nichts Angenehmes, der Anrufer hatte sich wohl mit jemandem gestritten, wertvolle Bücher schienen gestohlen worden zu sein.

Als Anna einen Blick auf ihre Armbanduhr warf und dabei erste Zeichen von Ungeduld spürte, öffnete sich die Tür, und Roswitha Ebersberg trat ein. Sie war blass und wirkte fahrig.

»Entschuldigung, das war wichtig.« Sie räusperte sich. »Die Eltern meines Neffen leben nicht mehr, und ich bin seine einzige Bezugsperson. Er macht derzeit eine Gärtnerausbildung in Kloster Warnstedt. Jetzt scheint ein Freund von ihm, der Bibliotheksassistent, verschwunden zu sein. Gerade jetzt, wo wegen des Neubaus alle achtzigtausend Bücher ausgelagert werden müssen.«

Anna nickte verständnisvoll. Sie hatte gehört, dass die Bibliothek des Klosters Loccum, das knapp zwölf Kilometer von Kloster Warnstedt entfernt lag, einen Neubau erhalten sollte. Dass auch das wesentlich kleinere Warnstedt offenbar eine neue Bücherei bekommen sollte, war ihr nicht bekannt gewesen. Sie wusste nur, dass seit einigen Jahren Archäologen Grabungen auf dem Klostergelände vornahmen, um nach den Vorläufern der heutigen Klostergebäude zu forschen, die schon im frühen Mittelalter bei Warnstedt errichtet worden waren. Man hatte schon einige Mauerreste und Teile einer sehr alten Kapelle entdeckt.

»Kein Problem«, erwiderte Anna. »Wir haben ja noch Zeit.«

Roswitha Ebersberg schien sie nicht zu hören. »Hoffentlich hat er sich nicht wieder in etwas hineinmanövriert«, murmelte sie. Dann hob sie den Blick. »Bitte entschuldigen Sie, dass ich Sie damit behelligt habe. Ich bin wie gesagt Felix' einzige nahe Verwandte.« Sie zuckte mit den Achseln. »Na ja, wahrscheinlich klärt sich das alles ganz schnell wieder. Mein Neffe liebt Krimis und steigert sich schon mal in Geschichten hinein.« Sie lächelte. »Jetzt sollten wir zu Ihnen kommen und zu unserem heutigen Abend.«

Anna schob ihre Teetasse beiseite. An diesem Märztag würde sie ihren Vortrag in Lüneburg halten und am nächsten Abend in Hannover der Einladung ihres alten Bekannten – oder war er mehr als das? – Richard Bernhard folgen, der im Kreis »einiger Weggefährten« in einem neu eröffneten Restaurant seinen vierundfünfzigsten Geburtstag feiern wollte.

Anna hatte den umtriebigen Antiquitätenhändler seit Dezember nicht mehr gesehen, obwohl er ihr regelmäßig SMS schickte und sie immer wieder einlud, sich mit ihm zu treffen. Ganz harmlos, zum Kino oder zum Kaffee. Aber Anna hatte keine Zeit gehabt. Sie war im letzten Jahr nach Dublin gereist, um dort für ein Museum ein Bild zu begutachten und ihrer irischen Freundin Deirdre bei deren Arbeiten an einer Biografie eines Ahnen zu helfen. Auch nach ihrer Rückkehr hatte sie ein dicht gedrängtes Programm, das sie an den Wochenenden häufiger nach Köln zu ihrer Patentante und ihrer Mutter führte und ihr deswegen weniger Muße für Hannover ließ.

Ihre Patentante hatte sie gebeten, die vielen Bilder in ihrem alten Haus genauer unter die Lupe zu nehmen und sie einzuschätzen. »Wichtig für mein Testament und für die Steuer«, hatte die alte Dame gesagt, die seit mehreren Jahren im Rollstuhl saß, geistig aber noch sehr rege war.

Viel war bei Annas Analysen diverser Gemälde noch nicht herausgekommen. Fast alles war solide Kunst aus dem 19. Jahrhundert, darunter etliche Porträts von Damen und Herren mit eher starren Gesichtern und dunkler Kleidung, erstellt von unbekannten Malern diverser Malerschulen. Interessanter als die Bilder war für Anna die große Sammlung alter Bücher, die ihre Tante testamentarisch dem Kölner Stadtarchiv überlassen wollte – »sollte das je wieder in neuem Glanz erstehen«.

Doch Richards Geburtstag morgen konnte und wollte Anna nicht auslassen, zumal sie gespannt war auf die »Weggefährten« Richards, der immer eine Überraschung aus dem Hut zauberte. Sie hoffte nur, dass nicht irgendwelche Figuren aus der Halbwelt auftauchten, die vielleicht einmal mit ihm einen Deal gemacht hatten.

Der Abend in Kloster Lüne verlief harmonisch, das Publikum stellte nach dem Vortrag gute Fragen, und als Anna gegen Mitternacht in ihrem Hotel ankam, war sie zufrieden und müde. Roswitha Ebersberg versprach Anna, wegen eines eventuellen weiteren Vortrags über das Thema »Schätze vom Dachboden« mit ihr in Kontakt zu bleiben. Eine Vorstellung, die Anna auch deshalb reizte, weil sie von Richards Erfahrungen mit angeblichem Trödelkram bei der Sendung »Gutes für Geld« zehren konnte. »Da ist oft wahnsinniger Ramsch dabei, andererseits aber manchmal auch wahre Goldstücke«, schilderte er seine Arbeit als Experte in der beliebten Fernsehshow. Etwa zehnmal im Jahr durfte er als Fachmann Objekte beurteilen. Sein Spezialgebiet waren Geschirr, Lampen und Bilder.

Anna gähnte. Ein guter Tag, ein schöner Abend und ihre angehende Erkältung hatte sich mit Hilfe von heißer Zitrone verzogen. Sie wollte gerade ihr Handy für die Nacht ausschalten, als sie eine SMS entdeckte, die ihr entgangen war: »*Dringend! Muss dich noch vor meinem Geburtstagsessen morgen treffen. Richard*«. Zu spät für eine Antwort, dachte Anna und fiel wenig später in einen festen Schlaf ohne störende Träume.

Am nächsten Morgen gönnte sie sich ein ausgiebiges Frühstück, ehe sie Richard anrief.

»Wie wunderbar, deine Stimme nach so langer Zeit wieder zu hören«, sagte Richard und klang ehrlich erfreut. Ehe sie ihm zum Geburtstag gratulieren konnte, kam er zur Sache. »Ich muss etwas mit dir besprechen. Es geht um eine merkwürdige Geschichte. Aber am Telefon ist das nicht so gut. Kannst du mich um vierzehn Uhr im Geschäft treffen? Ich mache den Laden dann sowieso dicht.«

»Ja, ich komme, und übrigens alles Gute zum Geburtstag«, rief Anna, ehe er auflegte.

Gegen vierzehn Uhr betrat sie seinen Laden in der Nähe der hannoverschen Marktkirche. Im kalten Licht dieses Märztages tanzten Staubfäden über dem Parkettboden des geräumigen Geschäfts mit den hohen Bücherregalen, den Vitrinen mit Vasen und Porzellanfiguren, den alten Lampen, kleinen Salonsesseln und den Stichen an den zartgrün gestrichenen Wänden. Auf einem Sessel saßen zwei Puppen, die Anna zusammen mit Richard vor gut einem halben Jahr in einem Schloss im Ith in einem Schrank auf dem Dachboden entdeckt hatte. Sie besaß die dritte im Bunde dieser Puppen und hatte vermutet, dass Richard die Porzellanmädchen längst verkauft hatte. Irgendwie berührte sie der Anblick der beiden bleichen Damen in ihren hübschen Rüschenkleidern. Sie wirkten weltfremd und verloren, wie Puppen-Aliens inmitten von alten Möbeln und Porzellan.

Doch ehe sie sentimental werden konnte, kam Richard aus seinem Büro gestürmt, das im hinteren Teil des Ladens lag und durch einen dicken dunkelgrünen Samtvorhang vom Rest des

Raumes getrennt wurde. Seine Umarmung riss sie fast von den Füßen.

»Prima, dass du Zeit für mich hast, bevor heute Abend dieser Trubel ausbricht. Wir werden zwanzig Personen beim Essen sein. Da kommen wir wieder nicht dazu, uns richtig zu unterhalten. Und du meldest dich leider nicht gerade oft!« Er sah sie vorwurfsvoll an, lächelte dann aber und umarmte sie noch einmal. »Komm, ich schließe schnell ab, und wir gehen rüber ins Marktcafé. Ich habe Lust auf ein Stück Geburtstagstorte.«

In einer Ecke des Cafés fanden sie noch einen kleinen Tisch, der nicht von fröhlichen Damen besetzt war, die ihren Samstagskaffeeklatsch genossen. Richard nahm Annas Hände in seine und sah sie versonnen an. Anna wurde unruhig. Wollte er ihr an seinem Geburtstag etwa einen romantischen Antrag machen? Die Kellnerin, die an ihren Tisch kam, um ihre Bestellung entgegenzunehmen, befreite Anna aus dieser etwas unangenehmen Lage. Richard ließ ihre Hände los und bestellte einen Cappuccino und ein großes Stück Schokoladentorte, Anna hätte es ihm gerne gleichgetan, entschied sich dann aber für Apfelkuchen: »Ohne Schlagsahne.«

Richard lächelte. »Ein paar Kalorien mehr würden dir nicht schaden.«

Als ihre Bestellung kam, nahm er eine Gabel voll mit cremiger Torte, verzog verzückt das Gesicht und seufzte tief. Anna musste lächeln. Das Kind im Manne lauerte allzeit hinter der Kulisse selbst eines sogenannten »reiferen« Herrn. Dann fragte sie etwas ungeduldig: »Warum wolltest du mich unbedingt heute Nachmittag sehen? Sicher nicht, um mit mir Kuchen zu essen?«

Richard legte die Gabel auf den Teller. »Nein, das ist nur eine herrliche Gelegenheit, in Kindheitserinnerungen zu schwelgen. Meine Mutter war eine große Tortenbäckerin, was sie besonders an meinen Geburtstagen unter Beweis stellte. Meine Kindergeburtstage waren immer eine schier endlose Abfolge von Tortenschlachten und Spielen wie Topfschlagen und Blinde Kuh.« Für einen Augenblick wirkte er melancholisch. Aber rasch verscheuchte er seine Erinnerungen an ferne Kindheitstage und fuhr fort: »Nein, es geht um eine etwas sonderbare Geschichte. Dazu muss ich etwas weiter ausholen.«

Anna spürte wieder einmal das Prickeln, das sie häufig überkam, wenn Richard ihr »sonderbare« Geschichten erzählte. In den knapp zwei Jahren, die sie ihn nun kannte, zeigten diese oft seine Neigung, ein wenig abseits der legalen Pfade zu wandeln. Richard war eine Spielernatur, die manchmal Risiken einging, die sich nicht immer als segensreich erwiesen und ihm auch schon einigen Ärger beschert hatten.

Richard bemerkte ihren besorgten Ausdruck und lächelte. »Keine Angst. Obgleich du richtig geraten hast, dass sich damit auch Fragwürdiges verbindet. Diesmal aber habe ich mich aus allem herausgehalten.« Er wirkte sehr zufrieden mit sich.

»Hör auf, in Rätseln zu sprechen«, grummelte Anna, die ihren Apfelkuchen noch nicht angerührt hatte.

»Du kannst ruhig essen, während ich spreche«, sagte Richard und zwinkerte ihr zu. »Also, vor einigen Jahren kontaktierte mich ein Mann, dessen wirklichen Namen ich nie erfahren habe, und bot mir Illuminationen aus alten Büchern an. Einzelne Seiten, die man, wie dieser Mann vorschlug, schön rahmen und gut verkaufen könne. Auf meine Frage hin, woher die Blätter stammten, antwortete er, dass sie Teile von Büchern aus einer Bibliotheksauflösung seien, sozusagen Reste von alten Werken, die durch Umwelteinflüsse so zerstört worden seien, dass nur noch einige Seiten pro Buch erhalten geblieben seien.« Richard trank einen großen Schluck Kaffee. Anna schwieg und kaute an einem Stück Apfelkuchen.

»Natürlich habe ich diesem Menschen kein Wort geglaubt, zumal er dann nichts weiter über seine Quellen oder die Provenienz der Seiten sagen wollte. Er schickte mir auf meine Bitte hin ein paar Fotos der Seiten, die eindeutig aus Büchern des Spätmittelalters stammten. Ich weiß, dass ich sofort die Polizei hätte informieren müssen. Aber ich habe ihm nur gesagt, dass ich keine Verwendung für diese Blätter hätte. Als ich ihn am nächsten Tag unter der Handynummer, unter der er mir die

Fotos per WhatsApp geschickt hatte, anrief, um ihn vielleicht doch noch aus der Reserve zu locken und mehr über diese Blätter zu erfahren, war die Nummer nicht mehr existent. Ich hatte das Ganze rasch verdrängt, bis ich ein paar Wochen später erfuhr, dass jemand in der Bibliothek des Klosters Wienstätten in der Nähe von Celle Seiten aus illuminierten Werken gelöst und gestohlen hatte.«

Richard leerte seine Tasse. Er sah Anna nachdenklich an, die ihren Apfelkuchen inzwischen fast vertilgt hatte. Mit leiser Stimme fuhr er fort: »Leider sind mir alle Bilder auf WhatsApp verloren gegangen, als mein Handy einmal streikte. Aber ich war mir sicher, dass es sich um einige dieser Seiten gehandelt hat. Der eigentliche Dieb ist wohl gefasst worden, konnte aber nichts weiter über seine Auftraggeber und den Verbleib der Blätter aussagen, die auf dem schwarzen Markt gelandet und auf Nimmerwiedersehen verschwunden sind. Ich war natürlich erleichtert, dass ich mich da herausgehalten hatte.«

Richard sah sich in dem kleinen Café um und senkte seine Stimme noch mehr, sodass er beinahe flüsterte. »Das alles liegt fast acht Jahre zurück.« Er schob sich ein Stück Torte in den Mund.

Anna rutschte nervös auf ihrem Stuhl herum. »Und? Mach's doch nicht so spannend!«

Richard grinste, wurde dann aber gleich wieder ernst. »Tja, und dann ist diese Geschichte bei mir gestern wieder hochgekommen, als ich zufällig einen kleinen Artikel über den Neubau der Klosterbibliothek von Warnstedt und die Auslagerung der Bücher gelesen habe. Sie läuft parallel zu dem großartigen Projekt in Loccum. Warnstedt ist zwar ein wesentlich kleineres Kloster, aber auch schon gute siebenhundertfünfzig Jahre alt. Ein alter Freund von mir ist damit befasst. Er ist seit einigen Jahren Bibliotheksleiter von Warnstedt. Ich hatte ihn für heute Abend eingeladen, aber gestern rief er spätabends an und sagte für heute ab. Er war unterwegs und hat gestern erfahren, dass angeblich ein paar Bücher fehlen. Ein junger Kerl, eigentlich Student, der ihm beim Registrieren, Sortieren und Ordnen der ausgelagerten Werke helfen sollte, ist ebenfalls spurlos verschwunden. Er wird nun verdächtigt, diese Bücher gestohlen zu haben. Wäre ja auch ein idealer Zeitpunkt bei dem Chaos beim Umsortieren, und leider wächst der Schwarzmarkt im Darknet fröhlich vor sich hin. Abgesehen von all den anderen Kanälen, über die gestohlene Kunstobjekte an Käufer gebracht werden können.«

Anna rührte nachdenklich in ihrer Kaffeetasse. Ob diese Geschichte mit dem gestrigen Anruf bei Roswitha Ebersberg zu tun hatte? Dieser Felix hatte ja auch etwas von Büchern und dem vermissten Assistenten gesagt. Das konnte kein Zufall sein. Irgendetwas war faul im Kloster Warnstedt.

Seltsamerweise amüsierte es sie, dass ihr ausgerechnet Richard davon erzählte. Denn der war früher selbst nicht immer so standhaft gegenüber der Versuchung gewesen, auf ungeraden Pfaden an interessante Objekte zu gelangen. Aber das war wohl endgültig Teil seiner Vergangenheit.

Richard aß das letzte Stück seiner Torte mit andächtig geschlossenen Augen und sagte dann: »Du bist erstaunlich schweigsam. Aber der Hammer kommt noch. Das war der Stand von gestern. Und nun halt dich fest! Heute früh kam per Einschreiben ein Päckchen bei mir an.«

»Und darin waren die gestohlenen Bücher?« Anna versuchte ironisch zu klingen und Richards Hang zur Dramatik zu konterkarieren.

Richard lachte auf. Sein Sinn für Humor war glücklicherweise stärker ausgeprägt als seine Selbstverliebtheit.

»Nicht ganz richtig geraten, aber ein Buch war schon in dem Paket, und ein kleiner Zettel lag dabei.« Er zog ein völlig verkrumpeltes Stück Papier aus seiner Jackentasche.

»Oh je«, sagte Anna. »Das erinnert mich doch sehr an unser letztjähriges Abenteuer im Ith. Täglich grüßt bei uns wohl das Murmeltier!« Bücher, geheimnisvolle Zettel, gestohlene Kunstwerke – ihr Leben schien sich im Kreis zu drehen.

Richard nickte. »Du hast nicht ganz unrecht. Lies das mal.« Er reichte Anna den Zettel.

Lieber Herr Bernhard,

das Buch, das ich Ihnen schicke, ist sehr wertvoll. Meiner Ansicht nach könnte es der Schlüssel zu einem Geheimnis sein, auf das ich durch Zufall gestoßen bin, aber noch nicht genauer erforschen konnte. Ich bin leider in etwas hineingeraten, das wenig erfreulich ist. Doch nur so viel: Jemand ist hinter diesem Buch her. Ich habe es unter Tausenden von Büchern in Kloster Warnstedt für einen Bekannten gefunden und kurz angelesen. Dabei habe ich erkannt, dass es auf keinen Fall in falsche Hände geraten sollte. Wie ich gehört habe, sind Sie bewandert mit alten Büchern und haben einen Sinn für Rätsel. Zudem kennen Sie, wie ich weiß, meine entfernte Tante Anna Bentorp aus gemeinsamen früheren Begegnungen. Eigentlich wollte ich mich an sie wenden, aber ich konnte ihre Adresse nicht recherchieren. Deshalb schicke ich das Buch zu Ihren Händen. Bitte leiten Sie es an meine Tante weiter, die ich gerne treffen würde, ehe ich zur Polizei gehe oder mir Rat an anderer Stelle hole. Hier meine Handynummer: 01520 5678001. Ich weiß das Buch bei Ihnen und Anna in sicheren Händen. Bitte nicht die Polizei verständigen – jedenfalls noch nicht!

Mit freundlichen Grüßen
Daniel Piehlau

»Etwas wirr, aber du verstehst, warum ich dich sehen wollte? Kennst du diesen angeblichen Neffen?«

»Daniel Piehlau?« Anna stockte. Vor ihrem inneren Auge erschien ein Junge von etwa zwölf Jahren, der sich beim fünfzigsten Geburtstag seiner Mutter Henriette Piehlau, einer entfernten Cousine ihrer Mutter, neben sie gesetzt und ihr vergnügt plappernd erzählt hatte, er wolle Forscher werden und in Südamerika nach den verschollenen Ruinen indianischer Hochkulturen suchen. Das lag zwölf Jahre zurück. Seitdem hatte sie Daniel nicht mehr gesehen, der damals mit seiner Mutter bei Bonn gelebt hatte. Sie war fast fünfundzwanzig Jahre älter als er, der heute etwa vierundzwanzig Jahre alt sein musste. Seine Mutter Henriette war, wie sie am Rande erfahren hatte, vor zwei

Jahren bei einem Tauchunfall vor der Küste Floridas gestorben, sein Vater Alfred lebte schon lange nicht mehr. Geschwister hatte Daniel keine. Er war das einzige und spät geborene Kind seiner Eltern. Ihre Mutter hatte nur wenig Kontakt zu ihrer Cousine Henriette gehabt, und deshalb war ihr Daniel weitgehend aus dem Gedächtnis gewichen.

»Ach herrje«, entfuhr es ihr, als sie auf den Zettel mit der krakeligen Handschrift starrte. Daniel war also der ominöse Assistent in Warnstedt, der beim Sortieren und Ordnen der ausgelagerten Buchbestände half? Das Buch, das er Richard geschickt hatte, war immerhin ein Werk aus den Klosterbeständen.

»Was für ein Buch ist das?«, fragte sie mit etwas zittriger Stimme.

»Liegt bei mir zu Hause. Das zeige ich dir noch. Ich habe versucht, den jungen Mann anzurufen, da es sich bei ihm wohl eindeutig um den Assistenten von Alfons Gremitzer, dem Klosterbibliothekar, handelt. Gremitzer kenne ich seit Jahren und habe mit ihm gelegentlich zu tun gehabt, wenn es um spätmittelalterliche Bücher ging. Da ist er Experte. Wie gesagt, er stand auf meiner Gästeliste, hat aber abgesagt, weil einige Unklarheit wegen der Bücher herrscht. Aber ich erreiche diesen Piehlau nicht. Ist er denn wirklich ein Neffe von dir?«

»Ja, sehr entfernt. Aber wir müssen damit sofort zur Polizei. Ich mache nichts mehr im Alleingang oder nur mit dir!« Annas Stimme nahm einen fast schrillen Ton an. Erinnerungen schwappten über sie hinweg, und aus der Ferne glaubte sie die Stimme von Hans Schumann zu hören, dem ermittelnden Kommissar aus ihren früheren Abenteuern: »Miss Marple vom Moor und nun auch noch Miss Marple vom Ith.« Sie schauderte. Nie wieder!

»Okay, okay«, beruhigte Richard sie. »Dann lass uns zu mir gehen, ich zeige dir das Buch.« Er grinste. »Das klingt doch besser, als dass ich dir meine Briefmarkensammlung zeigen möchte.«

Richard konnte es nicht lassen, aber heute zeigte sich Anna wenig empfänglich für seinen Kleinjungen-Charme. Sie stand abrupt auf.

»Wir können immer noch zur Polizei gehen«, sagte er beschwichtigend. »Du weißt ja, dass dein alter Freund Schumann seit Februar hier vor Ort ist. Ich habe ihn übrigens auch für heute Abend eingeladen. Er mag mich zwar nicht besonders, aber da mein Motto ›Weggefährten‹ lautet, gehört er auch dazu. Und er hat sogar zugesagt.« Er zwinkerte Anna zu. »Wahrscheinlich ahnt er, dass du auch da bist. Aber keine Angst, Harald Frostauer habe ich nicht gebeten.«

Dieser Pedant und einstige Verehrer von Anna hätte garantiert mit Begeisterung zugesagt und zumindest ihr den Abend verdorben. Frostauer war ein notorischer Besserwisser und Intrigant, aber manchmal durchaus hilfreich aufgrund seines enormen Wissens und seiner überbordenden Allgemeinbildung.

Anna aber hörte kaum zu. Ihre Gedanken kreisten um Daniels mysteriöse Worte. Und sie spürte ihre alte Schwäche: die Neugierde. Es war eine Art Déjà-vu, doch alten Büchern und geheimnisvollen Nachrichten vermochte sie nicht zu widerstehen. Aber selbstverständlich würde sie sich diesmal aus allem heraushalten und nur einen Blick auf das seltsame Buch werfen. Selbst wenn täglich das Murmeltier grüßte, hoffte sie, dass es bei diesem Rätsel ohne Leichen abgehen würde.

Sie lächelte Richard an und sagte: »Morgen in deinem Laden. Dann sehe ich mir das Buch in Ruhe an.« Den erwartungsvollen Ausdruck in seinen Augen ignorierte sie. Das Kribbeln in ihrem Nacken, das sie zu verdrängen versuchte, bezog sich nicht auf ihn. Doch was konnte der Blick auf ein altes Buch schon anrichten?

Der dunkle Felsen

Hans Schumann stand am Ufer des Steinhuder Meers unweit des Ortes Mardorf und fror in der feuchten Luft. Die Spurensicherung hatte das Gelände abgesichert, die Leiche des jungen Mannes, die ein Spaziergänger mit Hund in den frühen Morgenstunden entdeckt hatte, war unterwegs in die Gerichtsmedizin in Hannover. Das Auto des Toten, ein roter Golf, stand mit den Vorderreifen im Schlick des Uferrandes.

Schumann seufzte. Er war in aller Früh aus dem Tiefschlaf gerissen und zu diesem Tatort gerufen worden. Der Spaziergänger, der mit seinem Hund den Wagen mit der Leiche gefunden hatte, hieß Herbert Meier, der aufmerksame Hund Ferdi. Meier bezeichnete sich als »Frühaufsteher«, aber was ihn ausgerechnet an diesen abgelegenen Teil des Ufers geführt hatte, konnte er nicht genau sagen. »Heute wollte ich mit Ferdi mal 'ne andere Strecke gehen.« Er tätschelte seinem Golden Retriever den Kopf. Eigentlich habe ja Ferdi das Auto aufgespürt, das schräg im Schlamm inmitten des winterbraunen Schilfes stand. »Der hat plötzlich ganz wild an der Leine gezerrt und gefiept. Da habe ich gewusst, dass was nicht stimmt, bin ins Schilf hinein und hab dann dieses Auto so halb im Wasser stehen gesehen.«

Meier hatte Schumann einen Moment angesehen, dann war er mit belegter Stimme fortgefahren. »Ja, und dann bin ich näher ran und habe gesehen, dass da einer drinnen sitzt. Erst habe ich gedacht, dem sei schlecht oder so oder der schläft. Kommt ja vor. Aber Ferdi war ganz unruhig, und als ich ans Auto so richtig ran bin, konnte ich erkennen, dass der sich nicht mehr gerührt hat. Ich habe ans Fenster geklopft, aber keine Reaktion.« Herbert Meier schluckte. »Wie gut, dass ich mein Handy immer dabeihab, obwohl es schon so ein olles Ding ist.«

Meier hatte die Polizei in Neustadt alarmiert und einen Rettungswagen gerufen. Schumann bestätigte ihm »vorbildliches Verhalten«, worauf Herbert Meier ein strahlendes Lächeln mit weiß überkronten Zähnen zeigte. Sein Hund Ferdi hatte ein ähnlich prächtiges Gebiss. Meier erklärte, dass er sich mit Ferdi dann auf einen Baumstamm ein paar Meter entfernt gesetzt habe.

»Der Ferdi ist wegen dem Geruch, der da aus dem Wagen kam, so nervös gewesen, und ich wollte nicht im Weg stehen, als dann der Rettungswagen und die Polizei kamen.«

Noch hielt sich der Verwesungsgestank sehr in Grenzen, aber Hunde haben nun mal wesentlich feinere Nasen als Menschen. Der Gerichtsmediziner hatte als erste vage Zeitangabe für den Todeszeitpunkt des jungen Mannes im Wagen »etwa zweiundzwanzig Uhr bis Mitternacht« angegeben. Als Meier die Leiche entdeckte, musste sie schon mindestens sieben Stunden im Auto gelegen haben. Da der Wagen ein Hannoveraner Kennzeichen hatte, riefen die Polizisten aus Wunstorf, die zuerst am Tatort gewesen waren, ihre Kollegen aus Hannover. Und so kam es, dass Kommissar Schumann an diesem diesigen Morgen übermüdet am Ufer des Steinhuder Meers stand, dessen landschaftliche Reize er ignorierte.

Inzwischen hatte Schumann Mann und Hund nach Hause geschickt. Meier besaß ein kleines Elektrogeschäft in Neustadt, das er zusammen mit seiner Frau führte, und eine Werkstatt für Fernsehgeräte. »Obwohl das heute nicht mehr so viel bringt«, erzählte er Schumann. »Die Leute kaufen lieber neu.«

Als der gesprächige Herr Meier zu seinem etwas abseits stehenden Wagen gegangen und mitsamt Ferdi abgefahren war, besah sich Schumann die Umgebung näher. Er kannte diese Gegend von Niedersachsen noch nicht, war nur einmal vor einigen Jahren im berühmten Kloster Loccum für eine kleine Besichtigungstour gewesen. Damals war er noch verheiratet gewesen, und seine Frau Dagmar hatte sich stets für alles Kulturelle interessiert, vor allem für Kirchen und Klöster. Inzwischen lebte sie in Berlin, wo es zwar weniger Kirchen und Klöster, aber viel anderweitige Kultur gab. Und verheiratet war sie auch wieder. Mit Gregor, Inhaber eines Reisebüros für Afrikareisen.

Schumann riss sich von diesen Erinnerungen los. Zwanzig

Jahre hatte seine Ehe mit Dagmar gehalten, immerhin. Und ihre Trennung war recht friedlich verlaufen. Sie hatten keine Kinder, nicht einmal einen Hund oder eine Katze, deretwegen sie sich hätten streiten können. Seither hatte er nur eine einzige Freundin gehabt, eine Kinderärztin mit drei Kindern und wenig Zeit für ihn, und zwischenzeitlich mit der Vorstellung geliebäugelt, dass Anna Bentorp sich für ihn interessieren könnte.

Er hatte sie vor knapp zwei Jahren erstmals bei einem Fall in der Nähe von Stade getroffen und dann bei einem weiteren Fall im vergangenen Herbst im Ith. Und gestern Abend nach längerer Zeit privat bei dem Geburtstagsessen seines Rivalen Richard Bernhard, dieses windigen, wenn auch zugegebenermaßen charmanten Antiquitätenhändlers. Sie hatten sich leider nur kurz unterhalten können, weil Richard Anna in Beschlag genommen hatte. Aber immerhin hatte es gereicht, um zu verabreden, dass sie sich bald einmal zu einem Mittagessen treffen würden. Zum Abschied hatte Anna noch gescherzt: »Hoffentlich kommt nicht wieder eine Leiche dazwischen!«

Na ja, dieser Tote, so traurig der Fall auch lag, hatte garantiert nichts mit Anna zu tun. Da war Schumann sich sicher. Aber der Fall würde eventuell dafür sorgen, dass er in den nächsten Tagen keine Muße für ein nettes Mittagessen mit ihr hatte. Er kam mit Anna nicht recht vom Fleck, wusste aber selbst nicht genau, was er eigentlich wollte. Eine Beziehung? Eine Freundschaft, wie sie laut »Harry und Sally« zwischen Männern und Frauen unmöglich erschien? Schumann schnaubte ärgerlich. Zurzeit lief bei ihm nichts wirklich rund.

Es war sein erster Toter, seit er vor wenigen Wochen von Hameln nach Hannover versetzt worden war. Der junge Mann hatte keine Papiere bei sich, keine Brieftasche, der Wagen sah aus, als ob ihn jemand gründlich auf- und ausgeräumt hätte. Im Handschuhfach lagen nur Papiertaschentücher und eine Packung Hustenbonbons. In der linken Seitentasche steckten eine Flasche Mineralwasser und ein Eiskratzer. Ansonsten wirkte das Auto wie ausgeweidet.

Dr. Emil Sauerwein, der Gerichtsmediziner, hatte bei der

ersten Untersuchung der Leiche noch keine unmittelbare Todesursache feststellen können. Keine sichtbare Verletzung, keinerlei äußere Anzeichen für Gewalteinwirkung. Der junge Mann lag mit dem Kopf auf dem Steuerrad, beide Arme hingen seitlich hinab. Die Augen waren geschlossen, sodass er wirklich auf den ersten Blick wie ein Schlafender aussah. Gerade wurde das Kfz-Kennzeichen in Hannover überprüft, um den Halter des Wagens zu ermitteln und damit eventuell die Identität des Toten – falls es sich nicht wieder einmal um einen gestohlenen Wagen handelte.

Alles lief bisher routinemäßig. Dennoch spürte Schumann ein vages Unwohlsein. Vielleicht lag es aber auch an diesem diesigen Wetter, dieser wässrigen Kälte, die er, obwohl er so lange im nicht weniger feuchten Stade gelebt hatte, nicht abkonnte.

Von Stade hatte es ihn im vergangenen Jahr für ein paar Monate nach Hameln verschlagen und nun nach Hannover. Sein Vorgänger war vor Kurzem aus gesundheitlichen Gründen in den vorzeitigen Ruhestand getreten, und Schumann freute sich auf seine Arbeit in der Landeshauptstadt. Nur ein paarmal hatte er in den letzten Monaten so etwas wie Heimweh nach Stade und dem westlichen Landesteil verspürt.

Er ging noch einmal um das Auto herum. Das Schilf rund um den Wagen war zum großen Teil geknickt, aber die Spusi hatte bisher weder besonders markante Fußabdrücke noch andere Reifenspuren erkennen können. Nur die Abdrücke von Herbert Meiers wasserdichten Wanderschuhen und die Spuren von Ferdis Pfoten. Schumann, den seine Freunde ironisch Schumanski nannten, bückte sich und spähte unter das Auto. Es sah aus, als wäre der Wagen ohne Fremdeinwirkung in diese Schilfbüschel hineingerollt. Vielleicht war sein Fahrer zu diesem Zeitpunkt schon bewusstlos oder gar tot gewesen, und der Wagen kam zum Halten, als die Vorderreifen im Schlamm stecken blieben.

Schumann richtete sich wieder auf und blickte hinaus auf den See. Einige Meter vom Ufersaum entfernt erhob sich ein kleiner schwarzer Felsen im Wasser. Schumann wusste, dass das Steinhuder Meer an keiner Stelle tiefer als drei Meter war und in

Ufernähe nur etwa fünfzig Zentimeter. Wäre der Wagen nicht vorher im Schlick stecken geblieben, hätte er sich spätestens an dem Felsen festgefahren.

Er kniff die Augen zusammen. Irgendetwas Dunkles wippte neben dem Felsen im trüben Wasser, wahrscheinlich eine Plastiktüte, die ein wenig umweltbewusster Ausflügler entsorgt hatte. Eine Welle spülte die Tüte an den Felsen, wo sie hängen blieb.

Einen Moment lang überlegte er, ob er ins Wasser waten und die Tüte herausfischen sollte. Das wäre eigentlich korrekt gewesen. Er verspürte eine tiefe Abneigung gegen Plastikmüll. Doch der Gedanke an das kalte Wasser schreckte ihn ab. So beließ er es bei der Theorie.

Als er erneut über den See blickte, fiel ihm auf, dass dies bei besserem Wetter eigentlich eine wunderhübsche Landschaft sein müsste. Doch an diesem Märzmorgen wirkte alles nur verlassen, trostlos und eintönig graubraun.

Schumann fragte sich, was der Tote hier verloren hatte. War er mit jemandem verabredet gewesen? An der Leiche fanden sich keinerlei Zeichen für äußere Gewalt, und das Innere des auffällig aufgeräumten Wagens ließ auch keinerlei Rückschlüsse auf eine handgreifliche Auseinandersetzung zu. Und doch überkam Schumann das Gefühl, dass es eine geplante Tat gewesen war, dass irgendjemand den jungen Mann an diesen abgelegenen Ort gelockt hatte, um ihn zu beseitigen. An dieser einsamen Stelle am See gab es nachts ganz sicher keine Zeugen. Es war Zufall gewesen, dass Herbert Meier an diesem Morgen so früh seinen Ferdi ausgerechnet hier Gassi geführt hatte. Ansonsten wäre die Leiche wahrscheinlich erst etliche Stunden, wenn nicht sogar Tage später gefunden worden.

Laute Vogelrufe rissen ihn aus seinen Überlegungen. Er sah hinüber zum anderen Ufer. Unter den Regenwolken jenseits des Sees zog ein Schwarm Wildgänse dahin, und für eine Sekunde überkam ihn ein Glücksgefühl. Die Wildgänse waren für ihn ein Zeichen, dass der Frühling nicht mehr weit sein konnte. Er sah den Gänsen nach, die in wohlgeordneter Formation durch die Luft glitten. Ihre Schreie hallten noch einmal kurz über den See, dann verschwanden die großen Vögel in den Wolken.

Schumann wollte sich gerade umdrehen und zum Tatort zurückkehren, da bemerkte er, dass eine Welle die kleine Plastiktüte, die an dem dunklen Felsen geklebt hatte, wieder losgerissen hatte und sie zum Ufer trieb. Jetzt gab es für ihn kein Zögern mehr. Er stapfte in die graugrüne Brühe hinein und bückte sich nach der Tüte. Dabei verlor er fast das Gleichgewicht, weil seine Gummistiefel im Schlick stecken blieben. Das hätte ihm gerade noch gefehlt, kopfüber in diesen Morast zu purzeln! Leise fluchend griff er nach dem glibberigen Ding und hob es hoch. Brackiges Wasser tropfte herunter. Eine eher unscheinbare kleine Tüte ohne Logo. Schumann betastete sie. Da steckte etwas drin. Ein kleiner, länglicher Gegenstand.

Er widerstand der Versuchung, die Tüte sofort zu öffnen. Erst einmal wollte er wieder ans Ufer zurück. In seinen Stiefeln schwappte Wasser, das seine Socken schon durchnässt hatte. Er schimpfte leise vor sich hin. Jetzt ein heißer Tee! Er wollte endlich weg von hier, am liebsten zurück in sein Büro, und abwarten, was ihm Sauerwein und die Spurensicherung berichten würden.

Mit unbeholfenen Schritten watschelte er zurück zum Schauplatz, gab seinem Assistenten Hartmut Brink zu verstehen, dass er genug gesehen habe und nach Hannover zurückfahren wolle. Dann öffnete er mit klammen Fingern die kleine Tüte. Darin befand sich ein Objekt, das einem Kugelschreiber ähnelte. Aber Schumann erkannte, dass es etwas ganz anderes war.

Das gestohlene Buch

Während Hans Schumann den kühlen Winden des Steinhuder Meers zu trotzen versuchte, saß Anna an diesem Sonntagvormittag in ihrem Wohnzimmer und las eine lange Mail, die ihr Deirdre O'Brien, ihre irische Freundin, geschickt hatte.

Liebe Anna,
als Du in Dublin warst, habe ich Dir von einer angeheirateten Tante von Reginald erzählt. Auf ihre Existenz war ich durch einen Zufall gestoßen, durch einen Brief, den Reginald ihr im Jahr 1799 geschrieben hatte. Damals hatte sie sich, frisch verwitwet, in ein Haus in den Wicklow Mountains zurückgezogen, das zum Besitz von einem alten Bekannten Reginalds gehörte.

Sie hat, wie ich Reginalds Brief entnehmen konnte, mit ihrem Mann bis 1795 in Amerika gelebt, später sind die beiden zurück nach Irland gegangen. Sie betätigte sich nach dem Tod ihres Mannes als Forscherin und Sammlerin irischer Mythen. Angeblich soll sie einige unglaublich wertvolle Relikte der irischen Vergangenheit entdeckt haben. Aber offenbar ist ein Großteil dieser Gegenstände entweder verloren gegangen oder gestohlen worden, denn Reginald vermerkt in einem seiner letzten schwarzen Notizbücher aus dem Jahr 1838, dass seine zehn Jahre zuvor verstorbene Tante zwar viele Bücher und schöne Möbel, einige recht gute Gemälde und eine Sammlung mit Meißner Porzellan hinterlassen habe, aber nur wenige ältere Objekte. Diese Tante ist, wie es heißt, eine Treppe hinuntergestürzt und mit achtundsiebzig Jahren gestorben. Ihr Wohnhaus Fleetwood House kam in die Hände einer Familie O'Toole. Da diese Tante keine eigenen Kinder hatte und der Besitzer im selben Jahr gestorben ist, hat sein Sohn das Haus verkauft.

Das Schicksal dieser Tante würde ich gerne weiterverfolgen, obgleich Reginald nur am Rande mit ihr zu tun hatte. Vielleicht

interessiert sie Dich ja auch. Komm uns bitte bald wieder be-
suchen!

Anna hielt den Atem an. Laut keltischer Überzeugung verlief die Zeit in Spiralen und nicht in einer geraden Linie, und sie hatte immer stärker das Gefühl, dass auch ihre Zeit seit den Entdeckungen im Moor bei Bresterholz vor knapp zwei Jahren in Kreisen verlief und alle Ereignisse irgendwie miteinander verknüpft waren.

Deirdre war eine Ururrenkelin von Reginald Fitzgibbon, dem Kartographen, der einst das Geheimnis des Moormannes entdeckt hatte. Diesem Geheimnis war Anna zweihundertdrei-ßig Jahre später auf die Spur gekommen, als sie sich in einem Häuschen am Brester Moor mit Karten aus der Zeit des eng-lischen Königs Georg III. befasst hatte. Ihre erste Begegnung mit Deirdre lag gut anderthalb Jahre zurück, als die junge Irin nach Hannover gekommen war, um Anna zu treffen. Seitdem waren sie in Kontakt geblieben, und es war eine Art Freund-schaft entstanden, obwohl Deirdre zwanzig Jahre jünger als sie war. Deirdre schrieb an einer Biografie ihres Vorfahren, der nicht nur als Kartograph für die Royal Society und später als Kurator am Trinity College gearbeitet hatte, sondern offensicht-lich auch, wie Deirdre bei ihren Recherchen in der Universität von Dublin festgestellt hatte, aktiv als Verfechter der irischen Unabhängigkeitsbestrebungen aufgetreten war. Gerne würde sie mit Deirdre über diese Erkenntnisse sprechen.

Schon im letzten Herbst war Anna nach Dublin gereist, um Deirdre zu besuchen und mehr über die spannenden Recher-chen zu Reginald zu erfahren. »Reginald hat sich als Mitglied einer Gruppe mit dem Namen ›The Sons of Ireland‹ für die Möglichkeit einer akademischen Ausbildung für Katholiken eingesetzt. Eine unpolitische Gruppe, aber recht erfolgreich in bestimmten Kreisen«, hatte Deirdre ihr erklärt.

Anna hatte ihren Besuch mit einer Anfrage des National Museum in Dublin verbinden können, das sie um Rat wegen der ungeklärten Provenienz eines auf einer Auktion erstandenen

Bildes von Caspar David Friedrich gefragt hatte. Dabei war sie einem entfernten Vetter von Deirdre begegnet, Desmond Casey, Archäologe und Spezialist für keltische Kunst – ein attraktiver Mann von Anfang fünfzig mit dunklen, schon ein wenig angegrauten Haaren und sehr blauen Augen. Desmond galt als Experte für irische Mythologie und frühkeltische Religionen. Die viel zu kurze Begegnung mit ihm hatte Anna sehr beeindruckt. Desmond stand kurz vor einer Reise in die USA, um in Boston bei der Irish Society of Historical Heritage einen Vortrag über die Bedeutung keltischer Mythen für die Identität Irlands in der Neuzeit zu halten. Gerne hätte sie mehr Zeit mit dem klugen und humorvollen Mann verbracht, doch ein längeres Treffen vertagten sie auf »ein nächstes Mal«. Vielleicht bot ihr ja Deirdre durch diese Mail eine Gelegenheit dazu. Sie würde ihre Einladung bald annehmen.

Anna hatte noch etwas Zeit bis zu ihrem geplanten Treffen mit Richard. Ohnehin brauchte sie noch mindestens eine weitere Tasse Kaffee, um munter zu werden. Das Geburtstagsessen am gestrigen Abend hatte bis zwei Uhr morgens gedauert, und sie hatte sich sehr gut mit dem Gastgeber, der vor lauter Charme sprühte, und einigen anderen Gästen unterhalten. Schade nur, dass sie mit Hans Schumann, der Richards Einladung zu ihrer Freude und Überraschung tatsächlich gefolgt war, nur wenig sprechen konnte. Er verschwand wie Aschenbrödel kurz vor Mitternacht, hinterließ zwar keinen gläsernen Schuh, aber das Versprechen, sich bald mal zu melden, was immer »bald« in seinem Fall hieß. Anna hatte kaum etwas über seinen neuen Job erfahren und wie er sich in Hannover fühlte, wo er in einer kleinen möblierten Wohnung in der Nähe des Maschsees lebte.

Ein leiser Klingelton in ihrem Laptop kündete eine weitere Mail an, die wiederum von Deirdre stammte.

Um noch einen Teaser anzubringen: Der Mann dieser Tante ist übrigens 1798 in den irischen Aufständen unter der Führung von Wolfe Tone umgekommen. Mich beschäftigt die Frage, wohin all jene Objekte verschwunden sind, die die emsige Witwe im Laufe der Jahre gesammelt hat. Ich wünschte, Du könntest mir bei meiner Arbeit helfen. Reginald vermerkt im Übrigen in einem seiner Tagebücher, dass ein Neffe, der in engem Kontakt mit dieser Tante stand, 1824 praktisch über Nacht verschwunden sei. Reginald verweist auf einen Brief, den er nach ihrem Tod in ihrem Haus in einer versteckten Schublade eines Sekretärs gefunden hat. Dieses Schreiben kam aus Deutschland, aus einer Gegend, die den sonderbaren Namen Steinhuder Meer trägt. Und laut dieses Briefes sei »der Bote« gut angekommen. Der Brief selbst existiert nicht mehr, und Reginald hat auch den Absender nicht namentlich genannt. Aber vielleicht finde ich noch irgendwo eine Spur in seinen Notizbüchern. Es ist schon seltsam, dass gewisse Fährten immer wieder nach Deutschland führen. Ich habe ein wenig recherchiert, wo dieses Steinhuder Meer liegt. Damals gehörte diese Gegend ja noch zum Vereinigten Königreich, Reginald ist 1838 gestorben, ein Jahr nach dem Ende der Personalunion zwischen Großbritannien und Hannover. Mehr dazu, wenn Du kommst. Desmond würde sich sicher auch über einen Besuch von Dir freuen. Er ist jetzt den ganzen März in Dublin, da er an der Universität Doktorandenkurse leitet.

Anna schmunzelte. Deirdre hatte sie durchschaut. Sie hatte wohl ihre Begeisterung für Desmond Casey allzu deutlich gezeigt. Aber ein winziges bisschen mehr noch als die Chance, ein weiteres Mal mit ihm zusammenzukommen, reizte sie der Gedanke, Deirdre bei ihren Recherchen über Reginald und in diesem Fall der namenlosen Tante zu helfen, die sich nach dem Tod ihres Mannes mit der irischen Frühgeschichte befasst hatte. Das klang spannend.

Bei ihrem letzten Fall hatte Anna mit Schottland zu tun gehabt, als es um das Schicksal einer Familie ging, die 1746 nach der Schlacht bei Culloden in den Ith geflüchtet war. Zwar war das Rätsel um das Geschick der MacNeills weitgehend gelöst, doch es waren immer noch einige offene Fragen geblieben. Nicht auf alles ließen sich immer Antworten finden, auch wenn es in Anna rumorte und es sie ärgerte, dass es ungelöste Geheimnisse gab.

Jetzt aber war Irland dran. Anna wagte zwar nicht zu hoffen, dass sie zusammen mit Deirdre die verschollenen Objekte aus dem Besitz der Tante finden würde, aber vielleicht erwies sich die Beschäftigung mit der mysteriösen Dame als Abwechslung ihres derzeit nicht sehr aufregenden Alltags und als eine Möglichkeit, Irlands geheimnisvoller keltischer Vergangenheit näherzukommen – und natürlich Desmond wiederzusehen. Einen Moment spürte Anna einen Hauch von schlechtem Gewissen Richard gegenüber. Aber dieser Hauch löste sich sofort wieder auf.

Anna griff nach ihrem Terminkalender. Theoretisch hätte sie in der kommenden Woche einige Tage Zeit. Aber ehe sie Deirdre kontaktierte, wollte sie sich um das Buch kümmern, das ihr Richard zeigen wollte.

Sie stand auf, schaltete den Computer aus und sah kurz zum Fenster hinaus. Der Wind hatte aufgefrischt, die ersten Regentropfen platschten auf die Straße. Während sie ihren Regenmantel anzog, blickte sie noch einmal hinaus. Neben ihrem kleinen Wagen entdeckte sie eine regungslose Gestalt, das Gesicht unter einer Kapuze verborgen. Zufall? Oder wartete dieser Mensch etwa auf sie?

Sie schüttelte den Kopf. Nur weil er neben ihrem Auto stand, hieß das noch lange nicht, dass er sie treffen wollte. Ihre Phantasie brannte wieder einmal mit ihr durch. Sie verscheuchte diese Gedanken. Am helllichten Tag schreckten sie diese Figuren nicht, die sich unter ihren Kapuzen zu verstecken schienen. Abends begegnete sie ihnen schon wesentlich weniger gerne. Dass dieser Typ ihr Auto klauen wollen könnte, glaubte sie nicht. Der Wagen würde kaum den nächsten TÜV im Sommer schaffen.

Als sie auf die Straße trat, verschwand die Gestalt mit schnellen Schritten um die Ecke. Das machte ihr doch ein wenig zu schaffen. Anna glaubte selten an Zufälle. Aber es blieb ihr keine Zeit zum Nachdenken. Sie stieg in ihren guten alten Wagen und startete.

Eine halbe Stunde später stand sie vor Richards Laden. Er öffnete die Tür, und Anna staunte, wie fit er nach dieser kurzen Nacht wirkte. Keine dunklen Ringe unter den Augen wie bei ihr, wenn sie weniger als sieben Stunden geschlafen hatte. Frisch rasiert und wie immer schick in einem blauen Hemd, einem dazu passenden dunkelblauen Pullover und hellen Cordhosen. Automatisch verglich Anna ihn mit Desmond. Richard war durchaus konkurrenzfähig, dachte sie, schüttelte diesen Gedanken aber sofort wieder ab. Desmond würde wohl eher eine romantische Phantasie bleiben.

Richards Begrüßungskuss fiel enttäuschend flüchtig aus. Er führte sie in den hinteren Teil seines Geschäfts. Dort lag auf einem kleinen Mahagonitisch ein schmales Buch.

»Das ist das Buch, das mir dein Neffe geschickt hat. Es stammt aus dem 19. Jahrhundert. Ziemlich abgeschabter Ledereinband, reichlich verblasste goldene Lettern, nicht besonders wertvoll, wenn du mich fragst. Und ein ziemlich komplizierter Titel, der dich sicherlich faszinieren wird.« Richard lächelte etwas spöttisch. »Auf Englisch übrigens. Genau dein Ding.«

Anna war viel zu neugierig, um sich über Richards herablassende Art zu ärgern. »Dann her damit«, sagte sie und nahm das Buch in die Hand.

Sie liebte Bücher jeder Art und insbesondere alte Bücher mit ihrem Geruch nach Leder und einem Hauch von Staub. Dieses leicht zerfledderte Büchlein roch etwas modrig. Den Titel konnte sie auf dem Buchdeckel nur mit Mühe entziffern: »Holy Masks of the Ancient Celts and Their Influence on Our Modern Times«. Sie wog das Buch in ihrer rechten Hand. Die »Modern Times«, die im Titel erwähnt wurden, lagen auch schon gute hundertneunzig Jahre zurück. Bei ihrem ersten flüchtigen Blick hatte sie gesehen, dass das Buch 1828 in Göttingen gedruckt worden war. Aber es war kein Verlag vermerkt.

»Und wo ist der Brief von Daniel?«, fragte sie.

Richard kramte in einer Schublade und zog das zerknitterte Stück Papier hervor. »Hier. Ich habe gerade noch mal versucht, ihn anzurufen. Aber da antwortet nur die Mailbox.«

Anna schlug das Buch auf. Unter dem Titel auf Seite drei stand kein Name, sondern als Autor »The Irishman«.

»Sehr merkwürdig«, murmelte sie. Wie kam dieses Buch in die Klosterbestände? Wer war »The Irishman«? Und weshalb hatte Daniel das Buch an sich genommen? Interessierte er sich etwa für »heilige keltische Masken«?

Anna spürte das altvertraute Prickeln und eine leichte Gänsehaut. »Du willst sicher, dass ich das Buch lese«, sagte sie zu Richard, der mit seinem Handy hantierte und offenbar erneut versuchte, Daniels Nummer zu wählen.

»Es könnte ja ganz unterhaltsam sein«, antwortete er, dann seufzte er und legte das Handy beiseite. »Wieder nur die Mailbox.«

»Keltische Masken, das ist nicht ganz mein Gebiet. Aber da ich ohnehin plane, demnächst nach Irland zu fahren, um Deirdre noch ein bisschen bei ihrer Biografie von Reginald zu helfen, kann ich es mir ja mal anschauen. Es gibt in Dublin sicher ein paar Experten, die ich um Rat fragen könnte.« Anna spürte, wie sie bei diesen Worten errötete, und ärgerte sich. Richard schien es nicht zu bemerken.

Rasch fuhr sie fort: »Ich habe mich mit dem Thema noch nie länger befasst, obwohl ich schon einige Ausstellungen keltischer Kunst gesehen habe. Auf Burg Linn bei Krefeld gab es zum Beispiel vor gut zehn Jahren eine interessante Ausstellung über die Kelten. Zufällig war ich damals dort.« Sie erwähnte nicht, dass sie seinerzeit noch verheiratet gewesen und ihr damaliger Mann ihr Begleiter gewesen war. Das ging Richard nichts an, der sie an seinem Privatleben eigentlich auch nie teilnehmen ließ. Sie wusste nur, dass er geschieden und Vater einer Tochter war.

Sie blätterte in dem Buch. »Da sind ein paar nette Zeichnungen«, bemerkte sie. »Aber was macht so ein Buch in Warnstedt, und wer versteckt sich hinter diesem Pseudonym ›The Irishman‹? Das könnte ganz interessant sein, aber wir sollten damit zur Polizei gehen, egal, was Daniel davon hält.«

Richard nickte. »Du hast wie fast immer recht. Falls sich

dein Neffe heute nicht meldet, bringe ich das Buch morgen früh höchstpersönlich zu Schumann. Daniel hat das Buch garantiert geklaut, aber, wie er wohl meint, aus gutem Grund. Ich könnte Gremitzer auch selbst anrufen, aber das lass ich mal den guten Kommissar machen.«

»Gestohlene Bücher …«, sagte Anna. »Das hatten wir doch alles schon einmal. Aber ich lese es gerne. Neugierig bin ich schon, was es mit diesen heiligen Masken auf sich hat.«

In diesem Augenblick gab ihr Handy einen Dreiklang von sich und zeigte den Eingang einer SMS an. Anna sah erst nur mit halbem Blick auf die Nachricht, dann aber klopfte ihr Herz einen Moment heftiger:

»*On my way to a conference in Wolfenbüttel. Would love to meet you on my way back to Dublin via Hanover. Would Tuesday be okay? Desmond x*«.

Für einen Augenblick vergaß sie das kleine Buch. Als sie Richards fragenden Blick spürte, riss sie sich zusammen. »Okay, ich mache mich mal ans Lesen. Halte mich auf dem Laufenden wegen Daniel. Ich melde mich später.« Diesmal fiel ihr Abschiedskuss eher flüchtig aus, als sie mit dem Buch in ihrer Hand den Laden verließ.

Richard sah ihr ein wenig irritiert nach. In diesem Moment klingelte sein Handy. Unterdrückte Nummer, vielleicht Daniel Piehlau, der endlich zurückrief. Doch die Stimme, die er hörte, hatte er lange nicht mehr vernommen und sich gewünscht, sie möglichst nie mehr zu hören.

The Irishman

Der Regen schlug an die Scheibe seines Büros, als Hans Schumann, durchgefroren von seinen Stunden am Steinhuder Meer, endlich wieder in Hannover ankam. Er hängte seinen feuchten Mantel auf, zog sich die nassen Schuhe von den Füßen und lobte sich im Geheimen selbst für seine kluge Voraussicht, seine Gummistiefel stets im Kofferraum dabeizuhaben. Trotzdem hatte der feine Nieselregen auf dem kurzen Weg vom Parkplatz zum Gebäude seine Schuhe durchtränkt, die er nach dem Abstreifen der Stiefel wieder angezogen hatte. Dieses unberechenbare Wetter nervte ihn. Eigentlich hatte er vorgehabt, an diesem Sonntag ins Museum zu gehen und dann zu Hause seine Bücher und DVDs zu ordnen. Stattdessen saß er in seinem kühlen Büro und fröstelte.

Schumann war frustriert. Noch hatten die Spurensicherung und die Recherchen vor Ort wenig erbracht. Allerdings wusste er inzwischen, dass der Wagen auf einen Daniel Piehlau zugelassen war, 1993 in Bonn geboren, wohnhaft in Hannover-Linden. Damit schien zumindest die Identität des Toten geklärt zu sein. Doch er wartete lieber den endgültigen Bericht der Gerichtsmedizin ab, ehe er sich aufmachte, nach Verwandten von Piehlau zu forschen.

Wie Sauerwein ihm nach seiner ersten Untersuchung mitgeteilt hatte, war er ein kerngesunder junger Mann gewesen, sportlich und fit. Keine Drogen im Blut und auch keine Spuren von Alkohol. Er wollte den Mann aber noch auf eine andere Substanz hin untersuchen. An der linken Schulter hatte Sauerwein einen winzigen roten Punkt entdeckt.

Schumann hatte Sauerwein den »Kugelschreiber« in der Plastiktüte überreicht, der darauf sagte: »Wenn das das Mordwerkzeug ist, wissen wir das sehr schnell.« Es ging dabei weniger um den Gegenstand als vielmehr um den Inhalt.

Viel konnte Schumann zu diesem Zeitpunkt also nicht tun. Der

Wagen war nach Hannover abgeschleppt worden und sollte dort noch einmal gründlich durchleuchtet werden. Vielleicht hatte die Spusi etwas übersehen. Bisher waren nirgendwo Fingerabdrücke gefunden worden, nicht einmal auf der Packung mit Hustenbonbons. Alles schien restlos abgewischt worden zu sein.

Schumann beschloss, sich einen Kaffee zu machen. Seine Sekretärin Karin Siebert hatte heute ihren freien Sonntag, aber das Bereiten von Kaffee gehörte ohnehin zu den Dingen, die Schumann gerne selbst übernahm.

Wenig später saß er in seinem Bürostuhl, nippte an dem heißen Getränk und versuchte sich auf den Fall zu konzentrieren. Seine Gedanken aber gerieten ständig auf Abwege. Er dachte an den gestrigen Abend, an seine Begegnung mit Anna, und er ärgerte sich, dass er in den vergangenen Monaten kaum Kontakt mit ihr gehabt hatte. Dass immer nur Todesfälle sie zusammenbrachten, war nicht die ideale Grundlage für eine Freundschaft. So ging das nicht weiter. Da hatte Richard durchaus bessere Chancen, auch schon wegen seines Berufs, der Annas Interessen natürlich wesentlich mehr entsprach.

Erstaunlicherweise war es gestern Abend zwischen Richard und ihm, die sie sich aufgrund ihrer großen Unterschiedlichkeit bisher wenig geschätzt hatten, sogar recht harmonisch gelaufen. Wieso konnte er sich aber des Eindrucks nicht erwehren, dass da schon wieder etwas in der Luft lag und Richard ein kleines Geheimnis hegte? Waren es die geflüsterten Worte gewesen, als Richard zu Anna gesagt hatte: »Denk an morgen Mittag. Ich bin im Laden.«? Das klang nicht unbedingt nach einer Einladung zum Kaffeetrinken. Hoffentlich führte Richard nicht etwas im Schilde und brachte Anna damit in Gefahr. Zuzutrauen wäre es ihm.

Schumann ärgerte sich über sich selbst. Sicherlich ging es um etwas ganz Harmloses, um ein Bild, das Richard Anna zeigen wollte, oder um eine alte Landkarte. Und der Sonntag war ideal für ein solches Vorhaben, da dann keine Kunden störten. Vielleicht war er auch nur ein wenig eifersüchtig. Schumann schmunzelte. Alter schützt vor Emotionen nicht, dachte er.

Als er seine erste Tasse geleert hatte und sich gerade die zweite eingoss in der Hoffnung, damit das Kältegefühl und die Müdigkeit zu vertreiben, klingelte sein Telefon. Noch kannte er nicht alle seine Kollegen in Hannover, aber diesmal war sein Assistent Hartmut Brink am Apparat, der zusammen mit ihm von Hameln nach Hannover übersiedelt war.

»Wir haben doch noch etwas im Auto entdeckt. Eingeklemmt unter dem Beifahrersitz«, sagte Brink etwas atemlos.

Schumann war sofort hellwach. »Und was?«, fragte er knapp.

»Ein Stückchen Papier mit einer Telefonnummer, allerdings fehlt ein Teil.« Brink hustete. Obwohl er seit einem halben Jahr nicht mehr rauchte, verließ ihn sein Raucherhusten nicht, der ihn seit über zwanzig Jahren quälte. »Also, die Zahlen, die wir haben, sind: 776304. Immerhin ein Anfang.«

Schumann schrieb mit und bedankte sich. Eingeklemmt unter dem Beifahrersitz? Seltsam. Er starrte die Zahlen an. Diese Kombination kam ihm irgendwie vertraut vor. 776304. Automatisch ergänzte er: 0163 4776304. Diese Nummer kannte er im Schlaf. Die Erkenntnis durchfuhr ihn wie ein elektrischer Schock. Das war Annas Handynummer! Das konnte doch wohl nicht sein! Das war völlig unmöglich. Was hatte Annas Handynummer im Wagen eines Mordopfers am Steinhuder Meer verloren?

Vielleicht irrte er sich ja, und die Nummer lautete anders, zum Beispiel 0171 8776304 oder 0172 1776304. Es gab Hunderte, wenn nicht Tausende von Möglichkeiten.

Schumann wurde heiß, dann kalt. Kaum hatte er geglaubt, dass Anna diesmal rein gar nichts mit dem Fall zu tun haben könnte, da tauchte ihr Name schon wieder auf. Doch es war natürlich viel zu früh, um irgendwelche Schlüsse zu ziehen. Er musste abwarten. Brink und die Kollegen Herward und Osterholt, zwei sehr erfahrene Mitarbeiter in Sachen Computer und IT, würden das schon bald herausbekommen. Und Anna hatte garantiert nichts damit zu tun, redete er sich ein.

Da er die nächsten Minuten nichts weiter tun konnte, als abzuwarten, angelte er sein Handy aus der Jackentasche und wählte die Nummer 0163 4776304. Mailbox, natürlich. Er hinterließ eine kurze Nachricht: »Würde mich über einen Rückruf freuen. Schumann.« Hoffentlich war das nicht die Nummer von dem Zettel, hoffentlich fing die mit einer anderen Zahlenkombination an! Schumann fühlte eine nervöse Spannung in sich aufsteigen.

Er stand auf und trat ans Fenster. Der Regen hatte aufgehört, und ein feiner blauer Schimmer zeigte sich am Himmel über der Stadt. Der Maschsee lag in der Nähe, und eigentlich hatte er heute geplant, auf seinem Weg zum Sprengel Museum einen Spaziergang am See entlang zu machen. Aber daraus wurde nichts. Mit einem theatralischen Stöhnen setzte er sich wieder an seinen Schreibtisch und fühlte sich plötzlich alt und verbraucht. Eine Gedichtzeile aus Gottfried August Bürgers Ballade »Lenore« kam ihm seltsamerweise in den Sinn: »*Der König und die Kaiserin, des langen Haders müde, erweichten ihren harten Sinn und schlossen endlich Frieden.*«

Auch er war manchmal dieses ewigen Haders, dieses Mordens und der Verbrechen müde, aber Frieden konnte er mit den Tätern nicht schließen. Sie durften nicht davonkommen. Das motivierte ihn und half ihm, nicht aufzugeben. Im aktuellen Fall hatte jemand den jungen Mann am Steinhuder Meer sehr wahrscheinlich mit einer Überdosis Insulin getötet. Er wartete nur noch auf Sauerweins Bestätigung.

***

Während Schumann seinen melancholischen Gedanken nachhing, hatte Anna in ihrer kleinen Wohnung Tee gekocht und sich auf ihr Sofa gelegt. Ihre Wohnung bestand aus einem Wohnzimmer mit kleinem Balkon, einem Schlafzimmer und einem Arbeitszimmer mit einer Schlafcouch für Gäste. In den Bücherregalen an den Wänden türmten sich Blue-Rays von Hunderten von Filmen und vor allem Bücher. Ihre Mutter hatte scherzhaft prophezeit, Anna werde eines Tages von einem aus der obersten Reihe herunterstürzenden dickleibigen Roman erschlagen werden. Es gab schlimmere Todesarten, fand Anna. Im Wohnzimmer hingen drei Lithographien von Chagall, die sie sich als Studentin bei einem Kölner Kunsthändler »erarbeitet« hatte. Er hatte nicht mit barer Münze, sondern mit Kunst für Annas Unterstützung bei Vernissagen bezahlt. Ihre Lieblingslithographie war die »Esther« in sanften Blautönen, deren Anblick beruhigend auf sie wirkte.

Sie hörte ihr Handy klingeln, wollte aber nicht gestört werden. Sie warf einen kurzen Blick auf das Display und erkannte Schumanns Nummer. Auch wenn sie ihn mochte, war ihr ihre sonntägliche Ruhe wichtiger. Sie würde ihn später zurückrufen. Aber auf Desmonds SMS hatte sie sofort geantwortet. Sie wollten sich am Dienstag zum Mittagessen im Restaurant im Sprengel Museum treffen. Er war dann auf dem Weg zurück nach Dublin und würde den Zug von Hannover nach Düsseldorf zum Flughafen nehmen.

Seltsam, dass Deirdre ihr nichts zu Desmonds Trip nach Deutschland berichtet hatte. So eng verbunden waren die beiden trotz ihrer entfernten Verwandtschaft wohl auch wieder nicht, dass sie Desmonds Agenda in jedem Detail kannte.

Anna spürte Vorfreude, den attraktiven Iren wiederzusehen. Sie fühlte sich wie ein Teenager und war gespannt auf seine Erzählungen aus der Welt keltischer Mythen und aus der irischen Vergangenheit. Möglichst beiläufig würde sie ihn zum Thema heilige Masken befragen, ganz allgemein, ohne das Buch zu erwähnen, dessen Provenienz sie noch klären wollte.

Sie schlug das Büchlein des Irishman auf. Schon nach wenigen Zeilen entpuppte es sich als eine Art Chronik oder Memoire – wie immer man das nennen mochte. Der erste Satz lautete: *»Am 15. November 1824 ging ich auf Helgoland an Land. Die Überfahrt war kräftezehrend und furchterregend. Hohe Wellen, starke Winde und dann dieses Gefühl, dass die Gefahr mir immer noch im Nacken lauert.«*

Das erinnerte Anna vage an die Notizen von Reginald Fitzgibbon, die sie vor knapp zwei Jahren entdeckt hatte. Auch hier wieder ein Ire, der offensichtlich vor etwas flüchtete. Aber warum ausgerechnet nach Helgoland?

Die Vorstellung, dass der Irishman im Jahr 1824 auf Helgoland gelandet war, fand Anna spannend. Damals war die Insel englische Kronkolonie gewesen und noch nicht durch Bomben und Sprengungen so zerschunden und zerstückelt wie im 20. Jahrhundert. Was hatte den Mann auf diesen Felsen verschlagen?

Sie blätterte einige Seiten vor und entdeckte eine Illustration. Schroffe Klippen, darauf vereinzelt Hütten, am Fuß der Felsen eine Art Hafen mit Booten. Über den Felsen kreisten Möwen. Eine sehr anschauliche Darstellung der Insel, offenbar von dem unbekannten Iren selbst geschaffen. Einige Seiten darauf sah Anna eine Zeichnung von mehreren Masken aus Eisen oder Bronze und einer kunstvoll ziselierten Fibel. Diese Objekte erinnerten sie wieder an die Ausstellung auf Burg Linn, die in ihr ein erstes Interesse an keltischer Kunst geweckt hatte. Der Kurator hatte ihr erklärt, dass die gezeigten Schwerter, Opfermasken aus Bronze, Eisen und Ton, der vielfältige Goldschmuck und die reich verschnörkelten Fibeln nur ein winziger Bruchteil des Reichtums keltischer Kunst aus knapp tausend Jahren sei: »Kelten gab es in fast ganz Europa. Sie siedelten in Süddeutschland und im Rheinland ebenso wie in Spanien, Portugal, Frankreich und natürlich Irland.« Und Desmond Casey hatte ihr erzählt, dass er sich seit seiner Kindheit mit dem keltischen Erbe Irlands beschäftige. Es reizte sie, ihm diese Zeichnung der Masken zu zeigen. Aber sie wollte Richard nicht hintergehen und das Buch erst lesen, ehe sie ihre Erkenntnisse mit anderen teilte.

Schon bald schlug die Schilderung vom Aufenthalt auf der sturmumtosten Insel in der Nordsee in eine Schauergeschichte um. Mit Romantik hatten die Erlebnisse des Iren nichts zu tun.

Der arme Hinnerk! Als ich mit den Fischern aus der Schenke zurück in seine Hütte kam, wurde mir erst das volle Ausmaß des grässlichen Todes des alten Mannes bewusst. Er lag in seinem Blut, niedergestreckt von Mörderhand. Der rasch herbeigerufene Medicus der Insel, ein ebenfalls nicht mehr junger Mann, konnte nichts mehr für ihn tun. Die Fischer gaben dem alten Mann das letzte Geleit. Nach ersten misstrauischen Blicken auf mich, den Fremden, erkannten die Männer, dass ich nichts mit dem Tod von Hinnerk zu tun hatte, obgleich mich mein schlechtes Gewissen quälte. Wäre ich nicht auf diese Insel gekommen und hätte bei ihm Unterkunft gefunden, so wäre der Namenlose niemals hierhergelangt und hätte Hinnerk ermordet. Weshalb er den armen Mann erstochen hatte, war mir nicht klar. Wollte er ihn zwingen, mich zu verraten? Hatte Hinnerk ihn überrascht, als er die Kammern nach meinen Sachen durchstöberte?

Wie auch immer es sich abgespielt hatte, letztlich trug ich die Schuld an seinem Tod. Als mich der Medicus fragte, ob ich ahnte, wer Hinnerk getötet haben könnte, da schwieg ich und tat so, als wäre dies für mich genauso unerklärlich. Schließlich äußerte ich den Verdacht, der Mörder sei ein Räuber gewesen, der es auf meine Habseligkeiten abgesehen habe. Vielleicht habe er gehofft, die eine oder andere Münze in meinem Gepäck zu finden. Einer der Fischer stellte die wohl richtige Vermutung an, es müsse ein Fremder gewesen sein. Er könne sich nicht vorstellen, dass ein Einheimischer dieses Verbrechen begangen habe. In dieser kleinen Gemeinschaft erschien es absurd, dass jemand zum Mörder an Hinnerk werden könnte.

Doch das, was der Fremde suchte, hatte ich wohl versteckt. Wie ich schon beim ersten Betreten der Kate gesehen hatte, war das Versteck unberührt. Im Lehmboden unter meinem Bettgestell gab es eine Aushöhlung, über die ich eine Satteltasche gelegt hatte. In diesem Loch hatte ich meinen Leinenbeutel verborgen. Mir blieb kaum Zeit, alles zusammenzuraffen, da zwei kräftige Fischer schon bald zum Aufbruch mahnten, um mich durch die Nacht zu begleiten. Sie wollten mich vor weiteren Angriffen des vermeintlichen Räubers schützen. Sie meinten, er werde die Insel nicht verlassen können und der Büttel werde ihn schon finden und der britischen Gerechtigkeit übergeben. Ich zweifelte daran. So, wie er unbemerkt auf die Insel gekommen war, würde er einen Weg finden, sie zu verlassen. Und er würde mich weiterhin verfolgen. Ich musste rasch verschwinden.

So unauffällig es ging, holte ich den Beutel aus seinem Versteck und verbarg ihn in meinem Gepäck. Den Rest der Nacht verbrachte ich im »Wilden Wassermann«, wo der Wirt mir eine Kammer zuteilte, in der ich, wie er mir versicherte, in bester Obhut sei.

Ich sehnte mich nach dem Morgen, da ich von der Insel, die mir zur Falle geworden war, wieder entfliehen konnte. Ich ahnte, dass ich mich noch immer in tödlicher Gefahr befand, und plötzlich überkam mich stille Verzweiflung. Was hatte ich mir aufgehalst, als ich meiner Tante das Versprechen gegeben hatte, ihren Auftrag zu erfüllen? Ich fühlte mich allein und fast hilflos angesichts der lauernden Gefahr. Doch ich durfte nicht aufgeben. Auch wenn die Furcht mir tief in die Seele gekrochen war, würde ich meine Tante nicht enttäuschen.

In jener Nacht konnte ich nicht schlafen. In jeder Ecke der Kammer kauerten dunkle Alpträume und krochen aus den Ritzen. Im ersten Morgengrauen verließ ich den »Wilden Wassermann«. Die braven Fischer begleiteten mich hinunter zum Hafen. Wenig später befand ich mich an Bord des Kutters »Annabella«. Schlingernd fuhr das Schiff aus dem Hafen, da das Meer sich nur wenig beruhigt hatte. Der Kutter schwankte so sehr, dass ich nicht aufrecht stehen konnte. Ich warf einen letzten Blick hinauf zum Rand der Klippen, und ein eisiger Schrecken durchfuhr mich. Dort oben, klar abgehoben vor dem fahlen Morgenhimmel, sah ich eine Gestalt, deren Umrisse mir vertraut vorkamen. Doch da war der Kutter schon ein gutes Stück vom Ufer entfernt. Einen kurzen Augenblick hoffte ich, dass ich den Mörder hinter mir gelassen hatte und meine Mission ohne Angst würde erfüllen können. Aber ich wusste, dass auch er bald genug ein Schiff besteigen und mir folgen würde. Vielleicht vermochte ich es, ihm in Deutschland zu entkommen, da ich nicht glaubte, dass er mein Ziel kannte. Erschöpft schloss ich die Augen. Den Rest der Überfahrt schlief ich, obgleich sich das Meer zwischendurch aufbäumte und sich die Wellen erst kurz vor Cuxhaven beruhigten.

Anna spürte eine erste Ungeduld, ein vertrautes Phänomen. Sie wollte wissen, wer dieser Mann war, welche Mission er hatte und vor allem, was es für Gegenstände waren, die ihn offenbar zum Ziel eines mordlustigen Mannes hatten werden lassen. Mussten sich diese Chronisten immer so umständlich und langatmig ausdrücken? Doch da sie sich für diesen Sonntag nichts weiter vorgenommen hatte, ermahnte sie sich zur Geduld, eine Tugend, die sie nur in Maßen besaß.

Sie wollte gerade mit dem zweiten Kapitel der kleinen Chronik beginnen, als ihr Handy den bekannten Auftakt zu »Star Wars« von sich gab. Vielleicht sollte sie mal den Klingelton wechseln und ihrem Alter eher entsprechend auf Bach oder Mozart umschalten. Gedankenverloren warf sie einen Blick auf das Display. Wieder Schumann. Der war heute aber hartnäckig. Diesmal nahm sie das Gespräch an in der Erwartung, dass er sie zum Essen einladen würde. Aber seine ersten Worte zerstörten diese Vermutung sofort.

»Aha, dann hatte ich leider recht. Es ist wirklich Ihre Handynummer. Alle anderen Variationen, die wir durchgespielt haben, ergaben keine gültige Handynummer. Da blieb nur Ihre Nummer übrig, eine von tausend Möglichkeiten, aber nur eine, die passte. Unglaublich geradezu.«

»Sie kennen doch meine Handynummer?« Anna versuchte nicht, ihre Irritation zu verstecken. »Was soll das jetzt werden? Fröhliches Nummernraten?«

»Ja, ich habe Ihre Nummer. Ich erkläre es Ihnen, wenn Sie zu mir ins Präsidium kommen.«

Anna verstand kein Wort. »Warum zu Ihnen ins Präsidium?«

»Entschuldigung«, sagte Schumann. »Aber wir haben heute Morgen einen Zettel mit einem Teil von offensichtlich Ihrer Handynummer in einem Auto gefunden, das am Ufer des Steinhuder Meers stand.«

Anna überlief es kalt. Sie ahnte, was sich hinter Schumanns vagen Worten verbarg. »Und im Auto war eine Leiche?«, brachte sie hervor.

Sie spürte Schumanns Zögern. Dann seufzte er tief und erwiderte: »Ja, im Auto war ein Toter. Die Spurensicherung hat einen Zettel unter dem Beifahrersitz gefunden, auf dem ein

Teil einer Nummer stand. Die kam mir bekannt vor. Und es ist offenbar tatsächlich Ihre Nummer. Könnten Sie bitte jetzt gleich aufs Präsidium kommen?«

Anna stöhnte. Vorbei war der gemütliche Sonntag mit Lektüre und Tee und abends »Tatort«. Wenn sie sich erst einmal in Schumanns Fängen befand, dann war der Rest des Tages verloren. Mühsam rappelte sie sich auf.

»Ich bin in einer halben Stunde bei Ihnen«, sagte sie betont muffig.

Als sie das Haus verließ, schien es ihr, als ob sie im Eingang des Wohnblocks auf der anderen Straßenseite erneut eine Gestalt in einem dunklen Kapuzenpullover wahrnähme. Aber sie konnte sich das auch einbilden. Allmählich, so schalt sie sich, entwickelte sie wohl eine Art Verfolgungswahn. Überall schienen Männer in Kapuzenpullover auf sie zu warten. Dämlicher ging es wohl kaum!

Der Mann mit dem Kapuzenpullover

Der Regen hatte aufgehört, der Himmel über dem Maschsee leuchtete in zartem Graublau, als Anna in Richtung Polizeipräsidium abbog. Sie sah hinüber zur Leibniz-Bibliothek, für deren große Ausstellung über Landkarten aus der Zeit König Georgs III. sie vor knapp zwei Jahren den Katalog verfasst hatte. Die Erinnerungen an ihre Abenteuer im Brester Moor tauchten wie aus einem Nebel auf. Wie viel doch seitdem geschehen war! Der Moormann, die Schattenhöhle im Ith im letzten September, und nun schien schon wieder etwas in der Luft zu liegen.

Ich glaube, ich verziehe mich demnächst auf eine Insel in der Karibik und tauche unter, dachte Anna für einen flüchtigen Moment, als sie ihren Wagen in der Nähe des Präsidiums abstellte. Keine Leichen mehr, keine geheimnisumwobenen Berichte aus der Vergangenheit, keine Schätze, nur noch Strand, Meer und ein paar gute Bücher.

An diesem Sonntag war es ruhig in den Gängen des Präsidiums. Schumann kam ihr entgegen.

»Es tut mir leid, dass ich Sie stören musste. Es hat uns, wie Sie verstehen werden, sehr überrascht, dass auf diesem Zettel im Auto mit einem Toten offenbar ein Stück von Ihrer Handynummer stand. Wir haben, wie schon erwähnt, alle möglichen Varianten ausprobiert. Ihre war die einzige, die übrig blieb. Das wirft natürlich einige Fragen auf, die wir rasch aufklären möchten.«

»Also, ich habe niemanden ermordet, und ich habe diesen Ermordeten sicherlich auch nicht persönlich gekannt«, sagte Anna ungehalten.

Schumann legte eine Hand auf ihren Arm und deutete ein Lächeln an. »Das hat ja auch keiner behauptet. Kommen Sie doch erst einmal in mein Büro.«

Obwohl Schumann erst seit Kurzem in Hannover arbeitete, wirkte das Büro bei aller Nüchternheit schon recht wohnlich. Das lag vor allem an der alten Karte von Niedersachsen an der Wand hinter seinem Schreibtisch, eine Kopie einer der Landkarten, die Anna für den Katalog der großen Ausstellung gesichtet hatte. Sie zeigte den Raum zwischen Stade und Bremen und sogar Orte wie Bresterholz und das Moor. Anna war gegen ihren Willen gerührt. Zwei Sessel und ein kleiner Tisch vervollständigten die Einrichtung, die von einem mächtigen Schreibtisch dominiert wurde. Nicht gerade Wohnzimmeratmosphäre, aber alles aufgeräumt und ordentlich. Auf dem Schreibtisch stand sogar eine Blumenvase mit Narzissen. Was Anna nicht ahnte, war, dass Schumann diese Blumen noch rasch bei einem Kiosk in der Nähe aufgetrieben hatte, der sonntags eine kleine Auswahl an Blumen anbot.

Sie ließ sich in einen der beiden kleinen Sessel fallen. Schumann hatte ein Tablett mit einer Kaffeekanne und zwei Tassen auf den Tisch gestellt. Sogar Kekse gab es. Anna musste unwillkürlich lächeln. Sonntäglicher Kaffeeklatsch im Polizeipräsidium – das hatte sie sich doch schon immer gewünscht!

Schumann setzte sich in den anderen Sessel, räusperte sich lange, was, wie Anna wusste, ein Zeichen von Unsicherheit war. Dann zog er einen Zettel aus seiner Jacketttasche, den er auf den Tisch legte. Anna warf einen Blick darauf und erkannte sofort, dass die Zahlen zumindest die zweite Hälfte ihrer Handynummer ergaben.

»Heute Morgen wurde wie gesagt am Ufer des Steinhuder Meers ein Auto mit einer Leiche entdeckt. Noch wissen wir nicht sehr viel, und ich darf und kann Ihnen auch noch nicht sehr viel sagen, außer dass die Spusi ein Stück Papier mit dieser Nummer entdeckt hat. Die Nummer kam mir vage vertraut vor, und da ich Ihre Nummer auswendig kenne«, Schumann errötete ein wenig, »habe ich Sie angerufen. Ich glaube nicht an Zufälle. Vielleicht hat da jemand tatsächlich Ihre Handynummer bei sich gehabt, aus welchem Grund auch immer und auch wenn Sie nichts davon ahnen sollten.« Er sah Anna fragend an.

»Das ist in der Tat sonderbar«, sagte Anna verwirrt. »Ich kann Ihnen nicht helfen. Wer sollte meine Handynummer weitergegeben haben und weshalb? Wer ist der Tote überhaupt?«

Schumann räusperte sich wieder, trank einen Schluck Kaffee und sagte dann: »Wir sind noch nicht ganz sicher, aber der Wagen ist auf einen Daniel Piehlau gemeldet, Student an der Universität Hannover.«

Anna zuckte zusammen. »Daniel Piehlau? Das … das kann doch nicht sein!« Sie spürte, wie ihr das Blut aus dem Gesicht wich.

Schumann sah sie besorgt an. »Sie kennen den Namen?«

»Ja, Daniel Piehlau ist ein entfernter Neffe von mir, um etliche Ecken verwandt. Er ist halb so alt wie ich, und ich habe ihn in meinem ganzen Leben vielleicht dreimal getroffen. Ich weiß nur, dass er Germanistik und Geschichte studieren wollte und in Hannover gelandet ist. Aber ansonsten weiß ich nichts weiter.« Sie rang nach Luft. Wieder sah sie den blonden Jungen vor sich, der mit seiner noch recht hohen Stimme auf sie einredete und von seinem Lebenstraum erzählte: »Entdecker indianischer Hochkulturen.« Ihr Herz krampfte sich zusammen. Konnte der Tote am See wirklich ihr Neffe sein? Sie sah Schumann an, der sie abwartend anblickte.

Anna überlegte hastig. Sollte sie Schumann von dem Buch erzählen? Dann waren sie und Richard sofort wieder in einen Fall verwickelt. Bloß nicht! Vielleicht hatte das Buch ja nichts mit Daniels Tod zu tun. Ein dumpfes Bauchgefühl aber verriet ihr, dass beides zusammenhing. Es wäre ja nicht das erste Mal, dass sie in einen Fall hineinschlidderte, trotz ihrer Hoffnung, der Kelch möge an ihr vorübergehen. Sie atmete schwer.

»Er wollte mich treffen, was ich aber nicht direkt von ihm selbst erfahren habe, sondern über einen gemeinsamen Bekannten.« Sie hielt inne. So viel konnte sie Schumann wohl verraten, aber nicht Richards Namen nennen. Rasch fuhr sie fort: »Aber ich habe keine Ahnung, worum es ging. Eventuell hatte er einfach Lust, mich zu sehen, weil ich in Hannover lebe und er hier studiert.« Sie schluckte. »Wie schrecklich, wenn das wirklich stimmen sollte. Sind Sie denn ganz sicher?«

Schumann sah sie skeptisch an. »Noch sind wir nicht ganz sicher, aber wir gehen davon aus, denn das Auto war auf ihn gemeldet und der Tote ist ein junger Mann. Auch wenn Sie ihn lange nicht gesehen haben, wäre es doch möglich, dass Sie ihn identifizieren könnten. Er hat eine auffällige Narbe am rechten Unterarm.«

»Ich habe ihn seit Ewigkeiten nicht mehr getroffen, weiß auch nichts von etwaigen Narben«, wehrte Anna heftig ab. Die Vorstellung, sich einen Toten anzusehen, verursachte ihr Übelkeit.

Schumann lenkte ein. »Unser Pathologe ist auch noch mit ihm beschäftigt. Die Leiche ist noch in der Gerichtsmedizin. Dann verschieben wir das auf später.«

Anna spürte Erleichterung. So herzlos es sein mochte, sie glaubte nicht, dass sie ihren Neffen Daniel wiedererkennen würde. Und der Gedanke an die Gerichtsmedizin erfüllte sie mit Schaudern. Feigling, schalt sie sich.

Schumann klickte mit einem Kugelschreiber, was an Annas Nerven zerrte. Versonnen sagte er: »Ich frage mich allerdings, weshalb er sich jetzt plötzlich bei Ihnen melden wollte. Und über wen Sie das erfahren haben?« Als Anna nicht antwortete, fügte er hinzu: »Laut unserer Information studiert er bereits ein ganzes Jahr hier. Und auf einmal fällt ihm ein, dass er hier eine Tante hat? Das klingt merkwürdig.«

»Vielleicht hatte er vorher keine Zeit oder Lust, mich zu sehen. Oder er hat sich plötzlich daran erinnert, dass ich auch hier lebe?« Anna spürte Unmut aufsteigen. Wenn sie Schumann erzählte, dass sie über Richard von Daniels Wunsch, sie zu treffen, erfahren hatte, musste sie wohl oder übel auch das Buch erwähnen. Dazu verspürte sie keine Ambition. Sie musste erst ihre Gedanken ordnen. Schumanns Blick ruhte immer noch auf ihr mit einer Mischung aus Skepsis und Erwartung.

»Wie ist er denn gestorben?«, fragte sie mit belegter Stimme.

»Er wurde vermutlich vergiftet, mehr kann ich noch nicht

dazu sagen. Ein Motiv haben wir auch noch nicht.« Schumann kratzte sich am Hinterkopf. »Wir werden ab morgen seine Kommilitonen und Dozenten befragen und auch im Kloster Warnstedt Informationen einholen. Er hat dort seit einigen Wochen als Aushilfskraft bei der Auslagerung und Registrierung der Bücher im Rahmen des Bibliotheksneubaus gearbeitet. Das haben wir immerhin schon herausbekommen.« Er klang wesentlich freundlicher, als er hinzufügte: »Wenn Piehlau ein entfernter Neffe von Ihnen ist und er mit Ihnen in Verbindung treten wollte, dann überrascht es nicht mehr so sehr, dass Ihre Handynummer in seinem Auto lag. Wahrscheinlich ist der Zettel vom Sitz oder der Ablage heruntergefallen. Vielleicht hat ihn ja sogar der Täter bei seiner Säuberungsaktion zerrissen und dann übersehen. Ansonsten hat er das Auto sehr gründlich aufgeräumt und gesäubert. Keine Fingerabdrücke, alles blank gewischt.«

Schumann trank wieder einen kleinen Schluck Kaffee und fragte mit plötzlich strenger Stimme: »Dieser Bekannte, über den Sie von Daniels Wunsch, Sie zu treffen, erfahren haben, heißt nicht zufällig Richard Bernhard? Rücken Sie mit der Sprache heraus, Anna! Hat Daniel Piehlau Kontakt mit Bernhard aufgenommen, um an Sie heranzukommen? Es ist ja bekannt, dass Sie mit Bernhard zusammen im vergangenen Jahr dieses Abenteuer im Ith hatten. Darüber stand einiges in den lokalen Blättern. Und wenn Daniel womöglich Ihre Adresse nicht hatte, dann wäre Richard Bernhards Geschäft eine gute Anlaufstelle.«

Anna fühlte sich auf einmal sehr erschöpft. Sie hatte die Ausreden satt. Aber sie scheute sich davor, Schumann die ganze Wahrheit zu offenbaren, und suchte eine halbwegs plausible Erklärung.

»Ja«, erwiderte sie und ertappte sich erneut beim Schwindeln. »Er hat Richard angerufen, dessen Geschäft im Telefonbuch vermerkt ist, und hat ihm gesagt, dass er mich sehen möchte. Wahrscheinlich haben Sie recht, und er hat die beiden Fälle verfolgt, in denen Richard und ich zusammengearbeitet haben. Meine Adresse steht nicht im Telefonbuch, nur meine Festnetznummer. Aber ich bin darüber kaum mehr zu erreichen. Richard hat ihm dann sicherlich meine Handynummer gegeben.«

Schumann nickte. »Das könnte hinhauen. Ich werde das überprüfen«, sagte er. »Bernhard wird sich vielleicht noch daran erinnern können. Das kann noch nicht lange her sein. Und wenn Daniel ihn überzeugen konnte, dass Sie seine Tante sind, hat er wohl Ihre Nummer mit gutem Gewissen herausgerückt. Warum nicht gleich so? Warum diese Ausflüchte?«

Anna schämte sich fast, denn sie spürte, dass der Kommissar sich unwohl fühlte. Morde gingen nicht spurlos an Hans Schumann vorbei, das wusste sie. Sie nagten an seiner Seele und trübten seine trotz so vieler schlimmer Geschehnisse meist eher optimistische Sicht auf die Welt. In diesem Fall kam jetzt wohl noch erschwerend hinzu, dass der Tote ein Verwandter von ihr war. Vielleicht hatte er – so wie sie auch – gehofft, sie einmal ohne jegliche berufliche Belastung treffen zu können. Nun musste er erneut strikt das Berufliche vom Privaten trennen.

Er stand auf und wischte sich einen Kekskrümel aus dem Mundwinkel. »Das tut mir alles sehr leid. Wir werden Sie natürlich genauer informieren. Heute können wir allerdings nicht mehr viel machen. Aber ich melde mich morgen wieder.«

Anna verließ das Präsidium wie unter einer schwarzen Wolke. Armer Daniel! Sie quälte die Frage, ob das Buch dieses anonymen Iren tatsächlich etwas mit seinem Tod zu tun hatte. Mühsam versuchte sie, sich an seine Worte in dem kurzen Schreiben zu erinnern. Aber der Zettel lag bei Richard, und sie verspürte wenig Lust, Richard zu sehen.

Sie würde ihrer Mutter von Daniels Tod berichten müssen. Aber erst musste sie abwarten, bis Schumann grünes Licht dazu gab. Und vielleicht bestand ja die vage Chance, dass der Tote gar nicht Daniel war. Wenn es sein musste, würde sie den schweren Gang antreten und ihn identifizieren.

Als sich Anna ihrem Wohnhaus näherte, dunkelte es. Sie parkte ihren Wagen in der Nähe und schloss nachdenklich die Autotür ab. Aus dem Augenwinkel sah sie eine Bewegung. Sie hob den Kopf und konnte gerade noch erkennen, wie sich eine Gestalt in einem dunklen Kapuzenpullover aus dem Schatten ihres Hauseingangs löste und die Straße überquerte. Die Stimme blieb ihr im Hals stecken, und sie brachte nur ein klägliches »Halt, wer sind Sie?« heraus. Doch da war der Mann schon um die Ecke gebogen und verschwunden.

Ihre Hände versagten ihr fast den Dienst, als sie ihre Wohnungstür aufschloss. Das Erste, was sie sah, als sie in den Flur trat, war ein kleiner Zettel auf dem Fußboden unterhalb des Briefschlitzes. Sie hob ihn auf. Die krakelige Schrift kam ihr bekannt vor.

»Ich muss dich dringend treffen! Heute 22 Uhr an der Kröpcke-Uhr. Komm bitte allein. Dein Neffe Daniel P.«

Dann war der Mann im Kapuzenpullover also Daniel gewesen? Warum hatte er sie nicht direkt angesprochen? Weshalb diese Heimlichtuerei? Durfte niemand wissen, dass er noch lebte? Eine Woge der Erleichterung und der Freude überflutete sie – Daniel lebte! Aber wer war dann der Tote in Daniels Auto?

Anna atmete tief durch und blickte auf ihre Uhr. Zwanzig nach sechs. Noch knapp drei Stunden. Sollte sie Hans Schumann informieren, dass der Totgeglaubte noch lebte und Kontakt zu ihr aufgenommen hatte?

Sie nahm ihr Handy und drückte Schumanns Kurzwahlnummer. Nach sechsmaligem Klingeln sprang die Mailbox an. Anna beendete die Verbindung, ohne eine Nachricht zu hinterlassen. Dann versuchte sie, Richard zu erreichen; er hatte Daniels Handynummer, die sie jetzt gerne gehabt hätte. Aber auch hier ertönte die Stimme von der Mailbox, die Richard mit den sanften Klängen der Auenlandmusik aus »Der Herr der Ringe« unterlegt hatte. Sie sprach nur kurz aufs Band: »Daniel hat sich gemeldet. Bitte ruf mich an. Später mehr!« Wie ärgerlich, dass Daniel auf dem Zettel nicht seine Handynummer vermerkt hatte.

Auch wenn sie von Haus aus misstrauisch war, so erschien ihr der vorgeschlagene Treffpunkt mitten in Hannover ungefährlich, da er auch abends meist noch recht belebt war. Vor allem war es ein unauffälliger Ort für eine Verabredung. Hoffentlich würde Daniel Licht in das Dunkel bringen und damit auch das Rätsel um den unbekannten Toten in seinem Auto lösen helfen.

Die Reise

Der lahme Gaul, den ich in Cuxhaven nach meiner Landung erstand, ging lieber im Schritt, als dass ich ihn zum Trab, geschweige denn zum Galopp hätte bringen können. In meiner Eile, die kleine Hafenstadt so rasch wie möglich zu verlassen, hatte ich das nächstbeste Pferd gekauft. Doch Argus, wie das Ross hieß, war immerhin stark und vermochte mein Gepäck und mich zu tragen.

Der Abend dämmerte erst, als ich mich auf den Weg machte. Doch schon nach wenigen Meilen überkam mich eine bleierne Müdigkeit, und ich suchte nach einer Herberge für die Nacht. In dem Sprengel Nordholz entdeckte ich einen Gasthof, dessen Wirt, ein hagerer Mann mit kantigem Gesicht und tief liegenden Augen namens Henner Klaasen, bereit war, mir für die Nacht eine Kammer zu geben und für Argus einen Platz in seinem Stall. Dort standen zwei alte Kutschpferde und ein recht ansehnlicher Rappe. Die Wirtsstube war dunkel und niedrig, im Kamin loderte immerhin ein Feuer. Ich war dankbar für einen Becher Bier, ein Stück Brot mit Wurst und einen Napf Linsensuppe.

»Zum fliegenden Kutter« hieß diese sonderbare Schenke. Auf meine Frage in meinem mühsam in der Schule erlernten holprigen Deutsch, wie das Wirtshaus zu diesem Namen gekommen sei, entblößte Klaasen seine wenigen braunen Zahnstummel und erzählte, dass er einst Seemann gewesen und auf einer seiner Fahrten dem Fliegenden Holländer begegnet sei. »Knapp vor Helgoland war das«, sagte er. »Da kam das Schiff durch Nacht und Nebel geflogen, höllischer Lärm an Bord und zerfetzte Segel, die im Sturm flatterten. Das Schiff war von einem grünlichen Schimmer umgeben. Es rauschte an uns vorbei und verschwand im Dunst.« Klaasen leerte einen Becher Bier mit einem kräftigen Zug. »Wenig später hab ich meinen Dienst quittiert und mit meiner ersparten Heuer diese Kneipe gekauft. Tja, das ist jetzt auch schon bald dreißig Jahre her. Nicht jeder kann von sich

sagen, dass er den Fliegenden Holländer gesehen und überlebt hat. Von meinen damaligen Kameraden lebt keiner mehr.«

Nach dieser Schauergeschichte zog ich es vor, schnell mein Lager aufzusuchen. Es war hart und ungemütlich, doch dank meiner Erschöpfung fiel ich sofort in einen tiefen Schlaf. Ich erwachte erst, als ein dünner Sonnenstrahl durch das schmutzige kleine Fenster drang und mich an der Nase kitzelte.

Der Wirt hantierte mit einer Pfanne in der schmalen Küche und bot mir Eier und Brot an, dazu ein Stück Speck. Als er einen dampfenden Teller vor mich setzte, sah er mich mit einem für mich zunächst unerklärlichen Blick an und sagte dann: »Mein Junge, ich hoffe, du hast nichts auf dem Kerbholz?«

Ich zuckte zusammen. »Weshalb fragen Sie das?«

»Nun, ganz einfach. Als du noch geschlafen hast, ist ein Mann vorbeigekommen, der sich nach einem jungen Burschen erkundigt hat, den er, wie er sagte, leider in Cuxhaven aus den Augen verloren habe.« Henner Klaasen sah mich streng an. »Er sah zwar nicht wie ein Büttel aus, aber dennoch muss ich dich das fragen. Ich will nicht mit dem Gesetz in Konflikt geraten.«

Ich schluckte mühsam das Brot herunter. »Nein«, gelang es mir hervorzubringen. »Nein, ich bin kein flüchtiger Verbrecher oder Deserteur. Ich bin ein gewöhnlicher Reisender, und ich kenne diesen Mann nicht.«

Klaasen zwinkerte. »Das habe ich mir gedacht. Du scheinst in Ordnung zu sein. Und dein Gaul ist ja auch nicht gerade ein Ross, das von Geld zeugt oder für einen Flüchtigen schnell genug wäre.« Er grinste. »Der Kerl war mir nicht ganz geheuer, und ich habe ihn weitergeschickt nach Unterholz. Das sind acht Meilen von hier, und der Wirt vom ›Goldenen Pflug‹ bietet auch Quartiere für die Nacht. Da soll er mal nach dir fragen.«

Er sah zum Fenster hinaus. Kalter Regen fiel in langen Schlieren vom Himmel. Als er sich wieder zu mir umwandte, sah er ernst aus. »Mach dich lieber bald auf den Weg. Und meide Unterholz. Du kannst einen schnelleren Pfad durchs Rote Moor nehmen.« Er wirkte nachdenklich. »Der Fliegende Holländer hätte sicher so aussehen können wie dieser Fremde«, murmelte er. »Dunkler Bart, dunkle Augen, mehr konnte ich nicht sehen. Er hatte seinen Hut tief ins Gesicht gezogen. Ziemlich hochgewachsen und mit einem leichten Hinken. Schnarrende Stimme, Deutsch mit einem sehr starken Akzent, viel stärker als deiner, mein Jungchen.« Er wischte mit einem Tuch über den Tisch, an dem ich saß und verzweifelt versuchte, den Speck hinunterzubekommen. Doch meine Kehle war wie zugeschnürt. Nun hatte der Namenlose meine Spur also wieder aufgenommen. Er musste kurz nach mir Helgoland verlassen und Cuxhaven am gestrigen Abend erreicht haben. Was wäre geschehen, wenn Klaasen mich nicht verleugnet hätte? Ein Messer in der Brust? Eine durchtrennte Kehle?

Kalte Schauer liefen über meinen Rücken, mein Mund war ausgetrocknet. Ich schob den Teller von mir und sagte: »Ich breche in der Tat lieber auf. Mein Weg ist noch lang.«

Klaasen nickte. Dann rausperte er sich. »Hör mal, Jungchen. Mit deinem Gaul kommst du nicht schnell voran. Wenn du mir das Pferd hierlässt und ein paar Münzen dazu, gebe ich dir meinen Rappen. Ein Engländer hat ihn mir verkauft. Das Pferd heißt Raven und ist ein guter Traber und zäh. Stammt aus dem Landesgestüt bei Celle, das König Georg vor gut hundert Jahren gegründet hat.«

Und so kam es, dass ich wenig später auf einem stattlichen Pferd saß, mein Gepäck wohl verstaut, vom Wirt noch mit einem Laib Brot, einer Wurst und einem Schlauch Wasser versorgt. Ich verabschiedete mich von dem freundlichen Mann und ritt davon. Der leichte Regen störte mich nicht, und Raven erwies sich als starkes, trittsicheres und schnelles Pferd. Vor allem ausdauernd, sodass ich rasch vorwärtskam. Ich nahm den Weg durch das Rote Moor, vorbei an den Katen einiger Torfstecher, an bizarren Bäumen und an trüb schimmernden Wasserlöchern. Ich sah nur sehr wenige Menschen, dafür große Rinderherden auf saftigen Weiden, gut genährte Pferde auf Koppeln, vereinzelt ein Kaninchen und am Himmel Schwärme von Kranichen und Wildgänsen, die gen Süden zogen.

In der Abenddämmerung gelangte ich nach Hannover. Drei

Jahre zuvor hatte Georg IV. die Stadt besucht, wenige Monate nach seiner Krönung. Auf seinen ersten Reisen hatte der frisch gekrönte Herrscher auch Dublin und Schottland beehrt. Die Iren und die Schotten zeigten sich weitaus weniger begeistert von dem hohen Besuch, da es in beiden Ländern, vor allem aber in Irland, gärte. Ich selbst hatte damals den Einzug des Königs nach Dublin erlebt. Die Stimmung war angespannt gewesen, aber es blieb erstaunlich ruhig. Hannover aber war dankbar für den royalen Gast, da sein Vater, Georg III., diese Stadt nie besucht hatte, anders als seine Vorgänger, und sich dieser Teil des Königreichs nun dank der Visite Georgs IV. aufgewertet fühlte.

Ich fand Unterkunft in einem kleinen Gasthof am Rande der Stadt. Die Wirtin wies mir eine kleine Kammer zu, während Raven in ihrem Stall trefflich versorgt wurde. Das Essen im »Silbernen Storch« war einfach, aber wohlschmeckend. Beim letzten Schluck Bier kroch die Erschöpfung in mir hoch. Doch ich wollte vor dem Schlafen noch einen kleinen Spaziergang durch die Stadt unternehmen, von der ich schon viel gehört hatte. Im Vergleich zu London erschien sie mir winzig, und selbst Dublin wirkte sehr viel größer als diese hübsche Residenzstadt. Ich verspürte Lust auf einen Schlummertrunk in einer der Schenken, ehe ich in meine Unterkunft zurückkehrte. Am nächsten Tag lag nur noch ein Ritt von etwa vier Stunden vor mir.

Im Gasthof »Zum Schwarzen Bären« machte ich halt und setzte mich an einen der Tische aus rohem Holz. Als der Wirt, ein stämmiger Bursche mit flammend roten Haaren, mir das Bier hinstellte, schaute ich mich in dem dämmrigen Lokal um. Das Herz blieb mir fast stehen.

In einer Ecke des Raumes sah ich ihn. Den Hut hatte er nicht abgelegt, doch ich erkannte ihn sofort. Sein üppiger Bart verriet ihn. Er saß mir schräg gegenüber, und noch schien er mich nicht bemerkt zu haben. Ich ließ mein Bier unberührt, warf eine Münze auf den Tisch und schlug meinen Mantelkragen hoch. Mit schnellem Schritt verließ ich das Wirtshaus, fürchtend, jeden Augenblick von hinten angegriffen zu werden. Töten würde er mich hier nicht, denn er wollte das, was ich bei mir hatte. Und das lag in meiner Kammer in der Herberge. Aber mich niederschlagen und die Preisgabe meiner Habe erzwingen, das würde er leicht im Dunkel der Gassen bewerkstelligen können. Doch niemand folgte mir.

Als ich im »Silbernen Storch« ankam, schlug die Turmuhr der nächsten Kirche elfmal. Obgleich ich am ganzen Körper zitterte, fiel ich wenig später in einen tiefen Schlaf, aus dem mich die Wirtin am nächsten Morgen mit einem polternden Klopfen an meiner Tür riss. Es war noch dunkel, aber ich hatte sie gebeten, mich rechtzeitig aus dem Bett zu scheuchen. Mein Ziel an diesem Morgen war jener Ort, zu dem meine Tante mich schickte. Dorthin sollte ich die kostbaren Gegenstände bringen, die sie bei ihren Forschungen entdeckt hatte. Dort würde ich außer Gefahr sein.

Als ich Hannover an jenem Morgen verließ, fühlte ich mich frei und mutig, die Schatten der letzten Tage schienen verflogen. Mein Optimismus war wiedergekehrt, und der Namenlose schien ein Phantom zu sein, dem ich nun endgültig entflohen war.

Anna hielt inne. Sie war so sehr in das Buch des Irishman versunken gewesen, dass sie darüber die Zeit vergessen hatte. Sie warf einen Blick auf die Uhr. Kurz vor halb zehn, höchste Eisenbahn, sich auf den Weg zu ihrem Treffpunkt zu machen. Sie legte das Buch auf den Tisch, schlüpfte rasch in ihren Mantel und in ihre Stiefel.

Zwanzig Minuten später kam sie an dem verabredeten Ort an. Die berühmte Kröpcke-Uhr, 1871 eingeweiht und seitdem Zeuge der wechselvollen Geschichte Hannovers und eines der Wahrzeichen der Landeshauptstadt, war ein beliebter Treffpunkt. Auch an diesem Abend standen noch Grüppchen junger Leute in der Nähe herum. Anna wusste zwar nicht, wie Daniel, den sie jahrelang nicht gesehen hatte, heute aussah, was sie auch Schumann angedeutet hatte, aber sicherlich würde er sie erkennen. Immerhin schien er sie ja beobachtet zu haben. Falls er im vergangenen Jahr die Zeitungen gelesen hatte, so waren da auch Fotos von ihr abgedruckt gewesen, wenn auch eher grässliche Aufnahmen. Sie konnte nur hoffen, dass sie sich in Daniels Augen in den vergangenen zwölf Jahren nicht allzu sehr verändert hatte.

Anna wappnete sich mit Geduld. Sie wickelte ihren Schal um ihr Gesicht, weil plötzlich ein frischer Wind aufgekommen war. Mehrmals wanderte sie um die Uhr herum. Mit der Zeit leerte sich der Platz, zumal es langsam unangenehm kühl wurde. Der Zeiger der Uhr rückte unaufhaltsam weiter. Zweiundzwanzig Uhr, zweiundzwanzig Uhr zehn, zweiundzwanzig Uhr fünfzehn, zweiundzwanzig Uhr dreißig – inzwischen war sie durchgefroren und wurde allmählich unwillig. Sie hasste es, versetzt zu werden und ihre Zeit zudem noch an einem kalten Ort zu verschwenden.

Sie wartete noch weitere zehn Minuten, doch Daniel ließ sich nicht blicken. Sollte der Zettel etwa doch von jemand anderem stammen, der sich als Daniel ausgab und sich einen Jux daraus machte, sie um diese Uhrzeit hierherzulocken? Aber was sollte dieser dumme Streich? Und wer konnte von Daniel wissen?

Anna wandte sich um. Genug ist genug, dachte sie genervt. Der Sonntagabend war genauso verkorkst wie der Rest des Tages. Als Lichtblick blieb nur das Büchlein, auf dessen Lektüre sie sich nun erst recht freute. Ein heißer Tee und noch eine halbe Stunde lesen, dann schlafen. Mit energischen Schritten ging sie zu ihrem Auto, das sie vor dem Literaturhaus geparkt hatte, selbst auf die Gefahr hin, ein Knöllchen zu bekommen. Als sie einsteigen wollte, sah sie auf der Windschutzscheibe unter dem Scheibenwischer einen mehrfach gefalteten Zettel. Eindeutig kein Knöllchen.

»Sorry, konnte dich nicht treffen. Zu gefährlich. Werde verfolgt. Melde mich später. Sei mir nicht böse. D.«

Anna war irritiert. Also war Daniel in ihrer Nähe gewesen, hatte sich dann aber nicht zum Treffpunkt gewagt? Was sollte dieses Theater? Noch immer verärgert fuhr sie nach Hause. Zu gerne hätte sie gewusst, ob er der junge Mann im Kapuzenpullover gewesen war, den sie mehrmals in der Nähe ihres

Wohnhauses gesehen hatte. Wenn ja, dann hätte er sie doch direkt ansprechen können. Diese Geheimniskrämerei nervte sie. Offenbar litt ihr Neffe auch unter Verfolgungswahn. Aber sie würde dem Geheimnis schon noch auf den Grund gehen.

Als sie in ihr gut geheiztes Wohnzimmer trat, war sie durchgefroren und vor allem frustriert. Sie dachte an ihren Besuch im Kloster Lüne und die Bemerkung von Roswitha Ebersberg über den Anruf ihres Neffen Felix und an Richards kurzen Bericht über seinen Bekannten, den Bibliotheksleiter aus Warnstedt, der von angeblich gestohlenen Büchern berichtet hatte. Und von einem verschollenen Mitarbeiter. Das war eindeutig Daniel. Inwieweit war er in all das involviert? Steckte er hinter diesem Bücherdiebstahl, oder wusste er davon und fürchtete deshalb um seine Sicherheit? Er hatte immerhin das Büchlein des Irishman entwendet, auch wenn er es als »Leihgabe« betrachten mochte. Welche Rolle spielte dieses Buch im Zusammenhang mit den entwendeten Werken aus der Klosterbibliothek? Sie hoffte, dass Daniel sich bald melden würde, um diese Fragen zu klären.

Anna fühlte sich plötzlich zu müde, um weiter in dem Buch zu lesen. Sie schaltete den Fernseher ein, doch dann beschloss sie, lieber ins Bett zu gehen. Es war kurz nach Mitternacht. In diesem Moment klingelte ihr Handy. Gähnend nahm sie das Gespräch an. Wenn das Daniel war, musste er mit der Wahrheit herausrücken, was dieses Brimborium sollte. Doch ehe sie auch nur »Hallo« sagen konnte, drang ein gurgelndes Geräusch an ihr Ohr. Es klang, als würde Wasser aus einer Badewanne gelassen. Dann war es plötzlich still. Zu still.

Das Kloster am See

Schumann hatte eine unruhige Nacht hinter sich. Dementsprechend schlecht war seine Laune, als er am Montagmorgen sehr früh in sein Büro kam. Erst nach der zweiten Tasse Kaffee – er wurde wohl allmählich süchtig – besserte sich sein Zustand. Er warf einen Blick in die Tageszeitungen und entdeckte tatsächlich kleinere Meldungen zum gestrigen Fund der Leiche am See. In einer sehr bunten überregionalen Zeitung wurde ein »Zeuge« zitiert, der berichtete, dass er den Wagen mit dem Toten beim Gassigehen mit seinem Hund entdeckt hätte.

Aha, dachte Schumann, da hat jemand doch tatsächlich Herbert Meier ausfindig gemacht. Glücklicherweise standen aber keine direkten Hinweise auf die Identität des Toten oder weitere Details in dem Artikel. »Leiche eines bisher nicht identifizierten jungen Mannes« hieß es in den kurzen Meldungen. Schumann dachte an Anna. Wie schrecklich musste es für sie sein, diese Nachricht heute Morgen in der lokalen Zeitung zu lesen, selbst wenn Daniels Name nicht auftauchte.

Er hatte erst am Morgen gesehen, dass sie ihn offenbar gestern Abend noch zu erreichen versucht hatte. Sein Akku war lcer gewesen, und er hatte sich mit einem Glas Wein und einem Buch über die christliche Seefahrt in seinen Lieblingssessel zurückgezogen. Während sein Handy in einer Ecke des Wohnzimmers auflud, hatte er sich mit den Abenteuern von Kapitän Cook beschäftigt, einem seiner Jugendhelden. Ein seltener Luxus, den er heute bereits wieder bereute, da er Annas Anruf nicht mitbekommen hatte.

Er wollte sie gerade anrufen und nach ihrer Gemütslage fragen, als sein Festnetztelefon klingelte. Schumann legte sein schon gezücktes Handy beiseite. Hoffentlich das Labor oder die Spusi, bitte nicht Pressevertreter oder diese sogenannten Zeugen, die angeblich bereits wussten, wer der Täter war. Er wartete immer noch auf Sauerweins Analyse der genauen Todesursache und damit auf die Bestätigung seiner Vermutung, dass der Tote mit einer Überdosis Insulin ermordet worden war.

Am Telefon meldete sich Hartmut Brink, sein unermüdlicher Assistent, der ihn immer an einen der beiden Helfer von »Derrick« erinnerte. Brink, ein nach außen ausgeglichen wirkender Mann von Anfang vierzig, verheiratet mit einer handfesten Bäckerstochter aus Springe und Vater eines dreijährigen Knaben namens Max, hörte sich für seine Verhältnisse hektisch an. Seine Stimme überschlug sich fast, und Schumann verstand zunächst gar nichts.

»Nun fahren Sie mal runter«, ermahnte er Brink. »Ich bekomme kein Wort mit.«

Brink riss sich zusammen und sprach langsamer. »Man hat einen weiteren Toten am Steinhuder Meer entdeckt, auf dem Gelände von Kloster Warnstedt. Der Kollege aus Steinhude hat Sie nicht erreicht und sich deshalb bei mir gemeldet. Eine der Stiftsdamen hat den Mann heute Morgen bei ihrem täglichen Spaziergang hinunter zum See gefunden. Sie ist vierundachtzig Jahre alt, stark kurzsichtig und hatte ihre Brille vergessen. Sie sah wohl erst nur etwas auf dem Boden in der Nähe des Bootsstegs beim Kloster liegen, ging dann näher heran und stieß auf die Leiche. Daraufhin ist sie zurück zum Kloster geeilt und hat einen Krankenwagen und die Polizei in Wunstorf alarmiert.« Brink stockte. »Bis dahin hat sie sich wacker gehalten, aber dann wohl einen kleinen Schock erlitten, als man ihr gesagt hat, wer der Tote ist. Sie kannte ihn und mochte ihn. Er hat im Kloster gearbeitet.«

»Kommen Sie zur Sache, Brink! Wer ist der Tote?«

Brink begann zu stottern. »Es ist … es ist … also, es ist nicht zu fassen, wer das ist.«

»Brink! Herrgott, Mann, benehmen Sie sich nicht wie ein Anfänger.« Schumann trommelte mit seinem Kugelschreiber auf den Schreibtisch. »Wer ist es?«

»Sie werden es kaum glauben, Chef, aber es ist jemand, den wir schon als Leiche haben, wobei die andere Leiche ja dann wohl ein anderer ist …«

Schumann reichte es. »Nun ist aber Schluss mit dem albernen Geplänkel! Wissen Sie, wer der Tote beim Kloster ist oder nicht?«

»Jawohl, Chef, wir wissen es eindeutig. Es ist Daniel Piehlau, der ja bei uns eigentlich seit gestern Morgen in der Gerichtsmedizin liegt.« Brink verstummte.

Schumann legte seinen Trommelstock beiseite. »Wer soll der Tote sein? Daniel Piehlau? Weshalb sind Sie sich da so sicher?«

»Na ja, Chef, die alte Dame, Sybille Friedrichs heißt sie, hat ihn identifiziert. Er war der Assistent des Bibliothekars, Alfons Gremitzer. Aber der war in der letzten Woche ein paar Tage dienstlich unterwegs, und Piehlau sollte sich erst einmal allein weiter um die Auslagerung der Bücher kümmern, die fast alle in einer alten Scheune untergebracht werden sollen und –«

Schumann unterbrach Brinks Redefluss. »Ich bin schon unterwegs. Geben Sie der Spusi und der Gerichtsmedizin Bescheid, wenn Sie es nicht schon getan haben. Und wo stecken Sie eigentlich, Brink? Sind Sie schon im Kloster?«

»Nein, Chef, ich rufe aus der Kantine an. Ich brauchte dringend einen Kaffee. Aber ich warte auf dem Parkplatz auf Sie. Wir können gleich los!«

Schumann vergeudete keine Minute. Er informierte seine Sekretärin, die gerade ihr Büro betreten hatte, dass er mit Brink und Kollegen auf dem Weg zum Kloster Warnstedt sei. »Ich bin sicher nicht vor Nachmittag zurück«, fügte er hinzu.

Er spurtete die Treppe hinunter und warf sich neben Brink auf den Beifahrersitz. Brink fuhr für sein Leben gerne Auto, und Schumann, der zwar vor vielen Jahren einmal davon geträumt hatte, Rennfahrer zu werden, war heilfroh, dass er nicht mehr so viel selbst fahren musste. Vor allem war die Strecke zum Steinhuder Meer recht kurvenreich. Brink erwies sich als flotter, aber zugleich umsichtiger Fahrer, sodass Schumann, der als Beifahrer wenig Nerven zeigte, halbwegs ruhig blieb.

Knapp vierzig Minuten später erreichten sie Kloster Warnstedt. Unterwegs hatte Schumanns Handy geklingelt, aber als er es endlich aus der Jackentasche gefischt hatte, war der Anruf schon auf der Mailbox gelandet. Schumann hatte das Telefon wieder weggesteckt. Später, jetzt musste er sich erst einmal um diesen neuen Fall kümmern. Ein Toter, der eigentlich schon als Leiche in Hannover lag? Wer hatte dann in Piehlaus Wagen gesessen? Sauerwein wollte ihn so rasch wie möglich über die Todesursache des ersten Toten, wie er ihn jetzt nannte, informieren. Doch das könnte sich noch bis zum Nachmittag hinziehen. Die Fingerabdrücke des Mannes befanden sich nicht im System, der Zahnvergleich hatte auch noch keine Ergebnisse gebracht. Und da Schumann der Überzeugung gewesen war, dass der junge Mann in dem Auto Piehlau sei, hatte er auch nicht zur Eile gedrängt. Das sah jetzt anders aus. Der Fund von Piehlaus Leiche verschob die Perspektiven. Schumanns Laune sank wieder in den Keller.

Kloster Warnstedt, nur knapp hundert Meter vom Ufer des Steinhuder Meers entfernt, war ein imposantes Gebäude. Erbaut im frühen 13. Jahrhundert von Benediktinern hatte es bis zur Reformation Mönche beherbergt. Die Bibliothek des Klosters, die nun ein neueres Gebäude erhalten sollte, zeugte noch von jener Epoche, als im Skriptorium wunderschön illuminierte Bände entstanden. Auch nach der Reformation, als die Mönche die Gegend verlassen hatten, blieb das inzwischen lutherische Kloster ein Zentrum für Gelehrte, die in mönchsähnlicher Gemeinschaft zusammenlebten, bis dann Ende des 19. Jahrhunderts Stiftsdamen dort einzogen. Heute lebten noch vier Stiftsdamen in dem Gemäuer, alle jenseits der siebzig.

Die stattliche Sammlung an Büchern war stetig weitergewachsen. Obwohl ein eher kleines Kloster im Vergleich mit anderen niedersächsischen Klosterbauten, war es dennoch ansehnlich mit seinem Mittelteil aus Backstein, dem alten Turm und vor allem der Klosterkirche, in der ein Altar aus der Schule von Lucas Cranach stand. Die Mauern überwucherte wilder Wein, der um diese Jahreszeit eher kärglich wirkte, aber sicherlich schon in den nächsten Wochen austreiben und dann dem Gebäude einen freundlicheren Rahmen verleihen würde.

Jedes Jahr fanden hier mehrere Seminare zumeist zu Themen aus dem Gebiet der Mittelalterforschung statt. Genügend Räume für Übernachtungsgäste gab es im Mittelbau. Schumann wusste, dass das letzte Seminar ein halbes Jahr zurücklag und Historiker aus aller Welt im Kloster versammelt hatte, die sich für die Klostergeschichte Niedersachsens und für die Grabungen auf dem Klostergelände interessierten.

Der Klostergarten reichte bis zum See und umfasste, wie Brink Schumann erklärte, insgesamt dreitausend Quadratmeter. »Sehr interessant für Mittelalterarchäologen«, fügte Brink hinzu. »Im hinteren Teil des Parks finden seit zwei Jahren Grabungen statt, die Professor Günther Rademacher leitet. Dort sollen schon vor dem eigentlichen Klosterbau eine Kapelle und im vorigen Jahrhundert ein Eishaus und ein kleineres Vorratsgebäude gestanden haben. Und ein Skriptorium.« Brink liebte es zu dozieren. »Rademacher hat bereits Relikte einer Kapelle entdeckt, aber es soll noch einiges mehr zu finden sein. Es liegen etliche Steine herum, die Teile von Mauern gewesen sein können. Und man weiß aus alten Handschriften, dass sich dort auch eine Grabkammer und ein kleiner Friedhof befunden haben. Vor mehr als hundert Jahren sind Teile dieser alten Anlage einem Brand zum Opfer gefallen. Leider hat es das Skriptorium erwischt. Davon zeugen noch ein paar geschwärzte Steinbrocken und dunklere Erdschichten.«

Schumann wunderte sich längst nicht mehr darüber, was sein Assistent alles wusste. Hartmut Brink saugte jede Information in sich auf, auch Klatsch und Tratsch, belegte einen Computerkurs nach dem anderen, lernte nebenher an der Volkshochschule Chinesisch und sammelte Briefmarken. Letzteres wiederum rührte Schumann. Dieses Hobby hatte er selbst als Kind gepflegt, aber das lag vierzig Jahre zurück. Seine sorgfältig gehegten Alben lagerten in einer Kiste auf dem Dachboden seines einstigen Elternhauses. Er hatte es nie übers Herz gebracht, sie zu verkaufen oder zu verschenken. Ein Anflug von Melancholie überkam ihn. Tempi passati – so weit reichte sein Latein noch.

Nicht weit vom Ufer entfernt, direkt vor dem Kloster, erhob sich ein alter Wehrturm auf einer aus Basaltsteinen aufgeschütteten künstlichen Insel. Zweihundertfünfzig Jahre war dieser Turm alt. Brink berichtete seinem Chef voller Begeisterung, dass dieser inzwischen recht baufällige Turm ein historisches Vorbild habe. »Das Original ist aber wesentlich größer und solider als dieser eher kleine und heute marode Turm«, erläuterte Alleswisser Brink. Graf Wilhelm von Schaumburg-Lippe hatte die Festung Wilhelmstein in den sechziger Jahren des 18. Jahrhunderts auf einer in seinem Auftrag angelegten kleinen Insel im Steinhuder Meer in der Nähe des Fleckens Hagenburg erbauen lassen. Wilhelmstein war nach einer wechselvollen Geschichte mit ganz verschiedenen Funktionen heute ein beliebtes Ausflugsziel. Der alte Wehrturm von Warnstedt dagegen mit seinem rußgeschwärzten Dach und den mit Löchern übersäten Mauern sah wenig einladend aus und galt als einsturzgefährdet. Dennoch bot er bei gutem Wetter eine malerische Kulisse.

Schumann ging kurz hinunter zum See, dessen Wasser die gleiche trübe grünbraune Färbung aufwies wie am Sonntagmorgen. Der Warnstedter Wehrturm mit seinen dunklen Steinen trug an diesem Tag wenig zur Aufhellung der Stimmung bei. Er wirkte finster und abweisend. Zumindest machte er auf Schumann diesen Eindruck. Es war kühl am Ufer. Ein frischer Wind kräuselte die Oberfläche des Gewässers. Am Bootssteg hatte Emil Sauerwein bereits das Kommando übernommen, der, wie beim Märchen vom Hasen und Igel, wieder einmal als Erster da war. Er blickte von der Leiche, die halb verdeckt im Schatten des Bootsstegs lag, zu Schumann auf.

»Fragen Sie mich nicht nach der genauen Todeszeit. Gegen vierundzwanzig Uhr, würde ich sagen, aber Sie wissen ja, dass das nur eine erste Schätzung ist. Eine Tatwaffe wurde auch noch nicht entdeckt. Wahrscheinlich ist er nach einem Schlag auf den Hinterkopf ins Wasser gefallen. Der Täter scheint ihn später aber ans Ufer zurückgezogen zu haben.« Sauerwein blinzelte.

Schumann sah hinunter auf die Leiche. Daniel Piehlau hätte

wie ein Schlafender gewirkt, wären da nicht das geronnene Blut an seinem Kopf und die halb geöffneten starren Augen gewesen.

»Dann überlasse ich Ihnen erst mal den Schauplatz«, sagte Schumann. Er fühlte einen Anflug von Kummer, als er den jungen Mann auf dem Boden betrachtete. Aber es nutzte nichts, zu trauern. Er musste den Täter finden. Schumann war sich sicher, dass ein und derselbe Mörder für den Toten in Piehlaus Wagen und für Daniel verantwortlich war. Oder meinetwegen zwei Täter. Egal, die Morde hingen zusammen. Vielleicht hatte es jemand von vorneherein auf Piehlau abgesehen, und der Tote im Wagen war Opfer einer Verwechslung geworden?

Schumann ließ Sauerwein mit dem Toten zurück. Die Spurensicherung würde übernehmen, sobald Piehlau auf dem Weg in die Gerichtsmedizin war. Der Weg zum Kloster führte über einen Pfad, der von Beeten gesäumt war. Noch blühte hier nichts. Der Februar war zwar teilweise sehr mild gewesen, aber glücklicherweise hatte er noch nicht allzu viele Pflanzen aus dem Winterschlaf gelockt. Denn Anfang März hatte eine Kältewelle das Land überrollt, die jetzt langsam wieder abebbte.

In der Eingangshalle des Klosters, an deren Wände einige Porträts streng blickender Herren und verschiedene Darstellungen des Klosters im Wandel der Zeit hingen, standen zwei Frauen. Die eine war, mutmaßte Schumann, Sybille Friedrichs, eine zierliche Dame in einem langen Faltenrock, einer grauen Kaschmirjacke und mit einem leuchtend roten Schal. Die andere Frau, sehr groß mit einem eckigen Gesicht und einer überdimensionalen Brille, musste die Klostervorsteherin sein. Eine Äbtissin hatte Warnstedt seit einem Jahrzehnt nicht mehr. Es lebten zu wenige Stiftsdamen in den alten Mauern, und den größten Teil des Klosters nahmen die elitäre Gärtnerschule und die Bibliothek in Anspruch, in der Studenten und Forscher aus aller Welt zu Gast waren.

Schumann trat auf die beiden Frauen zu. Sybille Friedrichs gab ihm die Hand, während ihre Begleiterin ein wenig zu zögern schien. Dann stellte sie sich mit einem kaum merklichen Lächeln vor.

»Mechthild von Ippendorf. Ich bin die Klosterverwalterin, wohne aber nicht hier, sondern in Wunstorf. Ich bin auch gerade erst gekommen.«

»Sie kannten den Toten?«, fragte Schumann ohne Umschweife.

»Aber ja. Zu meinem Entsetzen habe ich erfahren, dass es Daniel Piehlau ist, ein liebenswerter junger Mann, der hier seit einigen Wochen unserem Bibliothekar assistiert.« Mechthild von Ippendorf holte tief Luft, ehe sie weitersprach. »Er hatte am Freitag das Klostergelände verlassen und hätte am Samstag wieder hier sein sollen, erschien aber nicht. Wir kontrollieren ja unsere Bewohner nicht und auch nicht die Angestellten. Aber es gab ein Gerede, dass etwas vorgefallen sei, in das Daniel verwickelt sein könnte. Etwas mit Büchern. Doch wer hätte so etwas vermutet? Es ist schrecklich.« Ihr eher starres Gesicht verzog sich um eine Nuance und ähnelte einer verrutschten Maske.

Schumann wandte sich an Sybille Friedrichs. »Und Sie haben den Toten gefunden? Das muss ein Schock für Sie gewesen sein.«

Zu Schumanns Überraschung lächelte die alte Dame und antwortete mit geröteten Wangen: »Ja, das war schon ein Schrecken. Aber er sah so friedlich aus, wie er da am Bootssteg lag. Wissen Sie, die jungen Leute feiern ja gerne, und da habe ich gedacht, der arme Kerl schläft seinen Rausch aus und hat es nicht mehr bis ins Kloster geschafft. Obwohl es recht kühl war heute Morgen.« Sie stockte und fuhr sich mit der Hand über ihre sorgfältig frisierten Haare. »Ich habe gerufen, aber er hat nicht reagiert. Dann bin ich näher an ihn herangetreten und habe erkannt, dass er tot war, und dann hat es mich doch erschreckt.«

Plötzlich schluchzte sie auf, und Schumann sagte: »Bitte setzen Sie sich doch. Ein Glas Wasser täte Ihnen sicher gut.«

Die alte Dame schüttelte energisch den Kopf. »Nein, nein, es geht schon. Ich habe ihn natürlich nicht angerührt und bin schnell zurück ins Kloster. Der Rettungswagen war sehr bald da, die Polizei aus Wunstorf auch, und nun sind Sie ja auch da.« Sie sah Schumann aus ihren wasserblauen Augen fast flehend an. »Hoffentlich wissen Sie ganz bald, wer das getan hat!« Offensichtlich schätzte Sybille Friedrichs Kriminalserien, bei denen die Täter immer sehr rasch gefunden wurden. Leider sah die Wirklichkeit etwas anders aus.

Schumann setzte zu einer Antwort an, als sein Handy klingelte. Er warf einen Blick auf das Display. Anna. Was wollte sie von ihm? Gestern Abend hatte sie ihn vergeblich zu erreichen versucht, und das war heute schon ihr zweiter Versuch. »Entschuldigung«, sagte er zu den beiden Damen. »Mein Assistent wird Ihre Aussagen protokollieren.«

Er hielt das Handy ans Ohr. »Nanu, Anna, was treibt Sie so früh ans Telefon?« Er wollte scherzhaft klingen, obgleich ihm nicht danach war. Aber Annas Stimme klang gehetzt. Sie schien nicht in der Stimmung für Smalltalk zu sein.

»Daniel Piehlau ist nicht tot!«, sprudelte es aus ihr heraus. »Er hat mich gestern kontaktiert und wollte mich abends an der Kröpcke-Uhr treffen. Aber dann ist er nicht aufgetaucht. Als ich zu meinem Auto kam, hatte er einen Zettel unter meinen Scheibenwischer geklemmt, auf dem stand, dass er sich wieder bei mir melden wird. Das hat er versucht, aber unser Gespräch –«

»Nun mal ganz langsam«, unterbrach Schumann sie. »Bitte von vorne und holen Sie erst einmal tief Luft.«

Noch wollte er ihr nicht sagen, dass Daniel Piehlau tot war. Erst sollte sie ihm erzählen, weshalb sie meinte, dass er noch lebte.

»Also, was ist passiert?« Schumann blickte hinüber zu den beiden Frauen, die mit Hartmut Brink zusammenstanden. Sybille Friedrichs redete eifrig auf ihn ein, während Mechthild von Ippendorf schweigend danebenstand.

Anna versuchte, ruhiger zu sprechen, und erzählte ihm, was sie gestern Abend erlebt hatte. Er meinte einen leisen Vorwurf in ihrer Stimme zu hören, dass er sie nicht zurückgerufen hatte. Doch er unterbrach sie nicht. »Ja, und dann war da dieses seltsam gurgelnde Geräusch zu hören und danach nichts mehr«, beendete Anna ihren Bericht.

Schumann fühlte sich unwohl. Aber er musste ihr die Wahrheit sagen. Er hüstelte wie immer, wenn er nervös war, und sagte dann: »Anna, es tut mir sehr leid. Ihr Neffe ist in der Tat nicht der Tote, den wir in dem Auto gefunden haben. Aber … Daniel Piehlau ist leider auch tot. Er wurde heute Morgen am Bootssteg von Kloster Warnstedt von einer der Stiftsdamen entdeckt. Es ist diesmal zweifelsohne Daniel, da diese Frau ihn persönlich kannte. Er hat ja seit einigen Wochen im Kloster als Assistent des Bibliothekars gearbeitet.«

»Oh nein!« Annas Aufschrei ließ Schumann zusammenzucken. Dann hörte er ein Schluchzen. »Was ist geschehen? Wie ist er gestorben?«, fragte Anna mühsam.

»Wir wissen noch nicht viel«, antwortete Schumann. »Wir bringen seine Leiche jetzt nach Hannover. Wenn Sie wollen, dann kommen Sie gegen sechzehn Uhr vorbei und geben Ihre Aussage zu Protokoll.«

Er hörte, wie Anna tief Luft einsog. »Und wer ist dann der Tote in Daniels Auto?«, fragte sie mit zitternder Stimme.

»Wir tappen immer noch im Dunkeln. Aber ich hoffe, dass wir bald mehr wissen.« Schumann hatte keinen konkreten Anhaltspunkt, ob dies der Wahrheit entsprach, glaubte aber zumindest, dass Sauerwein ihm am Nachmittag die Todesursachen in beiden Fällen nennen konnte. Er sah wieder hinüber zu den beiden Damen, die noch immer mit Brink zusammenstanden. Der schien seine Befragung jetzt beendet zu haben und winkte ihm zu. Schumann winkte zurück. »Tut mir leid, Anna, ich muss mich jetzt noch um ein paar Dinge kümmern. Ich sehe Sie dann heute Nachmittag. Daniels Tod tut mir sehr leid. Deshalb ist es umso wichtiger, dass wir das, was Sie mir gerade gesagt haben, genau festhalten und überprüfen.« Er steckte sein Handy ein. So hatte er sich das Wiedersehen mit Anna nicht vorgestellt. Warum musste es immer Mord sein, der sie zusammenbrachte?

Die Frau aus Wicklow

Anna fühlte sich schrecklich. Sie hatte versucht, Richard anzurufen, um ihm die fürchterlichen Neuigkeiten zu berichten, aber sie war nur auf seiner Mailbox gelandet. Immer, wenn man ihn brauchte, war er nicht zu erreichen!

Anna blickte auf die Uhr. Mittag. Sie verspürte keine Lust auf Essen. Und selbst die Aussicht, Desmond morgen zu sehen, konnte sie nicht aufheitern. Der arme Daniel. Sozusagen zum zweiten Mal gestorben. Der Tote in seinem Auto war sicherlich ein Freund von ihm, dem er seinen Wagen geliehen hatte.

Anna kochte sich einen Tee und setzte sich in ihren Lesesessel am Fenster, ein Ungetüm, das sie vom Sperrmüll gerettet und neu hatte beziehen lassen. Dann nahm sie das kleine Buch wieder zur Hand.

Sie hatte einen Zettel zwischen die Seiten geklemmt, um die Stelle zu markieren, an der sie zu lesen aufgehört hatte. Es war der Zettel, den Daniel ihr gestern durch den Briefschlitz geschoben hatte. Ihre Augen füllten sich mit Tränen, als sie ihn beiseitelegte. Der gestrige Abend und vor allem Schumanns Information erschienen ihr völlig surreal.

Wieder drängten sich die verschwundenen Bücher in ihre Gedanken, nach denen sie den Kommissar fragen musste. Vielleicht stand das irgendwie im Zusammenhang mit Daniels Tod. Und arbeitete nicht Roswitha Ebersbergs Neffe auch in Kloster Warnstedt beziehungsweise machte dort eine Ausbildung zum Gärtner? Vielleicht hatte er Daniel gekannt. Sie würde Hans Schumann danach fragen.

Das Kapitel des Büchleins, das sie zu lesen begann, war nicht wie erwartet die chronologische Fortsetzung der Reiseabenteuer des Irishman.

Ehe ich meine Chronik der Ereignisse fortsetze, muss ich einige Jahrzehnte zurück in die Vergangenheit reisen.

Als ich 1798 geboren wurde, war ganz Irland in Aufruhr. In Deutschland, wo ich nun gelandet bin, um meinen Auftrag zu erfüllen, weiß man allgemein nichts von dem, was damals unter der Herrschaft König Georgs III. in Irland geschah. Immer wieder hatte es in meiner Heimat Revolten gegen die britische Oberhoheit gegeben, aber viel gefruchtet haben sie nicht. Meist ging es um die Anerkennung der Katholiken als ebenbürtige Bürger, aber diese Bemühungen um mehr Rechte für sie scheiterten meist. Doch man kann bestimmte Entwicklungen nicht auf ewig aufhalten.

Meine Tante und ihr Mann waren einige Jahre zuvor aus Amerika nach Irland zurückgekehrt. Wie meine Tante mir viele Jahre später erzählte, sei für sie die amerikanische Phase ihres Lebens wichtig gewesen, vor allem um ihrer Vergangenheit zu entkommen.

Anna stutzte. Dieser Satz löste etwas in ihrem Gedächtnis aus. Hatte nicht auch Deirdre in ihrer Mail etwas von einer Tante geschrieben, die mit ihrem Ehemann Europa verlassen und zwischenzeitlich in Amerika gelebt hatte? Auf der Flucht vor der Vergangenheit – das klang aufregend. Doch warum sie geflohen war und was dahintersteckte, konnte Anna den nächsten Zeilen nicht entnehmen.

Die nächsten zwei Seiten beschäftigten sich ausführlich mit der irischen Geschichte um 1800, mit diversen Aufständen und politischen Intrigen, mit den wachsenden Freiheitsgedanken und den stetigen Unruhen. Offenbar hatten die Tante und der Onkel, die kinderlos gewesen waren, ihren Anteil an der Entwicklung im Irland jener Jahre. Die beiden waren von den Gedanken der amerikanischen Unabhängigkeitsideale geprägt, doch in Irland stießen sie damit erst einmal auf massive Mauern. Es entstanden aber etliche Gruppierungen, die sich bewaffneten, wie die Bürgerwehr und die Irish Volunteers. Später kamen dann noch die United Irishmen hinzu, und die Situation in Irland glich einem Pulverfass.

Anna blickte von ihrer Lektüre auf. Sie hatte nur wenig Ahnung von irischer Geschichte, sich aber immer für das Land interessiert. Esther Brauns, eine ihrer Kommilitoninnen, war geradezu fanatische Anhängerin irischen, sprich: keltischen Brauchtums gewesen, hatte einen »Druidenkreis« gegründet und war irgendwann in eine Art esoterischen Rausch geraten. Irische Symbole, heilige Zahlen, all das hatte Esther damals so begeistert, dass sie nach Irland gegangen war und dort viele Jahre gelebt hatte. Sie gab Deutschunterricht, veröffentlichte aber vor allem Schriften über »Die Knotensymbolik«, »Die Macht der Zahlen« und »Mystische Feste«. Vielleicht hatte Desmond von ihr gehört. Sie würde ihn morgen danach fragen. Anna hatte jeden Kontakt zu Esther verloren, weil sie sie insgeheim für eine Spinnerin hielt. Dabei hatte sie selbst erst im vergangenen Herbst einen Irischen Wolfshund kennen- und lieben gelernt, der nach dem Begleiter des Sagenhelden Cúchulainn hieß. Cú hatte ihr sogar das Leben gerettet.

Sie las weiter.

Der Irishman schilderte im Detail die wachsenden Spannungen im Land, berichtete, dass ein Onkel 1791 zu den Mitbegründern der Society of United Irishmen gehörte und immer tiefer in die politischen Mahlströme der Epoche geriet. Als sich dann noch die Franzosen einmischten, geriet das Schiff ins Wanken. Immer wieder kam es nun zu kleinen Aufständen, die die britische Armee niederschlug, zum Teil mit Hilfe lokaler Milizen. Dramatisch wurde es, als der Anführer der Society of United Irishmen, Theobald Wolfe Tone, aus seinem amerikanischen Exil nach Frankreich reiste und die französische Regierung um Unterstützung gegen die Briten bat. Die französische Regierung entsandte daraufhin unter dem Befehl von Lazare Hoche eine Streitmacht von fünfzehntausend französischen Soldaten. Aber wegen des schlechten Wetters kehrten die Franzosen wieder um. Die Folgen für Irland waren hart. Doch Wolfe Tone gab nicht auf.

Im Mai 1798 kam es zur Rebellion. Das erste Ziel war Dublin, aber durch Informanten erfuhr die britische Armee davon. Dub-

lin wurde nicht erobert, doch es gelang den Aufständischen, die umliegenden Countys um Dublin einzunehmen. Die Nachricht von der Rebellion verbreitete sich und griff auf weitere Countys über. Die britische Armee konnte diese schnell niederschlagen. Doch die Folge war, dass sich eine Art Bürgerkrieg entwickelte – Protestanten gegen Katholiken.

Anna sah von dem Buch auf. Dieses Debakel zeitigte bis ins 20. Jahrhundert Folgen, und im Schatten des Brexit konnte das wieder losgehen – Katholiken gegen Protestanten.

Der Irishman notierte, dass sein Onkel zu den Aufständischen gehörte und am 21. Juni 1798 bei der Schlacht von Vinegar Hill von einer Kugel tödlich getroffen wurde. Der Anführer des Aufstandes, Wolfe Tone, wurde gefangen und hingerichtet, sein Name ging in die irischen Annalen ein.

Auf dem Anwesen von John Waterstone hatte meine verwitwete Tante in Fleetwood House eine Zuflucht gefunden. Als dann im Jahre 1801 das Königreich Irland zusammen mit England und Schottland zum Vereinigten Königreich wurde, glaubten viele, dass dies ein positives Ergebnis der Rebellion sei, da den Iren immerhin einige Rechte zugesprochen wurden. Doch meine Tante sagte mir bei einem meiner ersten Besuche bei ihr im Jahr 1816, dass die Protestanten und Katholiken, die 1798 noch gemeinsam für eine Sache gekämpft hatten, nun auf immer geteilt seien: »Du wirst es hoffentlich nicht erleben, mein Junge. Aber Irland ist gespalten, und das wird noch zu vielen heftigen Kämpfen führen.«

Meine Tante hatte ihre eigenen Konsequenzen aus der missglückten Revolte und dem Tod meines Onkels gezogen. Sie begann sich für die Vergangenheit Irlands zu interessieren, reiste viel von Wicklow aus durchs Land und versuchte Menschen zu treffen, die Irisch sprachen. Nur noch in bestimmten ländlichen Regionen war Irisch eine lebendige Sprache, die aber immer mehr verdrängt wurde. Vor allem das alte Gälisch, die Sprache der Sagen und Mönche, geriet zusehends in Verges-

senheit. Doch langsam bildeten sich Gruppen, die versuchten, das Irische wiederzubeleben, was fast schon wie ein Akt der Revolution anmutete. Meine Tante ging auf die Suche nach vergessenen Heiligtümern der irischen Frühgeschichte. Während ich nur wenige Brocken Gälisch spreche, beherrschte sie diese Sprache ein wenig besser, doch nicht ausreichend, um die alten Bücher zu studieren oder sich flüssig zu unterhalten. Doch sie gab sich Mühe, die alten Namen der Götter und Helden korrekt zu erlernen und auszusprechen. Bald schon hatte sie den Ruf, eine Kennerin alles Irischen zu sein, und deshalb verehrten sie viele Menschen, die daran glaubten, dass unser Land eines Tages selbstständig sein würde, ohne britische Herrschaft, nach dem Motto »Saoirse agus Athartha« – Freiheit und Vaterland.

Ich werde mich immer an jenen Tag erinnern, als mich ein Brief meiner Tante in Dublin erreichte, der mein Leben verändern sollte.

Hier endete das Kapitel. Es war kurz vor sechzehn Uhr, und Anna musste sich sputen, um ihre Verabredung mit Schumann einzuhalten. Mit Bedauern legte sie das Buch auf den Tisch. Gerne hätte sie sich weiter mit dem Irishman und seiner Tante beschäftigt. Sie freute sich schon darauf, Deirdre von dem Buch zu erzählen. Gemeinsam mit ihr wollte sie die Identität dieser sagenumwobenen Frau und ihres Neffen erkunden. Sicher gab es in Dublin Aufzeichnungen über Fleetwood House und seine Bewohner, denen sie die Namen der Protagonisten entnehmen konnte.

Als Anna wenig später das Haus verließ, hatte sie ein Déjà-vu. Auf der anderen Straßenseite stand schon wieder eine Gestalt in einem Kapuzenpullover. Eine perfekte Tarnung, da sie alle Menschen gleich aussehen ließ. Für den Bruchteil einer Sekunde durchzuckte sie die völlig abwegige Hoffnung, es könnte Daniel sein. Aber dann verschwand der Unbekannte um die nächste Ecke, und Anna machte sich auf den schweren Weg zu Kommissar Hans Schumann.

Dunkle Pläne

Anna konnte nicht ahnen, dass der junge Mann im Kapuzenpullover Felix Meinrad war, der sie schon seit einiger Zeit beobachtet hatte. Felix befand sich seit dem Wochenende in einem Zustand inneren Aufruhrs. Gerne hätte er seiner Tante sein Herz ausgeschüttet und wie in einer Beichte sein Gewissen entlastet. Aber er ahnte, dass sie für die Geschichte, die er ihr anvertrauen wollte, weder Verständnis noch Sympathie empfinden würde. Tante Roswitha hatte bei ihm oft genug ein Auge zugedrückt und für ihn die Kohlen aus dem Feuer geholt. Schließlich kannte sie ihn seit seiner Kindheit und hatte ihn schon mehrmals gedeckt, zum Beispiel, als er vor zwei Jahren bei einem Besuch in Kloster Ebstorf unbedingt eine alte Handschrift hatte anschauen wollen und sie so ungeschickt angefasst hatte, dass ein langer Riss mitten durch eine der Seiten entstand. Da konnte sie ihn noch vor der Konsequenz seiner Dummheit schützen. Sie hatte das Buch einfach in einem weit entfernten Regal abgelegt, wo man es nicht so bald wiederfinden würde. Und falls es je entdeckt wurde, würde niemand diese Beschädigung mit dem Neffen von Roswitha Ebersberg in Verbindung bringen. Eine effektive Lösung, aber für seine Tante ein moralisches Vergehen, an dem sie schwer trug.

Wenn sie wüsste, was er jetzt getan hatte. Einen ersten Anlauf, ihr seine Gewissensnöte anzuvertrauen, hatte er am Freitag unternommen, als er ihr, aus ihm selbst unverständlichen Gründen, andeutungsweise von den verschwundenen Büchern und von Daniel berichtet hatte. Was hatte ihn dazu getrieben? Er wusste nicht einmal konkret, ob das Fehlen der Bücher schon entdeckt worden war. Er hatte Daniel nicht erreichen können, und als heute Morgen die Polizei nach Warnstedt gekommen war, schwante ihm endgültig Böses. Er stand vor einem Abgrund. Logisch wäre gewesen, zur Polizei zu gehen. Aber Felix hatte Angst, und er fürchtete die Konsequenzen.

Felix stöhnte. Wenn er nicht diese verfluchte Neigung zu Wetten und Spielen hätte! Das war auch einer der Gründe gewesen, weshalb er sein Jura-Studium an der Universität Heidelberg nach vier Semestern abgebrochen hatte und nach Niedersachsen zurückgekehrt war. Da er die Natur immer schon geliebt hatte, reizte es ihn, Gärtner zu werden. Dank der Hilfe seiner Tante durfte er nach Warnstedt. Die Ausbildung im Kloster erschien ihm ideal, um seine Neigungen hinter sich zu lassen. Doch er konnte es nicht lassen. Immer wieder häufte er bei Pferdewetten und Pokerspielen Schulden an, immer wieder bettelte er bei seiner Tante um ein bisschen Extra-Taschengeld. Es war so entwürdigend. Kein Wunder, dass er auf den Vorschlag von Karl Hegemann eingegangen war. Jetzt würde er gerne die Zeit zurückdrehen.

Deshalb suchte er jemanden, dem er sich anvertrauen konnte. Und seine Wahl war auf Anna Bentorp gefallen. Sie war, wie er von Daniel kürzlich erfahren hatte, mit seinem Kumpel entfernt verwandt. Und offenbar okay. Er hatte sich in der Nähe von ihrer Wohnung in ein kleines Café gesetzt und versucht, die letzten Wochen zu rekapitulieren.

Alles war gut gegangen bis zu dem Tag, an dem Karl Hegemann nach Warnstedt gekommen war. Der verwöhnte, nichtsnutzige Sohn aus einer reichen Akademikerfamilie war sozusagen von seinen Eltern nach Warnstedt zwangsverpflichtet worden. Karl war schon öfter in kleinere und größere Affären verstrickt gewesen und von seinen Eltern immer wieder aus der Bredouille geholt worden. Wie er Felix gleich am ersten Abend erzählt hatte, hätte ein kleiner Betrugsversuch dann jedoch das Fass zum Überlaufen gebracht. »Ich habe die Unterschrift meines Vaters täuschend echt gefälscht«, sagte er mit unüberhörbarem Stolz. »Und damit hatte ich ein paar tausend Euro extra auf meinem Konto. Aber der Alte hat es gemerkt, und vor allem meine Mutter ist ausgeflippt. Kein Studium, haben sie entschieden, bis ich eine Ausbildung absolviert hätte.«

Und so kam Karl Hegemann, zweiundzwanzig Jahre alt, verkrachter Biologiestudent, nach Kloster Warnstedt in die Lehre bei Gärtnermeister Elmar Kapp, einem redlichen, offenherzigen und trotz seiner etwas grobschlächtigen Art gutmütigen Mann.

Der Dritte in ihrem Bunde wurde wenig später Daniel Piehlau, der für einige Monate als Bibliotheksassistent engagiert war. Er studierte Germanistik und Geschichte in Hannover, ein fleißiger Student, der kurz vor seinem Bachelor stand. »Ein echter Langweiler«, wie Karl ihn nannte. »Aber vielleicht nützlich.« Zumal Daniel ein Auto besaß, mit dem die drei am Wochenende gemeinsam in die Stadt fuhren, wo sie in Daniels kleiner Wohnung in Linden übernachteten.

Felix und Daniel verband, dass beide Waisen waren. Felix' Eltern starben, als er gerade ins Gymnasium gekommen war. Er wuchs bei einer Schwester seines Vaters auf, aber seine wahre Bezugsperson wurde Tante Roswitha, die sehr viel jüngere Schwester seiner Großmutter mütterlicherseits. Sie holte ihn in den Ferien zu sich in ihr gemütliches Haus am Rand von Braunschweig, machte mit ihm Ausflüge und kümmerte sich um ihn, so gut sie konnte.

Auch Daniel hatte keine Eltern mehr. Aber er sprach nicht gerne über seinen Vater und vor allem nicht über seine Mutter, die erst vor wenigen Jahren gestorben war, wie er andeutete. Er hatte nur wenige entferntere Verwandte, darunter eben Anna Bentorp, Kunsthistorikerin in Hannover, zu der er aber seit seiner Kindheit keinen Kontakt gehabt hatte. Felix war nicht weiter in ihn gedrungen.

Eigentlich wären die beiden ein ideales Freundespaar gewesen. Aber Daniel blieb zurückhaltend und verschlossen, und es dauerte nicht lange, bis Felix unter den Einfluss Karls geriet. Als Karl ihn eines Tages ansprach und ihm sagte, er wisse, wie man schnell und problemlos an gutes Geld kommen könne, fühlte sich Felix sogar geschmeichelt, dass Karl ihn mit ins Boot holen wollte.

Er erinnerte sich noch genau an den Abend Ende Januar. Sie hatten sich in Karls Wohnung in Brakstedt getroffen, zu dem das Kloster gehörte. Sein Vater hatte ihm diese Wohnung gemietet, damit er standesgemäß wohnte und nicht in einem der kleinen, spartanischen Zimmer im Kloster nächtigen musste. Das immerhin hatte er seinem Sohn noch gegönnt.

»Mein Plan ist simpel«, hatte Karl beim zweiten Glas Whisky erklärt. »Demnächst werden doch die Bücher im Kloster ausgelagert. Vor ein paar Jahren gab es schon mal einen Fall in einem anderen Kloster, bei dem jemand wertvolle Abbildungen aus alten Büchern entfernt und sehr erfolgreich verkauft hat.«

Felix sagte zunächst nichts, also fuhr Karl fort: »Mich hat jemand kontaktiert, der von dieser Aktion mit dem Auslagern der Bücher erfahren hat. Das mit dem Bibliotheksneubau stand ja auch in den Medien. Und der hat mir diesen Tipp gegeben. Also, mein Lieber, ein paar alte Blätter, die wir im Netz verticken, und schon hast du genug Geld für deine Pferderennen, und ich kann wieder etwas großzügiger leben. Es ist ja auch kein wirkliches Verbrechen, weil niemand sich für diese alten Schinken interessiert und zudem die Versicherung zahlt, wenn es entdeckt wird.«

»Und kratzt es dich überhaupt nicht, dass dabei kostbare Kunstwerke unwiderruflich beschädigt oder sogar zerstört werden?«, hatte Felix gefragt. Sein Kopf dröhnte zwar nach dem für ihn eher ungewohnten Whisky, aber er konnte noch immer halbwegs klar denken.

Karl grinste. »Bei meinen Eltern zu Hause steht ein ganzes Regal voll mit Originalausgaben von Werken aus dem 18. Jahrhundert, die meine Mutter wie ihren Augapfel hütet. Schon deshalb würde ich diesen Plunder am liebsten verkaufen. Aber da muss ich wohl noch warten, bis die Alten für immer weg sind.«

Karl hatte Felix herausfordernd angesehen. Aber er war nicht so schnell zu überzeugen gewesen. Er hatte zwar schon wieder ziemlich beträchtliche Schulden, die auch durch Tante Roswithas gelegentliche milde Gaben auf Dauer nicht ausgeglichen werden konnten. Bisher hatte er sich jedoch immer fern aller dubiosen Nebenverdienste gehalten. Als ihm ein alter Freund angeboten hatte, Drogen zu verkaufen, war er völlig verstört gewesen. Drogen? Niemals.

Karls Vorschlag hätte er deshalb energisch ablehnen sollen,

aber er war doch neugierig geworden. »Und wie stellst du dir vor, wie das über die Bühne gehen soll? Das ist doch viel zu auffällig. Und es ist kein Kavaliersdelikt.«

Karl grinste überlegen. »Blödsinn! Wir stehlen bloß ein paar Bildchen aus alten Büchern, an denen schon der Zahn der Zeit nagt. Seltsamerweise gibt es aber wohl einige Leute, die solche Bilder gerne besitzen möchten und gar nicht an den Büchern selbst interessiert sind. Wenn wir ein paar Bücher aussondern und daraus jeweils ein paar hübsche Zeichnungen heraustrennen, merkt das doch keiner. Die Zeit ist günstig. Die Bücher aus der Bibliothek werden gerade erst mal im Keller gelagert und dann Ende März in die alte Scheune transportiert. Außer den Schinken, die in der Leibniz-Bibliothek, in Ebstorf und in Kloster Lüne zwischengeparkt werden sollen. An die Bücher gehen wir natürlich nicht heran. Das würde dann doch auffallen.« Er grinste erneut und zeigte dabei seine kunstvoll gebleichten Zähne. »Wir werden dieses Greenhorn, den Daniel, mit ins Boot nehmen. Der hat direkten Zugang zu den Büchern.«

»Du spinnst doch! Du kannst dir das ja schönreden, aber das fliegt sofort auf. Damit kommen wir keine drei Meter weit.« Felix sah sich als vieles in seinem Leben, aber nicht als Händler für gestohlene Buchseiten.

Karl goss noch einmal Whisky nach. »Die Bücher bleiben ja in den Kartons. Wir holen uns nur ein paar schöne Seiten heraus, alte Landkarten, botanische Abbildungen, seltene Vögel und diese angeblich so herrlichen Illuminationen aus ollen Bibeln und so ein Zeugs.« Er geriet in Fahrt. »Mann, ich kann Bücher sowieso nicht ab. Meine Eltern haben mich vor ein paar Jahren in Köln in dieses Kirchenmuseum Kolumba geschleppt. Da stehen lauter solche Bücher rum. Uralt, aber anscheinend wertvoll. Ein paar von diesen Dingern weniger wirft doch niemanden um.« Er griff erneut zur Flasche und schenkte sich ein. »Nutzloses Zeugs, aber wenn es uns Geld bringt, dann umso besser.«

Unbeeindruckt von Felix' Zögern fuhr er fort: »Und wenn dann der Neubau hier fertig ist, was ja gute drei Jahre dauern soll, und die Bücher wieder eingestellt und geordnet werden, sind wir schon über alle Berge, und keiner bringt uns damit in Verbindung. Und weshalb sollte das auch vorher auffliegen?«

Felix dachte für den Bruchteil einer Sekunde daran, dass er selbst vor gerade erst zwei Jahren ein ähnliches Argument benutzt hatte, um sein Gewissen nach der Beschädigung der alten Handschrift von Ebstorf zu beruhigen. Aber das verdrängte er rasch wieder.

Warum er am Ende des Abends auf Karls Vorschlag dann doch noch einging, war ihm heute schleierhaft. Karl versprach ihm, sich um die finanziellen Kontakte zu kümmern und die Käufer aufzutreiben. »Du regelst das mit den Büchern«, sagte er.

Wenige Tage später hatte Felix Daniel Piehlau getroffen, der gerade Bücher aus dem 19. Jahrhundert in große Kisten legte. Felix versuchte das Gespräch auf die Sicherheit der ausgelagerten Bücher zu bringen.

»Woher weißt du eigentlich, dass da nicht vielleicht ein paar fehlen? Und wie ist das dann, wenn diese ganzen Kisten in der Scheune stehen? Wer passt auf?«

»Die Übergangsgebäude werden durch Alarmanlagen gesichert. Da kommt keiner so leicht heran.« Daniel sah Felix verwundert an. »Warum interessiert dich das?«

»Na ja, das sind Millionenwerte«, antwortete Felix etwas unsicher. »Da finde ich es schon spannend, wie damit umgegangen wird, vor allem hier auf dem Klostergelände.«

»Auf jeden Fall sind diese Bücher sehr gut versichert«, erwiderte Daniel und schloss den Karton, den er mit einem Aufkleber versah.

Es sah nicht so aus, als ob es leicht sein würde, ihn von Karls Plan zu überzeugen. Als Felix Karl seine Zweifel mitteilte, meinte der: »Er muss ja nicht direkt mitmachen. Aber er könnte uns irgendwie einen Zugang zu den Büchern verschaffen, abends den Keller nicht abschließen oder uns einen Tipp geben, wo bestimmte Bücher aufbewahrt werden.«

Doch der ordentliche, pflichtbewusste Daniel war der denkbar ungeeignetste Kandidat für »Mission Book«, wie Karl es nannte. Bis er eines Abends Ende Februar von Karl mit Hilfe von Alkohol und »a little help from his friends«, einem Benzodiazepin-Derivat, das Karl aus obskuren Quellen erstanden hatte, in seiner Wohnung in Linden in einen fast komatösen Schlaf versetzt wurde.

Felix erfuhr nie genau, was dann geschehen war, wollte es auch eigentlich nicht so genau wissen. Aber Karl »lieh« sich Daniels Schlüssel zu dem Bücherlager aus, kopierte sie und machte sich wenige Nächte später ans Werk. Felix selbst hatte wenig zu der eigentlichen Aktion beigetragen, aber er war Mitwisser und hatte für Karl bei seinen Gesprächen mit Daniel, der ihn mochte und ihm vertraute, die Kartons markiert, die Karl für seinen Deal benötigte. Es waren Bücher aus dem 17. Jahrhundert und zwei ältere Werke, die Daniel sehr sorgsam verpackt hatte.

Wie viele Seiten er insgesamt aus den ausgewählten Büchern geschnitten hatte, verriet Karl Felix nicht. Auch wie und vor allem wann er in das Lager eingestiegen war und sich die Bücher genommen und später wieder zurückgelegt hatte, hinterfragte Felix nicht. Aber irgendetwas musste schiefgegangen sein. Der sonst so selbstbewusste Karl wirkte unkonzentriert und nervös, als Felix ihn auf die Aktion ansprach. Felix lag die »Mission Book« inzwischen wie ein Stein im Magen. Glücklicherweise war Gremitzer, der Bibliothekar, oft in Hannover und überließ Daniel die meiste Arbeit. Felix hoffte, dass die Sache nun schnell vom Tisch sein würde. Sobald das Geld da war, wollte er nichts mehr mit der »Mission« zu tun haben. Und möglichst wenig mit Karl, dessen wahren Charakter er, geblendet von dessen oberflächlichem Charme, nicht hatte wahrhaben wollen.

»Ja, es haben sich schon Interessenten gemeldet«, antwortete Karl auf Felix' Frage. »Ich muss das noch prüfen.« Er fuhr sich mit der Hand über sein sorgsam gestyltes hellbraunes Haar. Warum war er so nervös, wenn sein Plan doch aufging? Felix blickte ihn abwartend an. Karl räusperte sich. »Es ist alles okay. Aber da ist einer dabei, der sich für ein ganz bestimmtes Buch interessiert. Woher er davon weiß, ist mir nicht klar. Der Mann, der mich kontaktiert hat, scheint auch nur eine Art Mittelsmann zu sein. Im Auftrag eines Interessenten hat er nach einem Buch gefragt, das ich nicht auf der Liste hatte. Außerdem ist nicht alles ganz so glattgelaufen, wie ich das gedacht hatte.« Eine leichte Röte stieg in Karls Gesicht. »Leider sind ein paar der Bücher bei meiner Aktion ziemlich ramponiert worden. Die Seiten haben sich nicht so leicht heraustrennen lassen. Etwa sechs Bücher sind es. Die müssen weg. Ich muss sie entsorgen.«

»Was? Und wohin willst du die bringen? Etwa auf die Müllkippe?«, fragte Felix aufgebracht.

»Jetzt hab dich doch nicht so! Das wird schon keiner merken bei den vielen Büchern.«

»Aber sie sind alle registriert!«

»Na ja, dann könnte es eben sein, dass es hier einen Bücherdieb gibt.« Karl schien wieder die Oberhand über seine Nervosität zu gewinnen. »Und da fällt der Verdacht sicher nicht auf zwei harmlose Gärtnergesellen. Ich hab die Dinger schon längst in einen alten Buchkarton verpackt. Den entsorge ich beim Altpapierdepot. Eine viel wichtigere Sache ist, dass du das Buch finden musst, für das sich dieser Käufer interessiert. Frag Daniel mal unauffällig, aus purem Interesse sozusagen, nach Büchern aus dem 19. Jahrhundert. Es soll ein englischer Titel sein, und davon gibt es nicht allzu viele in unserer Klostersammlung.« Karl lächelte. »Ist wohl keine riesige Schwarte. Aber das Buch muss wertvoll sein, denn der Käufer hat uns über seinen Mittelsmann fünftausend Euro geboten.«

Felix schüttelte den Kopf. »Ich denke gar nicht daran, dir weiter zu helfen. Diese ganze Geschichte ist völlig hirnrissig, und es ist schon schlimm genug, Bücher zu zerstören, die jahrhundertealt sind, und sie dann auch noch beim Altpapier zu entsorgen. Nee, mein Lieber, ich bin da raus.«

Karl grinste. »Aber die zweitausend Euro Anteil für die Blätter, die jetzt bei mir in der Bude darauf warten, an ihre neuen Besitzer verhökert zu werden, die nimmst du sicher. Felix, du bist so ein Heuchler.« Sein Blick wurde hinterhältig. »Du sitzt mit im Boot, wie du vielleicht weißt. Und ich werde dich auch nicht übers Ohr hauen. Zweitausend Euro Anteil für die Bücherseiten und zweitausendfünfhundert Anteil für das Büchlein. Dann bist du deine Schulden los, ohne Tantchen mal wieder um Geld bitten zu müssen.«

In diesem Moment ahnte Felix, dass Karl sowohl für die einzelnen Buchseiten als auch für das Büchlein, wie er es nannte, wahrscheinlich sehr viel mehr Geld angeboten bekommen hatte, als er ihm gegenüber zugab. Aber das war ihm egal. Er wollte raus aus der Sache, so schnell wie möglich. Was war er doch für ein Idiot gewesen! Und jetzt wollte Karl Daniel eventuell sogar noch tiefer mit hineinziehen, nachdem er ihm schon die Schlüssel abgeluchst hatte. Daniel war ohnehin das ideale Bauernopfer. Zumindest interpretierte er so Karls Bemerkung, dass niemand Gärtnergesellen des Diebstahls verdächtigen würde – sondern wohl eher den Assistenten des Bibliothekars.

Eigentlich hätte Felix jetzt sofort Anzeige erstatten müssen. Aber er saß in der Falle, und vor allem war er kein Held. Was würde seine Tante sagen, wenn sie erfuhr, dass ihr geliebter Felix ein Dieb war! Für sie wäre es ein schwerer Schlag, und seine Zukunft wäre ruiniert: Gefängnis, im besten Fall mit Bewährung. Felix keuchte.

Karl hatte ihn mit zusammengekniffenen Augen beobachtet. »Und?«, fragte er. »Wie entscheidest du dich? Wenn du mir das Buch bringst, erledige ich den Rest allein. Und dein Geld hast du spätestens in zwei Wochen. Viereinhalbtausend Euro! Das ist doch mal was.«

Und dafür habe ich meine Seele verkauft, dachte Felix mit einem plötzlichen Drang zur Selbstzerfleischung. Aber er nickte und sagte: »Danach kannst du nicht mehr auf mich zählen.«

Karl meinte nur: »Eine Hand wäscht die andere, wie der Volksmund so treffend sagt. Aber immerhin haben wir beide daran verdient, und du wirst sehen, dass kein Hahn danach krähen wird. Ich muss mir jetzt nur noch Daniels Wagen leihen, um diesen Karton loszuwerden.« Damit ließ Karl ihn stehen – und für Felix begann ein einziger Alptraum.

Dieser naive Trottel Daniel war tatsächlich auf seinen Vorschlag eingegangen, mit ihm gemeinsam nach englischen Büchern in der inzwischen für Besucher geschlossenen Bibliothek zu suchen. Es standen noch immer Tausende von Werken in den Regalen, die Daniel bis Ende März vorsortieren und in beschriftete Kartons verpacken sollte. Es war eine Heidenarbeit, aber der Bibliotheksleiter hatte Daniel versprochen, ihm demnächst noch ein paar Hilfskräfte für den Transport der Kisten zu beschaffen.

Felix hatte Daniel eingeredet, dass er ihm bei seiner Arbeit helfen, aber dabei gerne ungewöhnlichere Titel auswählen wolle. »Zum Beispiel spanische Bücher oder englische.«

Da Daniel seine Arbeit derzeit als eher stumpfsinnig empfand, ließ er sich auf Felix' »albernen, aber originellen Vorschlag« ein. Gemeinsam entdeckten sie vierzehn spanische Bücher, darunter Cervantes' Meisterwerk »Don Quijote« in einer Ausgabe von 1656, mehr als hundert englische Titel, wozu Originalausgaben der »Faerie Queene« von Edmund Spenser aus dem frühen 17. Jahrhundert, Shakespeare-Dramen und -Sonette, Werke von Alexander Pope und Samuel Johnson, Erstausgaben von Gedichten von Blake, Shelley, Keating und Sir Walter Scott gehörten.

Und dann stießen sie in einem Regal, an dem ein Zettel mit der Aufschrift »Bücher 19. Jahrhundert ff.« klebte, auf ein kleines Buch, dessen Autor sich »The Irishman« nannte. Der Titel lautete »Holy Masks of the Ancient Celts and Their Influence on Our Modern Times«. Ein langatmiger Titel für so ein kleines Buch mit etlichen Zeichnungen, dessen Ledereinband abgewetzt und brüchig war. Daniel betrachtete das Buch und sagte: »Viel wert ist das sicher nicht, aber es scheint interessant zu sein. Das würde ich gerne lesen.« Er warf einen Blick hinein. »Mein Englisch ist allerdings nicht gut genug dafür. Schade.« Er legte es beiseite.

Felix hatte erkannt, dass es das gesuchte Buch sein musste. Er tat aber so, als interessierte es ihn nicht weiter. »Na ja, da sind schon ein paar nette Bücher dabei«, sagte er betont lässig. »Aber so ein richtiger Krimi wäre mir lieber.«

Daniel grinste. »Irgendwo haben wir sicher auch eine Erstausgabe von Sir Arthur Conan Doyle. Falls ich die finde, sage ich es dir.«

Wenig später verließen sie den Raum. Daniel hatte das Büchlein oben in einen Karton gelegt. Felix merkte sich das genau. Er passte den richtigen Zeitpunkt ab und schlich sich mit Hilfe der Schlüsselkopie zwei Tage später wieder in die Bibliothek, wo im Halbdunkel die vielen Kartons auf ihren Abtransport zu verschiedenen Zwischenlagern warteten.

Doch das Buch war verschwunden. Es lag nicht mehr in dem Karton und auch in keinem Regal. Felix fluchte halblaut. Das würde ziemlichen Ärger mit Karl geben. Ihn beschlich der Verdacht, dass Daniel es an sich genommen hatte, um einen Blick hineinzuwerfen. Wahrscheinlich hatte er es sich nur kurzfristig ausleihen wollen. Daniel war sicher kein Bücherdieb, anders als seine beiden angeblichen Freunde. Aber weder er noch Karl waren auf ihren Handys zu erreichen. Und dann erfuhr Felix, dass Daniels Auto am Steinhuder Meer entdeckt worden war. Mit einem Toten darin.

Felix war auf dem Klostergelände, als die Polizei vorfuhr. Ihn überkam absolute Panik. Noch wusste er keine Details über die Geschehnisse am Steinhuder Meer, aber es gingen schon einige Gerüchte um. Und sicherlich würde die Polizei auch ihn befragen. Es war nur eine Frage der Zeit, bis alles auffliegen würde. Nachdem die Polizeiautos wieder abgefahren waren, machte er sich mit Tante Roswithas altem Polo, dem sie ihm als Dauerleihgabe anvertraut hatte, auf den Weg nach Hannover.

Felix fühlte sich völlig verloren. Ein vager Hoffnungsschimmer war für ihn Anna Bentorp, von der Daniel ihm erzählt hatte. Vielleicht konnte sie ihm helfen, ihm wenigstens einen Rat geben. Tante Roswitha würde er auf keinen Fall anrufen. Und so saß er jetzt in dem kleinen Café in der Nähe von Anna Bentorps Wohnung und wartete auf sie, hin- und hergerissen zwischen Angst, Verzweiflung und schlechtem Gewissen. Er ahnte, dass sich auch über ihm eine dunkle Wolke zusammenballte.

Richards Trauma

Der ICE von Berlin nach Hannover war überfüllt. Richard hatte sich in die erste Klasse geflüchtet. Kurz vor Wolfsburg hielt der Zug mitten auf freier Strecke, und eine vom Lautsprecher verzerrte Stimme kündigte an, dass der Zug aufgrund einer Signalstörung leider eine Weile stehen bleiben müsse. »Wir werden Hannover mit einer Verspätung von ungefähr dreißig Minuten erreichen. Wir bitten um Ihr Verständnis und danken für Ihre Geduld«, fuhr die körperlose Stimme fort.

Bei der Bahn nichts Neues, dachte Richard. Doch diese Verspätung, so ärgerlich sie war, gab ihm die Chance, noch einmal über seinen Besuch in Berlin nachzudenken und vor allem über dessen Konsequenzen.

Er starrte zum Fenster hinaus, nahm aber die Landschaft nicht wahr. Der Anruf am Sonntag, von dem er gehofft hatte, er sei von Daniel Piehlau – beim Gedanken an den Jungen wurde ihm flau im Magen –, war von jemand ganz anderem gekommen. Seit vier Jahren hatte Richard mit Marlene Eckardt keinen Kontakt mehr gehabt. Die Affäre mit der Berlinerin hatte sich über ein Jahr erstreckt, in dem sie sich aber nur etwa achtmal gesehen hatten.

Richard dachte mit leichtem Bauchgrimmen an diese Zeit zurück. Vor allem weil Marlene Mitwisserin einer unangenehmen Sache war, die noch heute, vier Jahre später, sein Gewissen belastete. Tatsächlich hatte er für kurze Zeit geglaubt, er und Marlene hätten eine gemeinsame Zukunft. Aber das erwies sich rasch als Illusion. Als er ihre Beziehung beenden wollte, erinnerte sie ihn daran, dass sie ein Geheimnis mit ihm teile. Es sei deshalb wenig ratsam, sie in die Wüste zu schicken. Ein halbes Jahr später überwies Richard seiner Ex-Geliebten, die inzwischen in einer Galerie am Alex arbeitete, eine beträchtliche Geldsumme und hoffte, dass er sich damit freigekauft habe. Daran geglaubt hatte er tatsächlich bis zu ihrem jetzigen Anruf. Irgendwie war es ihm gelungen, Marlene weitgehend aus seinem Gedächtnis zu verdrängen. Aber da war sie wieder, und sie riss ihn zurück in die Realität.

»Mein lieber Richard«, hatte sie gesäuselt, »ich muss dich sehr dringend sehen. Was ich mit dir zu besprechen habe, geht auf keinen Fall am Telefon. Nur ein kleiner Hinweis: Es betrifft unsere kleine Sache von damals.«

»Was soll das, Marlene? Willst du mich erpressen?« Richard war sich vorgekommen wie in einem Fernsehkrimi im Vorabendprogramm.

Er konnte ihr süffisantes Lächeln geradezu sehen, als sie fortfuhr: »Erpressung? Aber Richard! Ich möchte mit dir einen Deal machen, der auch für dich von Vorteil ist. Aber bitte komm dazu nach Berlin. Wir können uns im ›Café Nostalgie‹ am Alex treffen. Um vierzehn Uhr am Montag? Ich bin übrigens inzwischen zur Teilhaberin der Galerie Rotenwang aufgestiegen, falls dich interessiert, wie es mir geht. Und keine Angst! Ich habe seit einem Jahr einen sehr netten, großzügigen Freund.« Sie kicherte.

Richard spürte, wie ihm der Boden unter den Füßen weggezogen wurde. Vor allem als Marlene mit leiser Stimme hinzufügte, als sie sein Zögern spürte: »Ich will dir nichts Böses, Richard. Aber es wäre wirklich von Vorteil, wenn wir uns treffen. Danach bist du mich los, das verspreche ich dir.« Als ob er auf Marlenes Versprechen je etwas hätte geben können.

Und so kam es, dass er am Montagmorgen den ICE um zehn Uhr einunddreißig nach Berlin bestiegen hatte. Er hatte mehr als eine Stunde Zeit, ehe er sie im »Café Nostalgie« treffen sollte. Und so ging er trotz des regnerischen Wetters zu Fuß vom Bahnhof über die Reinhardstraße in Richtung Alexanderplatz, vorbei am Monbijoupark und am Hackeschen Markt. Er brauchte für die Strecke gute fünfundvierzig Minuten und war immer noch vor der verabredeten Uhrzeit im Café. Aber auch Marlene erschien pünktlich.

Sie hatte sich kaum verändert: groß, schlank, hellbraune, halblange Haare, grüne Augen; allerdings trug sie inzwischen eine Brille. Sie war schick gekleidet und forsch wie eh und je.

Sie küsste Richard auf beide Wangen, strich ihm spielerisch übers Haar, was er immer schon gehasst hatte, und setzte sich ihm gegenüber. Einige Sekunden beäugte sie ihn kritisch.

»Du siehst abgespannt aus«, sagte sie dann. »Wohl zu viele Abenteuer erlebt mit dieser Kunsthistorikerin, die sich für eine Detektivin hält, oder?« Sie grinste abfällig.

In Richard kroch Zorn hoch. Was für eine eingebildete Zicke! Doch ehe er antworten konnte, wurde Marlene ernst. »Lass uns zum Punkt kommen. Ich habe noch Aufzeichnungen von der kleinen Sache damals. Ich notiere mir immer alles Wichtige und werfe selten etwas weg, von dem ich annehme, es könnte noch mal nützlich sein.« Sie winkte der Kellnerin. »Milchkaffee für mich und für den Herrn einen schwarzen Tee.«

Richard unterbrach sie. »Für mich auch einen Kaffee, einen Americano.« Er spürte die Wut unaufhaltsam weiter in sich aufsteigen. Marlene sah es ihm an und legte ihre Hand auf seine, die er rasch wegzog.

»Also, mein Guter, es geht um Folgendes. Um diese alte Geschichte endgültig aus der Welt zu schaffen – und dann würde ich auch diese Notizen beseitigen –, verlange ich nur eine kleine finanzielle Spritze. Ich habe gewisse Pläne, die einigermaßen kostspielig sind.« Was dann kam, hätte Richard nie im Traum erwartet. Die nächste Stunde wurde für ihn zu einem Horrorerlebnis.

Er war auch den Weg vom Alex zurück zum Bahnhof zu Fuß gegangen, um den Kopf frei zu bekommen. Am Bahnhof setzte er sich in die Lounge und versuchte, sich zu entspannen. Aber Marlenes Worte hallten in ihm wider.

Das, was ihn mit ihr verband, war eines der törichten Unterfangen aus jener Zeit gewesen, in der er so manch halblegales Geschäft getätigt hatte. Und den Schatten dieser Vergangenheit vermochte er nicht immer so leicht zu entkommen. Er hatte Anna zwar mit großer Überzeugungskraft vor wenigen Tagen zu verstehen gegeben, dass er kostbare Buchillustrationen aus alten Handschriften aus dubiosen Quellen nie kaufen oder verkaufen würde. Das aber war eine Lüge gewesen.

Vor fünf Jahren hatte er zwei Seiten aus alten Handschriften aus dem Kloster Ebstorf erworben, ohne nach ihrer Provenienz zu fragen. Der Deal ging übers Internet. Der Anbieter, der anonym blieb, hatte ihm versichert, dass alles »okay« sei. Eine eher vage Aussage, aber er war auf den Handel eingegangen. Allerdings plagte ihn schon bald ein schlechtes Gewissen. Er hatte die beiden Buchseiten für eine stattliche Summe an einen Privatsammler in Frankreich verkauft, aber danach schwor er sich, nie wieder auf einen solchen Handel einzugehen. Als ihm dann wenig später jemand Buchseiten aus einer anderen Bibliothek anbot, lehnte er in der Tat energisch ab und drohte sogar mit einer Anzeige. Doch der Grund war weniger moralisch motiviert, als er das Anna gegenüber dargestellt hatte. Er fürchtete, dass ihm sein Deal von damals doch noch um die Ohren fliegen könnte. Und so ging er nicht zur Polizei und beließ es bei einer leeren Drohung.

Marlene war leider seine Mitwisserin. Sie hatte sich in ihrem Studium mit illuminierten Büchern beschäftigt und ihre Masterarbeit über »Vergessene Schätze in deutschen Klöstern« verfasst. Er hatte sie um ihre Meinung zu den beiden Seiten gebeten und ihr nach dem Deal zwanzig Prozent der Verkaufssumme gegeben. Später stellte sich heraus, dass diese beiden Blätter in der Tat aus zwei sehr kostbaren Werken aus dem Kloster Ebstorf stammten, die aber durch die Entnahme der Blätter zerstört worden waren. Durch Zufall hatte Richard davon erfahren, als ihm ein alter Kollege, der wie er für »Gutes für Geld« – eine Fernsehshow mit mal mehr, mal weniger raren Objekten aus Privatbesitz – gelegentlich als Experte arbeitete, voller Empörung berichtete, dass eine Bande in Deutschland unterwegs sei, die es auf illuminierte Bücher abgesehen habe. »Sie schneiden Bilder daraus aus und verkaufen sie über den Schwarzmarkt oder über Händler, die nicht so genau nachfragen. Die Bücher sind unwiderruflich zerstört, und die Illustrationen landen auf Nimmerwiedersehen in Privatsammlungen. Diese Bande soll angeblich mit der Mafia in Verbindung stehen.«

Als Richard das hörte, war ihm mulmig zumute geworden.

Allein das Wort »Mafia« versetzte ihn in Panik. Doch niemand fragte je bei ihm nach, und keine finsteren Herren kamen zu ihm in sein Geschäft. Er war noch einmal davongekommen. Und dabei sollte es bleiben. Keine Polizei oder Anzeigen. Er wollte keine schlafenden Hunde wecken.

Das war das einzige Mal, dass er sich auf diese Art von Handel eingelassen hatte. Danach blieb er auch nicht immer auf dem Pfad der Tugend, aber da ging es eher um Einnahmen an der Steuer vorbei oder Deals mit Werken aus Privatbesitz, die für Verkäufer, Käufer und ihn als Mittelsmann angenehm unproblematisch verliefen. Das gehörte alles der Vergangenheit an. Doch nun tauchte Marlene mit dieser alten Geschichte auf. Und sie hatte ihn am Wickel. Was sie ihm im »Café Nostalgie« auf den Tisch geblättert hatte, klang fast wie eine Räuberpistole. Richard schauderte, als er an diese Minuten in Berlin zurückdachte.

»Ich möchte mich kurzfassen«, sagte sie, während sie in ihrer Kaffeetasse rührte. »Seit einiger Zeit habe ich eine gute Stelle, aber aus bestimmten Gründen brauchte ich vor ein paar Wochen ein wenig mehr Geld, als ich verdiene. Und mein Lebensstil ist inzwischen recht anspruchsvoll. Mein Freund ist auch nicht immer großzügig genug für meine Ansprüche. Jetzt habe ich wegen einer dummen Sache Schulden, die ich nicht allein stemmen kann. Und dieses Geld muss ich möglichst rasch zurückzahlen. Die Geldgeber gehören nicht zum freundlichen Teil der Menschheit.« Ihr Lächeln wirkte gezwungen. »Also, mein Lieber, ich mache dir einen Vorschlag. Du hast mir zwar seinerzeit eine recht nette Summe gezahlt, aber ich möchte von dir noch mal die gleiche Summe. Danach sind wir endgültig quitt. Ich habe damals Fotos von den beiden Blättern gemacht und diese Notizen dazu. Und jetzt habe ich erkannt, wie clever ich war, dies alles aufzubewahren.« Sie lächelte selbstgefällig. »Es gibt sicher noch Akten zu dem Fall. Das Kloster hatte damals Anzeige gegen unbekannt erstattet. In den Medien wurde auch darüber berichtet. Der Wert der Bilder und der zerstörten Bücher wurde auf fast einhunderttausend Euro beziffert.

Sicherlich hat die Versicherung längst bezahlt, aber es könnte ja noch Interesse bestehen, die Mittelsmänner dieses Deals zu finden. Die Bande, die angeblich bundesweit agiert, ist bis heute nicht gefasst worden.« Marlene lächelte wieder und nippte an ihrer Tasse. »Ich werde alle Unterlagen, die ich noch von damals habe, vernichten, sobald ich das Geld auf meinem Konto habe. Ohnehin plane ich, Berlin zu verlassen und ins Ausland zu gehen. Vorher muss ich aber meine Schulden loswerden. Du verdienst gut, du bist sogar hie und da im Fernsehen, und wie ich dich kenne, machst du sicher noch das eine oder andere kleine Geschäft nebenher. Du wirst ja sicher nicht inzwischen zum Heiligen mutiert sein.« Sie blickte Richard spöttisch an.

»Du bist eine verdammte Erpresserin«, knurrte er. Sein Gesicht glühte vor Zorn. »Wir waren damals übereingekommen, dass dein Anteil mehr als angemessen war. Außerdem hängst du in der Sache genauso drin wie ich. Ich könnte den Spieß auch umdrehen.«

Marlene lachte auf. »Es geht nicht nur um deinen guten Ruf als Händler, sondern auch um dein Privatleben. Ich schätze, diese Anna hat schon etwas von deinen kleinen Ausrutschern mitbekommen. Ich schlage dir einen Handel vor. Du zahlst mir fünfzehntausend Euro, und ich bin für immer weg aus deinem Leben.« Sie sah ihn mitleidig an. »Wie ich den aufregenden Infos aus dem vergangenen Jahr entnehmen konnte, bist du ja gerade erst mit halbwegs heiler Haut davongekommen. Mit Bewährung. Also kannst du dir nichts mehr leisten in dieser Hinsicht.«

Marlene kicherte leise, und Richard stand kurz davor, ihr den Hals umzudrehen. Er riss sich am Riemen und hoffte, sie überzeugen zu können, dass er kein Goldesel war. »Ich weiß nicht, woher ich auf die Schnelle so viel Geld für dich auftreiben kann. Das ist eine ziemlich happige Summe, und so toll laufen die Geschäfte derzeit nicht.«

»Du rührst mich zu Tränen!« Marlene nahm einen Lippenstift aus ihrer Handtasche und zog ihre vollen Lippen nach. »Dann lass dir was einfallen! Du hast sicher irgendetwas auf Lager, das dir einiges bringt und nicht über deine Geschäftsbücher gehen muss. Darin bist du ja erfahren.« Sie sah ihn an. »Ich gebe dir meine IBAN, du zahlst, und die Sache ist gegessen. Ich bin nur noch wenige Tage in der Stadt. Also, Eile tut not. Und ich verschwinde ohne großen Abschied. Versuch also nicht, mich aufzutreiben oder in meiner Galerie nachzuforschen. Spätestens in drei Wochen bin ich sehr weit weg.«

»Und dein toller Freund?«, fragte Richard sarkastisch.

»Der? Ach, der hat seinen Zweck erfüllt, und bessere als ihn gibt es allemal.« Sie drückte Richard einen Zettel in die Hand und erhob sich. Als sie sich zu ihm herunterbeugte, um ihm einen Kuss auf die Wange zu geben, zuckte er zurück. Sie registrierte es mit einem spöttischen Lächeln. Und weg war sie. In der Luft lag nur noch ein Hauch ihres starken Parfüms.

Im Zug überkam ihn zunächst ein Anflug von Panik. Wie sollte er so schnell so viel Geld auftreiben? Gerade erst hatte er seine letzten Steuerschulden beglichen und sich ein kleines Polster für Einkäufe angelegt. Tatsächlich waren seine Einnahmen zwar ordentlich, aber nicht allzu üppig. Seine Honorare aus seinen Fernsehauftritten halfen ihm über die mageren Zeiten hinweg, aber ihm konnte dort jederzeit gekündigt werden. Für diese Show standen die Experten Schlange.

Doch jetzt, da er im ICE festsaß und sich seine Gedanken im Kreis drehten, begann eine Idee in ihm zu keimen. Vor wenigen Wochen hatte ihn ein wohlsituierter Kunde gebeten, für ihn Raritäten aus der Region aufzutreiben; er würde für Schriften aus Klöstern und alte Bücher über die Landesgeschichte einen guten Preis zahlen. Richard hatte in dem Moment nichts gehabt, was er dem Mann anbieten konnte. Nun aber war ihm das Büchlein aus Warnstedt eingefallen. Er könnte es diesem reichen Reeder aus Bremerhaven mit einem riesigen Haus auf dem Land als besondere Rarität anbieten – was es ja auch war – und ihm dazu noch eine tolle Geschichte über die Provenienz erzählen. Auch wieder kein ganz legales Geschäft, da das Buch dem Kloster und nicht ihm gehörte und auch Daniel es dort nur »geliehen« hatte. Aber das wäre dann wirklich seine allerletzte

Handlung dieser Art. Damit würde er Marlene und die Schatten seiner Vergangenheit hoffentlich für immer loswerden.

Als der Zug nach vierzig Minuten wieder anfuhr, hatte Richard sich zu einem Entschluss durchgerungen. Er würde Anna um das Buch bitten, ehe sie es Schumann übergab. Er wollte ihr vorher noch ein bisschen Zeit damit gönnen. Dann würde er Marlene mitteilen, dass er ihr das Geld überweisen würde, sobald sie ihm alle ihre Notizen geschickt hatte. Seltsamerweise glaubte er ihr sogar, dass sie danach aus seinem Leben verschwinden würde. Sie hatte Instinkt genug, hoffte Richard, zu spüren, dass sie die Kuh ausgemolken hatte.

Der künftige Käufer würde den Erwerb des Buches nicht an die große Glocke hängen. Der Mann besaß bereits ein recht umfangreiches Privatkabinett mit Objekten, die sicherlich nicht nur auf ganz ehrliche Weise in seinen Besitz gelangt waren. Und darüber schwieg man besser.

Glücklich war Richard nicht mit seiner Entscheidung, zumal er ja auch noch Anna davon überzeugen und natürlich wieder lügen musste. Marlene hatte in einem Punkt recht gehabt: Was Anna von ihm hielt, bedeutete ihm viel, und er schwor sich, alles daranzusetzen, ihr Vertrauen wieder zu erringen und nie wieder aufs Spiel zu setzen.

Der Mann ohne Gesicht

Hans Schumann bereute, dass er Anna nicht sofort zu einer Identifizierung gebeten hatte. Dann wäre rasch klar gewesen, dass Daniel zumindest am Sonntag noch lebte, und die Polizei hätte anders vorgehen und gezielt nach ihm suchen können. Wer weiß, ob sein Tod nicht womöglich vermeidbar gewesen wäre. Schumann quälte sich mit diesem Gedanken.

Mittlerweile lag nun endlich, wie Schumann nach seiner Rückkehr ins Präsidium erfahren hatte, die Analyse zur Todesursache vor. Sein Verdacht hatte sich bestätigt: Der junge Mann war durch eine Überdosis Insulin getötet worden. Der kleine rote Punkt an der linken Schulter erwies sich als Einstichstelle.

Anna hatte sich heute bereit erklärt, Daniels Leiche zu identifizieren. Nach einem kurzen Blick auf das Gesicht des jungen Mannes brach sie in Tränen aus, und Schumann begleitete sie rasch wieder aus dem Raum.

»Ich habe ihn zwölf Jahre nicht gesehen«, schluchzte sie. »Aber ich bin mir sicher, das ist er. Ich erkenne ihn an der kleinen Narbe am Kinn. Die hatte er damals schon.« Sie sah Schumann hilfesuchend an. »Wissen Sie denn schon irgendetwas über ein mögliches Motiv? Und wer der andere Tote ist? Er muss Daniel ja gekannt haben, wenn er dessen Auto gefahren hat.«

Schumann nahm Annas Hand. »Da er in der Nähe des Klosters in Daniels Wagen gefunden wurde, haben die Kollegen ein Foto von ihm im Kloster herumgezeigt. Wir wissen jetzt, wer er ist. Karl Hegemann, Gärtnerlehrling, mit eigener Wohnung in Brakstedt. Er war seit Januar da und wohl mit einem weiteren Lehrling, Felix Meinrad, ganz gut befreundet. Dieser Felix ist übrigens nicht auffindbar. Ich müsste ihn dringend befragen. Fast alle jungen Leute, die im Kloster leben und dort arbeiten, waren am Wochenende nicht da. Aber Felix ist als Einziger auch heute nicht aufgetaucht.«

Anna kramte aus ihrer überfüllten Handtasche ein Papiertaschentuch hervor, in das sie sich kräftig schnäuzte. »Den Namen Felix habe ich im Zusammenhang mit Kloster Warnstedt schon einmal gehört. Ich glaube, der junge Mann ist der Neffe von Roswitha Ebersberg, die im Kloster Lüne arbeitet«, sagte sie mit leiser Stimme, die vom Schluchzen heiser klang.

»Wie gesagt, dieser Felix Meinrad war oft mit Karl zusammen«, sagte Schumann ein wenig geistesabwesend. »Hoffentlich hat er mit der Sache nichts zu tun und es gibt andere Gründe, weshalb er heute nicht bei seinem Kurs erschienen ist.«

Anna überkam es heiß. Eine Frage brannte ihr auf der Zunge. »Wie ist Daniel denn gestorben? Auch an einer Überdosis Insulin?«

Schumann blickte betreten zu Boden. Die Antwort schien ihm schwerzufallen. Dann antwortete er mit belegter Stimme: »Nein, kein Insulin. Er ist am Seeufer mit einem Stein niedergeschlagen worden und bei seinem Sturz mit dem Kopf unter Wasser geraten. Das gurgelnde Geräusch, das Sie gehört haben, stammte wohl von seinem Handy, das ihm während des Versuchs, Sie anzurufen, aus der Hand gefallen und im See gelandet ist. Wir konnten es aus dem Schlick fischen. Es wird gerade untersucht. Wahrscheinlich ist Daniel nicht direkt an den Folgen des Schlages auf seinen Hinterkopf gestorben, sondern ertrunken.«

Anna stöhnte auf. »Wie furchtbar …«

»Er wird nicht mehr viel gespürt haben«, versuchte Schumann sie zu trösten. »Er war wahrscheinlich bewusstlos, als er ins Wasser gestürzt ist.« Er erwähnte nicht, dass der Täter aus welchen Gründen auch immer Daniel ans Ufer gezogen und ihn dort sorgsam abgelegt hatte.

Als Anna zwanzig Minuten später das Gebäude verließ, fühlte sie sich zerschlagen und ausgelaugt. Und doch verspürte sie keine Lust, nach Hause zu fahren. Zwar reizte es sie, weiter in dem Büchlein des Irishman zu lesen, aber als sie in ihr Auto stieg, fuhr sie nicht zurück zu ihrer Wohnung, sondern schlug eine andere Richtung ein. Noch war es hell, und Anna lenkte ihren Wagen aus der Stadt in Richtung Steinhuder Meer. Manchmal wusste sie selbst nicht, woher ihre plötzlichen Entschlüsse kamen. Sie wollte zum Kloster; dorthin, wo man Daniel gefunden hatte.

Sie brauchte im aufkommenden Feierabendverkehr fast eine Stunde bis zur Abfahrt Brakstedt. Es begann zu dämmern, und Anna bereute ihren spontanen Entschluss. Sie kannte die Gegend kaum, war nur ein paarmal am Steinhuder Meer gewesen, allerdings immer im Sommer, hatte das prächtige Kloster Loccum besucht und auch Kloster Warnstedt, um sich die beachtliche Bibliothek anzuschauen. Nun würde sie in der Dunkelheit zurückfahren müssen.

Hoffentlich fängt es nicht an zu regnen, dachte sie, als sie den Wagen auf dem kleinen Klosterparkplatz abstellte. Dort standen vier weitere Wagen. Im Gebäude brannte in einigen Räumen Licht.

Sie ging hinunter zum Bootssteg. Dort flatterten die Absperrbänder der Polizei in der leichten Abendbrise. Anna überkam ein Gefühl abgrundtiefer Trauer. Hier hatte man Daniel also gefunden, direkt am Steg. Die Polizei, das hatte Anna gemerkt, tappte völlig im Dunkeln, was das Motiv und damit den Täter betraf. Daniel war knappe vierundzwanzig Stunden nach Karl Hegemann getötet worden, und die beiden Morde mussten, da war Anna sich sicher, miteinander zu tun haben. Sie dachte an Daniels Paket mit dem Buch und an den beigefügten Zettel. Seine Furcht vor einem Unbekannten, Felix Meinrads seltsames Telefonat mit seiner Tante am Freitagabend mit dem Hinweis auf vermisste Bücher, Karl Hegemann tot in Daniels Auto, ihre Handynummer unter dem Beifahrersitz – die Gedanken wirbelten in ihrem Kopf herum. Und wo war dieser Felix? Er war doch zumindest Mitwisser, wenn nicht gar Zeuge.

Anna entschloss sich noch zu einem kleinen Gang über das Gelände, dann würde sie nach Hause fahren und Schumann den Tipp geben, Roswitha Ebersberg zu kontaktieren. Sie wollte nicht wieder in den Ruf kommen, eigenmächtig als eine Art Miss

Marple zu fungieren und Fakten nicht weiterzugeben. Zwei Morde in zwei Tagen – das war einfach nur schrecklich, und sie hatte keinerlei Ambitionen, tiefer in diesen Fall verwickelt zu werden. Sie würde Schumann von dem Buch des Irishman erzählen und es ihm aushändigen, sobald sie es gelesen und vielleicht auch kopiert hatte. Desmond könnte ihr vermutlich einiges zur Religion der vorchristlichen Iren erzählen.

Anna wandte ihre Schritte landeinwärts. Sie umrundete das Klostergebäude und gelangte in den hinteren Teil des großen parkähnlichen Grundstücks. Viel konnte sie in dem Dämmerlicht unter den Eichen und Buchen, die dicht an dicht standen, nicht sehen. Aber sie wusste, dass hier der Grabungsort von Günther Rademacher lag. Sie kannte den Professor schon länger und hatte mit ihm bei Podiumsdiskussionen über Tradition und Aufbruch in der Archäologie diskutiert. Überall waren hier große Steine, Überreste einer Mauer. Dazwischen spannten sich Seile, die das Grundstück in Grabungsabschnitte unterteilten. Eigentlich war das Betreten des Geländes verboten, auch wegen der gefährlich tiefen Löcher in dem unebenen Boden.

Die Mauersteine warfen Schatten. Ihre Konturen vermischten sich mit den Umrissen der Bäume. Der Wind flüsterte in den Büschen und strich über das Gras, das zwischen den Steinen wucherte. Anna fröstelte. Kein angenehmer Ort um diese Uhrzeit.

Ende März sollten die archäologischen Grabungen wieder aufgenommen werden. Ursprünglich hatte man geplant, den Neubau der Bibliothek hier zu errichten. Aber dann hatten Bodenproben gezeigt, dass der Untergrund nicht stabil genug war. Und so sollte die Bibliothek etwas abseits vom Hauptgebäude des Klosters auf einem Grundstück zwischen Kirche und See entstehen.

Anna sah hinüber zum Kloster. Es lag etwa zweihundert Meter entfernt, halb verdeckt hinter Rhododendronbüschen und kahlen Sträuchern. Das Licht in den Fenstern mutete aus der Ferne tröstlich an. Ein Symbol für menschliche Aktivitäten. Wahrscheinlich versammelten sich die Stiftsdamen gerade zum

Essen. Ihre Tischgespräche würden sich wahrscheinlich um den Tod der beiden jungen Männer drehen, der sie sicherlich tief verstört hatte, ihnen aber auch allerlei Zündstoff für anregende Unterhaltungen lieferte, eine Abwechslung in ihrem eher ereignislosen Alltag.

Anna spürte, wie ihr die Tränen in die Augen schossen. Wenn sie bloß wüsste, was Daniel ihr anvertrauen wollte. Hätte er doch den Mut besessen, sie am Kröpcke zu treffen. Oder sie in ihrer Wohnung aufzusuchen. Sie war sich sicher, dass sie ihn in der Nähe ihres Wagens am Sonntag gesehen hatte. Weshalb war er nicht zu ihr gekommen, dachte sie mit einer Mischung aus Wut, Verzweiflung und Kummer.

Es hatte keinen Sinn mehr, auf dem dunklen Klostergelände herumzuschleichen. Besser wäre es, wenn sie sich zu Hause wieder dem Buch widmen würde. Was hatte sie denn gehofft, um diese Uhrzeit hier zu entdecken?

Als Anna sich umwandte, um zurück zu ihrem Auto zu gehen, glaubte sie plötzlich eine Bewegung wahrzunehmen. In den Büschen knackte es. Das war nicht der leichte Abendwind, der durch die Zweige strich. Vielleicht ein Tier? Sie bemerkte aus dem Augenwinkel einen Schatten, der sich im hinteren Abschnitt des Grabungsareals zu bewegen schien. Zu groß für ein Tier, dachte Anna, und eine Gänsehaut kroch ihr über den Rücken. Der Schatten verschwand für einen Moment zwischen den Bäumen und Steinen, aber dann tauchte er wieder auf. Eindeutig kein Tier, sondern ein Mensch.

Anna nahm all ihren Mut zusammen. »Hallo, wer ist da?« Ihre Stimme bebte und klang in ihren eigenen Ohren kläglich. Als Antwort vernahm sie nur ein Rascheln, und dann tauchte der Schatten jäh vor ihr auf. Wie ein Phantom erhob er sich vor ihr, schwarze Konturen, eine Gestalt ohne Gesicht. Nur ein kurzes Aufblitzen zeigte ihr, wo die Augen waren, schmale Schlitze in tiefem Schwarz. Anna war wie gelähmt. Ihre Beine bewegten sich nicht, ihr Mund erstarrte. Endlich brachte sie ein heiseres Krächzen heraus. »Wer sind Sie?«

Statt einer Antwort bekam sie einen heftigen Stoß vor die

Brust, der sie zu Boden warf. Dabei stieß sie mit dem Kopf gegen einen der großen Mauersteine. Für einen Moment versank die Welt um sie herum in einem Wirbel aus bunten Lichtern.

Irgendwann, nach einer Zeitspanne, die sie nicht abschätzen konnte, blinzelte sie und sah statt der grellen Sterne wieder nur den inzwischen völlig schwarzen Nachthimmel über sich. Mühsam rappelte sie sich auf. Einen Augenblick lang war ihr schwindelig, und als sie sich mit der Hand über die Stirn wischte, klebte Blut daran. Natürlich hatte sie wieder mal kein Taschentuch dabei. Doch offenbar handelte es sich nur um eine Schramme, denn als sie noch einmal mit der Hand über die Stirn fuhr, blutete es nicht mehr.

Beklommen blickte sie sich um. Nichts regte sich in ihrer Nähe. Kein Schatten zwischen den Sträuchern, kein verdächtiges Geräusch. Der Mann ohne Gesicht war fort. Der Märzabend schien ihn verschluckt zu haben. Wenig später hörte sie ein Auto, das mit Karacho vom Parkplatz des Klosters fuhr.

Zitternd und wund geschlagen durch ihre unfreiwillige Begegnung mit dem Stein humpelte sie zu ihrem Wagen. Im Kloster blieb alles ruhig. Keiner der Bewohner schien irgendetwas gehört zu haben. Nur noch in den oben gelegenen Schlafräumen brannten Lichter. Anna überlegte einen Moment, ob sie klingeln und um Hilfe bitten sollte, entschied sich aber dagegen. Was könnte sie auch sagen und vor allem als Grund angeben, dass sie in der Dämmerung im abgesperrten Teil des Klostergeländes herumspaziert war? Sie wusste ja selbst nicht genau, was sie dazu bewogen hatte. Mal wieder ihr Bauchgefühl. Das ihr aber außer blauen Flecken und einem Brummschädel nichts gebracht hatte.

Als sie endlich ihr Auto erreichte, das ihr wie ein sicherer Hafen erschien, klemmte ein Zettel unter ihrem Scheibenwischer, auf dem in roten Buchstaben »Hands off!« stand.

Die Reifen jaulten schrill auf, als Anna vom Parkplatz brauste, als wäre ihr ein Phantom auf den Fersen.

Neuigkeiten aus Wicklow

Wicklow, im September 1824

Lieber Neffe,
ich hoffe, Du bist wohlauf. Gerne möchte ich Dich in einer
sehr dringlichen Angelegenheit sehen. Nur so viel: Ich glaube,
dass mein Leben in Gefahr ist. Seit einiger Zeit fühle ich mich
beobachtet und verfolgt. Du wirst Dich fragen, weshalb eine
alte Frau wie ich bedroht werden könnte, zumal ich seit mehr
als zwanzig Jahren abgeschieden in meinem kleinen Haus in
Wicklow wohne. Doch es gibt Antworten darauf, die ich Dir bei
Deinem Besuch geben möchte. Zudem habe ich ein Ansinnen an
Dich, das ich Dir unterbreiten will. Versuche, bald zu kommen,
denn die Zeit drängt.
In Liebe
Deine Tante

Anna war eine Stunde zuvor nach Hause gekommen. Als sie
die Haustür aufgeschlossen hatte, war sie Frau Pachalski begegnet, die zusammen mit ihrem Mops Herkules in der Wohnung
unter ihr lebte. Eveline Pachalski, zum zweiten Mal verwitwet,
Mitte fünfzig, sah aus wie der Probelauf eines noch ungeübten
Schönheitschirurgen. Schlauchbootlippen, eine winzige Nase,
die an Michael Jackson erinnerte, allzu straffe Wangen, eine
völlig faltenlose, glänzende Stirn, grellblonde Haare und eine
Figur, an der nichts mehr so war, wie es die Natur geplant hatte.
Zudem neigte Frau Pachalski zu grenzenloser Neugierde und
Tratsch. Ihre beiden Männer hatten deshalb wohl rechtzeitig die
Reißleine gezogen. »Mein erster Mann, der Harry, war hübsch,
aber ein Säufer«, hatte sie Anna einmal bei einer Tasse Kaffee
erzählt, »und mein zweiter, der Armin, war ja dreißig Jahre älter als ich. Aber der war lieb. Hat halt nur zwei Jahre gehalten,
unsere Ehe, dann ist er leider gestorben.« Immerhin stammte

Mops Herkules noch aus dieser kurzen Glücksphase in Eveline Pachalskis Leben. Aber der kam nun auch in die Jahre und musste von Frauchen Gassi getragen werden.

»Na, Ihre Verehrer werden ja auch immer jünger!«, hatte die Pachalski gerufen und dabei Herkules fest im Arm gehalten, der sich gegen Frauchens Klammergriff mit schwachem Strampeln gewehrt hatte.

Anna sah sie fragend an.

»Der Typ, der vorhin hier war und an Ihrer Wohnungstür herumgefummelt hat, den meine ich. Sie haben ihm wohl 'nen falschen Schlüssel gegeben, denn er ist nicht bei Ihnen reingekommen.« Eveline Pachalski grinste und entblößte ihr strahlend weißes Kunstgebiss. »Ich habe ihn angesprochen, weil er da so herumstand.«

Eveline Pachalski bekam alles mit, was im Haus geschah. Sicherlich hatte sie den »jungen Verehrer« nicht zufällig vor Annas Tür entdeckt.

»Wie sah er denn aus?« Anna wusste, dass es keinen Sinn hatte, die Pachalski von ihrer Überzeugung abbringen zu wollen, der Fremde sei ein Verehrer gewesen.

»Das müssten Sie doch wissen!« Eveline Pachalski streichelte dem zappelnden Mops kurz über den Kopf. »Schlank und mittelgroß. Haben Sie denn mehrere von der Art?« Sie kicherte.

Anna war nicht zum Scherzen aufgelegt. »Und wo ist er jetzt?«, fragte sie.

»Als er mich gesehen hat und ich ihn noch auf Sie angesprochen habe, hat er schnell die Kurve gekratzt. Vielleicht wäre er ja sonst bei Ihnen eingebrochen, blind vor Liebe!« Sie kicherte wieder.

Anna hatte nichts gegen Eveline Pachalski, aber im Moment ging ihr die Dame gehörig auf die Nerven. Offenbar teilte Herkules ihre Gefühle, denn er sah sie aus seinen Glupschaugen hilfesuchend an.

»Wenn er etwas Wichtiges wollte, wird er sich schon wieder melden«, sagte Anna. »Aber danke, dass Sie ihn angesprochen haben. Vielleicht war es ja wirklich ein Einbrecher.«

»Ach nee? Doch kein Verehrer? Dann hätte ich wohl lieber die Polizei holen sollen. Selbst in dieser Gegend ist man nicht mehr sicher. Sie sollten sich einen Hund anschaffen. Na, dann gute Nacht!« Mit diesen Worten glitt Eveline Pachalski in ihre Wohnung und ließ Herkules endlich frei. Der drehte sich noch einmal zu Anna um, die ein Lächeln in seinem Hundegesicht zu entdecken glaubte. Er war schon putzig, aber ein Wachhund? Eher ein Spielzeug für Eveline und ein Übergangsersatz bis zum Gatten Nummer drei.

Anna ging nachdenklich die Treppe zu ihrer Wohnung hoch. »Junger Verehrer?« Sie erinnerte sich plötzlich an den Kerl im Kapuzenpulli, den sie vor ihrem Aufbruch ins Präsidium zu sehen geglaubt hatte, und auch in den Tagen zuvor war ihr dieser junge Mann mit Kapuzenpulli aufgefallen, der in der Nähe ihres Wohnhauses herumlungerte. War es immer derselbe Typ oder jeweils ein anderer?

Plötzlich pochte die Schramme an ihrer Stirn und erinnerte sie an ihr Erlebnis bei Kloster Warnstedt. Und was sollte dieser Zettel mit der unverhohlenen Warnung? Er musste von demjenigen stammen, der sie bei den Ruinen zu Boden gestoßen hatte. Was für ein schrecklicher Tag! Umso schöner, dass sie morgen Mittag Desmond treffen würde.

Sie betrat ihre Wohnung und knipste hastig die Deckenbeleuchtung an. Die Schatten verkrochen sich in die Ecken. Das Wohnzimmer wirkte einladend hell und warm. Morgen würde sie Schumann von ihrem Erlebnis beim Kloster berichten. Nur bitte heute endlich Ruhe und Entspannung!

Ein Blick in den Garderobenspiegel zeigte ihr, dass die Schramme an ihrer Stirn zwar nicht mehr blutete, aber sich um sie herum ein buntes Hämatom bildete. Ein paar blaue Flecken hatte sie bei ihrem Sturz sicherlich auch an den Beinen davongetragen. Aber alles halb so schlimm.

Sie benutzte das Sicherheitsschloss an ihrer Wohnungstür selten, doch heute Abend legte sie den Riegel vor. Und sie brach eine Regel, die sie nun schon seit fast einem Jahr beherzigte: keinen Alkohol allein trinken. Mit einem Glas Chardonnay in der Hand setzte sie sich in ihren Lesesessel und nahm das Büchlein zur Hand. Aus ihrer Kollektion mit CDs klassischer Musik suchte sie John Dowland heraus, und die sanften Lautenklänge beruhigten ihre Nerven.

Sie blätterte durch das Buch und stieß auf eine Zeichnung von einem Haus mit der Bildunterschrift »Fleetwood House, Wicklow, near Dumfridge«. Es sah sehr adrett aus, offenbar aus hellem Stein erbaut, umgeben von einem Garten. Im hinteren Teil der kleinen Zeichnung sah sie die Spitze eines schmalen, runden Turms, der ihr vage bekannt vorkam. Das dazugehörige Kapitel begann mit einem Brief, den der Irishman in das Buch eingefügt hatte. Er schien seinen Text mit einigen Briefen ergänzt zu haben, deren Ränder zwischen den Buchseiten herausragten. Sie blätterte weiter und entdeckte, dass der Schlussteil aus mehreren Abbildungen mit kleinen Bildunterschriften, aber ohne durchgehenden Text bestand. Auf den ersten Blick konnte sie mit den Zeichnungen nichts anfangen. Wahrscheinlich erklärten sie sich aus den vorhergehenden Kapiteln. Also entschied sie sich, das Buch weiter chronologisch zu lesen.

Dublin veränderte sich in jenem Jahr 1824 rasant und verwandelte sich immer mehr in eine Großstadt. Am wunderschönen St. Stephen's Green hatte ein modernes Hotel seine Tore geöffnet, in dem Gäste aus aller Herren Länder abstiegen. Zudem war es ein Ort für Zusammenkünfte und Vorträge. Ich hatte dort an jenem Tag, an dem ich den Brief meiner Tante empfing, einem Vortrag unseres prominentesten Streiters für eine neue gesellschaftliche Ordnung und Gleichberechtigung aller religiösen Strömungen gelauscht. Daniel O'Connell setzte sich vehement für eine friedliche Lösung der Konflikte ein, was ihm viele Befürworter, aber auch viele Feinde bescherte.

An diesem milden Septembertag diskutierten die Leser in den Zeitungen immer noch über die Abschaffung der Irish Mile zugunsten der englischen Meile, die ein ziemliches Stück kürzer ist als unsere gute alte irische Meile. Diese Entscheidung unserer Herren in London im Weights and Measures Act hätte fast wie-

der zu einer Revolte geführt. O'Connell nahm in seiner Rede ironisch Bezug darauf. Ein schwacher Versuch der Briten, wie er es ausdrückte, mit solcherlei neuen Gesetzen ihre Oberhoheit über unser Land zu beweisen.

Ich bewundere diesen Mann, der sich seit nunmehr dreißig Jahren für Religionsfreiheit und die Loslösung Irlands von der Zwangsehe mit Großbritannien einsetzt. Als Robert Emmet 1803 eine weitere Revolte anzettelte mit dem Ziel, Dublin Castle in seine Gewalt zu bringen, war O'Connell dagegen. Man müsse durch die Mittel der Politik, nicht des Krieges für Irlands Rechte kämpfen.

Und das war auch der Tenor seiner Rede an diesem Septembertag. Allerdings hatten zwei Männer im Saal lautstark dagegen protestiert. Den einen von ihnen kenne ich sogar. Patrick O'Toole ist ein Fanatiker. Sein Vetter Brendan ist der Sohn eines Mannes, mit dem mein Onkel zusammen in Amerika war und der ebenfalls in den Unruhen von 1798 starb. Brendan war damals vierzehn Jahre alt. Ich traf ihn viele Jahre später bei einem Abendessen im Hause eines alten Freundes meiner Eltern. Halb betrunken behauptete Brendan seinerzeit vor allen Gästen, mein Onkel habe seinen Vater ans Messer geliefert. Er konnte keinerlei Beweise für seine Anschuldigung vorbringen, und jeder, der meinen Onkel kannte, hätte ihm auch sofort widersprochen. Doch das war gar nicht nötig, denn er verheddert sich in seinen wüsten Worten, und niemand schien ihn ernst zu nehmen, was ihn noch mehr ergrimmte. Er war kaum mehr zu beruhigen und fixierte mich, der an seinem Tisch saß. »Du bist auch verwandt mit diesem Verräter«, lallte er an jenem Abend vor drei Jahren. »Verfluchte O'Briens und ihre verdammte Verwandtschaft!« Man führte ihn hinaus, aber ich werde sein verzerrtes Gesicht nie vergessen. Seitdem habe ich ihn nicht wiedergesehen.

Als ich meine Tante bei einem Besuch in Wicklow auf diesen Vorfall ansprach, verzog sie schmerzlich das Gesicht. »Brendans Vater Rory McLeod war in Amerika der beste Freund deines Onkels. Aber als wir wieder zurück in Irland waren, schloss er

sich einer radikalen Gruppe an, die am liebsten alles niedergebrannt hätte, was mit den Engländern zu tun hat, auch das
Haus von John Waterstone. Dein Onkel hat Rory davon abgehalten, ihm im wahrsten Sinne des Wortes die Fackel aus der
Hand genommen. Danach trennten sich ihre Wege. Rory starb
1798 bei einem der ersten Scharmützel. Dass dein Onkel ihn
verraten haben soll, ist eine völlig haltlose Verleumdung. Aber
leider hat Rorys Witwe Mary dieses Gerücht damals aus Zorn
und Kummer in die Welt gesetzt und damit ihren einzigen Sohn
Brendan beeinflusst.«

Sein Vetter Patrick O'Toole hat sich, wie ich hörte, einer kleinen Gruppe von Nationalisten angeschlossen, die sich »The True
Irish« nennen. Bisher haben sie noch nicht viel erreicht und auch
keinen charismatischen Anführer gefunden. Aber Patrick, der
wenige Jahre älter als ich ist, genießt es, auf Versammlungen zu
gehen und Männer zu beschimpfen, die gegen Blutvergießen
sind. Er nennt O'Connell einen Verräter und Feigling. Patrick
O'Toole ist ein unangenehmer Bursche, und ich vermeide es
tunlichst, ihm zu begegnen.

Doch zurück zum Brief meiner Tante. Er lag in der kleinen
Eingangshalle des Hauses, in dem ich unweit vom Trinity College zwei Zimmer bewohnte. Ich arbeitete als Bibliothekar in
der ehrwürdigen Universität, wie auch schon andere Verwandte
von mir. Es war eine angenehme Tätigkeit, und in den vergangenen zwei Jahren, seit ich dort mein Auskommen gefunden hatte,
konnte ich meine Tante gelegentlich mit Büchern versorgen, die
sie für ihr Studium der irischen Vergangenheit benötigte. Werke
in lateinischer Sprache und in altem Englisch. Meine gute Tante
beherrscht zwar das Irische leidlich, aber die alten Schriften der
Mönche sind ihr ein Rätsel, da sie altes Gälisch benutzen. Diese
Sprache ist fast verschwunden und müsste, wie mein Vater einmal gesagt hat, »neu aus alten Quellen wiedererstehen«. Ich
denke dann immer an den Phönix aus der Asche und wünsche
mir, wenn ich vor den alten Werken in unserer Bibliothek stehe,
sie im Original lesen und verstehen zu können.

Der Brief meiner Tante riss mich aus meinen Gedanken über

O'Connells Vortrag. Sie schien ernsthaft besorgt zu sein. Und so beschloss ich, am nächsten Samstag hinaus zu ihrem Haus in den Wicklows zu reiten. Ich besaß kein eigenes Pferd und musste mir eines im Stall von Sean Dafferty leihen, der meines Erachtens viel zu viel Geld dafür verlangte. Aber immer, wenn ich ihm das sagte, lachte er und sagte: »Dann kauf dir doch ein eigenes Pferd, du Halbgelehrter!«

Der Samstag war zwar ein wenig kühler als die Tage zuvor, doch es fiel kein Regen. Meine Tante bewohnte ein Haus in der Nähe des kleinen Ortes Dumfridge, nur zwei irische Meilen entfernt von Glendalough, jener uralten Klosteranlage mit ihrem einzigartigen Rundturm. In diesen hatten sich die Mönche geflüchtet, wenn sich die Wikinger oder andere Invasoren einmal mehr auf ihren Raubzügen dem Tal mit seinen zwei Seen genähert hatten.

Ich brauchte an diesem Tag knappe drei Stunden, um zum Haus meiner Tante zu gelangen. Dafferty hatte mir diesmal einen ordentlichen Wallach namens King Henry anvertraut, der die Strecke ohne allzu ersichtliche Mühe bewältigte.

Das Haus lag auf einem kleinen Hügel mit Blick ins Tal. Bei sonnenklarem Wetter sah man die Turmspitze des Rundturms von Glendalough. Doch heute war es zu dunstig. Fleetwood House bestand aus hellen Steinen mit Fensterumrandungen aus dunklerem Backstein und war umgeben von einem Garten, in dem im Mai und Juni vor allem lila Rhododendron blühte, im Juli folgten Rosen und nun im September Chrysanthemen, Mönchspfeffer, Herbstzeitlose, Goldruten und Astern. An einigen Rosenbüschen prangten noch späte Blüten.

Es war um die Mittagszeit, als ich das Haus betrat. Wunderbare Düfte drangen an meine Nase, und ich verspürte sofort Hunger. Meine Tante begrüßte mich in der kleinen Eingangshalle, an deren Wänden einige Landschaftsbilder und Porträts hingen, die ich nicht einzuordnen vermochte. Mit Kunst habe ich nie viel im Sinn gehabt, obgleich ich selbst gut zeichnen kann und gerne mit wenigen Strichen Orte und Häuser zu Papier bringe. Das verbindet mich mit meinem Onkel Reginald, der *einst als Kartograph arbeitete und immer noch ein begnadeter Zeichner ist.*

An dieser Stelle hielt Anna inne. Das konnte doch nicht wahr sein! Dieser unbekannte Chronist war mit Reginald Fitzgibbon verwandt? Er nannte ihn seinen Onkel. War die Welt wirklich so klein? Es gab doch ganz bestimmt nicht zwei Reginalds, die als Kartographen gearbeitet hatten. Anna zweifelte an Zufällen. Wenn das stimmte, müsste sie dem Irishman doch auf die Schliche kommen können und auch seiner Tante, deren Namen er nie nannte. Plötzlich sah sie das Buch und die Geschichte des jungen Iren in einem völlig neuen Licht. Sie erinnerte sich, dass Deirdre in ihrer letzten Mail einen Neffen von Reginald erwähnt hatte, der Dublin 1824 plötzlich verlassen hatte, und einen Brief aus Deutschland, der allerdings verschwunden war. Welch seltsame Verflechtungen!

Meine Tante war damals eine zierliche Frau von vierundsiebzig Jahren. Trotz ihres hohen Alters wirkte sie lebhaft und agil und dank ihrer leuchtenden blauen Augen um viele Jahre jünger. Sie trug ein schlichtes Kleid in Taubenblau und als Schmuck nur eine Goldkette und eine Brosche, die wie eine irische Fibel aussah. Sie führte mich ins Esszimmer, wo ihr Hausmädchen Bethany, das zugleich auch als Köchin diente, den Tisch gedeckt hatte. Doch ehe ich auch nur von der köstlichen Hühnerbrühe kosten konnte, kam sie auf den Grund meines Hierseins zu sprechen.

»Mein lieber Junge«, begann sie, trank hastig einen Schluck Wasser, dann sprach sie mit gesenkter Stimme weiter. »Ich lebe seit einigen Wochen in Furcht.«

Dann erzählte sie mir ihre Geschichte, und ich saß auf dem Stuhl an dem schön gedeckten Tisch und vergaß das Essen, die Zeit und den Raum. Als die Schatten länger wurden, wechselten wir in den Salon, in dem ein Kaminfeuer brannte, und ich trank eine Tasse Tee nach der anderen. Bethany hatte einen köstlichen Früchtekuchen gebacken, den ich bis auf wenige Reste verzehrte.

»Mein lieber Junge!« Noch heute höre ich die warme Stimme

meiner Tante. Sie sagte immer: »My bonny boy.« Ich hatte sie einmal danach gefragt, denn das ist eigentlich ein schottischer Ausdruck. Auch der glücklose Stuart-Thronprätendent Charles, der 1746 in der Schlacht von Culloden vernichtend geschlagen wurde, trug den Beinamen »Bonnie«, was so viel wie »hübsch« oder »liebenswert« bedeutet. Doch meine Tante schwieg. Nur in Andeutungen hatte ich winzige Bruchstücke ihrer Lebensgeschichte erfahren – wie sie meinen Onkel getroffen hatte, mit ihm nach Amerika gegangen und schließlich zurück nach Irland gekehrt war, das eigentlich gar nicht ihr Geburtsland war. Sie hatte ihre Eltern früh verloren und war bei Verwandten aufgewachsen, mit denen sie jedoch nichts mehr im Sinn zu haben schien. Wobei ich mich fragte, was für ein leichter Akzent hie und da in ihrem Englisch durchschimmerte. Ich konnte ihn nicht einordnen. Sie winkte jedes Mal fast unwillig ab, wenn ich auf ihre Jugend und ihr früheres Leben zu sprechen kam: »Das Kapitel ist abgeschlossen. Ich will mich nicht daran erinnern. Meine Heimat ist Irland.«

An jenem Septembertag schilderte sie mir ihr Leben nach dem Tod ihres Mannes, den sie, wie sie sagte, über alle Maßen geliebt habe. »Als ich die Nachricht erhielt, dass er bei Vinegar Hill gefallen war, stürzte meine Welt zusammen. Es hat mehrere Monate gedauert, bis ich wieder ins Leben zurückzukehren vermochte. Ich musste das Haus in Dublin verkaufen, zumal ich als die Witwe eines Rebellen in Gefahr war, selbst verhaftet zu werden. Glücklicherweise hat mir John Waterstone, ein alter Freund deines Onkels Reginald, dieses Haus angeboten. Doch ich konnte hier nicht immer nur herumsitzen, meinen Garten pflegen, sticken und Bücher lesen. Und so begann ich mich für die Geschichte dieses Landes zu interessieren.«

Anna hielt inne. Sie glaubte vor ihrer Tür ein Geräusch zu hören. Ein Blick auf die Uhr. Fast Mitternacht. Für sie ungewöhnlich spät; normalerweise ging sie spätestens gegen dreiundzwanzig Uhr schlafen. Ein Nachtmensch war sie schon lange nicht mehr. Vorsichtig tapste sie zur Wohnungstür und spähte durch den

Spion. Bisher hatte sie sich immer über diese Einrichtung mokiert und sie als »typisch für Fernsehkrimis« abgetan. Heute war sie zum ersten Mal dankbar dafür. Doch draußen regte sich nichts.

Zurück im Wohnzimmer schob sie den Vorhang ein Stückchen beiseite und sah auf die Straße. Am Rand parkten einige Autos. Die wenigen Straßenlaternen – die Stadt sparte – spendeten nur spärliches Licht. Anna wollte den Vorhang gerade wieder zuziehen, als sie zwischen den Autos eine Gestalt erblickte. Schwarz gekleidet und mit Kapuze über dem Kopf. Eisiger Schrecken durchfuhr sie. War das ihr »junger Verehrer«, wie Eveline Pachalski ihn genannt hatte?

Die Gestalt zwischen den Autos bewegte sich nicht. Sie schien auf etwas zu warten. Auf was oder wen? Anna hielt den Atem an. Sie kämpfte mit sich, all ihren Mut zusammenzunehmen, das Fenster zu öffnen und hinunterzurufen. Aber ehe sie sich entschieden hatte, setzte sich die Gestalt plötzlich in Bewegung und überquerte mit schnellem Schritt die Straße, stieg in ein Auto, das ein Stück entfernt auf der anderen Straßenseite parkte, und fuhr davon. Anna registrierte zwar im etwas mageren Licht der Straßenlaterne die Automarke – ein alter Polo –, aber sie konnte die Farbe nur ungenau erkennen. Wahrscheinlich dunkelrot. Das Kennzeichen begann mit einem UE für Uelzen, mehr sah sie nicht. Nicht ausreichend für eine eindeutige Identifizierung.

Sie schloss den Vorhang und setzte sich schwer atmend in ihren Sessel. Morgen würde sie Schumann über diese Vorkommnisse informieren und auch Richard endlich anrufen, der vom Tod Daniels wahrscheinlich immer noch nichts wusste. Ihre Beziehung zu ihm war wie eine Springprozession – vier Schritte nach vorne, drei wieder zurück. Mühsam! Und auf Dauer auch wenig befriedigend.

Sie schob diese Gedanken beiseite. Es war Zeit fürs Bett, selbst wenn sie fürchtete, dass ihr die blauen Flecken zu schaffen machen würden. Sie leerte das Weinglas, dessen Inhalt längst lauwarm geworden war und abgestanden schmeckte. Gerne hätte sie noch weitergelesen, aber sie fühlte sich unruhig und unkonzentriert. Leise fluchend humpelte sie ins Schlafzimmer.

Als sie in ihrem Bett endlich eine angenehme Position gefunden hatte, bei der sie ihre Blessuren nicht allzu sehr spürte, und das Licht löschen wollte, piepste ihr Handy. Eine SMS. Anna zog das Handy vom Nachttisch.

»So sorry, my dear. Just had an urgent message and have to fly home directly to Dublin. Cannot stop over in Hanover. Thus, I cannot keep our date. Please come to Dublin soon! Yours, Desmond x«.

Das war der krönende Negativabschluss dieses furchtbaren Tages, dachte Anna, der die Enttäuschung über Desmonds Absage zu ihrem Ärger Tränen in die Augen trieb. Dumme Kuh, schalt sie sich, du reagierst wie ein verliebter Teenager. Aber wenn der Prophet nicht zum Berg kam, dann musste der Berg eben zum Propheten kommen. Morgen würde sie ihren Flug nach Dublin buchen. Ein tröstlicher Gedanke, ehe sie in einen tiefen Schlaf versank. In dieser Nanosekunde zwischen Tag und Traum glaubte sie eine Stimme zu hören, die ihr zuflüsterte: »Hands off!«

Schatzsucher

Hätte Kommissar Schumann ein Tagebuch geschrieben, dann hätte sein Eintrag an diesem Dienstag vermutlich so gelautet:

Der Fall stagniert. Wir wissen jetzt zwar, dass unser erstes Opfer Karl Hegemann heißt, im Kloster Warnstedt seit Januar eine Ausbildung zum Gärtner durchlief und durch eine Überdosis Insulin getötet worden ist, aber ansonsten bleibt alles rätselhaft. Kein sichtbares Motiv, kein Verdächtiger. Woher das Insulin stammt, konnten wir bisher nicht feststellen. Karl Hegemann war kein Diabetiker. Heute werden seine Eltern kommen – darauf freue ich mich natürlich nicht.

Im Fall von Daniel Piehlau sind wir außer der Aussage von Anna über die geplatzte Verabredung wenig weitergekommen. Sein Handy scheint irreparabel zu sein. Wir haben einige seiner Kommilitonen befragt, die ihn aber seit Wochen nicht gesehen haben. Er war die meiste Zeit in Kloster Warnstedt, wo wir den Leiter der Bibliothek befragen werden. Vielleicht kann er weiterhelfen.

In den Wohnungen von Karl Hegemann und Daniel Piehlau haben wir keine sachdienlichen Hinweise entdecken können. Die Fingerabdrücke stammen fast alle von den Opfern, ansonsten keine auffälligen Spuren. Piehlaus Zimmer ist unordentlich, sieht aber nicht so aus, als hätte dort jemand nach irgendetwas gesucht. Sein Kommilitone Florian Greiner hat berichtet, dass Daniel ein Chaot war, fast schon ein Messie. Aber er kannte ihn auch nur flüchtig, da Daniel ein Einzelgänger gewesen zu sein schien. Allerdings fehlen die Laptops der beiden, und Karl Hegemanns Handy ist ebenfalls verschwunden.

Zudem haben wir immer noch keine Spur von Felix Meinrad, der offenbar sowohl mit Karl als auch mit Daniel befreundet war. Die drei haben wohl einige Wochenenden zusammen in Hannover verbracht. Felix Meinrads Tante Roswitha Ebers-

berg, zurzeit im Kloster Lüne, war sehr aufgeregt, als wir ihr
mitteilten, dass Felix verschwunden sei. Sie hat versprochen, sich
zu melden, sollte Felix mit ihr Kontakt aufnehmen. Ich hege
allerdings den Verdacht, dass sie mehr weiß, als sie zugibt.

Aber Kommissar Hans Schumann schrieb kein Tagebuch, und
so blieb es seinem Assistenten Hartmut Brink überlassen, eine
Übersicht über die Ereignisse zusammenzustellen. Er tat das akribisch und konfrontierte Schumann gegen elf Uhr morgens mit
dem eher mageren Fazit der bisherigen Untersuchungsergebnisse.
Verzweifelt versuchte Schumann, seine lähmende Müdigkeit mit
einem dritten Kaffee zu vertreiben, als sein Handy klingelte. Zu
seiner Freude erkannte er Annas Namen auf dem Display.

Was sie dann allerdings erzählte, vertrieb seine gute Laune
gleich wieder. Männer in Kapuzenpullovern, ein Spaziergang
über das abendlich dunkle Klostergelände, ein unbekannter An-
greifer, eine Gestalt, die zwischen den Autos auf ihrer Straße
herumlungerte?

Als sie geendet hatte, holte er tief Luft, dann sagte er: »Bitte
passen Sie auf sich auf, Anna, und halten Sie sich unbedingt
heraus aus diesen Dingen! Mir liegen noch das Moor und die
Höhle in den Knochen. Da muss jetzt nicht noch ein Kloster
hinzukommen! Ich schicke Ihnen sonst noch einen persönlichen
Bodyguard vorbei.«

Das sollte scherzhaft klingen, aber Anna hörte offenbar die
Sorge in seiner Stimme und einen leichten Anflug von Irritation.
Sie versuchte ihn zu besänftigen. »Alles nicht so schlimm. Aber
ich wollte Ihnen das doch schnell mitteilen. Sie wissen schon,
sonst nennen Sie mich demnächst noch die ›Miss Marple vom
Steinhuder Meer‹.«

Schumann hatte sich wieder beruhigt. Jetzt war er wieder der
nüchterne Polizist. »Wenn Sie eine Anzeige erstatten wollen,
dann kommen Sie bitte vorbei. Aber ich kann mir auf Ihre Geschichte keinen logischen Reim machen. Was hatten Sie auf dem
Klostergelände zu suchen? Zumal dieser Teil des Parks wegen
der Ausgrabungen ja gesperrt und das Gelände unsicher ist,

wie Sie selbst gemerkt haben. Das müssen Sie mir noch einmal deutlicher erklären.«

Er hörte, wie Anna nach Luft schnappte. Sie wirkte plötzlich verschlossen, als sie entgegnete: »Ich wollte Ihnen ja nur mitteilen, dass dieser Typ beim Kloster schon recht verdächtig auf mich wirkte. Was hatte er dort zu suchen?«

Was hatte *sie* dort zu suchen?, fragte sich Schumann erneut, aber Anna sprach bereits weiter.

»Und da ist noch etwas.«

Schumann stöhnte innerlich. Er hatte es doch geahnt!

»Daniel Piehlau hat Richard Bernhard ein Buch geschickt, das Richard an mich weitergegeben hat. Ich lese es gerade. Ich glaube, Daniel wollte mir dazu wohl noch etwas sagen.«

»Wie bitte?« Schumann war fassungslos. »Schon wieder halten Sie wichtiges Beweismaterial zurück? Habe ich Sie nicht gewarnt? Immer wieder das Gleiche mit Ihnen! Und ich vergehe zwischendurch vor Sorge.« Seine Stimme wurde lauter. »Anna, bringen Sie bitte das Buch sofort ins Präsidium!«

»Ich werde das Buch zu Ende lesen«, erwiderte Anna trotzig. »Daniel hat es Richard mit der Bitte geschickt, dass ich mich damit befasse. Außerdem ist es auf Englisch, und Sie wissen ja selbst, dass Sie damit nicht so gut zurechtkommen würden. Und ehe Sie irgendwelche Polizeiübersetzer alarmiert haben, habe ich das Buch durch und kann sicherlich ›sachdienliche Hinweise‹ geben, wie Sie das nennen würden.«

Schumann verkrampfte sich. Das hatte gesessen. Seit Jahren plante er, seine Englischkenntnisse aufzufrischen, und meldete sich deshalb immer wieder in der Volkshochschule an. Aber nie hatte er die Muße, diese Kurse dann auch wahrzunehmen. Und in der Tat hatte ihm Anna bei ihren beiden letzten gemeinsamen Fällen mit ihren ausgezeichneten Englischkenntnissen sehr geholfen. Warum musste auch alle Welt Englisch benutzen? Schumann hatte Latein und Griechisch in der Schule gehabt und nur wenige Jahre Englisch. Was nutzte ihm das heute? Kein Mensch verfasste Aussagen oder E-Mails in Altgriechisch!

»Worum geht es denn in diesem mysteriösen Werk?«, fragte er beschwichtigend. Gegen Annas Energie fühlte er sich manchmal hilflos. Gott, hatte diese Frau Power! Seltsamerweise überkam ihn ausgerechnet in diesem eher unpassenden Moment der Zweifel, ob er es auf Dauer mit ihr aushalten würde. Wenn er ernsthafte Ambitionen hätte …

Anna ließ sich glücklicherweise immer wieder rasch erden. »Es ist die Geschichte eines Iren, der offenbar 1824 nach Deutschland gelangt ist und wohl irgendeinen Auftrag zu erledigen hatte. Noch bin ich nicht sehr weit gekommen, denn der Autor, dessen wahren Namen ich nicht kenne, lässt sich Zeit. Typischer Schreibstil des frühen 19. Jahrhunderts, aber da muss ich durch.«

»Könnte das denn überhaupt wichtig für den Fall sein, oder hat Ihr Neffe, bitte entschuldigen Sie meinen Verdacht, Anna, das Buch vielleicht entwendet, um es Richard anzudrehen? Daniel hatte in den vergangenen Wochen Zugang zu einer Menge kostbarer Bücher. Und unser Richard ist, wie wir wissen, dem einen oder anderen Handel abseits vom geraden Pfad nicht abgeneigt.«

Anna ging auf seine Bemerkung nicht ein. »Nein, das Buch ist nicht sehr wertvoll, klein, eher schäbig, etwas zerfleddert, zwar mit einigen hübschen Zeichnungen, aber im Vergleich zu den meisten anderen Werken in der Klosterbibliothek nichts Besonderes. Ich vermute eher, dass Daniel dieses Buch zufällig entdeckt hat und darin irgendetwas steht, was ihm wichtig erschien. Denn dieser Ire scheint ein Geheimnis gehabt zu haben, das vielleicht auch heute noch relevant sein könnte.«

»Ach herrje, schon wieder so eine Geschichte aus der Vergangenheit, deren Schatten bis heute reichen«, kommentierte Schumann in Anspielung auf die beiden früheren gemeinsamen Fälle. Er konnte geradezu spüren, wie Anna am Telefon errötete.

»Aber vielleicht steckt mehr dahinter«, sagte sie, ohne auf seine Bemerkung einzugehen. »Vielleicht –«

Sein Telefon auf dem Schreibtisch klingelte. Schumann unterbrach sie. »Tut mir leid, Anna, aber ich bekomme gerade einen Anruf auf meinem Diensttelefon. Ich melde mich bei Ihnen – und bitte keine Alleingänge mehr.«

Anna starrte ihr Handy an. Es reichte ihr. Erst diese große Aufregung, weil sie Schumann erst jetzt von dem Buch erzählt hatte, und dann diese jähe Unterbrechung des Telefonats. Na ja, dann würde sie eben ihre Reise nach Dublin buchen, kurz bei Richard vorbeischauen, ihn auf den jüngsten Stand bringen, das Buch in Ruhe weiterlesen und am Nachmittag ein Bild begutachten. Es gehörte einer Erbengemeinschaft, und man wusste nicht, ob es ein Original oder eine Kopie war. Ihr Auftraggeber, Anwalt Franz Meerfeldt, hatte ihr bereits mitgeteilt, es handele sich wahrscheinlich um ein Gemälde aus der Zeit um 1650. Ein Foto hatte er ihr auch schon geschickt, auf dem Anna aber nicht viel erkennen konnte. Landschaft mit Turmruine. Kein seltenes Sujet. Die Signatur auf dem Gemälde, das jahrzehntelang in einem Hinterzimmer eines alten Hauses in Hannover-Kirchrode gehangen hatte, war fast unleserlich.

Das Bild einzuordnen und zu bewerten bedeutete eine angenehme Unterbrechung ihrer düsteren Beschäftigung mit Daniels Tod und würde ihr zudem ein paar hundert Euro einbringen. Anna konnte über mangelnde Aufträge nicht klagen, und auch der nächste Katalog für eine Ausstellung mit Werken aus hannoverschem Privatbesitz im Landesmuseum stand an. Den würde sie aber nicht in einem Haus am Moor verfassen wie den Katalog zur Ausstellung mit alten Landkarten vor zwei Jahren. Lieber irgendwo im Allgäu, umgeben von glücklichen Kühen und sonntäglichem Glockengeläut. Sie schmunzelte bei der Vorstellung.

Da sie Reisen nicht gerne übers Internet buchte, rief sie bei ihrem Reisebüro an und erkundigte sich nach Flügen nach Dublin. Wie sie schon von früheren Malen wusste, war es günstiger, von Düsseldorf aus zu fliegen als von Hannover mit Zwischenstopp. Sie ließ sich einen Hinflug für den kommenden Montag reservieren mit der Absicht, auf dem Weg in Köln vorbeizuschauen und dort Sonntagnacht bei ihrer Mutter zu bleiben. Den Rückflug ließ sie offen.

Zufrieden lehnte sie sich zurück. Sie schickte Deirdre eine Mail mit der Frage, ob ihr dieser Besuch recht sei. Die Antwort kam prompt. Deirdre freute sich sehr darüber, weil es »einiges zu besprechen« gebe. »Du kannst bei meinem entfernten Vetter Eamon Casey wohnen. Er hat ein paar Zimmer, die er vermietet. Sein Haus liegt nicht weit von der O'Connell Street, aber weit genug entfernt, um den Lärm von dort nicht zu hören.«

Desmond erwähnte Deirdre diesmal nicht, was Anna lieb war. Eamon Casey, Desmonds jüngerer Bruder, war Schriftsteller und hatte vor einigen Jahren eine sehr erfolgreiche Jugendbuch-Reihe veröffentlicht, in der es vor allem um irische Folklore und Sagen ging. Fünf Bücher, in deren Mittelpunkt ein Junge namens Colin Fury stand, waren bisher erschienen, die in viele Sprachen, auch ins Deutsche, übersetzt worden waren. Zurzeit arbeitete er, wie Deirdre ihr erzählt hatte, an einem großen Werk über irische Folklore und wurde dabei von Desmond bei den Recherchen unterstützt.

Anna versuchte, Richard auf dem Handy zu erreichen, aber nur seine Mailbox antwortete. Seine Assistentin, die sie schließlich im Geschäft anrief, teilte ihr mit, Richard sei sehr beschäftigt, er sei gestern überraschend nach Berlin gefahren und müsse nun die liegen gebliebene Arbeit erledigen. Anna wunderte sich. Er hatte sich nicht mehr bei ihr gemeldet, und sie hatte ihm am Morgen schon einmal die Mailbox vollgequatscht mit den Nachrichten über Daniels Tod und über ihre Erlebnisse beim Kloster. Die blauen Flecken schmerzten noch, die Schramme dagegen begann bereits zu verblassen. Richard ging oft seine eigenen Wege und dachte dabei nur selten an andere Menschen. Seine Gefühlsschwankungen störten Anna ein wenig. Mal zeigte er sich als charmanter Freund, mal zog er sich völlig zurück. Was bedeutete sie ihm eigentlich? Dieser Zustand dauerte nun schon anderthalb Jahre an. Die Basis für eine wunderbare Beziehung? Eher nicht.

Sie tröstete sich mit dem Gedanken an Desmond. Einmal

hatte sie Deirdre vorsichtig gefragt, ob Desmond gebunden sei. Deren Antwort war knapp ausgefallen: »Nicht mehr. Er lebt seit fünf Jahren allein. Eamon ist ebenfalls single.«

Lauter Single-Männer. Auch Schumann war so einer. Interessant. Sie war gespannt, ob Richard ihr erzählen würde, was ihn nach Berlin getrieben hatte. Wenn sich nun herausstellte, dass er dort eine Freundin hatte? Anna verzog das Gesicht. Bei ihm konnte man nie wissen.

Versonnen schlug sie das Buch auf und blätterte ein Stückchen weiter nach hinten. Und sah, dass offenbar einige Seiten entfernt worden waren. Nicht herausgerissen, sondern sorgfältig mit einem scharfen Gegenstand herausgetrennt, wahrscheinlich einem Teppichmesser oder einem Skalpell. Jedenfalls sahen die Schnitte sehr präzise aus. Soweit sie das anhand der Seitennummerierung einschätzen konnte, fehlten insgesamt etwa acht Seiten. Es hatte den Anschein, als wäre das erst kürzlich geschehen, denn die Schnittstellen sahen noch recht frisch aus. Anna hasste es, wenn jemand Bücher verstümmelte. Warum aber hatte jemand ausgerechnet diese Seiten herausgeschnitten? Sie hoffte, den Grund dafür im Lauf der weiteren Lektüre erraten zu können.

Meine Tante erzählte mir an jenem Tag, dass sie eine Art Schatzsucherin geworden sei, die Relikte aus der fernen Vergangenheit zu finden und sie für die Nachwelt aufzuheben trachtete. Und für die Gegenwart nicht? Sie lächelte daraufhin.

»Mein lieber Junge, bestimmte Menschen würden das, was ich entdeckt habe, allzu gerne jetzt und heute für bestimmte Zwecke ausnutzen. Ich aber möchte, dass sich spätere Generationen daran erfreuen und diese Gegenstände nicht missbraucht werden.« Sie sah meinen verständnislosen Blick und begann zu erklären.

»Diese Gegend hier ist voll von Erinnerungen an vergangene Zeiten. Glendalough war schon vor zwölfhundert Jahren ein Kloster mit einer beachtlichen Schriftensammlung und einer dem heiligen Kevin geweihten Kirche. Ich war deshalb glücklich und

dankbar, dass mir John Waterstone dieses Haus zur Verfügung stellte, denn hier, das spürte ich, konnte ich mit meiner Spurensuche beginnen.« Sie blickte mich nachdenklich an. »Ich weiß nicht, ob du ahnst, was diese Suche nach den Wurzeln, nach einer Identität für unser Land bedeutet. Seit dem Mittelalter sind die Engländer unsere Herren und bestimmen unser Schicksal. Was haben all diese Revolten gebracht? Wenig, zumal wenn man die vielen Toten zählt, die in den Scharmützeln gestorben sind. Ich stimme mit Daniel O'Connell darin überein, dass man die Freiheit nicht durch Gewalt, sondern durch politische Taktik erwerben muss.« Sie hielt wieder inne, das Sprechen fiel ihr offenbar schwer. »Ich muss dir jetzt mein Geheimnis offenbaren. Seit Wochen liegt ein Schatten über diesem Haus, und ich fürchte, dass mir nicht mehr viel Zeit bleibt. Das, was ich auf meinen Reisen gefunden habe, reizt Menschen aus verschiedenen Gründen, und ich wünschte, ich hätte nie darüber gesprochen und darüber Aufzeichnungen gemacht. Denn die Falschen wissen davon.«

Sie unterbrach sich, klingelte nach Bethany und orderte mehr Tee und Kuchen.

Als Bethany wenig später mit einem silbernen Tablett erschien, auf dem Teegeschirr und eine Porzellanschale mit Kuchen standen, lächelte sie. »Tee ist mein Lebenselixier. Und diese Schale, mein Junge, erinnert mich an meine Jugend. Im Schloss meines Onkels in einem schönen, aber dunklen Tal weit entfernt von hier gab es viel Porzellan aus Meißen. Als Kind trank ich immer aus einer wunderhübschen Tasse meine Morgenschokolade. Doch mein Vetter, einziger Sohn meines Onkels, ein wilder, ungestümer Junge, einige Jahre jünger als ich, zerbrach sie eines Tages, als er einen seiner Wutanfälle bekam. Und seitdem habe ich nie wieder eine so zarte und hübsche Tasse gehabt.« Sie verzog das Gesicht. »Gut, dass ich ihn nicht geheiratet habe, wie seine Eltern es eigentlich geplant hatten.« Für einen Augenblick schien sie mit ihren Gedanken mehr als sechzig Jahre zurückzureisen in jene Epoche, über die sie ansonsten nie sprach.

Sie nahm einen Schluck Tee und fuhr dann mit fester Stimme fort: »Ich habe mich mit alten Chroniken beschäftigt, von denen einige in der Bibliothek des Trinity College verwahrt werden, und habe Aufzeichnungen von Mönchen aus Glendalough studiert. Sie waren alle in lateinischer Sprache, hie und da vermischt mit gälischen Worten, deren Sinn ich nur erraten konnte. Latein habe ich als Kind von einem alten Hauslehrer gelernt, aber das alte Gälisch ist mir fremd geblieben. Es begann mich zu wurmen, dass diese wunderbare alte Sprache fast vergessen ist. Doch dazu später.« Sie spähte über meine Schulter zum Fenster des Salons. Draußen dunkelte es bereits. Obwohl ihr Haus auf einer Anhöhe liegt, fallen die Schatten der Wicklow Mountains auf das Gebäude und den Garten, in dessen Büschen und Bäumen an diesem Abend der Wind heftig rauschte. Meine Tante lauschte. Dann lehnte sie sich offensichtlich erleichtert in ihrem Sessel zurück. »Ich habe geglaubt, dass ich ein Geräusch gehört hätte, als ob sich jemand dem Haus näherte.«

»Liebe Tante, wenn du dich bedroht fühlst, warum suchst du dann nicht Hilfe bei John Waterstone? Sein Anwesen liegt nicht weit von hier, und er wird dir sicher seine Unterstützung anbieten.«

Sie schüttelte den Kopf. »Nein, nein, ich möchte ihn nicht in diese Geschichte hineinziehen. Er hat in seinem Leben genug durchgemacht, und im vergangenen Jahr ist seine wunderbare Frau gestorben.« Sie richtete sich wieder auf. »Nun gut, ich komme zur Sache. In den Chroniken habe ich Hinweise darauf entdeckt, dass es im Land verstreut, vor allem im Umfeld der vor gut tausend Jahren erbauten Kirchen, zahlreiche Orte gibt, an denen die letzten Druiden, die hohen Priester der Kelten, ihre Schätze verbargen. Sie glaubten, dass sie im Schutz der neu erbauten Klöster und Kirchen sicher seien. Und da die Druidenkulte noch lange existierten, als das Christentum Irland bereits erobert hatte und irische Missionare auf den Kontinent gingen, wurden diese Objekte gelegentlich wieder aus ihren Verstecken geholt. Doch vieles ist dort geblieben, wo es die Druiden oder ihre Anhänger einst versteckt haben.«

Im Garten rief ein Käuzchen. Ein zweites antwortete, und

aus der Küche drangen die Gerüche des Abendessens, das die unermüdliche Bethany vorbereitete.

»Und so, lieber Neffe, habe ich mich aufgemacht, nach diesen Relikten aus der Vergangenheit zu suchen. Ich bin den Spuren nachgegangen, die ich in den Handschriften gefunden habe, bin an die Westküste gereist. In dem kleinen Ort Dingle auf der Dingle-Halbinsel am westlichsten Ende Irlands habe ich in einer alten Kirche, die laut Volksmund die Truppen Cromwells 1649 nach dem Gemetzel bei Drogheda, bei dem mehr als zweitausend Menschen getötet wurden, niedergebrannt hatten, tatsächlich etwas gefunden. Der Dolch mit einem schön verzierten Griff lag unter einem umgestürzten Grabstein vor der Kirchenruine. Ob er nun ein Ritualwerkzeug der Druiden ist, kann ich nicht mit Bestimmtheit sagen, aber ich habe ihn mitgenommen und sorgfältig gesäubert. Und so habe ich noch das eine oder andere Objekt gefunden, vor allem aber alte Sagen und Legenden gehört und einige davon aufgeschrieben mit der Absicht, eine Sammlung dieser Erzählungen, die bislang fast alle nur mündlich existieren, zu veröffentlichen. In Deutschland gibt es ein Brüderpaar, Jacob und Wilhelm Grimm, das seit mehr als zehn Jahren ihre gesammelten Märchen publiziert. Da ich Deutsch beherrsche, habe ich mir diese ersten Bände schicken lassen.« Sie wies hinüber zu einem Bücherregal, das bis zur Decke reichte und gespickt war mit Bänden. »Dort stehen die Ausgaben der ersten Auflage der Märchensammlung der Grimms aus den Jahren 1812 und 1813. Etwas Ähnliches schwebt mir auch vor, falls ich noch genügend Zeit dafür habe.«

Gerade wollte ich sie fragen, wo und wann sie denn Deutsch gelernt habe, da erklang ein Gong, und Bethany verkündete, dass das Abendessen angerichtet sei. Mir stand zwar nicht der Sinn nach Essen, da ich diese erneute Unterbrechung der Erzählung meiner Tante wenig schätzte. Doch sie wirkte erschöpft. Der Tag war allzu rasch vergangen. Ich half ihr aus dem Sessel und wollte sie ins Esszimmer führen. Doch sie blieb jäh stehen und deutete mit vor Schreck geweiteten Augen zum Fenster, das zum Garten hin lag.

»*Siehst du ihn? Da steht er wieder. Dieser Mann ohne Ge-*
sicht. Immer im Schatten. Er lauert, jeden Abend kommt er,
und irgendwann wird er nicht mehr dort draußen warten.«

Mit diesen Worten sank sie ohnmächtig in meine Arme. Und
als ich einen Blick zum Fenster warf, sah ich sie auch, die dunkle
Gestalt ohne Gesicht, halb verborgen im Schatten.

Keltische Masken

Als Richard sich am Dienstagnachmittag bei Anna meldete, hatte er einen hektischen Tag hinter sich. Kommissar Schumann war bei ihm im Laden aufgetaucht und hatte ihn gefragt, ob er von Daniels mehrfachen Bemühungen am vergangenen Sonntag, Anna zu treffen, gewusst habe. Richard verneinte. Er sei in den vergangenen beiden Tagen nur schwer erreichbar gewesen. Umso größer sei sein Entsetzen gewesen, als er Annas Nachricht über Daniels Ermordung auf der Mailbox abgehört habe. Aber sie habe ihn noch nicht informiert, wer der Tote in Daniels Wagen gewesen sei.

Schumann nickte, aber Richard wusste, dass der Kommissar ihm nicht ganz über den Weg traute. Doch er sagte nur: »So viel kann ich Ihnen verraten: Der Tote war ein junger Mann, der im Kloster Warnstedt eine Ausbildung zum Gärtner gemacht hat. Karl Hegemann, ein Freund von Daniel.« Damit steckte er seinen Notizblock ein, den er stets bei sich trug. Altmodisch, wie er manchmal war, traute er der Aufnahmefunktion auf seinem Handy nicht. Richard war erleichtert, als Schumann mit der üblichen Bemerkung: »Wenn Ihnen noch etwas Sachdienliches einfällt, dann melden Sie sich bitte«, sein Geschäft verließ.

Zweimal versuchte er, Anna zu erreichen, aber erst am späteren Nachmittag drang er zu ihr durch. Draußen hatte der heftige Wind der vergangenen Tage die Straßen mit Ästen übersät, Ziegelsteine und zersprungene Blumentöpfe lagen in mühsam von der Straßenreinigung zusammengekehrten Haufen an den Bürgersteigen. Diese Scherbenhaufen waren genau das richtige Sinnbild für sein eigenes Leben, dachte Richard melancholisch. Warum hatte er sich so oft auf halbseidene Geschäfte eingelassen? Auch wenn das nun vorbei war und die Versuchung ihn nur noch selten überkam, so hatte er insgeheim immer gefürchtet, dass irgendwann etwas aus seiner Vergangenheit ans Tageslicht dringen könnte. Diese fürchterliche Marlene! Richard verfluchte den Tag, an dem er sie getroffen hatte. Dabei musste er ehrlicherweise zugeben, dass er für rare Momente ihre Begegnungen durchaus reizvoll gefunden hatte. Er verstand nur nicht mehr, dass er je geglaubt hatte, Marlene könnte mehr sein als eine eher oberflächliche Liaison. Aber es war leichter, Marlene zu verdammen, als sich mit den eigenen Schuldgefühlen herumzuschlagen.

Anna klang nicht sehr erfreut, als sie seine Stimme hörte. »Na, war es schön in Berlin?«, fragte sie mit einem für sie eher seltenen spitzen Unterton.

»Ich war rein geschäftlich dort und bin schon gestern Abend spät wieder hier gewesen«, entgegnete Richard und ärgerte sich darüber, dass er sich zu einer Rechtfertigung genötigt fühlte. »Was macht deine Lektüre?«, fragte er, um das Thema zu wechseln. »Hast du schon etwas Interessantes entdeckt, was Aufschluss gibt, weshalb Daniel dieses Buch aus der Bibliothek genommen und an mich geschickt hat?«

»Einiges ist tatsächlich sehr spannend. Es fehlen allerdings ein paar Seiten, sie sind eindeutig herausgeschnitten worden. Der Rest aber liest sich wie ein historischer Krimi, und ich komme diesem Iren langsam auf die Spur. In ein, zwei Tagen bin ich mit der Lektüre durch. Ich habe mir schon eine Menge Notizen gemacht, und dann gebe ich das Buch Hans Schumann weiter.« Anna stockte. »Sie haben noch immer kein Motiv für die beiden Morde gefunden. Du hast wahrscheinlich inzwischen erfahren, dass der Tote in Daniels Auto ein gewisser Karl Hegemann war, auch ein junger Kerl, der im Kloster gearbeitet hat und der Daniel kannte –«

Ehe Anna weiterreden konnte, fiel ihr Richard ins Wort. »Anna, ich brauche das Buch möglichst schnell. Und ich möchte es nicht an Schumann weitergeben. Es gehört in die Bibliothek von Warnstedt, und ich werde es unauffällig zurückbringen, aber es selbst vorher in Ruhe anschauen.« Er schämte sich dafür, dass er Anna dermaßen dreist anlog.

»Aber Richard, Daniel Piehlau hat uns das Buch geschickt, weil er geglaubt hat, dass darin irgendetwas Relevantes steht.

Das muss gar nichts mit dem Mord an Karl Hegemann zu tun haben, aber vielleicht mit seinem! Offenbar gibt es da ein Geheimnis. Das möchte ich herauszufinden versuchen. Zumindest will ich erfahren, was Daniel an dem Buch so interessiert haben könnte. Im Übrigen habe ich es Schumann bereits avisiert, und er wartet darauf.«

Richard lachte. Es klang falsch in seinen eigenen Ohren. »Dieses kleine Büchlein soll wertvoll oder wichtig sein? Vielleicht hat Daniel einfach zu viel Phantasie und etwas hineininterpretiert, was unrealistisch ist. Das ist doch alles sicherlich völlig belanglos. Lass uns dieses Buch schnell wieder nach Warnstedt bringen. Daniel ist tot, und damit endet diese Geschichte.« Wie konnte er Anna nur überzeugen, ihm das Buch zu überlassen?

»Was ist los mit dir? Hast du jemandem von dem Buch erzählt, und der hat dir Geld dafür geboten?« Anna klang konsterniert. Manchmal besaß diese Frau geradezu unheimliche Instinkte, dachte Richard. Besser vermied er jetzt jedes Dementi.

Laut sagte er: »Na gut, dann komm in mein Geschäft, wir sehen es uns noch mal an, und dann darf ich es auch ein bisschen studieren. Mich interessieren die Zeichnungen darin mehr als der Text. Ich übergebe es dann Schumann.« Welche Ausrede hätte er parat, wenn ihn der Kommissar auf das Buch ansprechen oder Anna nach dem Verbleib fragen würde? Richard kaute nervös an seiner Unterlippe. Ihm musste etwas einfallen! Anna war aber auch zu stur, verdammt noch mal.

Sie klang wesentlich freundlicher, als sie ihm antwortete: »Okay, ich lese noch einige Kapitel und bringe es dir morgen vorbei. Schumann möchte wohl, dass die Spurensicherung auch noch mal einen Blick darauf wirft, obwohl wir natürlich längst alle Fingerabdrücke und Ähnliches verwischt haben. Viel wird das nicht bringen, außer wir entdecken noch das große Mysterium. Schumann kann es ja dann irgendwann dem Kloster zurückgeben.« Sie schien versöhnt zu sein, und Richard entspannte sich.

In seiner kurzen Nachricht an Marlene schrieb er nur: »*Geht klar. Mach schon mal deinen Teil fertig.*« Ihre Antwort kam prompt: »*Kommt. Und dann tschüss!*«

Richard starrte auf die SMS und schämte sich. Am liebsten hätte er Anna auf der Stelle alles gestanden. Er suchte die Nummer seines Kunden und rief ihn an. Ihm eine Mail zu schicken erschien Richard zu umständlich, und zudem wollte er alles Schriftliche vermeiden. Computer besaßen ein langes Gedächtnis.

»Ich habe da etwas sehr Interessantes«, sagte er. »Stammt aus einer Klosterbibliothek, ist hundertneunzig Jahre alt und eine Art Chronik über das Kloster, aber zugleich auch zu irischer Geschichte und sogar wohl ein bisschen ein Krimi.«

»Das klingt gut«, erwiderte der Kunde. »Schicken Sie mir ein Foto.«

Mist. Richard räusperte sich. »Das Buch ist noch bei einer Expertin, die es für mich beurteilt. Es verfügt im Übrigen über etliche Zeichnungen, die zum Teil alte Gebäude aus dieser Region zeigen.«

»Scheint ja eine tolle Mischung zu sein«, antwortete der Kunde freundlich. »Was möchten Sie dafür?«

»Fünfzehntausend Euro.«

»Sobald ich das Foto habe, melde ich mich«, sagte der Mann und legte auf. Richards Laune sank in den Keller.

Er wurde von seinem Unmut etwas abgelenkt, als ein junges Paar seinen Laden betrat und eine Jugendstillampe und einen Stich von London erwarb. Die Frau zeigte sich auch an den beiden Puppen interessiert, die friedlich auf dem alten Lehnsessel saßen. Aber ihr Mann hielt sie ab. »Bitte nicht noch mehr Krempel für unsere Wohnung«, sagte er energisch. Richard fühlte sich verletzt. Die beiden alten Puppen, die aus Schloss Hammelsberg im Ith stammten, waren alles andere als Krempel.

Seine schlechte Laune kehrte zurück.

Anna verstand Richard nicht mehr. Warum drängte er so darauf, das Buch zurückzubekommen? Sie hegte den leisen Verdacht, dass er es doch verkaufen wollte. Es gab immer Interessenten für solche Bücher, auch wenn es sicherlich keinen sehr hohen Preis erzielen würde. Aber je weiter sie darin las, desto mehr war sie überzeugt, dass das Büchlein eine Botschaft enthielt, irgendein Geheimnis, das dieses Buch zu einem Schlüssel für eine Tür in die Vergangenheit werden ließ.

Sie hatte begonnen, die Seiten zu scannen und auf einen Stick zu laden. Leider wirkten die Zeichnungen gescannt ziemlich unscharf. Es bereitete ihr Freude, in dem alten Band zu schmökern, der nach Leder und Papier roch. Den USB-Stick wollte sie nur als Sicherheit und zu ihrem eigenen Vergnügen behalten, falls Richard das Buch doch heimlich verhökern würde oder es für immer in den Beständen der Bibliothek verschwand.

Und so kehrte sie wieder zum Irishman zurück und beschloss, die ganze Nacht zu lesen, ehe sie das Buch am nächsten Tag Richard in die Hand drücken würde.

Der junge Ire hatte alle Hände voll zu tun, um seine Tante aus ihrer Ohnmacht zu erwecken. Aber sie erholte sich schnell, gestärkt von einem Brandy, den die gute Bethany ihr reichte. Der Diener hatte das Grundstück abgesucht, aber nichts Auffälliges gefunden außer einigen geknickten Zweigen und Fußspuren, die jedoch schon lange hätten da sein können. Da es aber bereits stockdunkel war, konnte man auch im Schein einer Fackel nicht allzu viel erkennen.

Meine Tante ordnete an, das Grundstück am nächsten Tag noch einmal gründlich abzusuchen. »Es ist nicht das erste Mal, dass ich diese Gestalt an meinem Fenster gesehen habe«, sagte sie, als der Diener und Bethany den Salon verlassen hatten. Auf meine Frage, ob sie nicht lieber ins Bett gehen wolle, um sich von dem Schrecken zu erholen, schüttelte sie heftig den Kopf.

»Nein, hör mir bitte weiter zu.« Sie setzte sich auf dem Sofa zurecht, umklammerte das Glas mit Brandy, an dem sie nach dem ersten größeren Schluck nur noch nippte, während ich schon das zweite Glas leerte, und sagte dann: »Manchmal fürchte ich, dass ich durch einige der Gegenstände, die ich entdeckt habe und bei mir aufbewahre, Gefahr heraufbeschwöre. Irland ist ein

Land voller Mythen und Aberglauben. Daran hat das Christentum wenig geändert. Man sagt, dass die Druiden ihre heiligen Gegenstände mit einem Fluch belegt haben. Wer diese Dinge an sich nimmt und ihrem eigentlichen Zweck entfremdet, der wird von den Göttern bestraft, vor allem vom Kriegsgott Bodb, der große Macht besitzt. Je tiefer ich in diese alte Welt Irlands vorgestoßen bin, desto faszinierender wurde sie für mich. Eine verwirrende Welt voller Götter und Göttinnen. Dem obersten Gott Dagda ist die magische Harfe, das Wahrzeichen Irlands, gewidmet und dazu eine magische Keule und ein Kessel. Ich habe bei meinen vielen Reisen nach diesen Gegenständen gesucht und viele Sagen und Mythen darüber gefunden. Die Druiden waren mächtige Vertreter der alten Religion. Ihnen waren Zahlen wie die Vier heilig, aber auch die Acht, die Doppelvier, ist bedeutsam.«

Obgleich ich in Irland geboren und aufgewachsen bin, hatte ich mich nie besonders mit unseren Riten und Traditionen auseinandergesetzt. Ich wusste, dass wir auf eine alte Kultur zurückblicken konnten, aber da englische Sitten und die englische Sprache unsere Kultur weitgehend zurückgedrängt hatten, beschäftigte ich mich nicht weiter damit. Von Bauernmärchen mit Kobolden und Elfen, nächtlichen Feuern, die von den Geistern der Priester aus der Frühzeit entzündet worden seien, Menschenopfern und geheimnisvollen Steinkreisen, davon hatte ich vage gehört. Aber meine Tante sah in all diesen Zeugnissen irischer Vergangenheit, die bis in die Epoche vor der Eroberung Britanniens durch die Römer reichten, die gemeinsame Basis für die zerstrittenen Bewohner der Insel. Sie war wie Daniel O'Connell gegen Gewalt und wollte etwas anderes finden, um Irlands Suche nach Identität zu unterstützen.

»Der Fluch der Druiden, an den die Kelten glaubten, hat mich seit Langem beschäftigt«, fuhr meine Tante fort. »Kann wirklich ein Fluch auf diesen Gegenständen liegen, die viele Jahrhunderte irgendwo unter der Erde, unter Bäumen oder Steinen begraben waren? Vor allem an der Westküste erzählte man mir davon. Manchmal zeigte mir ein Bauer, was er beim Pflügen dem Erdreich entlockt hatte. *Gegenstände aus Bronze, kleine Kessel, Gürtelschnallen und sogar Armreifen, die aus Gold gefertigt waren. Einiges davon habe ich diesen armen Menschen mit dem Versprechen abgekauft, dass sie in meinem Haus mit Respekt aufbewahrt würden. Nicht jeder Bauer gab mir seine Funde. Manch einer lehnte mein Geld ab und wollte seine Schätze selbst aufbewahren. Im Raum hinter der Bibliothek liegt alles, was ich über die Jahre sammeln konnte, und einige Gegenstände haben wirklich eine fast magische Ausstrahlung.«*

In der Ferne bellte ein Hund, und wieder rief das Käuzchen. Der Wind war verstummt.

»Ein alter Bauer in Cork sagte mir, dass sich der Fluch manchmal erst viel später erfüllen würde. Sein Ururgroßvater hatte einen Kessel ausgegraben und in die Wohnstube gestellt. Die Ururgroßmutter nutzte ihn für Nüsse im Herbst. Der Enkel erkrankte, eine Tochter starb, sein Urenkel, der alte Bauer, den ich traf, erblindete früh. Es hieß, dies sei dem Fluch der Kelten geschuldet.« Meine Tante schloss die Augen. »Wie wahr«, sagte sie plötzlich und blickte mich fast zornig an. »Lange Zeit habe ich diese Überlieferung als Ammenmärchen abgetan. Doch dann stieß ich vor sieben Jahren bei Clonmacnoise auf einen alten Mönch, der in der Nähe der Klosterruinen in einer Kate hauste. Ihn besuchte ich in den folgenden Jahren mehr als einmal. Father Daniel zählte damals sicher schon an die neunzig Jahre. Er lebte bereits seit einem halben Jahrhundert als Einsiedler im Umfeld des Klosters, das im 6. Jahrhundert vom heiligen Ciarán gegründet worden war. Cromwells Truppen verwüsteten die weitläufige Anlage so wie viele andere Klöster und Kirchen um die Mitte des 17. Jahrhunderts. Father Daniel berichtete mir, dass noch immer viele Menschen heimlich dorthin pilgerten und er mehrmals in der Woche die Messe las. ›Dies ist ein Ort der Wunder und der Geheimnisse‹, erzählte er mir, als er mir in seiner winzigen Hütte einen starken Kräutertee reichte. Er senkte seine Stimme zu einem Flüstern. ›Doch dies ist nicht nur ein christlicher Ort. Vor Saint Ciarán gab es hier ein altes Heiligtum, das beim Bau des Klosters zerstört wurde.

Aber noch viele Jahre danach trafen sich Anhänger der alten Religion und feierten die Feste Imbolc, Beltane und Lughnasadh zu Beginn des Februars, Anfang Mai und am 1. August. Das größte Fest aber war Samhain in der Nacht vom 31. Oktober auf den 1. November. In jener Nacht tanzten acht Druiden, die ihre Gesichter hinter Masken aus Bronze, Silber und Gold verbargen, um das heilige Feuer. Acht Druiden, acht Masken. Doch einer von ihnen besaß mehr Macht als die anderen.‹«

Meine Tante stockte an diesem Punkt ihrer Erzählung. Sie bat um ein Glas Wasser, das ich ihr selbst aus der Küche holte, da Bethany nicht zu sehen war. Ich wollte sie nicht drängen, aber langsam senkte sich die Müdigkeit über mich, und ich hätte gerne meine Schlafkammer im oberen Teil des Hauses aufgesucht. Sie bemerkte meinen Zustand, lächelte und sagte: »Es ist gut, mein Junge, ich werde morgen weitererzählen.« In diesem Augenblick tauchte Bethany wieder auf, um meine Tante in ihr Schlafgemach zu begleiten, und wir verabschiedeten uns für die Nacht.

Trotz meiner Müdigkeit schlief ich unruhig. Immer wieder tauchten Masken in meinen wirren Träumen auf, leere Augenhöhlen und zu Grimassen verzogene Münder ohne Lippen. Mehrmals weckte mich der Ruf einer Eule, die auf dem Baum in der Nähe meines Fensters hockte, und im Morgengrauen begannen die Vögel ihr Konzert mit einer Lautstärke, die ich als Städter nicht gewöhnt war. Ich stand früh auf, um nach meinem Pferd zu sehen. Es gab einen kleinen Stall hinter dem Haus, in dem es neben den beiden Kutschpferden meiner Tante stand. Die Pferde schnaubten leise, als ich den Stall betrat. Es duftete nach Heu und Wiesenblumen und nach Pferdeäpfeln, eine etwas weniger romantische Nuance. Aber ich roch auch noch etwas anderes. Rasierwasser, den Geruch eines schweren Tonics. Ich benutzte nur ein ganz leichtes Wässerchen, und auch Matthew, der Diener, verwendete einen anderen Duft, wie ich gestern bemerkt hatte.

Wer konnte den Stall außer Matthew, Bethany, meiner Tante und mir betreten haben? Geistesabwesend streichelte ich die

Nase meines Pferdes. King Henry schob sein weiches Maul in meine Hand. Er war ein freundlicher Geselle. Am späten Nachmittag musste ich nach Dublin aufbrechen und hoffte, dass meine Tante bis dahin ihre Geschichte zu Ende erzählt haben würde.

Als ich mich wieder dem Haus näherte, sah ich Matthew am Fuße der Terrasse stehen. Eine der Salontüren öffnete sich zu der Terrasse, deren breite Stufen hinunter in den Garten führten. Versonnen starrte er auf den Boden, bückte sich und hob etwas auf.

»Was ist das?«, fragte ich ihn.

»Ein Zigarrenstummel, Sir«, antwortete er. »Aber keiner hier im Haus raucht, und er sieht noch recht frisch aus.«

Mich überkam die Ahnung, dass tatsächlich jemand am vergangenen Abend durch die Tür in den Salon gespäht hatte. Der Mann ohne Gesicht schien eindeutig kein Phantom zu sein. Hatte der Fluch der Kelten meine Tante eingeholt?

In den Katakomben

Felix Meinrad war auf der Flucht. Vor allem vor sich selbst. Er wusste nicht mehr, wohin er sich wenden sollte. Richtig wäre gewesen, sich bei der Polizei zu melden. Oder seiner Tante Roswitha von seinem Dilemma zu erzählen. Die letzte Nachricht von Daniel, die er auf seinem Handy gefunden hatte, lautete: *»Zur Not bei Anna Bentorp melden. Ich kann dir das Buch nicht geben. Bitte Karl nichts sagen!«* Felix hatte diese Nachricht erst am Montag in einem Wust ungeöffneter SMS entdeckt, lauter unwichtige Nachrichten der beiden anderen Gärtnerlehrlinge Peter Münch und Luigi Ferrante. Er antwortete grundsätzlich nicht auf ihre SMS, da er sie für dumm und nervig hielt und mit ihnen privat keinen Kontakt pflegte.

Felix traf fast der Schlag, als er Daniels Botschaft las. Wie hatte er sie bloß übersehen können? Vor allem aber wurde ihm klar, dass Daniel tatsächlich das Buch genommen und es dann an Anna Bentorp weitergeleitet hatte. Er musste etwas darin entdeckt haben, was dieses unauffällige Büchlein so interessant machte, dass der ehrbare Daniel es an sich genommen hatte. Vielleicht hatte er das Fehlen der alten Schriften entdeckt. Und wie Felix Daniel kannte, hätte er versucht Gremitzer zu informieren. Und vielleicht war sein Verdacht auf Karl und Felix gefallen. Wer sonst hätte die Bücher entwenden können?

Felix' Unbehagen wuchs. War Karl umgebracht worden, weil er zu viel Geld verlangt oder gar einen Erpressungsversuch unternommen hatte? Auf jeden Fall waren es skrupellose Gangster, mit denen sich Karl angelegt hatte. Aber warum Daniel? Hatte ihm dieses Buch Unglück gebracht? Ging es in Wahrheit nur darum? Felix musste Anna Bentorp warnen, die jetzt das Buch besaß. Es schien Zündstoff zu enthalten.

Felix hatte sich gestern bis zu Annas Wohnungstür vorgewagt, war dann aber von dieser aufdringlichen Frau mit dem Möchtegern-Kampfhund vertrieben worden und wieder hinaus in die Nacht geflohen. Es war eisig kalt gewesen. Und dann noch dieser Sturm, der ausgerechnet seinen Namen, »Felix«, trug!

Das Beste wäre wirklich, wenn er endlich ins Kloster zurückfahren und sein Fehlen mit einer Erkältung entschuldigen würde. Er musste vor allem herausbekommen, wie viel über das Verschwinden der Bücher schon durchgesickert war, ob Gremitzer etwas wusste. Felix wollte nicht zynisch sein, doch letztlich bedeutete Karls Tod eine ungeheure Entlastung. Jetzt konnte er alles, was mit den Büchern zusammenhing, ihm in die Schuhe schieben.

Sicherlich würde man ihn zu den beiden Toten befragen, aber er hatte mehrere Ausreden parat. Man konnte ihm keine gemeinsamen Aktivitäten nachweisen.

Karl hatte sich am Samstagnachmittag von ihm verabschiedet und gesagt, dass er sich Daniels Wagen geliehen habe, um den Karton mit den zerstörten Bänden zu entsorgen. Die gestohlenen Blätter würde er auch auf den Weg bringen, und Felix hätte noch bis Montag Zeit, nach dem Büchlein zu suchen. Felix wusste nicht, ob man die Bücherkiste in Daniels Wagen gefunden oder ob Karl sie schon entsorgt hatte, als er ermordet wurde. Oder ob sein Mörder alles mitgenommen hatte. Felix wusste auch nicht, was Karl mit den gestohlenen Seiten gemacht hatte, ob er sie schon den obskuren Käufern ausgehändigt hatte. Wahrscheinlich.

Er hatte auch nicht die geringste Ahnung, wer die Leute waren, mit denen Karl kommuniziert hatte. Alles war über ihn gelaufen, er, Felix, hatte nur als Helfershelfer fungiert. Was für ein Idiot er doch war! Das Geld würde er natürlich nie sehen, und er vermutete, dass sie es ohnehin nie bekommen hätten. Ihm schwante, dass dahinter eine ganze Organisation stand, die sich auf Schwarzmarktgeschäfte mit alten Bücherseiten und anderen illegal erworbenen Kunstobjekten spezialisiert hatte. Vor einigen Jahren war schon einmal ein ähnlicher Fall in den Medien erwähnt worden, allerdings aus Rücksicht auf die Geschädigten eher zurückhaltend.

Sein Entschluss stand fest. Er würde zum Kloster fahren,

sich in sein Zimmer schleichen und am nächsten Tag so tun, als wüsste er von nichts und sei tatsächlich aufgrund einer Erkältung seit Samstag nicht erreichbar gewesen. »Keine Stimme, furchtbares Halsweh, blöder Husten.« Vielleicht klang das wenigstens so überzeugend, dass man ihn erst einmal in Ruhe ließ.

Im Bahnhof Hannover setzte er sich in ein Fast-Food-Lokal und aß etwas. Doch während er den Hamburger verschlang, sah er sich immer wieder unruhig um. Verfolgungswahn nennt man so was, dachte er und stopfte sich den Rest des Burgers in den Mund.

Auf der Fahrt nach Wunstorf begann er an seinem Alibi für das Wochenende zu basteln. Als er kurz vor zweiundzwanzig Uhr dreißig ankam, hatte er die Alternative, einen zweistündigen Fußmarsch anzutreten, sich ein Taxi zu gönnen oder es per Anhalter zu versuchen. Bei dem Wetter hatte er wenig Lust auf einen langen Spaziergang, per Anhalter erschien ihm zu unsicher um diese Uhrzeit, und so entschied er sich für ein Taxi, zumal es wieder zu regnen begonnen hatte.

Ein einziges Taxi stand vor dem Bahnhof. Als er dem Fahrer sein Ziel nannte, sah der ihn erstaunt an.

»Zum Kloster Warnstedt? Na, da war ja gestern was los! Man hat einen Toten gefunden, und vor zwei Tagen lag schon eine Leiche in einem Auto nicht weit davon entfernt am See. Genau wie in den alten Schauergeschichten rund um das Kloster.«

Felix hatte aufgrund seiner Müdigkeit zunächst nur mit halbem Ohr zugehört, aber jetzt wurde er wieder wach. »Ja, das ist echt schrecklich«, murmelte er, um irgendeine Reaktion auf die Bemerkung des Taxifahrers zu zeigen. Aber dann wurde er doch neugierig. »Was denn für Geschichten?«, fragte er den Taxifahrer, der sichtlich erfreut war über Felix' Interesse. Glücklicherweise war er dadurch so abgelenkt, dass er nicht fragte, was Felix mit dem Kloster zu tun hatte.

»Diese Geschichten reichen lange zurück. Bis zur Reformationszeit. Da kam ein Mönch gewaltsam zu Tode, der sich nicht dem Gesetz des Landesfürsten beugen wollte, der Lehre Luthers zu folgen. Er wurde tot am See gefunden, genau da, wo man die Leiche von diesem jungen Mann entdeckt hat.« Der Fahrer lächelte etwas verlegen. »Na ja, ich höre manchmal Polizeifunk. Deshalb weiß ich ziemlich genau, wo der Tote lag. Am Bootssteg nämlich. Ist zwar nicht ganz legal, mitzuhören, aber es hilft mir, die vielen längeren Wartezeiten zu überbrücken.« Er räusperte sich. »Wie auch immer, der Geist dieses Mönches soll noch lange in der Nähe des Klosters gespukt haben. Seinen Mörder hat man nie gefunden. Aber es gibt viele Zeugen, die eine dunkle Gestalt in Mönchskutte gesehen haben wollen, die auf dem Klostergelände umherging und am See gestanden hat.«

Das Taxi schwenkte um eine Kurve, und Felix stieß mit dem Kopf ans Fenster.

»Oh, sorry«, sagte der Fahrer. »Aber bei diesen Geschichten läuft mir immer eine Gänsehaut den Rücken herunter. Dann spielt mein Taxi verrückt, als ob es von einem Geist und nicht von mir gelenkt würde.« Er lachte herzhaft über seinen schiefen Scherz. »Und grausig ist auch diese Tragödie vor etwa hundertneunzig Jahren, als ein Teil des Klosters abgebrannt ist. Da, wo jetzt gegraben wird. Dort hat schon im 13. Jahrhundert eine Kapelle gestanden, und dort soll es auch Kellergewölbe und ein paar alte Vorratshäuser gegeben haben. Im August 1828 ist im Skriptorium ein Feuer ausgebrochen, und zwei Klosterinsassen sind umgekommen. Als man ihre Überreste barg, sah man, so heißt es, dass ihnen wohl vorher der Schädel eingeschlagen worden war. Man weiß sogar noch ihre Namen, die in der Klosterchronik vermerkt sind, und in der Bibliothek vom Kloster gibt es auch noch ein Buch, das der eine der beiden verfasst hat. Er hieß Johann Friedrich Reimers und stammte aus Hamburg. Den Namen des anderen kenne ich nicht, war wohl ein Ausländer.«

»Woher wissen Sie das alles?«, fragte Felix verwundert.

Der Fahrer drehte sich kurz zu ihm um. »Ich bin nicht immer Taxi gefahren. Früher habe ich als Lehrer gearbeitet, wurde dann frühpensioniert wegen einer Rückengeschichte und bin seitdem Heimatforscher. Mein Hobby. Taxifahrer bin ich nur ein paar Tage pro Woche.«

Sie näherten sich dem Kloster. Von Weitem sah Felix, dass

nur noch die Lampe über dem Eingang brannte. Das übrige Gebäude lag wuchtig und abweisend unter dem wolkenbedeckten Märzhimmel.

Der Fahrer wurde langsamer. »Um das Kloster ranken sich noch andere Geschichten. Auf dem Ausgrabungsgelände hinter dem eigentlichen Kloster sollen in manchen Nächten huschende Gestalten und glimmende Lichter gesehen worden sein. Na ja, das können Liebespärchen gewesen sein oder auch andere sehr reale Wesen, die dort nachts mit ihren Metalldetektoren unterwegs sind. Angeblich soll da ein Schatz liegen.« Er lachte wieder. »Aber ehrlich, wo es überall Schätze geben soll! Ich könnte ein ganzes Buch mit all den Orten hier in der Gegend füllen, an denen alte Münzen, Silberbesteck, Kirchengerät aus der Zeit noch vor der Reformation oder Schmuck aus dem Dreißigjährigen Krieg liegen sollen. Und einen Fluch gibt es natürlich auch. Ein paar alte Leutchen im Dorf haben gemunkelt, dass die beiden Toten am See das Opfer dieses uralten Fluchs geworden seien. Den hat wohl eine alte Roma-Frau um 1780 ausgesprochen, als man ihr im Kloster keine Almosen gab. Sie verwünschte das Kloster und prophezeite ihm immer wieder Tote, meistens zwei auf einen Schlag. Wie bei dem Brand 1828 und jetzt wieder an diesem Wochenende. Der Fluch soll erst nach dreihundert Jahren erlöschen.« Der Fahrer kicherte. »Da haben wir ja noch ein paar Leichen vor uns.«

Er hielt auf dem Parkplatz. »So, junger Mann, da wären wir. Pass auf dich auf und nimm diese Schauergeschichten nicht zu ernst. Spukende Mönche, nächtliche Feuer, Klopfen unter der Erde – das sind alles wunderbare Horrorlegenden, die mein Herz als Heimatforscher erfreuen, aber natürlich nur Märchen sind.«

Felix zahlte und dankte dem Taxifahrer für die unterhaltsame Fahrt. Als er ausstieg, sah er unwillkürlich hinüber zu dem abgelegenen Teil des Klostergartens. Doch in der Dunkelheit konnte er nicht viel erkennen. Nur Büsche im Nachtwind und ein paar Mauerreste.

Das Taxi wendete und fuhr davon. Bald schon wurde es von

der Nacht verschluckt, und Felix stand allein vor dem Kloster. Er kramte den Schlüssel aus seiner Manteltasche, um möglichst schnell in sein kleines Zimmer im dritten Stock zu kommen und sich dann am nächsten Morgen rechtzeitig für das Seminar zu melden. Doch irgendein Impuls trieb ihn dazu, nicht sofort hinein-, sondern an der Mauer entlang in Richtung Garten zu gehen.

Dort hinten also sollten zwei Männer verbrannt und zuvor niedergeschlagen worden sein. Einen der beiden kannte er sogar. Johann Friedrich Reimers war ein Gelehrter gewesen, der sich mit alten Sprachen beschäftigt hatte und dessen Bücher in der Bibliothek standen. Felix hatte Daniel erst vor wenigen Tagen dabei beobachtet, wie er einige alte Bände, auf denen der Name Johann Friedrich Reimers stand, verpackt hatte. Nichts, was die Käufer alter Buchillustrationen interessiert hätte. Ein Titel war ihm jedoch im Gedächtnis geblieben: »Das Gälische und seine Wurzeln«. Er hatte das Buch kurz in die Hand genommen, weil er sich für Irland interessierte. Als Schüler hatte er drei Wochen bei einer irischen Familie im County Meath verbracht.

Reimers hatte das Buch 1820 veröffentlicht, eine eher schmale Abhandlung über das, was über die Wurzeln der Sprachen von Iren, Schotten und Walisern bekannt war. Offenbar hatte er sich intensiv damit beschäftigt. Felix wusste, dass Ende des 19. Jahrhunderts und im 20. Jahrhundert das Altirische in Deutschland wiederbelebt worden war. Es war schon seltsam, dass die Deutschen schon seit Langem diese fast romantische Zuneigung zu Irland und zum Keltentum spürten. Vielleicht weil weite Teile Deutschlands und Österreichs keltisches Siedlungsgebiet gewesen waren. Und das hatte sich bis in die Neuzeit erhalten, zum Beispiel bei Heinrich Böll mit seinem »Irischen Tagebuch«. Felix selbst liebte Irland seit seinem Besuch damals und hatte sich deshalb an den Sprachforscher Reimers erinnert.

Und dieser Reimers sollte damals ermordet worden sein? Wer war der andere Mann, der mit ihm gestorben war? Vielleicht könnte er ja mal in den alten Klosterchroniken danach suchen.

Felix näherte sich dem Ruinenfeld, dem Tatort von einst. Das

Absperrband flatterte träge im Nachtwind. Plötzlich glaubte er im hinteren Teil des Geländes, wo einige Überreste der Kirche ausgegraben worden waren, ein Licht zu sehen.

Sein Verstand mahnte ihn, umzudrehen und endlich in sein Zimmer zu gehen. Zwei Kumpel von ihm waren gerade erst getötet worden, und das in unmittelbarer Nachbarschaft des Klosters. Doch Felix hörte nicht auf seinen Instinkt. Was sollte derjenige, der hinter den Morden steckte, um diese Uhrzeit in den Klosterruinen verloren haben, außer sich verdächtig zu machen? Anders lag der Fall bei den Sondengängern, die vielleicht vor dem Beginn der Grabungen noch auf ein Schnäppchen hofften und schon eher einen Grund hätten, nachts zwischen den alten Mauern zu spuken.

Er schlich sich näher an das Gelände heran und lauschte. Ein leises Schaben, ein Kratzen, ein schwaches Geräusch, das wie ein unterdrückter Fluch klang. Felix ging weiter auf die moosbewachsenen Mauerreste zu und hielt den Blick jetzt auf die unebenen Steinplatten gerichtet, die den Boden bedeckten. Sie waren voller Risse und deshalb wahre Stolpersteine. Aber da waren nicht nur Risse, soweit er im mageren Licht einer Taschenlampe nicht weit von ihm erkennen konnte. Das wäre ein weiterer Grund gewesen, hier sofort zu verschwinden. Doch da war irgendetwas in eine der Platten geritzt oder gezeichnet. Einen Moment lang wurde Felix abgelenkt. Dann ging alles rasend schnell. Aus dem Dunkel löste sich eine Gestalt, blendete ihn mit dem vollen Strahl der Taschenlampe, packte ihn, presste ihm, ehe er schreien konnte, ein Stück Stoff auf den Mund und zerrte ihn ins Dunkel.

Felix stieß sich den Kopf an einem Stein, wurde aber nicht bewusstlos. Die Gestalt ließ ihn genauso plötzlich wieder los, wie sie ihn ergriffen hatte, und Felix versuchte, sich aufzurappeln. Doch sein Schädel stieß schmerzhaft an eine niedrige Decke. In diesem Moment hörte er ein schleifendes Geräusch. Und es wurde noch finsterer um ihn. Verzweifelt versuchte er, sich aus seinem engen Gefängnis zu befreien, traf aber mit den Füßen nur gegen Stein, mit den Armen gegen eine raue Oberfläche und mit dem Rücken gegen einen kantigen Vorsprung in der Wand. Er konnte sich kaum bewegen. Und er ahnte, wo er gelandet war. In den halb verschütteten Katakomben unter den Überresten der uralten Kapelle.

Der Mönch von Clonmacnoise

Anna sah im Fernsehen einen Bericht zum jüngsten Stand der chaotischen Brexit-Verhandlungen. Was für ein unwürdiges Theater! Gefundenes Fressen für Satiriker, und selbst Shakespeare hätte keine größere Burleske schreiben können.

Am gestrigen Nachmittag hatte sie das Gemälde mit der Darstellung der Turmruine inmitten eines Schwarms bunter Vögel begutachtet, das angeblich von einem flämischen Maler stammte. Doch sie musste den enttäuschten Erben mitteilen, dass es sich hierbei um eine zwar gelungene, aber doch eindeutige Kopie eines Werkes von Roelant Savery handelte. Der flämische Maler Savery hatte von 1576 bis 1639 gelebt, seine Werke hingen in vielen großen Museen wie dem Louvre, der Galerie Alte Meister in Dresden und auch in Prag. Der Anwalt gab Anna zu verstehen, dass man noch eine zweite Meinung einholen werde. Das Gemälde befand sich seit Urzeiten in Familienbesitz und war dort immer als »das Werk eines großen Flamen« bewundert worden. Die Signatur am unteren rechten Rand war beim besten Willen nicht mehr zu entziffern, aber Anna sah sofort, dass es nicht Saverys Signatur war. Wäre das Bild ein Original gewesen, hätte man dafür auf einer Auktion gut und gerne dreihunderttausend Euro erzielen können. Kein Wunder, dass die Besitzer sich enttäuscht gezeigt hatten.

Anna verfasste ein Gutachten, das sie dem Anwalt als PDF schickte, danach wandte sie sich wieder ihrer Lektüre zu. Sie wollte das Buch nun rasch zu Ende lesen, was ihr bisher noch nicht gelungen war, und es dann ohne Richards Wissen an Schumann weitergeben. Auf Richards Wunsch war sie nur zum Schein eingegangen.

Es schmerzte sie, ihn zu hintergehen, aber wahrscheinlich verhinderte sie dadurch einen seiner kleinen Deals. Es würde ihn sicherlich reizen, ein Büchlein wie das des Irishman an den Mann zu bringen.

Anna trank in aller Ruhe ihren Morgenkaffee und zog sich dann mit dem Buch wieder auf ihren Lesesessel zurück.

Um meine Tante nicht noch mehr zu verunsichern, sagte ich ihr nichts von dem Fund des Zigarrenstummels vor der Terrassentür. Sie wirkte an diesem Morgen wohlausgeschlafen und erholt. Wir frühstückten zusammen, und danach wollte sie mir etwas zeigen, ehe sie mit ihrer Geschichte fortfuhr. Sie führte mich in einen kleinen Raum neben der Bibliothek, der hinter einer durch ein Regal verborgenen Tür lag. Diesen Nebenraum der Bibliothek hatte sie im Zusammenhang mit ihrer Sammlung bereits erwähnt, aber ich hatte ihn noch nie betreten.

Ich sah zunächst fast nichts, da nur wenig Tageslicht durch ein kleines Fenster sickerte. Meine Tante ging auf einen Tisch zu, der mitten im Zimmer stand, und entzündete die Kerzen auf einem fünfarmigen Leuchter. Das zuckende Kerzenlicht reichte aus, um einen großen Schrank mit gläsernen Türen an der hinteren Wand zu erkennen. Meine Tante schob einen Holzkeil neben der Zimmertür beiseite und hob einen darunterliegenden Schlüssel auf, mit dem sie die Schranktür öffnete.

Auf mehrere Regale verteilt sah ich allerlei uralt wirkende Gegenstände. Da waren eine goldene Fibel, daneben ein Dolch mit Bronzegriff, zwei Tongefäße mit reicher Ornamentik, ein kleiner Kessel mit Griffen, die Schlangen darstellten, und auf dem obersten der Holzbretter befanden sich acht Masken aus unterschiedlichem Material, zumeist aus Bronze, aber auch aus Eisen, Silber und offenbar Gold. Sie maßen jede ungefähr vierzehn Inch und waren etwa zehn Inch breit, also ausreichend groß, um ein Gesicht zu verdecken. Alle Masken hatten durchbrochene Augenhöhlen, einige von ihnen ausgeprägte Nasenlöcher. Manche trugen Bärte, andere waren bartlos. Ihre Münder schienen fast alle zu einem ironischen Lächeln verzerrt.

Mich überlief ein Schauer. Ich hatte das Gefühl, als starrten mich diese kalten Gesichter mit ihren toten Augen an. Verwirrt blickte ich zu meiner Tante, die zu den Masken mit einem seltsam verklärten Blick aufsah. Dann erwachte sie aus ihrem bei-

nah tranceähnlichen Zustand und sagte: »Diese Masken sind der Mittelpunkt meiner kleinen Sammlung irischer Schätze aus grauer Vorzeit.« Sie deutete auf eine von ihnen. Ein lang gezogenes, bartloses schmales Gesicht, das von einem Stirnreif mit geschwungenen Knotenmustern gekrönt wurde. »Die Göttin Danu«, erklärte meine Tante. »Eine der großen Gottheiten aus jener Zeit. Alles, was ich über diese Götter und die alten Kulte weiß, hat mir Father Daniel damals in Clonmacnoise erzählt. Er hatte sämtliche alten Schriften gelesen und konnte als einer der Letzten seiner Generation das alte Gälisch.« Sie verschloss die Schranktür sorgfältig und legte den Schlüssel wieder unter den Holzkeil.

»Kein sehr gutes Versteck für den Schlüssel zu deinen Schätzen«, bemerkte ich. Aber sie lächelte nur. Dann wandte sie sich um und verließ den Raum, mit mir in ihrem Gefolge.

Im Salon brannte wieder ein Feuer im Kamin, Bethany hatte ein Tablett mit Tee und Gebäck auf den Mahagonitisch gestellt, und meine Tante ließ sich mit einem tiefen Seufzer in ihrem Lieblingssessel nieder. »Du hast nun das gesehen, was ich als meinen größten Schatz erachte. Diese acht Masken hat mir Father Daniel anvertraut. An einem kühlen Frühlingstag vor nunmehr fünf Jahren, als ich ihn wieder einmal aufsuchte, hat er mir sein großes Geheimnis erzählt. Er stammte aus einer Familie, deren Wurzeln bis in die Zeit vor den Römern reichten, die Irland nie erobert haben. Viele seiner Familienmitglieder waren Druiden, die das alte Wissen weitergaben. Auch Druidinnen hat es in seiner Familie gegeben, weise Frauen, die mit den Männern als durchaus ranggleich erachtet wurden. Nun ja, die Römer und andere alte Kulturen hatten ja auch Priesterinnen. Wir tun uns schwer mit dieser Rolle der Frau in unserer Zeit, nicht nur was religiöse Regeln betrifft.« Sie nickte lächelnd. »Das kann sich aber auch wieder ändern. Nun, Father Daniels Familie besaß eine Fülle von kostbaren Kultobjekten, die sie als Teil ihrer Familientradition hüteten.«

Sie nahm einen Schluck Tee. »In den Jahren, da Cromwells Truppen das Land verwüsteten, versteckten seine Ahnen diese

Gegenstände in Clonmacnoise unter den Ruinen einer Kirche. Dort lag das Grab eines der Hochkönige Irlands, und unter seinem Grabstein in einer der Kapellen verbargen sie die acht Masken. Zwei sind bartlos, wie die von Danu, und gehörten zwei Druidinnen, sechs dagegen zeigen Gesichtsbehaarung und wurden von Männern bei Opferungen und Gebeten getragen. Der letzte Druide der Familie von Father Daniel, so erzählte er mir, wurde vor gut tausenddreihundert Jahren von einer Rotte marodierender Räuber erschlagen, die von den wertvollen Masken gehört hatten. Er hieß Finlach. Es war in den ersten Jahrzehnten des Christentums, und noch gab es auch Druiden, die beide Religionen miteinander verbinden und zu einer Einheit verschmelzen wollten. Als dieser Vorfahre von Father Daniel sterbend zusammenbrach, sprach er einen mächtigen Fluch aus gegen alle, die diese Masken gewaltsam und widerrechtlich in ihren Besitz bringen und sie mit dem Blut Unschuldiger beflecken sollten. Die Räuber fanden die Masken, obgleich er sie gut versteckt hatte, und zogen weiter. Doch wie die Legende berichtet, wurden alle vier wenig später von Krankheiten dahingerafft. Der letzte von ihnen gab die Masken reumütig an Father Daniels Familie zurück, hoffend, damit dem Fluch zu entrinnen. Aber es war zu spät. Der Fluch des Druiden tötete auch ihn.«

Ich war hin- und hergerissen zwischen Grauen und Zweifel. Flüche? Aberglauben! Als guter Christ glaubte ich nicht daran, doch mich faszinierte die Vorstellung, dass es mehr Kräfte zwischen Himmel und Erde geben könnte, als unser Verstand es zu erklären vermochte. Etwas Ähnliches hatte auch Shakespeares Held Hamlet zu seinem Freund Horatio gesagt. Ich hatte Shakespeares Drama als Junge in dem neu eröffneten St. Michael and John's Church Theatre gesehen.

»Father Daniel hatte nun selbst über viele Jahre den Schatz bewacht«, fuhr meine Tante fort. »Aber er vertraute mir, weil er merkte, wie sehr ich an der Geschichte Irlands interessiert war. An jenem Abend vor fünf Jahren holte er die Masken aus ihrem Versteck und legte sie mir zu Füßen. Nie werde ich diesen

Augenblick vergessen, als ich sie das erste Mal in ihrer zeitlosen Schönheit, ihrer Ausstrahlung, ihrer Magie betrachtete. Father Daniel bat mich, sie mitzunehmen und zu hüten, da er seine Kräfte schwinden fühlte. ›Du sollst nun die Wächterin der Masken sein‹, sagte er zu mir. ›Aber denk daran, dass jeder, der sie mit böser Absicht an sich bringen will, verflucht wird. Denn dieser Fluch meines Ahnen währt ewig. Die Zeit der Druiden mag zwar weit zurückliegen, doch es gibt immer noch Menschen, die sich der alten Religion verbunden fühlen. Zumal es heißt, dass nur wer alle acht Masken besitzt, ihre Macht in einem magischen Kreis nutzen kann. Der Tradition nach sollten die großen Rituale zu Imbolc, Samhain und Beltane im Kreis von acht Maskenträgern abgehalten werden. Die Masken mögen ihrem Besitzer für einige Zeit ein Gefühl der Macht verleihen. Aber leicht schlägt das Pendel des Schicksals in die andere Richtung, wenn die Gier nach noch mehr Macht und Einfluss das Gute verdrängt.‹«

Meine Tante sah mich liebevoll an. »Du wirst als moderner junger Mann diese Legenden nicht glauben. Aber dazu komme ich später noch einmal. Ich nahm die Masken an mich und versprach ihm, sie gut aufzubewahren und zu schützen. Wenig später erhielt ich Kunde von seinem Tod. Mir schwebte damals schon vor, meine Sammlung als eine lebendige Darstellung der kulturellen Identität Irlands in einer Art Museum für die Nation auszustellen und unserem Land zu vermachen. Doch sollen diese Masken nicht in die Hände der Engländer fallen, die sie sicherlich ins British Museum bringen würden wie so viele Kunstwerke aus aller Welt. Da verlieren sie ihren Wert für unsere kulturelle Vergangenheit rasch inmitten Tausender Objekte. Aber ich fürchte noch mehr, dass sie in die Hände bestimmter Kreise in diesem Land geraten, die um jeden Preis und auch mit Gewalt das englische Joch abzuschütteln versuchen und glauben, die Magie der alten Kultur dafür einsetzen zu können. Sie nutzen auch unsere alten Traditionen, um Menschen zu gewinnen, vor allem jene, die noch an keltische Riten glauben. Zu den stärksten Geheimbünden, die in den letzten Jahren entstanden sind und die sich offenbar auf alte Legenden stützen und sie politisch auszunutzen versuchen, zählt die Gruppe ›Freiheit und Vaterland‹. Oder auf Irisch: ›Saoirse agus Athartha‹. John Waterstone hat mir davon erzählt, der viel Ahnung hat von dem, was sich derzeit in unserem Land zusammenbraut.«

Die große Standuhr in der Eingangshalle schlug die Mittagszeit. Ich wurde unruhig. In spätestens zwei Stunden musste ich mich wieder auf den Weg machen. Der Ritt nach Dublin würde gut drei Stunden dauern, vielleicht sogar länger, da ein starker Wind aufgekommen war. Dennoch wollte ich die Geschichte zu Ende hören und vor allem endlich wissen, weshalb meine Tante sie mir erzählte. Dass dahinter ein Ansinnen stand, war mir schon länger klar. Als sie mich aus Dublin herbeirief, wollte sie mich sicher nicht nur als Gesellschafter beim Essen und als Zuhörer für ihre Geschichten bei sich haben.

Bethanys Mittagsgong rief uns ins Esszimmer, wo eine köstlich duftende Suppe und eine Kartoffelspeise auf uns warteten. Es regnete inzwischen recht heftig, und das Essen wollte mir angesichts meines anstehenden Rittes zurück nach Dublin nicht schmecken. »Du kannst gerne noch eine Nacht hierbleiben«, bot mir meine Tante an. Das würde mich zwar einige Pfund mehr kosten, denn King Henrys Besitzer nahm für jede Extrastunde, die man seine Pferde lieh, einen kräftigen Aufpreis. Doch ich stimmte ihrem Vorschlag zu.

Nach dem Essen zog sich meine Tante zurück, und ich beschloss, mich in die Bibliothek zu setzen. Sie besaß eine stattliche Sammlung schöner Bücher. Der Sinn stand mir nach Unterhaltung, und ich holte mir eine Ausgabe von Henry Fieldings »Tom Jones« aus dem Regal. Als ich die Bücherreihen betrachtete, fiel mir ein schmaler Band zwischen den anderen Büchern auf. Ich wurde neugierig und zog das Büchlein hervor. Es war mit der Hand geschrieben. Eindeutig die Handschrift meiner Tante. »Tales and Legends of the Old« stand darin. »The Green Man« lautete die Überschrift einer Erzählung, »The Underwordlings« eine andere. Eine Schilderung von »Curses and Magic Spells« umfasste ein größeres Kapitel. Das mussten die Geschichten sein, die meine Tante über viele Jahre hin im ganzen Land gesammelt und aufgeschrieben hatte.

Ich legte den Roman von Fielding beiseite und vertiefte mich in das kleine, in rotes Leder gebundene Buch. Es waren recht schauerliche Schilderungen von alten Opferritualen, von Trollen und Geisterwesen, von Feuern in der Nacht und Beschwörungen machtvoller Wesen, die im Wasser, in Bäumen oder in Erdhöhlen hausten. Auch von Mooren war die Rede, in die man die Mordopfer und bei Opferritualen getötete Krieger versenkt hatte, und von magischen Gesängen, mit denen die Seelen der Toten aus dem Reich des Todes zurückgerufen werden konnten.

Mir war nie bewusst gewesen, welche Fülle von Aberglauben und seltsamen Gebräuchen wir in Irland hatten und welche Rolle die Druiden in der Geschichte der Kelten spielten. Auch Masken wurden beschrieben, durch deren Augenschlitze ihre Träger einen Blick ins Jenseits werfen konnten und unter deren Schutz sie sich unerkannt zu Festen trafen und die Kräfte der Natur beschworen.

Eine Stelle erregte meine besondere Aufmerksamkeit: »Die Masken verleihen ihren Trägern Fähigkeiten, die außerhalb unserer rationalen Vorstellungskraft liegen. Das jedenfalls wird seit Jahrhunderten berichtet. Deshalb sind diese Masken nicht nur in materieller Hinsicht kostbar, weil aus edlen Metallen gefertigt, sondern auch als ideelle Objekte. Wer sie besitzt, glaubt fest daran, herrschen und die Menschen um sich herum beeinflussen zu können.« Wie meine Tante erzählt hatte.

Gerne hätte ich nach dieser Lektüre einen zweiten Blick auf die Masken in dem kleinen Raum geworfen. Ich hatte sie zwar unheimlich gefunden, doch hatten sie bei mir keinen Eindruck von Magie oder überirdischer Ausstrahlung hinterlassen. Ich wollte deshalb verstehen können, was an ihnen so faszinierend sein sollte. Aber als ich mich daranmachte, das Regal vor der versteckten Tür wegzuschieben, hörte ich die Stimme meiner Tante. Sie klang entsetzt, panisch, fast unmenschlich. Alles, was ich verstand, war das Wort »Fluch!«.

Als ich in den Salon stürmte, sah ich Bethany auf dem Boden

liegen, neben sich eine zerbrochene Karaffe mit Wasser und zwei zersplitterte Gläser. Die Terrassentür stand weit offen. Meine Tante lehnte an einem der Sessel in der Mitte des Raumes, deutete auf ihre Bedienstete, die auf dem Teppich in einer Blutlache lag, und flüsterte schreckensbleich: »Sie ist tot.«

Felix' Geheimnis

Es gab kein ersichtliches Motiv, keine DNA-Spuren des Täters oder der Täter, keine brauchbaren Zeugen, keinen Hinweis, wo Karls Laptop sein könnte, kein Indiz, woher das Insulin stammte, mit dem Karl getötet worden war. Daniels Handy erwies sich als unbrauchbar.

Der blutbespritzte Stein, der neben ihm am Bootssteg gelegen hatte, galt als Tatwaffe, wobei Sauerwein noch einmal betonte, dass nicht der Schlag auf den Hinterkopf die Todesursache gewesen war: »Eine üble Wunde, aber die hätte er überlebt.« Wie er schon bei der ersten Analyse festgestellt hatte, war Daniel nach dem Schlag bewusstlos ins Wasser gestürzt und ertrunken.

Schumann saß an seinem Schreibtisch und starrte hinaus in den grauen Tag. Mittwochmittag, die Untersuchung der zwei Fälle stagnierte. Wenn er doch endlich die Verbindung zwischen den beiden Fällen entdecken könnte! Anna hatte sich auch noch nicht bei ihm gemeldet, um ihm das mysteriöse Buch vorbeizubringen. Womöglich gab dieses Büchlein, das Anna gerade akribisch zu studieren schien, etwas Aufschluss.

Was ihn seit einigen Minuten umtrieb, war der Verdacht, dass Richard irgendwie in der Sache mit drinsteckte und Daniel überredet haben könnte, ihm das eine oder andere Buch zu beschaffen. Aber wie wäre er an Daniel herangekommen? Über Gremitzer, den Richard kannte? Doch weshalb sollte er ausgerechnet ein offenbar so wenig wertvolles Buch haben wollen? Schumann schämte sich für diesen Gedanken. Zudem war er bei näherer Betrachtung unsinnig. Erst das Buch beschaffen, dann es Anna geben mit der Option, es an ihn weiterzureichen – das war unlogisch. Aber Richards Weste war nicht blütenrein, und weshalb Anna diesen Windbeutel so mochte, blieb ihm ein Rätsel.

Schumann fuhr sich über das Gesicht. Er fühlte sich müde und ärgerte sich, dass er seine Skepsis gegenüber Richard nicht überwinden konnte. Er brauchte keinen Psychiater, um zu erkennen, dass bei ihm Eifersucht im Spiel war. Doch er vermasselte ja selbst dauernd seine Chancen bei Anna. Also sollte er lieber versuchen, sein Verhalten zu ändern, anstatt Richard immer als den Bösewicht zu betrachten.

Die Tür öffnete sich, und sein Assistent Hartmut Brink kam ins Büro.

»Und? Was entdeckt?«, fragte Schumann.

»Ja, es gibt etwas Neues. Alfons Gremitzer, der Bibliothekar, hat sich gemeldet. Er hatte schon am Wochenende bemerkt, dass offenbar einige Bücher fehlen. Er wollte der Sache aber erst intern nachgehen, ehe er uns alarmiert. Sie hätten auch beim Umsortieren verlegt sein können. Jetzt hat er festgestellt, dass tatsächlich Bücher aus den schon für den Umzug gepackten Kartons verschwunden sind. Als er nach einem bestimmten alten Werk gesucht hat, das eigentlich in die Leibniz-Bibliothek ausgeliehen werden sollte und nicht auffindbar war, hat er gesehen, dass außerdem noch einige weitere Bücher fehlen. Wir sollten noch mal zum Kloster fahren.«

Das war eine willkommene Abwechslung an diesem trüben, windigen Märztag. Und vielleicht hatten sie mit diesem Diebstahl von Büchern ja tatsächlich endlich ein Motiv für die beiden Morde. Geplanter Raub, der nicht ganz so abläuft wie geplant, unzufriedene Komplizen, Streit, Drohungen, damit zur Polizei zu gehen. Erpressung. Tödliches Ende. Wobei das gespritzte Insulin nicht ganz in das Bild einer spontanen Tat passte.

Kloster Warnstedt sah bei diesem feuchten Wetter trostlos und unwirtlich aus. Der große Klostergarten wirkte öde, die Beete glichen kleinen Sümpfen, die vom Sturm der letzten Tage durchgerüttelten Bäume ragten noch immer kahl in den Himmel. Die Wildgänse vom Sonntag, für Schumann das erste Zeichen eines kommenden Frühlings, hätten ebenso gut wieder zurück in ihre südlichen Winterquartiere fliegen können. Selbst wenn die Temperaturen ein Stück über null lagen, war der Winter zurückgekehrt.

An der Eingangstür zum Kloster empfing sie der Bibliothekar Alfons Gremitzer, ein schmächtiger Mann in den Fünfzigern mit schütterem Haar. Auf den ersten Blick eher unscheinbar, aber hinter den Brillengläsern blitzten wache Augen. Fast überschwänglich schüttelte er Schumanns Hand.

»Wie gut, dass Sie so schnell kommen konnten! Ich habe schon am Wochenende Verdachtsmomente gehabt, aber das erst einmal in Ruhe recherchieren wollen. Manchmal geraten Bücher bei aller Sorgfalt in falsche Kisten. Ich wollte die Pferde nicht scheu machen. Doch dann bin ich auf einen Karton gestoßen, aus dem mindestens sechs Werke fehlen, die zwar ordentlich aufgelistet sind, sich aber nicht in der Kiste befinden. Mein Verdacht vom Samstag hat sich bestätigt. Leider war Daniel da nicht mehr im Kloster, sonst hätte ich ihn gefragt, ob ihm etwas aufgefallen ist.« Gremitzer holte tief Luft. »Sie hätten sich in einem Karton mit der Aufschrift ›Exotika V‹ befinden müssen. So jedenfalls hat Daniel Piehlau, der im Übrigen ein sehr pflichtbewusster Assistent war ...«

Gremitzer wirkte für einen Moment geistesabwesend, und ein Anflug von Kummer machte sich auf seinem Gesicht breit. Er räusperte sich und fuhr fort: »Also, Daniel hat diese ganze Reihe aus einem der Bücherschränke in insgesamt zehn Kartons eingeordnet, die mit dem Titel ›Exotika‹ und zusätzlich mit römischen Ziffern beschriftet waren. Die Bücher, die wir vermissen, stammen alle aus der Zeit zwischen 1600 und 1680 und sind Reiseschilderungen aus fernen Regionen wie Südamerika. Sie enthalten neben Skizzen von Landkarten sehr schöne Abbildungen von Tieren und Pflanzen.« Gremitzer stockte, dann fügte er hinzu: »Vor einigen Jahren, allerdings noch zur Zeit meines Vorgängers Rainer Mercker, sind aus einigen Werken Illustrationen entfernt worden, die wohl auf dem Schwarzmarkt verkauft wurden. Das Kloster hat das damals nicht in der Öffentlichkeit breitgetreten, und wie wir erfahren haben, waren wir nicht die einzigen Opfer. Es hat auch andere niedersächsische Klöster getroffen. Diese alten Buchillustrationen sind kostbar und gefragt. Die Bücher sind dann unwiderruflich zerstört, aber die Zeichnungen hängt sich mancher skrupellose private Sammler in seinem Wochenendhaus an die Wände.« Er klang bitter.

Auf Schumanns Bitte führte er die beiden Polizisten in das Kellergewölbe, wo sorgfältig gepackte und in ordentlichen Reihen aufgestellte spezielle Kartons aus besonders solider Pappe standen, die mit Luftpolsterfolie ausgepolstert waren.

Gremitzer sah Schumann an. »Ich glaube nicht, dass Daniel Piehlau darin involviert war. Wenn, dann muss er unwissentlich in diese Sache hineingeraten sein. Womöglich war Karl Hegemann die treibende Kraft. Ich möchte nichts Schlechtes über den Jungen sagen, aber ihm ging ein zweifelhafter Ruf voraus. Er kannte Daniel gut. Und er und dieser andere Gärtnergeselle, Felix Meinrad, haben viel zusammengesteckt. Felix ist derzeit auch nicht da.«

Hartmut Brink nahm Gremitzers Ausführungen zu Protokoll.

»Wir gehen der Sache nach und schicken die zuständigen Kollegen vorbei. Wir selbst können im Moment nicht viel tun«, sagte Schumann. »Aber bestimmt wird doch die Versicherung zahlen«, fügte er hinzu.

Gremitzer starrte ihn an. »Versicherung? Diese Bücher sind zwar hoch versichert, aber sie sind unersetzlich! Wobei mir wohler wäre bei dem Gedanken, dass Karl oder wer auch immer sie gestohlen und unzerstört verkauft hätte, als bei der Vorstellung, dass Seiten aus ihnen herausgetrennt wurden.« Der Bibliothekar war blass. »Wie konnte das nur geschehen?«, sagte er leise. Er schien tief erschüttert zu sein.

Schumann hatte Mitleid mit dem verzweifelten Mann. Er bat ihn, ihm möglichst schnell eine genaue Liste der Büchertitel mit ihrem geschätzten Versicherungswert zuzusenden, dann verabschiedeten sie sich. Brink wollte »noch mal schnell um die Ecke«, wie er es ausdrückte, und hastete den langen dunklen Klosterflur hinunter in Richtung der durch einen Pfeil angezeigten »Gäste-WCs«.

Schumann verspürte plötzlich eine geradezu quälende Lust

auf eine Zigarette. Er hatte das Rauchen längst aufgegeben, doch jetzt war ihm danach. Da er aber keine Zigaretten hatte und auch Brink, diese Sportskanone, nicht mehr rauchte, verdrängte er den Gedanken schnell wieder und machte sich schon mal auf den Weg zu ihrem Auto. Als er das Kloster verlassen wollte, hielt ihn Mechthild von Ippendorf auf. Wie der Höllenhund Zerberus stand sie am Eingang. An ihr gab es kein Vorbeikommen.

»Und?«, sagte sie mit schneidender Stimme. »Hat die Polizei schon etwas erreicht? Oder mal wieder nur Stochern im Nebel? Immerhin sind zwei unserer Klosterinsassen umgebracht worden!«

Das Wort »Klosterinsasse« klang nach Gefängnis, und für den Bruchteil einer Sekunde taten Schumann die jungen Menschen leid, die unter der Fuchtel dieser Megäre standen.

»Diese Vorfälle schaden dem Ruf unseres Hauses! Und jetzt klagt Gremitzer darüber, dass kostbare Bücher aus den Klosterbeständen verschwunden seien. Das ist ein Skandal! Was haben Sie dazu zu sagen?«

Schumann versuchte, sich an der großen Frau vorbeizuschieben, aber sie packte ihn am Arm.

»Was haben Sie denn bisher überhaupt herausbekommen? Es ist ja schon ein Fortschritt, dass Sie die Namen der beiden Toten wissen und nicht mehr Karl Hegemann für Daniel Piehlau halten.« Sie klang sarkastisch.

Schumann riss sich los. »Über unsere Ermittlungen werde ich Ihnen keine Auskunft geben. Aber es ist immerhin hilfreich, zu wissen, dass es diesen Bücherdiebstahl gegeben hat. Darin könnte ein Motiv liegen.«

Mechthild von Ippendorf wandte sich resigniert ab. Auf einmal wirkte sie sehr müde. »Bitte halten Sie mich auf dem Laufenden. Wir sind alle betroffen von diesen furchtbaren Ereignissen. Erst die Morde und nun auch noch die Entdeckung, dass etliche sehr wertvolle Bücher gestohlen worden sind.« Ehe Schumann etwas erwidern konnte, ging sie mit schleppenden Schritten davon. In diesem Moment tauchte Brink wieder auf. Erleichtert verließ Schumann mit ihm das Klostergebäude.

Die mit Nieselregen getränkte Luft erfrischte ihn nach der bedrückenden Atmosphäre im Kloster. Er wandte sich an Brink, der schon den Autoschlüssel in der Hand hatte. »Ich glaube, ich möchte noch eine kleine Runde durch den Klostergarten drehen und dabei einen Blick auf die Ausgrabungsstätte im hinteren Teil des Geländes werfen.« Er kannte Günther Rademacher von einer Veranstaltung im Landesmuseum in Hannover, wo dieser über »Stumme Zeugen verlorener Kulturen« referiert hatte.

Die Grabungsstätte bot einen eher traurigen Anblick. Das Durcheinander von Mauerresten und Steinen wirkte chaotisch. Das Absperrband lag zerrissen auf dem Boden. Schumann versuchte sich vorzustellen, wie Rademacher an diesem trüben Ort wertvolle Relikte der Klostergeschichte ans Tageslicht befördern wollte. Er warf nur einen kurzen Blick auf das Grabungsfeld und wandte sich schon zum Gehen, als er ein klägliches Geräusch von irgendwo unter oder hinter den Ruinen zu vernehmen glaubte. Eine Katze? Schumann war zwar eher ein Hundefreund, aber er konnte kein Tier leiden lassen. Er drehte sich noch einmal um. Vielleicht hatte sich eine Katze an den Steinen verletzt und lag hilflos zwischen dem Gerümpel.

Kurzerhand ging er auf einen der zerfallenen Steinhaufen zu, der wahrscheinlich einmal eine Mauer gewesen war. Wieder hörte er diesen Laut, der beim Näherkommen aber eher menschlich als tierisch klang. Er blickte um sich. Viel vermochte er nicht zu erkennen. Steine, Steine, Steine, dazwischen Metallstücke wie Türangeln oder Fensterhaken, ein paar Löcher, wo bereits Probegrabungen stattgefunden hatten, Scherben, die aber auch aus neuerer Zeit stammen konnten, und im Hintergrund eine Mauer, die besser erhalten war als der Rest. Von dort schien das Geräusch zu kommen.

Lag da etwa ein verschütteter Mensch? Das wäre zwar merkwürdig, aber ein einsamer Spaziergänger, der sich allzu neugierig auf dieses abgeschottete Gelände gewagt und die Gefahren missachtet hatte, könnte Opfer seines Leichtsinns geworden sein. Und jetzt hörte Schumann ganz deutlich eine dünne, heisere

Stimme, die »Hilfe!« rief. Kein Zweifel – das war ein Mensch in Not und keine Katze.

Vorsichtig näherte er sich der Mauer und entdeckte darin ein größeres Loch, das notdürftig mit einem Stein verschlossen worden war. Der Ruf um Hilfe drang aus diesem Mauerteil. Er begann an dem Stein zu zerren und rief gleichzeitig laut: »Hallo? Keine Sorge, ich helfe Ihnen!« Was sich aber als recht mühsam erwies und Schumann mehrere Fingernägel kostete.

»Verdammt noch mal!«, fluchte er und rüttelte weiter an dem klobigen Brocken. Dann endlich gab das Ungetüm nach, rutschte aus der Mauer und hätte Schumann fast umgerissen. Er spähte in die Öffnung. Dort lag ein junger Mann, staubbedeckt und wie ein Embryo zusammengekrümmt. Seine Nase war blutverschmiert, und an seinem Kinn klebten Kieselsteine und Erde.

Schumann brachte alle seine noch vorhandenen Kräfte auf, um den völlig steif gefrorenen jungen Burschen aus dem Loch zu ziehen. Der sank vor ihm auf den Boden und stammelte nur: »Danke, danke! Gott sei Dank, dass Sie mich gefunden haben.«

»Wer sind Sie, und wie sind Sie in dieses Loch geraten?« Schumann ahnte schon den ersten Teil der Antwort.

»Felix Meinrad«, stieß der junge Mann mit krächzender Stimme hervor. »Ich bin gestern Abend hier eine Runde spazieren gegangen, und da hat mich jemand überwältigt und in dieses Verlies gesperrt.«

Schumann half Meinrad auf die Beine. Der völlig entkräftete Junge stützte sich auf ihn und versuchte dann tapfer, ein paar Schritte zu gehen. Schumann stellte ihm keine weiteren Fragen. Er wollte ihn erst einmal ins Kloster bringen. Befragen konnte er ihn immer noch.

In der Eingangshalle des Klosters, die Schumann allmählich besser zu kennen meinte als sein eigenes Wohnzimmer, standen sein Assistent, der offenbar keine Lust gehabt hatte, im Auto auf ihn zu warten, Mechthild von Ippendorf und zwei alte Damen, eine davon war Sybille Friedrichs.

»Felix!«, riefen die drei Damen unisono. Schumann brachte den Erschöpften zu einem Stuhl und ließ ihn darauf sinken.

»Was ist passiert? Wo waren Sie denn?«, rief Mechthild von Ippendorf. Sie wirkte auf einmal nicht mehr ruppig, sondern ehrlich besorgt.

Bevor Felix Meinrad antworten konnte, kam Sybille Friedrichs mit einem Glas Wasser herbeigeeilt, das Felix gierig in einem Zug leerte.

Lange aber hielt Mechthild von Ippendorfs mütterliche Phase nicht an. Schumann fühlte sich erneut von ihr bedrängt, als sie ihm zuraunte: »Da haben Sie ja den Dritten im Bunde! Wann fragen Sie ihn, wo er so lange gesteckt hat?«

Schumann wurde ärgerlich. »Ich befrage Herrn Meinrad erst, wenn er wieder bei Kräften ist. Meinetwegen können Sie ihn gerne danach in die Mangel nehmen«, sagte er etwas schnippisch. Er mochte die grobknochige Frau nicht, die sich wie die Herrscherin aller Reußen aufspielte. Sie warf ihm einen bösen Blick zu und rauschte ab, Sybille Friedrichs im Gefolge.

Nur die dritte Frau blieb noch stehen. »Ich bin Klara Diepenholz«, stellte sie sich vor. »Eine Bekannte von Felix' Tante Roswitha. Frau Ebersberg hat mich angerufen, weil sie sich Sorgen um Felix gemacht hat«, sagte sie mit sanfter Stimme.

Schumann nickte. »Alles ist gut. Sagen Sie das bitte Frau Ebersberg. Wir melden uns später bei ihr. Zunächst aber muss ich Felix befragen.«

Klara Diepenholz wandte sich an Felix. »Falls du etwas brauchst, dann sag es mir bitte.« Sie verabschiedete sich mit einem Nicken.

Felix blickte ihr nach. »Ich kenne sie eigentlich gar nicht«, sagte er leise, dann richtete er sich auf. Das Blut an seiner Nase war eingetrocknet, aber Schumann holte ihm trotzdem ein feuchtes Tuch aus der nahe liegenden Küche.

»Und jetzt«, sagte er, als er zurück war, »jetzt reden wir Tacheles!«

Felix hatte offenbar keine Kraft mehr, irgendetwas zu beschönigen; es sprudelte nur so aus ihm heraus. Karl Hegemanns Plan, die Illustrationen aus den alten Büchern zu schneiden, den er, Felix, gar nicht gut gefunden habe. Wie er dann doch zugestimmt hatte, weil er verschuldet sei und das Geld dringend brauche.

Schumann war von dem Geständnis nicht wirklich überrascht. Als er Felix fragte, ob er wisse, mit wem Karl verhandelt habe, wehrte der allerdings energisch ab. Nein, er kenne den Namen des Auftraggebers nicht. »Karl hat mich nicht eingeweiht. Das Ganze lief sicherlich anonym ab, und er wird auch nicht die echten Namen gekannt haben. Diese Typen benutzen doch bestimmt falsche Namen.« Felix stockte.

Das Kapitel der Geschichte, zu dem er nun kam, machte ihm offenbar zu schaffen. Schon die Stelle, an der er gestehen musste, wie sie Daniel überlistet hatten, um ihm die Bibliotheksschlüssel abzunehmen, war kein Ruhmesblatt gewesen.

»Karl hat mir erzählt, dass einiges schiefgelaufen sei und dass er mehrere Bücher zu sehr beschädigt habe und sie loswerden müsse. Er hat sie in einen Karton gepackt und wollte sich Daniels Auto leihen, um damit zur Müllkippe zu fahren. Vielleicht wollte er den Karton auch einfach irgendwo unterwegs entsorgen, keine Ahnung.«

Du armes, dummes Würstchen, dachte Schumann, als er Felix' Gestammel lauschte. Lässt dich auf so einen Möchtegern-Ganoven ein und riskierst deine Zukunft für ein solch übles Geschäft und für ein paar Euro, die du wahrscheinlich nicht einmal bekommen hättest. Laut sagte er: »Wann haben Sie Karl Hegemann das letzte Mal gesehen?«

»Am Samstagmittag. Da wollte er sich Daniels Wagen leihen. Ich habe auch Daniel nicht mehr gesehen.«

»Waren Sie mit ihm denn verabredet?«

Felix schluckte. »Nein, nicht wirklich.«

»Aber laut Ihrer Tante haben Sie ihr bereits am Freitag von einem Zwischenfall im Kloster erzählt?«

Felix wurde noch blasser, als er es ohnehin schon war. Er gab eine jämmerliche Gestalt ab mit seiner staubigen Kleidung, den an den Knien durchlöcherten Jeans und mit dem Blut an der Nase. Ein armes Würstchen in der Tat! Aber durchaus kein unschuldiges Lamm.

»Ich weiß auch nicht, was mich dazu getrieben hat. Mich hat die Geschichte irgendwie belastet. Vielleicht war es ja ein Versuch, Luft abzulassen. Ich habe ja auch nicht viel gesagt, und dass ich erzählt habe, dass Daniel weg ist, war bescheuert.«

»Der da offiziell noch gar nicht verschwunden war«, ging Schumann dazwischen. »Freitagabend haben Sie Ihrer Tante gegenüber bereits Andeutungen gemacht, die Roswitha Ebersberg zufällig an Anna Bentorp weitergegeben hat.«

Felix starrte auf den Boden. »Meine Tante redet sonst nie über Dinge, die ich ihr anvertraue«, murmelte er.

»Da haben Sie sich in diesem Fall tüchtig getäuscht«, sagte Schumann, der spürte, wie er ungeduldig mit diesem Jammerlappen wurde. »Euer alberner Plan wäre ohnehin sehr schnell in die Hose gegangen. Das hätte aber leider die Bücher nicht mehr gerettet. Gar nicht zu reden von den zwei Toten!«

Felix fing an zu schluchzen. »Das wollten wir doch alles nicht! Wahrscheinlich hat Karl versucht, diese Leute übers Ohr zu hauen, und die haben ihn beseitigt, und Daniel hat vielleicht etwas beobachtet, und sie haben ihn deswegen ausgeschaltet.«

»Du musst nicht unsere Arbeit für uns machen«, schnauzte ihn Schumann genervt an. Unwillkürlich hatte er Felix zu duzen begonnen. »So einfach wie in Fernsehkrimis ist die Realität außerdem nicht.«

Er betrachtete den jungen Mann, der zusammengesunken auf dem Stuhl hockte. »Das wird für dich natürlich ein Nachspiel haben. Man wird dich wegen Beihilfe zur Sachbeschädigung und zum schweren Diebstahl anklagen und wegen Verdunkelung einer Straftat.« Schumann spürte eine unbändige Wut auf diesen dummen Kerl in sich aufsteigen. Wenn Felix großes Glück hatte, würde er mit Bewährung davonkommen. Aber nur, wenn er einen guten Anwalt und einen freundlichen Richter hätte. Für den Anwalt würde sicherlich seine rührende Tante sorgen. Aber dies hier war weit mehr als ein Dummer-Jungen-Streich, auch ohne das tragische Ende der zwei jungen Menschen.

Er hörte sich noch den Rest von Felix' Geständnis an, wobei ihn die Taxifahrt mit dem in Heimatkunde bewanderten Fahrer, die Felix lang und breit schilderte, wenig interessierte. Den Überfall und die Beschreibung der dunklen Gestalt dagegen nahm er exakt zu Protokoll. Vielleicht war Felix tatsächlich dem Mörder seiner beiden Freunde begegnet und hatte Glück im Unglück gehabt.

Wenig später fuhren Brink und er vom Hof. Er würde sich den Jungen noch einmal gründlich vornehmen. Doch zunächst musste er einigen Spuren nachgehen, unter anderem in sämtlichen Mülldeponien im Umfeld des Steinhuder Meers und von Hannover anrufen lassen mit der Bitte, nach einem Karton voller alter Bücher zu forschen.

Als er in seinem Büro ankam, realisierte er, dass ihn irgendetwas an Felix' Benehmen irritiert hatte. Ein nervöses Flackern in dessen Augen, das nicht nur von seinem schlechten Gewissen und seiner Todesangst in dem stickigen Loch herrührte. Eine Furcht, die im Übrigen unbegründet gewesen war. Denn wer immer ihn dort eingesperrt hatte, wollte wohl nicht seinen Tod. Im Polizeirevier war zwischenzeitlich ein anonymer Anruf eingegangen. Der Anrufer, »ein Mann mit sehr dumpfer Stimme«, wie Schumanns Sekretärin sagte, hatte sich kurz gehalten: »In den Ruinen auf dem Grundstück von Kloster Warnstedt liegt ein junger Mann.« Das war alles, hätte aber genügt, um Felix noch rechtzeitig zu finden.

Nein, ihn störte etwas anderes an dem Auftreten des Jungen. Und er schwor sich, herauszufinden, was dahintersteckte.

The Druid's Cove

Anna sah auf die Uhr. Heute würde sie Schumann das Buch übergeben. Ihr blieb nicht mehr viel Zeit, die Geschichte des Irishman fertig zu lesen. Eigentlich war es Mittagszeit, aber sie verspürte keinen Appetit. Lieber weiterlesen! Man hatte Bethany tot im Salon aufgefunden, Matthew war ins Manor-Haus zu John Waterstone geschickt worden, der die lokale Polizeiwache alarmieren sollte. Der nächstgelegene Ort war Dumfridge, in der Nähe von Laragh. Dort besaß John Waterstone seinen stattlichen Besitz. Dumfridge hatte knapp zweihundert Einwohner, zwei Kirchen, einen Pub, den »The Druid's Cove«, und drei Polizisten, Mitglieder der erst vor Kurzem ins Leben gerufenen Irish Constabulary.

Meine Tante kniete völlig erstarrt neben Bethany, die inmitten der Glasscherben und der Wasserlache lag. »Das ist der Fluch der Druiden«, murmelte sie. »Ich hätte diese Masken nie ins Haus holen sollen. Vor einem Jahr ist mein Gärtner Cilián von einem wilden Bienenschwarm angegriffen und getötet worden, im Jahr davor starb meine Waschfrau Maureen an einem plötzlichen Fieber. Sie war erst dreißig Jahre alt.«

Vergeblich bemühte ich mich, meine Tante zu beruhigen. Sie schluchzte und presste ihr seidenes Taschentuch an die Augen. Ich versuchte, möglichst sachlich zu bleiben. »Wer hätte denn einen Grund, Bethany zu töten? Hatte sie einen eifersüchtigen Liebhaber?«

Meine Tante schüttelte den Kopf. »Nein, sie hatte keine Familie mehr und keinen Freund. Vor Jahren war sie verlobt, doch ihr Verlobter ist an einem Lungenleiden gestorben. Seither hatte sie niemanden mehr.«

Sollte Bethany einen Einbrecher überrascht haben? Ich blickte nachdenklich auf die Tote hinunter, die verkrümmt auf dem Teppich lag. Arme Bethany! Da entdeckte ich etwas in ihrer rechten Hand. Mühsam bog ich die Finger auseinander.

»Was machst du denn da?«, rief meine Tante entsetzt. »Du solltest die Leiche nicht anrühren, sondern auf die Constabulary warten!«

Aber da hatte ich schon das Papier aus Bethanys kalter Faust gezogen. Es war das Briefpapier, das auch meine Tante benutzte. Darauf stand in ungelenken Buchstaben: »100 Guineas oder ich sage es meiner Herrin. Treffen im Stall.«

Was mochte das bedeuten? Steckte Bethany, diese treue Seele, die seit vielen Jahren bei meiner Tante arbeitete, etwa mit dem Einbrecher unter einer Decke? Konnte dieser das Phantom sein, das meiner Tante schon öfter Schrecken eingejagt hatte?

Eine Stunde später kam Matthew mit einem Constable aus Dumfridge zurück. Doch was sollte der gute Mann schon machen? Er schrieb unsere Aussagen auf, während er auf seine Kollegen und den Leichenbeschauer wartete. Ich erzählte ihm von meinem Verdacht, dass Bethany bei einem geplanten Einbruch Mitwisserin gewesen sei und dem potenziellen Einbrecher helfen wollte. Den Zettel nahm der Constable an sich. Für ihn schien der Fall damit klar.

»Bethany hat von dem Einbruch gewusst, dem Ganoven wahrscheinlich sogar geholfen, wollte ihn dann aber erpressen. Er hat kurzen Prozess gemacht und sie erschlagen.« Der Constable blickte auf das Stück Papier. »Vielleicht hat er sie sogar getötet, ehe er dieses Erpresserschreiben bekommen hat. Wollte Bethany heute noch ausgehen?«

»Ja«, schluchzte meine Tante. »Sie ging an jedem ihrer freien Abende in den Pub in Dumfridge. Heute wäre ihr freier Abend gewesen.«

Der Constable nickte versonnen. »Dann hätte sie diesen Zettel heute Abend dort jemandem zugeschoben. In dem Pub versammelt sich allerlei dubioses Volk. Wir haben ihn schon länger im Auge, aber bisher hatten wir noch keinen Grund, einzuschreiten.«

Ich musste innerlich grinsen. Wahrscheinlich traf sich auch die Dorfpolizei nach Feierabend im einzigen Pub weit und breit zum Bier. Diese Harmonie wollte man sich nicht verscherzen ohne einen wirklich schwerwiegenden Grund.

Der Polizist schüttelte den Kopf und wandte sich mir zu. »Allerdings war es sehr verwegen, einfach bei Tageslicht in den Salon hineinzumarschieren in der Hoffnung, Bethany zu erwischen. Er muss das Haus beobachtet haben. Trotzdem gewagt, denn jeden Augenblick hätten ja Sie oder Ihre Tante in den Salon kommen können.« Er starrte auf die Tote. »Erpressung endet meistens schlecht.«

Am frühen Nachmittag tauchten dann noch zwei weitere Polizisten auf, um die Leiche abzuholen. Einer der beiden Constables ging noch einmal ums Haus herum, entdeckte jedoch nichts außer ein paar Hufabdrücken und einigen geknickten Sträuchern in der Nähe der Terrasse. Er ermahnte meine Tante, Türen und Fenster geschlossen zu halten. »Vielleicht treibt sich der Mörder noch in der Gegend herum.« Mit diesen aufbauenden Worten zogen er und seine Kollegen davon. Was für ein tröstlicher Gedanke!

Es war höchste Zeit, dass eine schlagkräftigere Polizei überall im Lande agierte. Aber hier in der Region würde man noch lange darauf warten müssen. Die Polizisten waren meist mit den Leuten aus den Dörfern verschwägert und gingen nur selten gegen sie vor. In Dublin dagegen gab es inzwischen eine recht effektive Polizeitruppe.

Logisch wäre gewesen, wenn die Constables im lokalen Pub auf Spurensuche gegangen wären, in dem Bethany ihren Kontakt zu dem Täter sehr wahrscheinlich geknüpft hatte. Sicher hätte sich der eine oder andere erinnert, mit wem sie intensiver gesprochen hatte. Mir wurde eiskalt bei dem Gedanken, dass sie dort jenen Mann getroffen hatte, der schon öfter nachts ums Haus geschlichen war. Dumme Bethany! Für ein paar Guineas hatte sie sich auf dieses böse Spiel eingelassen.

Meine Tante war still und in sich gekehrt. Irgendwann am Nachmittag brachte Matthew uns einen Tee. Er hatte seiner Cousine Marian Bescheid gegeben, die Bethany vorläufig ersetzen sollte. Natürlich hatte ich meine Rückkehr nach Dublin um einen weiteren Tag verschoben. Ich setzte mich neben meine Tante auf das Sofa und wartete, bis sie ihr Schweigen brach. »Der

Tod von Bethany, die immer eine so treue Seele war, hat mir gezeigt, dass es höchste Zeit ist, die Masken von hier fortzubringen und sie an einem anderen Ort zu verwahren. Im ›The Druid's Cove‹, wo Bethany an ihren freien Abenden hinging, soll einmal im Monat eine Gruppe von Männern zusammenkommen, die angeblich einer Geheimorganisation angehören. Es heißt, dies sei ein Treffpunkt für Männer, die ihr Land liebten und bereit seien, dafür zu kämpfen. Der Besitzer dieses Lokals, Malachy Malloy, ist ein trunksüchtiger Patriot, der zu den Gefolgsleuten von Patrick O'Toole zählt. Sie träumen von einer Vereinigung aller Provinzen Irlands, möchten eine Fahne mit der Harfe und einem Schwert darauf, singen ständig wilde Lieder und trinken dabei reichlich Bier.«

Sie schwieg kurz, bevor sie fortfuhr: »Man darf diese Männer nicht unterschätzen, vor allem Patrick nicht. Sein Vetter Brendan hasste meinen verstorbenen Mann, weil er ihn als Verräter bezeichnet hat. Er würde Dublin Castle am liebsten eigenhändig in Brand stecken. Dieser Pub ist eine Schlangengrube der Verschwörer, und ich habe Bethany immer wieder gebeten, nicht dorthin zu gehen. Aber sie kannte die Männer dort fast alle und fühlte sich ihnen nahe. Zumal, wie sie mir einmal sagte, dort meist Irisch gesprochen würde. Englisch war nicht ihre Sprache.«

Sie seufzte. »Ich bin mir sicher, dass diese Männer es auf die Masken abgesehen haben. Sie wären als historisches Relikt unschätzbar wertvoll für ihre Zwecke. Für einen gewöhnlichen Räuber bietet Fleetwood House nicht viel. Allein die Masken besitzen einen materiellen und auch ideellen Wert. Es scheint mir wahrscheinlich, dass Bethany von einem dieser Männer überredet worden ist, beim Diebstahl der Masken zu helfen. Sie wusste, wo sie sind, weil ich ihr vertraut habe, und sicher hat sie im Pub davon erzählt. Wie töricht von mir, ihr zu trauen, und wie töricht von ihr, ausgerechnet im ›Druid's Cove‹ davon zu sprechen.«

Der Abend dämmerte bereits, als Matthews Cousine Marian Connor eintraf, eine freundliche rundliche Frau von Ende vierzig, die sieben Kinder großgezogen hatte und seit zehn Jahren

verwitwet war. Sie zog sich in die Küche zurück, um das Abend-
essen zuzubereiten. Da ich mittags nichts gegessen und zum
Tee nur einige Biskuits zu mir genommen hatte, knurrte mein
Magen lautstark.

Marian hatte eine kräftige Kartoffelsuppe und als Nachspeise
einen Pudding gekocht. Meine Tante rührte das Essen kaum
an, während ich zuschlug. Danach saßen wir wieder am Feuer.
Erneut rief ein Käuzchen, der Wind fuhr durch die Bäume, die
Holzscheite im Kamin knackten leise, aber ansonsten lastete
eine schwere Stille über dem Haus.

»Ich möchte dich um etwas bitten«, sagte meine Tante plötzlich. Ich war schon halb weggedöst, da mich die Aufregung
über Bethanys gewaltsamen Tod erschöpft hatte. »Die Masken
müssen dieses Haus verlassen und für die nächsten Jahre fort
aus Irland, bis die Zeit reif ist, dass sie in Dublin einen sicheren
Ort finden können.«

Meine Tante sah hinaus in den Garten, in dem nur noch die
Konturen einiger Sträucher im Dunkeln erkennbar waren. Sie
trank einen Schluck Wein und sagte dann: »Ich komme nun
endlich zum eigentlichen Grund meiner Einladung an dich.
Seit einigen Jahren pflege ich eine Korrespondenz mit einem
gelehrten Mann, der in einem kleinen Kloster in Deutschland
lebt. Er interessiert sich für unsere Traditionen und vor allem für
unsere Sprache. Er hat mir vor einigen Jahren geschrieben, weil
er gehört hatte – woher auch immer –, dass ich, wie die Brüder
Grimm die deutschen Märchen, hierzulande irische Legenden
und Erzählungen sammele. Dieser Gelehrte versucht, das alte
Irisch wiederzubeleben. Er hat auch das Baskische studiert und
alte deutsche Dialekte, aber Gälisch interessiert ihn am meisten.«

Sie zog einen Brief aus einer kleinen Tasche. »Diesen Brief
habe ich vor wenigen Tagen erhalten. Ich möchte, mein lieber
Neffe, dass du mit den Masken aus Irland fortgehst und diesen
Mann aufsuchst. Er wird dir helfen, sie zu verbergen. Es ist ein
kleines Kloster, fernab aller großen Straßen, am Ufer eines Sees.
Dort bist du in Sicherheit. Ich weiß, dass ich sehr viel von dir
verlange, doch du bist der Einzige, dem ich dies anvertrauen

kann. Es soll dein Schaden nicht sein. Ich werde dich finanziell sehr reichlich ausstatten und hoffe, dass dieses Unterfangen nicht allzu lange dauern wird. Doch die Wogen müssen sich erst wieder beruhigen. Es braut sich einiges zusammen in Irland.«

Sie hielt inne und blickte mich forschend an. »Ich weiß, dass dies ein Schock für dich sein mag. Doch nach der Ermordung von Bethany erscheint mir dieses Anliegen noch viel dringender.«

»Wie lange, glaubst du denn, muss ich fort sein?«, fragte ich. Tatsächlich stand ich unter leichtem Schock.

»Ein paar Monate, würde ich denken. Ich werde das Gerücht streuen, dass die Masken aus meinem Haus verschwunden sind. Allerdings ist es möglich, dass bestimmte Kreise ahnen, dass du involviert sein könntest. Mein Instinkt trügt selten, und ich spüre schon länger, dass ich beobachtet werde. Deshalb solltest du Dublin bald verlassen und erst wiederkehren, wenn Gras über diese Sache gewachsen ist.« Das klang dann doch nicht nach einer schnellen Heimkehr.

Nach dem ersten Schrecken kamen mir die Vorstellungen meiner Tante ziemlich weit hergeholt und überdreht vor. Masken im Ausland verbergen, selbst wie ein Flüchtling Dublin hinter mir lassen, eine ungewisse Zukunft – und das alles nur, weil dieser sonderbare Father Daniel meiner Tante von einem alten Fluch erzählt hatte und sie seitdem glaubte, dass diese uralten Relikte Menschen zu seltsamen Riten und Wiedererweckung verstaubter Religionen motivieren könnten?

Ich verspürte wenig Lust, mein Leben für ein paar Masken zu riskieren. Sollte meine Tante sie doch den Männern geben, die sich im »The Druid's Cove« trafen. Was könnten die schon damit anfangen, außer ihre Gesichter dahinter zu verbergen und irgendwelchen Druiden nachzueifern? Alles Hokuspokus!

Wegen ein paar Masken in den Händen von Fanatikern würde Irland nicht frei werden. Meine Tante hatte offenbar zu viele Legenden und Märchen gehört und sich allzu tief in der geheimnisvollen Welt unserer Vorfahren verloren.

Sie sah mir wohl meine Gedanken an und lächelte. »Mein lieber Junge, ich weiß genau, was in deinem Kopf vorgeht. Aber glaube mir: Selbst wenn all diese Geschichten, die sich um die Masken ranken, nur pure Phantasie sind, so bedeuten sie dennoch für manche eine große Versuchung. Und sie haben eine große Ausstrahlung für alle, die noch immer in den Urreligionen dieses Landes das wahre Heil sehen. Ich könnte sie auch irgendwo in Glendalough oder wieder in Clonmacnoise verstecken. Aber ich fürchte, dann gehen sie entweder für immer verloren oder werden von Schatzgräbern entdeckt und meistbietend verkauft. Zum Beispiel an Engländer, die hier ein paar Jahre leben, dann nach England zurückkehren und ihre Güter fremden Verwaltern überlassen. Dafür gibt es genügend Beispiele. Der Mann deiner Cousine Cathleen, Archibald Ravenstock, Oberst in der Britischen Armee und Besitzer eines Gutes nördlich von Dublin bei Malahide, sammelt begeistert alles, was seine Pächter auf den Äckern finden – Tonscherben, Steinkeile, verrostete Münzen und Hufnägel. Was, glaubst du, würde er für diese Masken zahlen?«

Ich will an dieser Stelle meine Erzählung abkürzen. Wenn ich heute daran zurückdenke, kann ich mich kaum mehr verstehen. Weshalb war ich auf dieses Ansinnen eingegangen? Vielleicht trieb mich der Wunsch nach Abenteuern, nach Reisen in andere Länder, meine enge Heimat hinter mir zu lassen und mehr von der Welt zu sehen. Einen Tag später jedenfalls verpackte meine Tante höchstpersönlich die Masken, von denen sie tränenreich Abschied nahm, gab mir ein Empfehlungsschreiben an den Gelehrten in Deutschland mit, versprach aber, ihm vorab meine Ankunft anzukündigen, auch wenn wir beide nicht wussten, wann genau das sein würde. Ich verriet ihr, dass ich zur Ablenkung möglicher Verfolger nicht auf direktem Weg nach Deutschland reisen wolle.

Gerne hätte ich ihre Legendensammlung mitgenommen, aber sie sagte mir, dass sie ihre Arbeit daran noch nicht abgeschlossen habe. Wie versprochen stattete sie mich mit sehr viel Geld aus, wobei sie mich ermahnte, die Summe zum größten Teil der Bank of Ireland anzuvertrauen. Ich sagte ihr, dass ich in Dublin einiges zu regeln hätte, auch mit meiner Anstellung beim Trinity

College, und erst in einigen Wochen aufbrechen könnte. Das gefiel ihr gar nicht, da sie wohl tatsächlich um mein Wohlergehen fürchtete. »Je rascher du das Land verlässt, desto besser«, sagte sie drängend. Aber ich wollte mich nicht von einem Phantom verschrecken lassen.

Mir bereitete es Kopfzerbrechen, dass Bethanys Mörder wahrscheinlich nie entdeckt werden würde. Ich bat meine Tante nochmals, bei John Waterstone um Unterstützung und Schutz zu bitten. Sie aber winkte lächelnd ab. »Ich fürchte mich nicht, vor allem, da diese Masken nun mein Haus verlassen werden.« Sie konnte sehr stur sein, meine zierliche geliebte Tante.

Ich verließ ihr Haus beim ersten Morgengrauen und erreichte Dublin drei Stunden später. Die Masken ließ ich in ihrem Leinensack und verbarg sie in meinem Zimmer in einer Nische, vor die ich meinen Kleiderschrank schob, ein barockes Ungetüm. Möglichst unauffällig erledigte ich alles, was sich mit meiner Abreise verband, erzählte meinem Vorgesetzten, dass ich für einige Monate in London leben wolle und plane, in der British Library über alte Sprachen zu forschen und zugleich einen Einblick in die gewaltigen Bestände der Bibliothek zu erhalten. Das Trinity College gewährte mir tatsächlich ein halbes Jahr Freiheit. Ob ich im Frühling des kommenden Jahres allerdings wieder zurück in Dublin sein würde, war mehr als fraglich. Doch immerhin stellte niemand unangenehme Fragen.

Die nächsten beiden Wochen verlief mein Leben in ruhigen Bahnen, ich fühlte mich weder beobachtet noch verfolgt, besuchte meine Familie wie immer sonntags, arbeitete in der Bibliothek des Trinity College und ging abends manchmal in einen Pub, um mein Guinness zu genießen. Die Ängste meiner Tante erschienen mir immer unrealistischer, und ich fragte mich, ob ich nicht das ganze Unternehmen abbrechen, die Masken eine Zeit lang in Dublin aufbewahren und sie dann heimlich zurück nach Fleetwood House bringen sollte.

Bis zu jenem Abend, als mir der Mann mit dem Hut das erste Mal begegnete und mir wenig später der Besitzer des Pubs zuraunte, dass ein Unbekannter, dessen Gesicht man unter der

Krempe seines Hutes nicht erkennen konnte, nach mir gefragt habe. Da wusste ich, dass die Zeit meiner Abreise gekommen war.

Ich schrieb meiner Tante einen Brief, in dem ich ihr ankündigte, »es sei so weit«, schickte ihn mit einem Kurier zu ihr, der mir ihre Antwort sofort brachte: »Geh mit Gottes Segen! Pass auf Dich auf und lasse mich wissen, wie es Dir ergeht. In Liebe und großer Dankbarkeit – Deine Tante«.

Wenig später verließ ich Dublin schweren Herzens.

Als ich die irische Küste am Horizont verschwinden sah, überkam mich Ärger über meine Naivität, dass ich mich zu dieser Mission hatte beschwatzen lassen. Schlimmer aber noch war die Welle von Wehmut, verbunden mit der Furcht, dass der Fluch der alten Kelten, deren geheime Opfermasken in meiner Kabine an Bord des Schiffes unter meiner Koje lagen, mich schon ereilt haben könnte. Der Mann ohne Gesicht, dessen Namen ich nicht hatte erfahren können, wurde Teil meiner Alpträume und lastete auf meiner Seele. Seit geraumer Zeit verfolgte mich nun schon dieser Fremde, von dem ich zwar inzwischen wusste, dass er in den Kolonien gelebt und sich dort offenbar einen Ruf als kundiger Soldat erworben hatte. Aber ich kannte immer noch nicht seinen Namen, sein Gesicht war mir bis auf seinen dunklen Bart verborgen geblieben, sodass er für mich ein Wesen ohne Gesicht geblieben war, ein Phantomwesen, das in den Schatten zu lauern schien.

Auf Helgoland, das ich einige Tage später erreichte, holten mich meine Ängste ein, und das schreckliche Gefühl überkam mich, dass ich den Fluch der Kelten wie die Pest in mir trug. Und diese Furcht trug ich auch noch in mir, als ich einige Wochen später das Ziel meiner Reise erreichte, das kleine Kloster weitab von jedem Trubel der Welt, ein Hort der Gelehrsamkeit und des Friedens. Aber die Schatten waren mir gefolgt.

Im Irish Pub

Am späten Mittwochnachmittag hatte Anna Schumann das Buch überreicht. Sie hatte es weitgehend zu Ende gelesen, es allerdings stellenweise nur überflogen, da sie unter Zeitdruck stand. Manches war ihr deshalb unklar geblieben. Doch sie hatte das Buch kopiert und würde einiges davon noch genauer studieren.

Schumann bedankte sich und fragte sie, ob sie irgendetwas entdeckt habe, was ein Motiv für Daniels gewaltsamen Tod sein könnte. Dass diese keltischen Masken einen großen Wert besaßen und Begehrlichkeiten wecken konnten, hatte sie verstanden. Aber wo sie versteckt sein konnten, hatte sie dem Buch bisher nicht entnehmen können. Hatte Daniel etwas darüber entdeckt? Anna vermutete, dass die fehlenden Seiten den Schlüssel zu dem Geheimnis bargen.

Schumann hatte ihren Erläuterungen mit Interesse gelauscht. Er fasste kurz zusammen, was sie ihm ein wenig atemlos berichtet hatte. »Also, soweit ich verstanden habe, geht es um einen jungen Iren, der im Auftrag seiner Tante, die ein Haus in den Wicklow Mountains hatte, einige alte Masken vor dem Zugriff einer Bande fanatischer Sektierer retten sollte. Diese waren scharf auf die Masken, da sie eine Art symbolische Brücke zur irischen Vergangenheit bilden und in ihren Augen in dieser Zeit um 1820 herum nützlich gewesen wären, um den Widerstand gegen die Engländer zu schüren. Der junge Mann hat diese Raritäten nach Deutschland gebracht, offenbar unter Lebensgefahr, und nun ist die Frage, da das Ganze ja im Umfeld von Kloster Warnstedt spielt, wo diese Masken geblieben sind. Habe ich so weit recht?« Schumann sah Anna fragend an.

»Ja, aber wo sollte man anfangen mit der Suche? Im Kloster? Oder sind diese Masken längst wieder verschwunden? Daniels Motivation ist mir bisher nicht klar geworden«, antwortete sie.

Schumann nickte verständnisvoll. »Na ja, vielleicht kommt Ihnen noch eine zündende Idee.«

Anna hoffte, bei gründlicherem Lesen der Lösung näherzukommen. Falls sie etwas entdecken würde, würde sie es dem Kommissar selbstverständlich mitteilen. Schumann versprach ihr, das Buch nach Abschluss der Untersuchung dem Kloster zurückzugeben. Dann verabschiedete er sich von ihr, wie so oft in Eile.

Anna ging zu ihrem Auto, das am Straßenrand parkte. Kein Zettel unter den Scheibenwischern, keine geheimnisvollen Botschaften, die auf den Fall verwiesen. Und auf der anderen Straßenseite stand auch keine dunkle Gestalt im Kapuzenpulli. Zum Glück. In wenigen Tagen würde sie ganz entspannt nach Irland fliegen, Desmond ein bisschen über keltische Bräuche befragen, allein schon, um ihm ihr Interesse an seiner Arbeit zu beweisen, aber ansonsten Deirdre bei ihrer Biografie über Reginald Fitzgibbon helfen und abends in irischen Pubs sitzen und Live-Musik lauschen. Und über den Brexit diskutieren, der die Iren belastete und den mühsam errungenen Frieden zwischen dem britischen Nordirland und der Republik gefährdete.

Apropos Pubs. »The Druid's Cove« hieß der kleine Pub in Dumfridge, in dem sich laut der Schilderung des bisher noch anonymen Iren fanatische Patrioten getroffen hatten. Ihr war eingefallen, dass vor knapp vier Monaten ein neuer irischer Pub in Hannover seine Türen geöffnet hatte, der ebenfalls »The Druid's Cove« hieß. Eigentlich nannten sich diese Kneipen meist »The Shamrock«, »Joyce«, »The Dublin Inn«, »The Duke's«, »Jameson« nach der Whiskeymarke oder »Murphy's«. Aber »The Druid's Cove«? Ihre Neugierde war geweckt. Sie musste ohnehin Richard anrufen und würde ihn bitten, mit ihr in diesen neuen Pub zu gehen. Und dann würde sie ihm gestehen, dass sie das Buch Schumann gegeben hatte, um nicht schon wieder in den Ruf zu kommen, Untersuchungen zu torpedieren oder Indizien zurückzuhalten.

Trotz ihrer nicht zu unterdrückenden Neugierde, was Daniel in dem Büchlein entdeckt haben könnte, versuchte sie den

Fall erst einmal ruhen zu lassen. Daniels Leichnam würde bald freigegeben werden, und sie plante, an seiner Beerdigung teilzunehmen, die in zehn Tagen in Bonn stattfinden sollte. Eine sehr entfernte Cousine von Daniels Mutter, die im Rheinland lebte, hatte sich auf die Todesnachricht hin gemeldet. Sie fühlte sich verpflichtet, das Begräbnis zu organisieren.

Ihre Mutter reagierte schockiert auf Annas Bericht von Daniels vergeblichem Versuch, sich mit ihr zu treffen, und noch mehr natürlich auf die Nachricht seiner Ermordung. Sie wollte ebenfalls zum Begräbnis kommen. Einmal mehr beendete sie das Gespräch mit ihrem alten Spruch: »Kind, langsam wird das zur Manie. Du stolperst ständig über Leichen. Pass bitte besser auf dich auf.«

»The Druid's Cove« in der hannoverschen Altstadt entpuppte sich als sehr typisches Lokal seiner Art. Getäfelte Wände mit großen Plakaten, die irische Landschaften und bekannte Musiker wie die Dubliners zeigten, Blechschilder aus den fünfziger Jahren mit Werbung für diverse Whiskey- und Biersorten und aus dem Hintergrund leichte Berieselung mit irischer Musik. »The pipe and the fiddle«, die klassischen Musikinstrumente. Hinter der Theke stand ein bulliger Mann mit dicken schwarzen Augenbrauen, einem Bart und grauer Mähne. Da Richard noch nicht da war, ging Anna zur Theke und bestellte ein Mineralwasser. Der bullige Mann sah sie ungläubig an. Mit starkem Akzent fragte er: »Das ist nicht Ihr Ernst, oder?«

Anna errötete unter seinem vorwurfsvollen Blick. »Das trinke ich nur, solange mein Freund noch nicht hier ist.« Warum eigentlich rechtfertigte sie sich? Dumme Angewohnheit.

Der Wirt lächelte, und sein eher grobes Gesicht veränderte sich schlagartig. »Sorry, no offense meant. Ich bin übrigens Malachi McLaughlin, der Pächter von diesem Laden. Aber Malachi reicht.«

»Anna.«

Der Wirt streckte ihr seine dicht behaarte Pranke entgegen und drückte ihre Hand kräftig. In diesem Augenblick betrat

Richard den Pub. Er steuerte auf Anna zu und zog sie fast schon grob von der Theke weg.

»Zwei Jameson!«, rief er dem Wirt zu und führte Anna zielstrebig in eine etwas schummerige Ecke. »Muss ja nicht jeder hören, was wir beide bereden«, brummte er.

»Bist du etwa schlecht gelaunt?« Anna versuchte scherzhaft zu klingen.

»Nicht wirklich.« Richard sah sie mit einem merkwürdigen Blick an. »Du musst es mir nicht sagen, du hast Schumann das Buch gegeben. Aber das ist okay.«

»Wie bitte?« Anna hatte eine Tirade erwartet.

Doch Richard grinste auf einmal und sagte: »Ja, wirklich, das Problem hat sich erledigt. Soll der Kommissar sich doch damit herumschlagen und raten, weshalb uns Daniel dieses Ding geschickt hat. Steht denn irgendwas darin, was bemerkenswert erscheint?«

Anna traute ihren Ohren kaum. Sie stotterte, als sie ihm antwortete: »Nein, nein, nicht direkt. Schon ganz spannend, was der Irishman da schreibt, vor allem das, was er über eine Geheimorganisation von sich gibt. Und dann ein paar Szenen aus dem Kloster, die sind auch ganz interessant.«

»Um was geht es denn genau?« Der Whiskey war inzwischen serviert worden, und Richard trank das Glas in einem einzigen Zug aus.

Anna nippte nur. Eigentlich mochte sie keinen Whiskey. Aber immer noch besser als Guinness. »Nun ja, es geht um acht alte keltische Druidenmasken, die von der Tante dieses Irishman entdeckt und aufbewahrt worden sind. Sie hat sie dann ihrem Neffen anvertraut, der diese uralten Ritualgegenstände vor dem Zugriff bestimmter Menschen retten sollte. Die Masken sind laut einer alten Legende mit einem Fluch belegt. Wer sie widerrechtlich in Besitz nimmt oder missbraucht – was immer das bedeuten soll –, den wird Unheil treffen. Diese sammelfreudige Tante hat die Masken von einem Mönch anvertraut bekommen, sich ihrer also nicht widerrechtlich bemächtigt. Aber dann sind in ihrem Umfeld einige Menschen gestorben, und sie fürchtete den Fluch der Kelten. Ihr Neffe sollte diesen Schatz in ein Kloster nach Deutschland bringen, was ihm nach ziemlichen Abenteuern wohl auch gelang.«

»Weshalb ausgerechnet dieses Kloster?«, fragte Richard, der ihr zugehört hatte, ohne sie zu unterbrechen.

»Dort hat wohl ein Gelehrter gelebt, der sich mit den gälischen Sprachen befasst hat. Und da das Buch dort gefunden wurde, liegt es nahe, dass dieses Kloster nicht Loccum oder ein anderes Kloster in der Region, sondern Warnstedt war.«

Richard nickte nachdenklich, dann winkte er einem jungen Mann zu, der Bestellungen entgegennahm und dabei elegant um die dicht besetzten Tische kurvte. »Noch einen Jameson!« Er wandte sich wieder an Anna. »Aber wo genau hat dein irischer Wanderer diese Masken nun versteckt?«

»Er sollte sie nur für einige Zeit aus der Schusslinie retten und sie dann irgendwann wieder zurückbringen. Seine Tante wollte sie Irland als Kulturerbe vermachen. Aber irgendetwas ist womöglich schiefgegangen.« Anna trank vorsichtig einen Schluck Whiskey.

Richard leerte sein zweites Glas wieder in einem Zug. »Das glaube ich nicht. Wahrscheinlich liegen sie irgendwo auf diesem Klostergelände oder in der Nähe.«

Anna schüttelte den Kopf. »Das ist mir noch nicht wirklich klar geworden. Ich hoffe noch auf Hinweise, ob er die Masken wieder zurück nach Irland gebracht hat oder sie in Deutschland versteckt hat – wenn sie nicht längst entdeckt wurden und verschwunden sind.«

Richard kratzte sich am Kinn. Er hatte sich mehrere Tage nicht rasiert, was ihn verwegen aussehen ließ. Allerdings fand Anna ihn ohne Dreitagebart attraktiver. Sie schob diese Gedanken beiseite und konzentrierte sich wieder.

»Ich wette, dass sie nicht wieder zurück nach Irland gelangt sind«, sagte er. »Denn warum würden sich Daniel und offensichtlich auch andere Leute für dieses Buch interessieren, wenn nicht die Chance besteht, dass sie noch hier irgendwo zu finden sind?«

Anna nickte. »Du hast recht. Ich werde mir das Buch noch mal vornehmen müssen. Ich habe es auf meinem Computer und auf einem Stick. Es fehlen allerdings einige Seiten, und auf den Scans sind die Illustrationen leider nur sehr verschwommen zu erkennen. Ich fürchte, dass die für diese etwaige Schatzsuche nicht unwichtig wären.« Sie trank ihr Glas aus. »Aber jetzt bist du dran. Weshalb willst du das Buch plötzlich nicht mehr haben? Das kommt mir zwar nicht irisch, aber spanisch vor!«

Richard druckste einen Augenblick herum. Doch dann gab er sich einen Ruck. »Ich muss gestehen, dass ich auf einmal festgestellt habe, dass ich ziemlich große Steuerrückzahlungen leisten muss. Und da fiel mir ein, dass sich bei mir ein Mann gemeldet hat, der sich sehr für etwas ausgefallenere alte Bücher interessiert. Tja, ich gebe zu, dass ich tatsächlich überlegt hatte, ihm das Buch zu verkaufen. Solche Bücher bringen mehr Geld, als man meinen möchte, zumal ich es ihm ins Blaue hinein als eine Art Schatzsucher-Roman und Aufarbeitung regionaler Sensationen dargestellt habe.«

Anna sah Richard entsetzt an. »Das habe ich mir doch fast gedacht! Du kannst es nicht lassen!«

Richard seufzte. »Beruhige dich. Ich habe den Deal abgeblasen. Der Käufer war zwar wütend, aber als ich ihm gesagt habe, dass das Buch wohl gestohlen und unter Vortäuschung falscher Tatsachen an mich verkauft worden ist«, er lächelte, »da hat er sich beruhigt und mir alles Gute gewünscht. Ich weiß, dass er selbst öfter mal nicht ganz legale Wege geht, um seiner Sammelleidenschaft zu frönen. Sein Verständnis basiert sicherlich auf eigenen Erfahrungen.« Er verzog das Gesicht. »Mir sind allerdings fünfzehntausend Euro durch die Lappen gegangen. Aber mein Gewissen ist rein, und du kannst dich abregen.«

Anna konnte seine gute Laune nicht nachvollziehen. »Mit solchen Leuten willst du Deals abschließen und hättest sogar das Buch, das dir gar nicht gehört, verscherbelt?« Sie kochte innerlich. Doch Richard blieb ruhig.

»Ja, ich hätte es fast wieder getan. Aber wie du siehst, bin ich darüber hinweg. Es war nur eine kurze Versuchung. Ich bin zufrieden, wie es jetzt läuft, und nächsten Monat werde ich wieder eine Woche lang für ›Gutes für Geld‹ arbeiten. Da verdiene ich, wie du weißt, nicht schlecht.«

Sein Auftreten bei »Gutes für Geld« hatte nur eine Schattenseite: Er wurde immer öfter auf der Straße erkannt und von Menschen angesprochen, die ihn um ein Gutachten baten, »ganz privat«. Er hatte das zunächst abgelehnt, doch Anna wusste, dass er inzwischen mit dem Gedanken spielte, eine Art Sprechstunde einzurichten, in der ihm Kunden Gegenstände vorbeibrachten und er sie über den Wert dieser oftmals auf Dachböden, bei Haushaltsauflösungen und in Kellern entdeckten Objekte aufklärte. Gegen ein geringes Entgelt natürlich. Manche Museen berieten ja auch Privatleute in Zweifelsfragen zu Bildern. Und Anna war als Gutachterin ebenfalls häufig gefragt.

»Was hat deinen Sinneswandel herbeigeführt? Dein Gewissen?« Anna war immer noch empört.

Unwillig antwortete er: »Mach doch nicht so einen Aufstand. Ich habe es ja nicht verkauft.«

»Du hast mich angelogen und wolltest das Buch hinter meinem Rücken verhökern. Richard, es reicht mir! Und wie, bitte, hättest du Schumann das Verschwinden des Buches erklärt?«

Richard schluckte. »Ich … hätte einen Einbruch vorgetäuscht, bei dem das Buch aus meinem Laden verschwunden wäre und dazu noch ein paar andere Objekte.«

Anna war entsetzt. Sie hatte eben erst begonnen, ihren Glauben an Richard wiederzugewinnen, und nun das! »Du bist wirklich von allen guten Geistern verlassen. Mir hast du gesagt, dass du dich nicht mehr an solchen Geschäften beteiligst. Dass du mit diesem Teil deines Lebens endgültig abgeschlossen hast. Wenn das aufgeflogen wäre, dann hättest du dein Geschäft verlieren und im Gefängnis landen können. Noch mal Bewährung kriegst du sicher nicht!«

Richard hob beschwichtigend die Hand. »Ich weiß, ich weiß. Total blöde Idee, die ich aber sicherlich rechtzeitig wieder verworfen hätte. Im Übrigen wären die anderen Sachen ja auch wiederaufgetaucht, sodass die Versicherung nichts hätte bezahlen müssen. Nur das Buch wäre halt weg gewesen. Dessen Wert kennt keiner, ein reines Liebhaberobjekt.«

»Schumann hättest du mit diesem billigen Trick sicherlich nicht getäuscht. Der traut dir ohnehin nicht über den Weg. Daniel hätte es nie aus dem Kloster mitnehmen dürfen. Und wir waren uns einig, dass ich es Schumann übergebe, damit er es bald Gremitzer zurückgibt.« Anna brummte der Schädel. Richards Sinneswandel wunderte sie fast noch mehr als sein alberner Plan. »Und was ist nun mit der Steuer? Wie willst du die bezahlen?«

Richard runzelte die Stirn. »Das Geld treibe ich schon irgendwie auf. Ich habe noch Reserven. Eigentlich dachte ich, dass du dich über meine Ehrlichkeit freust und darüber, dass ich tatsächlich keine krummen Dinger mehr drehe.«

Sein Blick erinnerte Anna an ihre Schnauzerhündin Else, die sie als Kind geliebt hatte. Else hatte viel Unheil angestellt, zumal sie sehr tollpatschig gewesen war. Doch man konnte ihr nicht lange böse sein. Wenn Else gespürt hatte, dass sie in Ungnade gefallen war, hatte sie Anna aus ihren sanften Augen so intensiv angesehen, dass sie ihr sofort verziehen hatte. Aber Richard kam ihr nicht so leicht davon. Auch wenn er stolz auf seine sogenannte Ehrlichkeit war.

Anna konnte nicht ahnen, dass Richard am Abend zuvor einen Gang nach Canossa angetreten war und Marlene gebeten hatte, die Summe aufzuteilen. »Die erste Hälfte jetzt, die zweite in zwei Monaten.«

Er hatte kaum zu hoffen gewagt, dass sie darauf eingehen würde, und das sogar ohne Zicken. »Ist gut. Ich bin kein Unmensch, auch wenn du mich für ein Monster hältst. Also, die erste Hälfte gleich, die zweite später. Als Beweis für meinen guten Willen schicke ich dir meine gesammelten Notizen und Fotos zu dem Fall per Einschreiben.« Sie lachte. »Ich erkenne mich selbst kaum. Aber irgendwie möchte auch ich dieses Kapitel rasch abschließen.« Ihre Stimme klang scharf, als sie hinzufügte: »Versuch nicht, mich reinzulegen. Mach's gut und auf Nimmerwiedersehen!«

Wenig später war ihr Handy ausgeschaltet gewesen und Marlene hoffentlich für immer aus seinem Leben verschwunden. Das alles erschien ihm inzwischen wie ein Alptraum, aus dem er mühsam erwacht war. Das Geld würde er schon irgendwie auftreiben und verschmerzen, und seltsamerweise fühlte er sogar Genugtuung dabei. Er hatte sich freigekauft und endgültig alle Brücken zu diesem Teil seiner Vergangenheit abgebrochen. Hoffte er jedenfalls.

Richard stand auf und entschuldigte sich. Anna saß wie betäubt auf ihrem Stuhl. Nur weg von Hannover und diesem Mann, den sie immer noch mochte, der sie aber immer wieder enttäuschte. Sie würde ihre Reise nach Irland vorverlegen und schon am Freitag fliegen.

Sie sah sich in dem Pub um. Es saßen viele jüngere Leute an den Tischen und der Theke. Um einundzwanzig Uhr, in einer halben Stunde, sollte die Live-Musik beginnen. Der Wirt sprach mit dem jungen Mann, der sie bedient hatte. Ein gut aussehender Typ mit rotbraunen Locken. Obwohl die beiden nicht gerade flüsterten, verstand Anna kein Wort. Und dann überkam sie die Erkenntnis, dass sich die beiden auf Irisch miteinander unterhielten. Das Wort »agus« für »und« erkannte sie und den Begriff »fearhainn« für »kräftigen Regen«. Diese beiden Worte und einige Ausdrücke mehr hatte sie bei ihrem letzten Dublin-Besuch aufgeschnappt, als es ständig geregnet hatte und Deirdre von diesem ewigen »fearhainn« sprach, als wäre es eine Person. Die beiden Männer schienen aber kein friedliches Gespräch über das Wetter zu führen. Der Wirt wirkte aufgebracht, der junge Mann versuchte ihn zu beruhigen. Ihre Stimmen dröhnten durch den Pub, und einige Gäste sahen hinüber zur Theke. Da verstummten die beiden jäh, und der Wirt wandte sich wieder seiner Arbeit zu und zapfte Bier.

Anna bemühte sich um die Aufmerksamkeit des Kellners. Beim dritten Anlauf gelang es ihr, und er kam mit einem etwas verlegenen Lächeln zu ihr. An seinem Pullover trug er ein Namensschildchen, auf dem »Ronan« stand.

»Entschuldigung«, sagte er. »Heute ist viel los. Auch wenn

erst Mittwoch ist. Gleich treten die Keilly-Brüder auf, und die sind richtig gut.« Sein Deutsch war fast akzentfrei. Er hatte freundliche grüne Augen und Sommersprossen auf der Nase. Er wirkte sehr jung. Nur die Fältchen um seine Augen verrieten, dass er vielleicht doch nicht mehr Anfang zwanzig war.

Anna lächelte und sagte: »Bitte ein Mineralwasser mit Kohlensäure. Und eine Frage hätte ich noch.«

»Und die wäre?« Ronan erwiderte ihr Lächeln.

»Woher hat dieser Pub seinen ungewöhnlichen Namen? Ich kenne einige Irish Pubs, aber auf ›The Druid's Cove‹ bin ich in Deutschland noch nie gestoßen.«

Ronan wirkte für einen Augenblick unsicher. Anna konnte seinen Blick nicht deuten. Dann antwortete er: »Ach, das ist der Name eines Pubs in den Wicklow Mountains gewesen. Vor langer Zeit war er ein Treffpunkt für Männer, die ihr Land liebten und bereit waren, dafür zu kämpfen. Das ist wirklich schon ewig her, aber wir Iren hängen an alten Geschichten und unseren Traditionen. Außerdem wollte Malachi für seinen Pub einen originellen Namen, der zudem ein bisschen geheimnisvoll klingt.«

Mit einem freundlichen Nicken wandte er sich zum Gehen. Dabei murmelte er etwas vor sich hin. Anna glaubte erst, sich verhört zu haben, aber sie war sich fast sicher, dass er leise gesagt hatte: »Better take your hands off, Anna!«

Begann sie allmählich durchzudrehen?

Flucht nach Irland

Sie hatte es geschafft. Endlich in Dublin! Und am Flughafen wartete Deirdre auf sie.

Anna atmete auf. Die beiden letzten Tage steckten ihr noch tief in den Knochen. Noch bevor Richard wieder an ihren Tisch zurückgekehrt war, hatte sie den Pub verlassen. Ronan bediente in einer anderen Ecke des Lokals, und Malachi stand hinter der Theke, ohne sie eines Blickes zu würdigen. Sie war mit brennenden Wangen und einem Grummeln im Magen nach Hause gehastet. Sie hätte Ronan gerne konfrontiert, aber sie war sich nicht sicher, ob er wirklich genau diese Worte gesagt und dabei sogar ihren Namen genannt hatte. Er hätte es sicherlich abgestritten und sie blamiert. »Verfolgungswahn« würde Richard es nicht zu Unrecht nennen.

In ihrer Wohnung angekommen, hatte sie als Erstes ihren Flug umgebucht. Sie würde morgen Mittag nach Köln fahren, bei ihrer Mutter übernachten und dann mit Aer Lingus nach Dublin fliegen, drei Tage früher als geplant. Sie schrieb Deirdre eine kurze Mail mit der Bitte, sie doch am Flughafen abzuholen, und mit der Frage, ob sie jetzt schon bei Eamon wohnen könne oder sich erst einmal ein Hotelzimmer suchen solle. Die Antwort kam sofort. Deirdre freute sich, das Zimmer bei Eamon war auch schon ab morgen frei. Deirdre fragte nicht einmal nach Annas Gründen, ihre Reise vorverlegt zu haben.

Anna hatte rasch einen kleinen Koffer gepackt. Nur Handgepäck, da sie nicht länger als ein paar Tage bleiben wollte, USB-Stick und Laptop. Das Klingeln ihres Handys ignorierte sie. Auf dem Display leuchtete Richards Nummer auf. Aber sie hatte keine Lust, mit ihm zu sprechen. Das Erlebnis im Pub lag ihr immer noch im Magen. Die Parallele der Namen der beiden Pubs in Irland und in Hannover war wirklich ein merkwürdiger Zufall. Oder kein Zufall?

Sie hatte den Pub vor ihrem inneren Auge noch einmal Revue

passieren lassen. Er war eigentlich eine ganz normale irische Kneipe. Wobei ihr eines aufgefallen war: An der Wand hinter der Theke hingen Poster mit den Texten einiger Lieder, die ihr bekannt vorkamen, darunter »Erin go bragh« und »Irish Citizen Army«, ein Lied über den Sozialistenführer James Connolly, und ein Song über das legendäre Gefängnis Long Kesh, in dem Mitglieder der IRA gefangen gehalten wurden. Alles Lieder, die als Rebel Songs galten, als irische Rebellenlieder. Und mit dabei war auch das Lied, das sie live in Dublin bei einem Konzert der Dubliners gehört hatte, »A Nation Once Again«. Dass Malachi diese Liedtexte in seinem Pub aufgehängt hatte, war nicht illegal, aber es wunderte sie schon, dass so viele dieser Rebel Songs im »The Druid's Cove« einen Ehrenplatz einnahmen. Sie dachte an das Büchlein des Irishman mit seiner Erwähnung des Pubs in Dumfridge und auch an Ronans Worte: »Ein Treffpunkt für Männer, die ihr Land liebten und bereit waren, dafür zu kämpfen.«

Ronans Beschreibung des Pubs von Dumfridge entsprach fast wörtlich der Beschreibung des »Druid's Cove«. Erst im Nachhinein war ihr das bewusst geworden. Der junge Mann begann sie zu interessieren. Aber erst wollte sie sich in Dublin von all diesen Ereignissen der vergangenen Tage lösen, einen Schlussstrich ziehen. Sie hatte Hans Schumann noch eine Nachricht geschickt, dass sie nun für einige Tage nicht in Hannover, aber im Notfall erreichbar sei.

Die Zugfahrt nach Köln war ereignislos verlaufen, und der ICE war nur zehn Minuten verspätet gewesen. Sie verbrachte einen ruhigen Abend bei ihrer Mutter und besuchte kurz ihre Patentante, die zwar im Rollstuhl saß, aber geistig reger denn je wirkte. Im vergangenen Herbst hatte ein Einbrecher ihr Haus heimgesucht, aber dieses Abenteuer schien ihre Lebensgeister seltsamerweise neu geweckt zu haben. Sie plante für das Frühjahr einen längeren Besuch im Ith, um ihre alte Freundin Carola von Rödelshausen zu treffen, und sprach davon, auf keinen Fall die große Ausstellung mit Werken von Mantegna und Bellini in Berlin zu verpassen.

Richard hatte sie mindestens zehnmal anzurufen versucht. Aber sie hatte ihr Handy im Düsseldorfer Flughafen ausgeschaltet und machte es erst wieder an, als sie in Deirdres Wagen saß.

Deirdre plauderte während der Fahrt in die Stadt munter über ihre Recherchen über das Leben ihres Vorfahren Reginald Fitzgibbon und berichtete Anna, dass sie am späteren Abend von Desmond auf einen Drink in einem Pub erwartet wurden. Anna fühlte, wie ihr Herz einen kleinen Sprung machte.

Eamon Caseys Haus lag in einer ruhigen Nebenstraße unweit der O'Connell Street. Ein weißes Gebäude mit einer dunkelgrünen Eingangstür. Ein Löwenkopf diente als Türklopfer und Verzierung zugleich. Deirdre klingelte, anstatt den Löwenkopf zu betätigen, und wenige Sekunden später öffnete sich die Tür. Eamon, Desmonds jüngerer Bruder, war mittelgroß und schlaksig, hatte dunkle Haare mit ersten grauen Strähnen an den Schläfen, wache graublaue Augen hinter Brillengläsern und ein freundliches, offenes Lächeln. Weniger attraktiv als Desmond, aber keineswegs uncharmant.

Er begrüßte sie herzlich und führte sie in ein helles, warmes Wohnzimmer mit hohen Regalen voller Bücher. Auf einem niedrigen Tisch warteten ein Teegeschirr und eine Schale mit Keksen, eine Stehlampe in der Ecke spendete gedämpftes Licht. Alles sehr heimelig und ansprechend. Anna gelang es, einen kurzen Blick auf die Bücherwände zu werfen, und sah ganze Reihen mit Bänden über irische Geschichte, irische Kunst und vor allem mit Veröffentlichungen irischer Autoren, von Theaterstücken eines Sean O'Casey bis zu den Kurzgeschichten von Frank O'Connor und Liam O'Flaherty. Offenbar teilte Eamon das Interessengebiet seines älteren Bruders. Auffallend viele prunkvolle Bildbände über die Kunst der Kelten, irische Künstler des 19. Jahrhunderts und irische Sehenswürdigkeiten füllten das unterste Regal.

Eamon strahlte Anna an. »Endlich treffen wir uns. Ich habe schon sehr viel von dir gehört. Derzeit schreibe ich zwar an einem Buch, aber ich hoffe, dass wir ein bisschen Zeit miteinander verbringen können. Mich interessiert, was du machst und vor allem, was du erlebt hast.« Er hatte einen ganz leichten irischen Akzent mit melodischen Schwingungen. Anna mochte ihn auf Anhieb.

Die nächste Stunde verging höchst angenehm, und Anna entspannte sich zusehends. Es war die richtige Entscheidung gewesen, schneller als geplant hierherzukommen. Sie hatte vor, am nächsten oder übernächsten Tag einen Wagen zu mieten und in die Wicklows zu fahren. Glendalough stand fest auf ihrem Programm. Und vielleicht konnte sie auch Fleetwood House und den Ort Dumfridge besuchen. Möglicherweise konnte ihr Deirdre helfen, ein paar Rätsel zu lösen. Vor allem, was die Identität der Tante und ihres Neffen betraf.

Während sie genüsslich ihre zweite Tasse Tee trank, erzählte Eamon von den Plänen für sein neues Buch, in dem es um ein Geisterhaus in der Nähe von Cork und eine Gruppe Jugendlicher ging, die dort mit einer Reihe sonderbarer Phänomene konfrontiert wurde. »Die Geschichte basiert auf einer alten Sage«, erklärte er. »Sagen sind meine Lieblingsquellen für meine eigenen Bücher. Und diese ist noch sehr lebendig. Ein ähnliches Spukhaus gibt es wirklich. Da muss ich gar nicht mühsam nach Stoff suchen.«

Anna hörte ihm aufmerksam zu. Sie mochte seine Begeisterungsfähigkeit.

Nach der Teestunde zeigte er Anna ihr Zimmer im zweiten Stock. Klein, aber hell mit einem nagelneuen Badezimmer. Eamon vermietete insgesamt drei Zimmer. Die beiden anderen waren noch frei, aber er erwarte, wie er ihr sagte, am Samstag, spätestens am Sonntag zwei Gäste.

Anna begann die wenigen Kleidungsstücke, die sie mitgebracht hatte, in der Kommode zu verstauen, hielt aber mittendrin inne. Plötzlich war sie hundemüde. Als sie sich gerade auf das verlockend breite Bett gelegt und ihre Augen geschlossen hatte, klingelte wieder ihr Handy. Diesmal nicht Richard, sondern eine ihr nicht bekannte Nummer mit deutscher Vorwahl. Etwas widerwillig nahm sie den Anruf entgegen.

»Frau Bentorp?«, sagte eine leicht atemlose Stimme. »Gut, dass ich Sie erreiche. Hier ist Roswitha Ebersberg.«

Anna zuckte zusammen. Jetzt erkannte sie die Stimme. Roswitha Ebersberg aus dem Kloster Lüne. Ehe sie nach dem Grund des überraschenden Anrufs fragen konnte, fuhr Roswitha Ebersberg schon fort.

»Frau Bentorp, mein Neffe Felix hat mich gestern angerufen. Er hat irgendetwas von einem Geheimnis in Kloster Warnstedt geredet. Ich habe nicht viel davon verstanden. Aber dann hat er gesagt, dass er sich bedroht fühlt. Seine beiden Freunde, Karl Hegemann und Daniel Piehlau, sind ja ermordet worden. Er sei der Nächste, hat er gesagt. Aber als ich ihm daraufhin geraten habe, sich sofort an die Polizei zu wenden, hat er geantwortet, dass ginge nicht. Er habe sich auf etwas eingelassen, das ihm über den Kopf gewachsen sei. Er müsse untertauchen.« Roswitha Ebersberg schluchzte. »Ach, der dumme Junge! Ich hatte doch geahnt, dass er mehr von diesem Bücherdiebstahl weiß, als er zugibt. Er gerät ständig in irgendwelche Schwierigkeiten.«

Anna gelang es, die alte Dame zu unterbrechen. »Und was für ein Geheimnis ist das?«

»Er hat irgendetwas von einem Buch gemurmelt, das Daniel Piehlau für ihn finden und ihm aushändigen sollte. Aber Daniel hat das Buch wohl an sich genommen. Das Buch sei inzwischen bei Ihnen, Frau Bentorp. Felix hat wohl etwas entdeckt, was damit zu tun haben könnte. Dann ist unser Gespräch abgerissen. Das war wie gesagt gestern. Seitdem erreiche ich ihn nicht mehr.«

»Liebe Frau Ebersberg, ich kann Ihnen nur raten, möglichst schnell Kommissar Schumann in Hannover zu informieren. Er hat das Buch mittlerweile von mir bekommen. Ich bin gerade in Irland, um ein paar Tage bei Freunden Abstand von dieser Geschichte zu gewinnen.« Anna verriet Roswitha Ebersberg natürlich nicht, dass sie das Buch inzwischen selbst schon gelesen hatte.

»Vielleicht meldet er sich bei Ihnen.« Roswitha Ebersberg seufzte abgrundtief. »Er hat Ihre Handynummer von mir erfragt. Ich weiß nicht, was in ihm vorgeht und was genau hinter dieser ganzen Sache steckt. Ich habe nur fürchterliche Angst, dass er in Gefahr ist. Felix ist kein böser Mensch, aber er hat die Neigung, sich manipulieren zu lassen, hat ständig Geldsorgen und trifft dann falsche Entscheidungen.«

»Vielleicht ruft er mich ja tatsächlich an«, sagte Anna. »Ich bin nächste Woche wieder zurück in Hannover und werde dann gleich mit Kommissar Schumann sprechen. Aber falls Felix bei Ihnen auftaucht, dann ermahnen Sie ihn bitte, keine Spielchen zu spielen, sondern sich wirklich bei Schumann zu melden.«

Roswitha Ebersberg bedankte sich, und Anna legte auf. Felix Meinrad sollte nicht auch noch ihr Problem werden. Aber es interessierte sie schon, was der Junge entdeckt haben könnte. Schumann hatte ihr zwar nichts verraten, aber Felix schien in dieses Klosterdrama involviert zu sein. Ganz glimpflich würde er nicht davonkommen. Aber besser vom Gesetz einkassiert zu werden, als einem Mörder in die Arme zu laufen.

Schumann ließ noch immer alle Mülldeponien rund um das Steinhuder Meer und in Hannover samt Umgebung nach den Büchern absuchen. Wie Anna wusste, hatte Felix mit Karl unter einer Decke gesteckt, und es war Anna nicht ganz verständlich, weshalb Schumann den Jungen hatte laufen lassen. Sein erneutes Untertauchen erschwerte die Lösung des Falls natürlich noch mehr. Zudem zeigten ja die kryptischen Äußerungen gegenüber seiner Tante, dass er mehr wusste, als er bisher preisgegeben hatte.

Anna schob diese Überlegungen beiseite. Zeit, Desmond zu treffen. Eamon sah sie nicht, als sie die schmale Treppe hinunterging. Sicherlich saß er wieder an der Recherche für sein neues Jugendbuch. Seit er seine Pension eröffnet hatte, besaß er mehr finanzielle Sicherheit und konnte sich auf das Schreiben konzentrieren. Nach dem Jugendbuch plante er, wie er Anna stolz erzählt hatte, Drehbücher für die Verfilmung zweier seiner früheren Jugendromane zu verfassen. Er hatte die Rechte an eine britische Fernsehproduktionsfirma verkauft, die diese

Romane gemeinsam mit einer irischen Gesellschaft verfilmen wollte. »Brexit hin oder her«, meinte Eamon.

Deirdre erwartete Anna vor dem Haus. Der Pub, in dem sie sich mit Desmond treffen sollten, lag nicht im legendären Temple-Bar-Distrikt, sondern um die Ecke von Eamons Haus.

»Paddy's Cave« sah von außen eher unscheinbar aus, aber innen erinnerte er Anna an »The Druid's Cove« in Hannover. Solide Holzmöbel, zahlreiche Poster an den Wänden, allerdings keine Plakate mit Texten irischer Rebellensongs und hinter der Theke ein schmächtiger Mann mit Glatze, der Anna und Deirdre mit einem freundlichen »Dia duit!« begrüßte.

»Das ist Conan«, erklärte Deirdre. Automatisch dachte Anna an Arnold Schwarzenegger in der Rolle von Conan der Barbar.

Conan bemerkte ihr leises Schmunzeln und sagte mit breitem Dubliner Akzent: »Ganz recht. Ich bin eher Conan der Zwerg.« Anna wurde rot. Und Conan lachte herzlich. »Sláinte!« Er schob ein Glas Whiskey über den Tresen.

Anna wurde aus dieser etwas peinlichen Situation erlöst, als die Tür aufging und Desmond hereinkam. Sie schluckte. Was war der Mann attraktiv! Sein Bruder Eamon sah ja auch nett aus, aber im Vergleich mit Desmond wirkte er farblos. Desmond begrüßte Deirdre und sie mit einer Umarmung und beteuerte, wie traurig er gewesen sei, dass er Anna nicht in Hannover getroffen habe.

»Aber das Seminar zog sich länger hin als gedacht. Ich hatte keine Ahnung, wie viele Menschen in Deutschland für Irland schwärmen. Und das große Thema war natürlich der Brexit und die Überlegung, ob dadurch die alten Wunden der Konflikte aus dem 20. Jahrhundert wieder aufbrechen.« Desmond sah Anna forschend an. »Was meinst du?«

Anna nickte. »Leider fürchte ich auch, dass da einiges auf euch Iren zukommt.« Keine sehr geistvolle Antwort, aber sie wollte sich nicht sofort in eine politische Diskussion verstricken lassen. Dazu fühlte sie sich nicht kompetent genug.

Aber dann verlief der Rest des Abends ohne politische Diskussionen. Anna befragte Desmond vorsichtig nach der Bedeutung irischer Symbole und ihrem Wert für das moderne Irland. Er holte weit aus und erzählte von der irischen Frühgeschichte, von den Hochkönigen, dem frühen Christentum, den letzten Druiden, von Barden und von der Wiederentdeckung des irischen Kulturerbes zur Zeit der sogenannten Irish Renaissance um 1900. Es fielen Namen wie William Butler Yeats, Lady Augusta Gregory, John Millington Synge und George William Russell. Anna brummte der Schädel. Eigentlich hatte sie sich nur einige Informationen über keltische Relikte in Irland von Desmond erhofft, doch nun überschüttete er sie mit der ganzen Wucht seines Wissens.

Plötzlich spürte sie, wie müde sie war, und gähnte unterdrückt, Deirdre sah es und wandte sich an Desmond. »Ich glaube, du hast unserem Gast jetzt genügend Unterricht in irischer Kulturgeschichte gegeben. Anna kann ja morgen ins Museum gehen und keltische Objekte aus der Nähe ansehen.«

Desmond blickte Anna ein wenig reumütig an. »Tut mir leid, dass ich etwas übereifrig war. Aber weshalb interessierst du dich gerade für die Druiden und die Objekte aus dieser Epoche?«

Anna winkte ab. »Ich dachte immer, ich wüsste einiges über Irland, aber ich merke schon, dass ich noch reichlich lernen muss. Gerade dieses Nebeneinander von vorchristlichen Kulten und Christentum finde ich spannend.«

»Das ist ein sehr weites Feld. Was man alles in den Mooren gefunden hat, gehört auch dazu. Ein bisschen wie diese Geschichte vom Moormann, von der mir Deirdre erzählt und über die ihr Urururgroßvater in seinen Notizbüchern geschrieben hat. Soviel ich weiß, Anna, warst du da auch irgendwie engagiert.« Desmond grinste. »Aber ich werde mir noch ein paar Sachen für die nächsten Tage aufheben. Morgen gebe ich, obwohl Samstag ist, ein spezielles Seminar für meine Doktoranden, unter anderem über den Old Croghan Man, dessen Überreste man in einem Moor im County Offaly gefunden hat. Die Leiche ist zweitausend Jahre alt, sein Tod muss ziemlich schaurig gewesen sein. Falls du morgen wirklich ins National

Museum gehst, kannst du diese zerstückelte Moorleiche eines von Druiden geopferten Aristokraten gerne betrachten.«

Anna stand kurz davor, Desmond von dem Buch des Irishman zu erzählen. Aber sie hielt sich zurück. Deirdre könnte ihr sicherlich dank ihres Zugangs zu alten Archiven und der Bibliothek des Trinity College, für das einst ihr Vorfahre gearbeitet hatte, bei der Frage nach der Identität von Tante und Neffe helfen. Womöglich gab es über den Aufenthalt des Iren auch Dokumente in Kloster Warnstedt, aber sie wusste nicht, wo sie diese finden könnte. Das Archiv des Klosters wurde ebenso wie die Bibliothek in andere Räume verlagert und war wahrscheinlich im Moment schwer zugänglich. Sie musste dringend mit Alfons Gremitzer sprechen. Dessen Sorge galt aber derzeit wohl vor allem den gestohlenen Büchern. Das von Daniel »entliehene« Büchlein des Irishman zählte nicht zu den verschollenen Werken und würde demnächst zurück ans Kloster gehen.

Der Abend im Pub klang harmonisch aus, und Desmonds Abschied verhieß ein baldiges Wiedersehen. Conan rief ihnen ein herzliches »Slán!« hinterher, als sie auf die Straße traten.

Als Anna die steile Treppe zu ihrem Zimmer hinaufstieg, hörte sie Eamon telefonieren. Er sprach Irisch. Beide Brüder beherrschten diese Sprache offenbar sehr gut. Vielleicht könnte sie ja ein paar Redewendungen lernen. Seine Stimme verfolgte sie die Treppe hinauf. Er klang aufgeregt, fast nervös. Mit wem mochte er zu so später Stunde kommunizieren? Aber das ging sie nichts an und seine Stimmung auch nichts.

Anna war zu erschöpft, um noch zu lesen, und schlief sofort ein. Gegen drei Uhr morgens wurde sie wach, als ein Auto vor dem Haus hielt und eine Wagentür zuschlug. Dann hörte sie die Haustür leicht quietschen. Aha, offenbar waren die beiden anderen Hausgäste eingetroffen. Sie vernahm im Halbschlaf zwei Männerstimmen, dann sank sie zurück in ihre Träume. Am Morgen erinnerte sie sich an keinen einzigen mehr davon.

Sie trank ihren Kaffee allein am reich gedeckten Esszimmertisch. Rühreier mit Speck, zwei Stück Toast und drei Tassen Kaffee waren für sie ein opulentes Mahl. Eamon ließ sich nicht blicken, und auch die beiden anderen Gäste zeigten sich nicht. Wahrscheinlich schliefen sie noch.

Nachdem sie gefrühstückt hatte, fuhr Anna zum National Museum in der Kildare Street. Staunend stand sie vor Moorleichen, keltischem Schmuck und Waffen. In der sogenannten Schatzkammer verharrte sie lange vor den fein ziselierten Broschen, Kelchen und Bischofsstäben aus der Frühzeit des irischen Christentums. Fasziniert betrachtete sie in einem anderen Teil des Museums frühere Zeugen irischer Geschichte, Jahrhunderte, ehe die Kelten ins Land kamen. »The Flint Mace Head« aus Newgrange war siebentausend Jahre alt, ein keulenförmiges Gebilde aus Feuerstein, dessen eine Seite ein Gesicht mit geöffnetem Mund und angedeuteten Augenhöhlen zeigte. Dieses Gesicht erinnerte Anna an die Masken aus viel späterer Zeit. Lange stand sie vor diesem Zeugen aus der Jungsteinzeit. Im Jahre 1952 war dieses Objekt in einer unterirdischen Grabkammer in Newgrange entdeckt worden. In dem wie zu einem Schrei aufgerissenen Mund hatte wohl ein hölzerner Griff gesteckt. Auch dies ein Kultobjekt, den Göttern jener Zeit gewidmet. Was für Riten und Schicksale mochten sich mit diesem Relikt wohl verbinden! Ein Schauder lief ihr über den Rücken.

Als sie den Fund aus Newgrange betrachtete, kam ihr ein Satz aus dem Buch des Irishman in den Sinn, den sie beim Durchblättern im hinteren Teil gefunden hatte: »Der Wert der Masken liegt weniger in ihrem Material oder in ihrer Ästhetik als vielmehr in ihrem Alter und ihrer Geschichte. Der Geist zählt, nicht die Materie.«

Anna schrak zusammen, als sich plötzlich eine Hand auf ihre Schulter legte. Sie fuhr herum. Hinter ihr stand Eamon mit seinem liebenswerten Lächeln.

»Deirdre hat mir gesagt, dass du im Museum bist. Ich habe dich gesucht, weil ich gerne mit dir lunchen würde.« Eamon trug eine alte Jeans und einen abgewetzten Pullover. Dazu abgeschabte Schuhe und dunkelrote Socken, die zwischen Schuh und Hosensaum aufblitzten. Desmond würde wahrscheinlich niemals so herumlaufen. Aber Eamon schien sein Äußeres egal zu sein.

Seine Augen hinter den Brillengläsern funkelten vergnügt, als Anna seine Einladung erfreut annahm. Sie gingen in das Café im Museumsgebäude. Beide wählten eine Quiche, Eamon trank dazu ein leichtes Bier, Anna Mineralwasser. Es war einfach, mit Eamon zu plaudern. Er wollte mehr über ihre Abenteuer im Brester Moor erfahren und über ihre Erlebnisse in den Höhlen des Ith, die Deirdre ihm gegenüber erwähnt hatte. Ihn interessierten die alten Sagen, die sich mit diesen Orten verbanden. Fast entschuldigend sagte er: »Ich gelte schon als Märchenonkel, weil ich Landschaften immer durch ihre Legenden erleben möchte. In Irland wimmelt es von solchen Geschichten, und jede Region hat ihre eigenen Elfen und Kobolde.«

»Aber ihr habt auch weniger freundliche Geschichten«, sagte Anna. »Der Old Croghan Man oder der Clonycavan Man, die man beide im Moor gefunden hat, hatten ein recht grausames Schicksal.«

Eamon schwieg einen Augenblick. Dann erwiderte er: »Sie galten in ihrem Volk als Versager. Sie hätten als die Herrscher ihrer Stämme für gutes Wetter und damit für gute Ernten sorgen müssen. Aber beides ist nicht eingetreten. Das Volk hungerte, und deshalb hat man sie geopfert. Um die Götter wieder freundlich zu stimmen.«

Als Eamon das sagte, sah Anna in seinen an sich so sanften Augen etwas aufblitzen, das sie nicht einordnen konnte. Eine Härte, eine Überheblichkeit. Doch ehe sie darüber nachdenken konnte, lächelte er wieder.

»Aber du hast recht. Das waren sehr grausame Rituale. Die Macht der Druiden war groß, und vielleicht hat der eine oder andere von ihnen sie aus sehr menschlichen Trieben wie Rache oder Machtgier ausgenutzt.«

Am Nachmittag war Anna mit Deirdre verabredet. Gerne hätte sie eine Vorlesung oder ein Seminar von Desmond besucht. Aber das erschien ihr dann doch zu aufdringlich. Er wollte mit ihr am Montag, seinem vorlesungsfreien Tag, einen Ausflug nach Malahide unternehmen. Der Montag war der St. Patrick's Day, der höchste irische Feiertag. Wahrscheinlich würden dann die Straßen überfüllt sein mit Ausflüglern. Aber Anna würde diesem Chaos entgehen und bereits am Sonntag nach Glendalough fahren. Desmond hatte sich entschuldigt. Leider könne er sie nicht begleiten, da er über das Wochenende einige Referate seiner Doktoranden durchsehen müsse.

Sie nahm ihren Laptop mit und fuhr mit dem Bus drei Stationen an der Liffey entlang. Deirdre bewohnte einen ausgebauten Dachboden in einem alten Haus im Temple-Bar-Bezirk. Einen einzigen riesigen Raum mit einer kleinen Küche am einen Ende, einer Schlafcouch am anderen, versteckt hinter einem dunkelgrünen Vorhang. Das Bad befand sich hinter einer Regalwand. Jeder freie Zentimeter, so schien es Anna, war mit Büchern bedeckt. Zwischen den Dachstreben ein paar kleine Fenster und zwischen den Bücherregalen ein alter Kleiderschrank, eine Kommode und ein Wäscheständer, auf dem mehrere Paar Socken zum Trocknen hingen. Über dem Bett war an der Wand ein bisschen Platz; dort hing eine Landkarte Irlands aus dem ausgehenden 18. Jahrhundert.

Anna war im vergangenen Herbst schon einmal hier gewesen. Seither hatte sich nichts verändert. Nur in der Küche stand ein neuer Kühlschrank, bedeckt mit Stickern und Magneten. Aber immer noch verschloss Deirdre nie ihre Wohnungstür.

»Hier ist noch nie was passiert, und ich fühle mich sonst gefangen«, waren ihre Argumente. Deirdre kochte Tee, und Anna berichtete ihr von ihrer Begegnung mit Eamon im Museum.

»Ja, er hat dich gesucht. Er hat wohl ein schlechtes Gewissen, dass er dich nicht bemuttert. Das Frühstück macht er auch nicht selbst, sondern die alte Cathleen, die seit vielen Jahren für seine Familie arbeitet und auch die Mutter von Desmond und Eamon bis zu ihrem Tod betreut hat. Eine sonderbare alte Frau, die immer so aussieht, als würde sie ein schreckliches Familiengeheimnis hüten. Ich glaube, sie weiß gar nicht, wie man lacht.«

Anna hatte die alte Frau nur flüchtig gesehen, als sie ihr eine

Kaffeekanne vor die Nase gestellt und sich dann mit einem »Have a nice day!« wieder verzogen hatte.

»Gibt es denn ein Familiengeheimnis?«

»Anscheinend ja. Aber ich habe keine Ahnung, aus welchem Jahrhundert das stammt.« Deirdre grinste. »Jede Familie hat ihre Geheimnisse, und die von Reginald versuche ich ja gerade zu enträtseln.«

»Wie gut kannte Reginald eigentlich seine angeheiratete Verwandtschaft?«, fragte Anna. Es war höchste Zeit, Deirdre einzuweihen und sie zu bitten, ihr bei der Suche nach den Namen des Neffen und der Tante zu helfen. Immerhin hatte sie ja schon einen Hinweis von ihr auf einen geheimnisvollen Neffen und auf eine Nachricht aus Deutschland bekommen.

Deirdre sah Anna etwas überrascht an. »Wie kommst du ausgerechnet auf diese Frage? Er erwähnt diesen einen Neffen kurz und gelegentlich eine Tante, die nach dem Tod ihres Mannes draußen auf dem Anwesen von John Waterstone in der Nähe von Glendalough lebte. Sie ist zehn Jahre vor Reginald gestorben. Man munkelte damals, es sei kein natürlicher Tod gewesen.«

»Du meinst, da hat jemand nachgeholfen?«

»Reginald erwähnt so etwas in einem seiner Notizbücher aus dem Jahr 1830. Es gab wohl eine Fehde zwischen ihr und der Familie eines früheren Freundes ihres Mannes. Es soll auch um wertvolle Gegenstände gegangen sein, die eine ihrer angeheirateten Nichten haben wollte. Die war die Frau eines Engländers – ein wohl recht habgieriger Mann, der sich aber als Liebhaber von Kunst und historischen Zeugnissen ausgab und behauptete, Artefakte vor dem Untergang retten zu wollen.« Deirdre goss Tee in zwei Becher. Sie blickte Anna erwartungsvoll an. »Dir geht doch etwas durch den Kopf. Hast du etwas entdeckt, was dich zu dieser Frage bringt?«

Anna holte tief Luft. »Deirdre, ich glaube, ich bin da einer ungeheuren Sache auf die Spur gekommen, die du mir vielleicht nicht abnehmen wirst. Mir ist ein Buch in die Hände gefallen, das von einem anonymen ›Irishman‹ verfasst wurde.

Er hat in einem kleinen Kloster in Norddeutschland gelebt – und es könnte sein, dass seine Geschichte mit deiner irischen Verwandtschaft beziehungsweise mit Reginalds angeheirateter Verwandtschaft zu tun hat.«

»Wie das?« Deirdre war blass geworden. »Das wäre wirklich der unglaublichste Zufall, den ich je erlebt habe!«

»Bisher weiß ich weder den Namen des Autors noch den seiner Tante, die er ständig erwähnt. Er aber nennt Reginald seinen Onkel!«

Deirdre starrte Anna an. »Onkel? Was ist das für eine wilde Story?«

Anna überkam ein seltsam feierliches Gefühl. »Weißt du, was ich glaube?«

»Na was?« Deirdre wurde sichtlich ungeduldig.

Anna räusperte sich. »Es könnte sein, dass diese bisher namenlose Tante niemand anderes ist als Elizabeth MacNeill, die Tochter von James MacNeill, der ja für einige Jahre im Ith gelebt hat und dann 1751 verschwunden ist. Seine Tochter hat er damals zurückgelassen. Und eines Tages ist auch sie verschwunden. Keiner weiß genau, wohin sie gegangen ist, wo sie gelebt hat, ob sie Nachkommen hatte. Sie hat wohl nie versucht, mit ihrer deutschen oder schottischen Verwandtschaft in Kontakt zu treten. Spurlos verschollen. Man hat damals nur gerüchteweise gehört, dass sie einen irischen Offizier namens Michael O'Brien in Hannover getroffen hat und mit ihm zusammen Deutschland verließ.«

Anna spürte, wie die Anspannung in ihr stieg. Auch Deirdre, die sonst immer eher ruhig wirkte, kaute nervös an ihrer Oberlippe. Anna stellte ihren Laptop auf den kleinen Schreibtisch, auf dem sich Notizzettel und Kugelschreiber häuften. »Ich habe etwas mitgebracht, und ich brauche deine Hilfe.«

Deirdre rückte näher. »Dein rätselhaftes Buch?«

»Genau, und wenn mich nicht alles täuscht, dann spielt meine verschollene Elizabeth MacNeill alias Elizabeth O'Brien darin eine wichtige Rolle. Sie könnte den Anstoß gegeben haben für all die Abenteuer des Irishman.« Anna steckte den USB-Stick in den Laptop. In diesem Moment klingelte ihr Handy. Schumanns Nummer leuchtete auf dem Display. Zögernd nahm sie das Gespräch an, nichts Gutes ahnend.

»Felix Meinrad ist verschwunden.« Schumann sparte sich jegliche Vorrede. »Ich wollte ihn für morgen einbestellen, konnte ihn aber nicht erreichen. Seine Tante, die ich daraufhin angerufen habe, hat ebenfalls vergeblich versucht, ihn zu kontaktieren. Auch in seiner Wohnung in Hannover ist er nicht, sie hat einen Zweitschlüssel. Dafür hat sie Blut im Bad und auf seinem Kissen entdeckt. Laptop und Handy sind weg. Aber auf seinem Schreibtisch hat sie inmitten des Chaos einen Zettel mit Ihrer Handynummer gefunden, Anna. Frau Ebersberg hat ihm wohl Ihre Nummer gegeben. Hat Felix sich bei Ihnen gemeldet? Was haben Sie mir mal wieder verschwiegen? Hat das etwa mit diesem verdammten Buch zu tun?« Schumann klang ungewohnt aufgebracht und zornig.

Anna antwortete mit leiser Stimme: »Genau das Rätsel versuche ich hier in Irland zu lösen.« Sie beendete das Gespräch und wandte sich an Deirdre. »Wir müssen jetzt wirklich reden.«

Ihr Fluchtversuch nach Dublin war fehlgeschlagen. Sie war dem langen Schatten von Kloster Warnstedt nicht entkommen. Wie hatte sie auch nur so naiv sein können? Sie hätte aus ihrer eigenen Erfahrung wissen müssen, dass Flüchten höchstens Aufschub, aber selten Erlösung bedeutete.

Glendalough

Ihr Gespräch mit Deirdre musste Anna auf den nächsten Abend schieben. Als sie gerade beginnen wollte, ihrer Freundin ausführlicher von den Ereignissen der vergangenen Tage und dem Buch zu erzählen, klingelte es an der Tür, und drei Freunde von Deirdre kamen herein.

»Wer war denn der Typ im schwarzen Kapuzenpullover, der hier gerade wegging?«, fragte einer der drei.

»Hier war niemand«, sagte Deirdre. »Vielleicht hat er sich im Stockwerk geirrt und wollte zu den hübschen Mädels aus Schweden im Stockwerk unter uns.«

Anna stutzte einen Moment, verdrängte die Bemerkung dann aber. Wieder jemand mit einem schwarzen Pullover mit Kapuze? Das musste diesmal wirklich ein Zufall sein.

Nach einem Bier bei Deirdre zogen sie in einen Pub. Die drei Freunde, Alan, Mike und Patrick, waren Amerikaner irischer Abstammung, kamen aus Boston und hatten Deirdre beim Studium in Dublin kennengelernt. Jeden Frühling besuchten sie Deirdre und machten sich danach auf eine große Irlandtour. Diesmal stand vor allem der Norden an. »Ehe der Brexit eine neue Grenze zwischen den beiden Teilen der Insel zieht«, sagte Patrick, der in Boston als Kinderarzt arbeitete. Alan war Lehrer an einem kleinen College und unterrichtete Literaturwissenschaften, und Mike hatte das Architekturbüro seines Vaters übernommen. Drei vergnügte Zeitgenossen, die wahrscheinlich noch lange, nachdem Anna schon müde in ihr Bett gefallen war, irische Urständ feierten.

Anna stand am nächsten Tag früh auf. Eamon bekam sie an diesem Morgen wieder nicht zu Gesicht. Und auch nicht die beiden Gäste in den anderen Zimmern, denen Anna noch immer nicht begegnet war und die sie allmählich für Phantasiegestalten hielt. Es war sehr ruhig in dem kleinen Haus, und auch Eamons

Haushilfe Cathleen sagte außer einem etwas dahingebrummelten »Good morning!« kein weiteres Wort. Schweigend goss sie Anna Kaffee ein und stellte ihr Toast und Rührei vor die Nase.

Deirdre hatte Anna ihr Auto geliehen. Leicht zitternd und zagend, weil sie sich mit dem Linksverkehr nie richtig anfreunden konnte, fuhr Anna los. Doch nachdem sie die Stadt hinter sich gelassen hatte, waren die Straßen verhältnismäßig leer. Nach anderthalb Stunden stellte sie das Auto auf dem großen Besucherparkplatz in Glendalough ab und zahlte eine Parkgebühr, die um diese Jahreszeit nur an den Wochenenden anfiel.

Das Gelände der weitläufigen Klosteranlage rund um den Upper und den Lower Lake lag an diesem kühlen Tag fast verlassen da. Ein kalter Wind strich über die beiden kleinen Seen, die der Anlage ihren Namen gegeben hatten: Glendalough, Tal der zwei Seen.

Als sie den Parkplatz hinter sich ließ und auf das Klostergelände zusteuerte, überkam sie ein leichter Zweifel. Was suchte sie hier eigentlich? Der Irishman hatte auf Glendalough vor allem deshalb hingewiesen, weil seine Tante in der Nähe ein Haus bewohnt hatte, auf einem Hügel unweit der Klosteranlage.

Nun, sie würde zumindest einen Spaziergang an den Seen entlang unternehmen, ein paar Fotos von dem mehr als dreißig Meter hohen berühmten Rundturm machen, natürlich in die Kirche des heiligen Kevin, auch genannt Kevin's Kitchen, hineinschauen und dann in das Nest Dumfridge weiterfahren. Dort wollte sie nach dem Pub suchen, den der Irishman erwähnt hatte und in dem womöglich auch der namenlose Mann ohne Gesicht sein Guinness getrunken hatte. Hätte sie einen Metalldetektor gehabt, hätte sie um den Turm und die Grabsteine schleichen und nach Kirchenschätzen suchen können. Anna schmunzelte. Heidnische Masken waren ihr lieber!

Deirdre hatte ihr versprochen, sich auf die Suche nach dem Namen des Irishman zu machen: »Das dürfte nicht allzu schwer sein, zumal ich ja jetzt weiß, dass dieser Mensch mit Reginald verwandt war. Garantiert gibt es dazu Dokumente.«

Anna bummelte den Pfad am ersten der beiden Seen entlang.

Sie schlug den Kragen ihres Mantels hoch. Im Wind lag noch ein letzter Hauch des Winters. Über dem See kreisten ein paar Vögel, die Wellen kräuselten sich leicht. Eine Atmosphäre absoluten Friedens und heiterer Ruhe. Kaum vorstellbar, dass in den Frühlings- und Sommermonaten hier Tausende von Besuchern umherliefen und am Tag des heiligen Kevin, am 3. Juni, ganze Pilgerscharen das Gelände zwischen den weit verstreuten Klosterruinen und Kevin's Kitchen bevölkerten.

Auf ihrem Weg begegnete Anna ein paar Wanderern, die freundlich grüßten, ein dicker Hund sprang ihr bellend entgegen, und hoch oben am Himmel zog ein Flugzeug seine Bahn. Fast eintausend Jahre hatte das Kloster den Wandel der Zeiten überdauert und immer wieder vor allem den Überfällen von Wikingern getrotzt. Dann, am Ende des 14. Jahrhunderts, zerstörten englische Soldaten die Klostergebäude, und im Jahre 1539 war das Kloster auf Anordnung von Heinrich VIII. wie so viele andere Klöster in seinem Reich geschlossen worden. Er hatte sich von der katholischen Kirche losgesagt, und die Schließung der Klöster spülte viel Geld in seine leeren Staatskassen.

Glendalough besaß eine magische Atmosphäre, vor allem an diesem Morgen, da die turbulente Welt weit entfernt zu sein schien. Abgeschottet und isoliert wie in einer Traumlandschaft schimmerte der See im graugelben Tageslicht, die Wolken warfen tanzende Schatten auf die Hügel, und der hohe Rundturm überragte das Gelände wie der Schlossturm von Saruman aus »Der Herr der Ringe«.

Anna verlor sich in Gedanken an jenen Mönch, der im 5. Jahrhundert hier ein Kloster gegründet hatte. Es war spannend, über die Beweggründe nachzudenken, die ihn hinaus in die Einsamkeit der Wicklow Mountains geführt hatten. Die Motive von Menschen, egal, ob für gute oder schlechte Taten, faszinierten Anna seit jeher. An welcher Stelle trennten sich die Wege zwischen Gut und Böse, wie schmal war die rote Linie dazwischen? Das galt auch für ihren Freund Richard, der im Grunde ein anständiger Mensch war, aber manches Mal zu labil, um sich an seine guten Vorsätze zu halten.

Sie steuerte auf den Rundturm zu, in dessen Nähe der uralte Friedhof lag. Viele Steine waren umgestürzt, aber noch immer erhoben sich die stolzen keltischen Kreuze über das Erdreich. Eine tiefe Stille lastete über diesem Ort. Die friedliche Stimmung verwandelte auf einmal ihre ausgeglichene Laune in ein leises Unbehagen. Es war kurz nach elf Uhr an diesem kühlen Sonntagmorgen. Obwohl das Gelände seit anderthalb Stunden für Besucher geöffnet war, schien sich bisher kaum jemand hierher verirrt zu haben. Sie blickte sich um. Kein Mensch zu sehen. Und dennoch glaubte sie, ein Rascheln vernommen zu haben, das anders klang als das Säuseln des Windes in dem graubraunen Gras rund um die Grabsteine. Der Turm lag verlassen im fahlen Licht. Keine Menschenseele weit und breit.

Wahrscheinlich spielte ihr wieder einmal ihre Phantasie einen Streich, die oft und gerne mit ihr durchging. Zu viele Horrorgeschichten in ihrer Kindheit, zu viele Filme, in denen hinter verfallenen Mauern Ungeheuer kauerten und in Kirchenruinen das Böse lauerte.

»Reiß dich zusammen!«, ermahnte sie sich halblaut. Langsam schlenderte sie an den Grabsteinen vorbei. Sie liebte die keltischen Kreuze. Sie überragten die anderen, fast formlosen grauen Steine, die längst vergessene Gräber aus dem späten Mittelalter markierten. Namenlose Tote, namenlose Seelen.

Anna spürte eine wachsende Melancholie, eigentlich ein sehr irisches Gefühl. Auf einmal drängte es sie, diesen Ort hinter sich zu lassen, weiter nach Dumfridge zu fahren, dort einen Tee zu trinken und danach das Haus von Elizabeth O'Brien zu suchen. Womöglich stand es längst nicht mehr, doch der Platz selbst würde noch existieren. Und es reizte sie sehr, zu erfahren, wo jene Frau gelebt hatte, von deren Existenz sie vage gewusst, aber von der sie nie zu hoffen gewagt hatte, je ihre Spur zu entdecken. Und nun schien sich dieser Kreis zu schließen.

Wieder hörte sie das Rascheln, diesmal ein Stückchen näher. Wieder war niemand zu sehen. Sicherlich würde jeden Moment ein Kaninchen aus dem Busch springen oder eine verwilderte Katze über den Pfad laufen.

Anna ging auf den Ausgang des Friedhofs zu und wandte sich in Richtung Besucherzentrum. Unwillkürlich beschleunigte sie ihre Schritte. Hinter einer leichten Biegung drehte sie sich noch einmal um. Da erblickte sie für den Bruchteil einer Sekunde hinter einem der Hochkreuze eine Gestalt, die aber sofort wieder aus ihrem Blickfeld verschwand. Sollte sie sich getäuscht haben? Sie spähte erneut zu den Kreuzen. Und erneut schien es ihr, als ob sich da im Schatten der steinernen Relikte eine menschliche Gestalt bewegte. Ihr wurde eiskalt. Verfolgte sie jemand?

Anna fühlte sich jäh von aller Welt verlassen. Wenn ihr hier etwas zustoßen würde, dann würde das erst einmal niemand bemerken. Die Besucherbusse aus Dublin kamen meist gegen Mittag. Bis dahin konnte ihr wer weiß was passiert sein. Auf diesem riesigen Gelände war es leicht, Menschen verschwinden zu lassen. Seit ihren Erlebnissen im Brester Moor und ihrem Höhlenabenteuer im vergangenen Herbst war sie furchtsamer geworden, und ihre ohnehin schon lebhafte Vorstellungskraft plagte sie mit immer neuen Ängsten. Doch warum sollte sie jemand überfallen? Sie versuchte, ihren Verstand einzusetzen und ihr Bauchgefühl auszuschalten. Sie war weit fort von Kloster Warnstedt, weit fort von dem Mörder von Karl Hegemann und Daniel Piehlau.

Das Bauchgefühl aber triumphierte über ihre Ratio, und sie hastete den Pfad entlang. Vorbei war die friedliche Stimmung, die Romantik der alten Mauern verflogen. Auf ihrem Weg zum Ausgang blickte sie immer wieder über ihre Schulter. Aber da war niemand, kein Schatten folgte ihr, kein Mann im Kapuzenpulli versteckte sich hinter dem Gesträuch. Trotzdem war sie froh, als sie in ihren Wagen stieg und einem Schild folgend in Richtung Dumfridge fuhr, ein Ort mit wenigen hundert Einwohnern.

Einige Kilometer vor Dumfridge, als dessen einzige Sehenswürdigkeiten ihr Reiseführer eine Kirche aus dem 15. Jahrhundert und ein Schulgebäude aus dem 18. Jahrhundert, heute ein kleines Hotel, aufführte und keinen Hinweis auf einen Pub namens »The Druid's Cove«, stieß sie auf eine niedrige Mauer am Straßenrand mit einem weit geöffneten Tor. Dahinter erstreckte sich ein Garten. Durch ihn führte eine kiesbestreute Zufahrt zu einem mit wildem Wein bewachsenen Haus. Könnte das möglicherweise das Anwesen von Elizabeth gewesen sein? Der Ort stimmte, und auch der Garten erinnerte an die Beschreibung des Irishman.

Sie parkte den Wagen am Tor, stieg aus dem Auto und ging über den Kiesweg zur Haustür. Bei näherer Betrachtung bemerkte sie, dass die Farbe an den Fensterrahmen splitterte, der wilde Wein fast die ganze Vorderwand überwucherte und die blau gestrichene Haustür ein wenig schief in den Angeln hing. Das Gebäude verströmte eine Atmosphäre der Vernachlässigung. Anna fühlte sich als Eindringling, nahm ihren Mut zusammen und wanderte um das Haus herum. Hinter dem Gebäude lag eine große Terrasse. Auf ihr standen Blumentöpfe voller Risse, neben einem verrosteten Metalltisch ein zusammengesunkener Liegestuhl mit zerfetztem Stoffbezug.

Enttäuscht wollte sie zu ihrem Wagen zurückkehren und diesen nostalgischen Ort verlassen, als ein alter Mann aus der Terrassentür trat. Eine leicht gebeugte Gestalt mit einem zerfurchten, bärtigen Gesicht, gekleidet in eine graue Wolljacke mit Flicken an den Ellbogen und zerknitterte Hosen. Er sah Anna mit einem skeptischen Blick aus blassblauen Augen an und fragte dann mit rauer Stimme: »Was suchen Sie hier? Das Museum wird erst im Juni eröffnet.«

»Museum?« Anna war überrascht.

Der alte Mann nickte. »Ich bin Brian O'Toole, der Hausmeister. Das Haus ist seit fast zweihundert Jahren in Familienbesitz, aber seit ein paar Jahrzehnten wohnt hier niemand mehr dauerhaft. Es wird momentan saniert und soll dann ein Museum werden. Wir haben eine schöne Bibliothek, einen Raum mit keltischen Artefakten, und die Einrichtung stammt aus dem 18. Jahrhundert.« Ein Hauch von Stolz hatte sich in seine Stimme geschlichen, und nun lächelte er sogar. »Vor allem die keltische Sammlung ist sehenswert, zwar überschaubar, aber dennoch kostbar. Und die Bibliothek mit Werken aus vier Jahrhunderten ist ein Schmuckstück. Aber die Sanierungsarbeiten dauern noch gut zwei Monate.«

»Darf ich wenigstens einen Blick darauf werfen?«, fragte Anna. »Ich bin den ganzen Weg aus Dublin hergefahren, und ich weiß nicht, wann ich wiederkommen kann.«

Brian O'Toole überlegte einen Augenblick. »Einen Blick ja, aber nichts anfassen!«

»Wem hat das Haus denn gehört?«, wollte Anna wissen.

»Unserer Familie«, erwiderte der Mann plötzlich sehr kurz angebunden. Dann aber fügte er ein wenig konzilianter hinzu: »Die O'Tooles haben es vor bald zweihundert Jahren erworben. Bis vor dreißig Jahren hat die Familie hier noch gelebt. Aber jetzt will hier keiner mehr wohnen. Ziemlich rasch aufeinander sind mehrere Familienmitglieder zu Tode gekommen. Man munkelt, dass es in dem Haus spukt. Das schreckt viele ab. Ich gehöre zwar auch zu den O'Tooles, bin sogar in direkter Linie mit den Käufern von damals verwandt, aber ich möchte hier auch nicht wohnen, sondern lebe in Roundwood, etwa fünfzehn Autominuten entfernt. Allerdings komme ich täglich her, um nach dem Rechten zu sehen und nach den Geistern.« Er kicherte.

»Hier soll es spuken?« Annas Interesse war erwacht.

»Ja, ein Fluch soll über diesem Haus liegen, seit seine ursprüngliche Besitzerin vor fast zweihundert Jahren auf rätselhafte Weise gestorben ist. So sagt man jedenfalls. Aber die gute Frau war schon achtundsiebzig Jahre alt, da ist es nicht allzu erstaunlich, wenn man stirbt. Ich bin auch schon fast achtzig.« Er grinste. »Spuk, so ein Quatsch. Wer glaubt denn heute noch an so was? Fluch der Kelten oder der Druiden oder der Banshees, der Hexen. In dieser Gegend wimmelt es von abergläubischen Legenden. Der eigentliche Grund, weshalb derzeit keiner hier wohnen möchte, ist, dass es heutzutage viel zu aufwendig ist, so ein altes Haus zu erhalten. Allein die Heizkosten im Winter! Übrigens eine uralte Heizung, die schon mal seltsame Geräusche macht – da kann man durchaus an Geister glauben.«

Er stieß die Tür zu einem Raum auf, in den durch zwei Fenster ein wenig Licht fiel. Hohe Bücherregale säumten die Wände. Als er die Deckenlampe einschaltete, erkannte Anna Tausende von alten Buchrücken hinter Glas. Was für ein wundervoller Anblick! Ehe sie sich aber gründlicher umschauen konnte, drängte sie der alte Mann wieder aus dem Raum und öffnete eine zweite Tür zwischen zwei Bücherregalen. Ein wesentlich kleineres Zimmer, eine Art Kabinett. An der hinteren Wand standen Vitrinen.

»Unser Keltenschatz.« Brian O'Toole deutete auf die Glasschränke. »Davon haben wir einiges, Fibeln, Armreifen, kleine Kessel, Halsschmuck. Soll alles die frühere Herrin von Fleetwood House gesammelt haben, die dann 1828 gestorben ist. Wir haben das Zeug im Keller in diversen Kisten entdeckt. Es hieß, das sei alles verschwunden oder sogar gestohlen worden. Aber in Wahrheit lag es in drei Kisten im alten Weinkeller. Jetzt ist das der Grundstock für unsere Dauerausstellung keltischer Kunstobjekte.«

Anna hätte diese Objekte gerne ausführlicher betrachtet, aber auch hier ließ ihr der alte Hausmeister keine Muße. Energisch schob er sie in die Eingangshalle, in der ein alter Schrank, ein Marmortisch mit einer Meißen-Vase und ein Sessel mit rotem Plüsch etwas wahllos herumstanden.

»So, jetzt haben Sie es gesehen. Bis vor Kurzem sind immer wieder Leute hier vorbeigekommen, um in der Bibliothek zu lesen. Galt als Zentrum für das Studium irischer Mythen. Ein Tummelplatz für Esoteriker, wenn Sie mich fragen. Sind ein paar schöne Sammlungen von Büchern und Dokumenten da, ein bisschen ungeordnet, aber alles mindestens zweihundert Jahre alt. Damit ist jetzt allerdings erst einmal Schluss wegen der Sanierungsarbeiten. Wenn Sie Zeit haben, dann kommen Sie am 15. Juni zur Eröffnung.«

Brian O'Toole gab ihr flüchtig die Hand und verschwand im Dämmerlicht der Eingangshalle. Anna trat an die frische Luft und atmete tief durch. Elizabeth O'Briens Haus! Gerne hätte sie es sich genauer angesehen in der Hoffnung, dass vieles noch so erhalten geblieben war, wie der Ire es beschrieben hatte. Ob es in der Bibliothek irgendwelche Hinweise auf die acht Druidenmasken gab?

Als sie ihren Wagen vom Tor zurück auf die Straße lenkte, bemerkte sie, dass hinter der Kurve unweit des Grundstücks ein Auto stand, von dem sie meinte, es bereits auf dem Parkplatz in Glendalough gesehen zu haben. Da hatten nur sehr wenige Fahrzeuge gestanden, doch sie hatte nicht sehr genau hingeschaut, weil sie den Parkplatz so rasch wie möglich verlassen wollte. Sie konnte sich also durchaus täuschen.

Langsam fuhr sie in Richtung Dumfridge, um dort etwas zu essen. Immer wieder blickte sie in den Rückspiegel. Kein Auto folgte ihr. Und doch spürte sie ein Kribbeln im Nacken, hatte das dumpfe Gefühl, dass ihr jemand in Glendalough gefolgt war und sie auch jetzt wieder beobachtete.

»The Jolly Fiddle« hieß ein kleines Café am Rand des Ortes. Anna parkte den Wagen am Straßenrand und betrat den Raum, in dem nur wenige Tische und Stühle standen. Außer ihr war niemand da. Eine freundliche ältere Frau tauchte hinter einem Vorhang auf, und schon wenige Minuten später saß Anna vor einer dampfenden Tasse Tee und einem Teller mit Muffins. Allmählich schwand ihre Nervosität.

Als die freundliche Kellnerin, die sich als Meghan vorstellte, ihr Tee nachschenkte, fragte Anna: »Wo war oder ist denn der Pub ›The Druid's Cove‹? Der soll sehr interessant sein, habe ich gehört. Er steht aber nicht in meinem Reiseführer.«

Ein abweisender Ausdruck trat auf Meghans rundes Gesicht. Sie sah Anna kurz an, wandte sich dann um und sagte: »Abgebrannt. Den Pub gibt es seit zehn Jahren nicht mehr. Stattdessen steht da jetzt ein Touristenshop.« Damit verschwand sie wieder hinter dem Vorhang.

Nachdenklich schlürfte Anna ihren Tee, ein wenig schockiert von Meghans plötzlicher Kälte und auch von dieser Information. Abgebrannt? Sofort dachte sie an Brandstiftung. Der Pub hatte ja einst eine wichtige Rolle bei den Versammlungen dieses angeblichen Geheimbundes im 19. Jahrhundert gespielt. Zumindest schien er über die Ortsgrenzen hinaus bekannt gewesen zu sein, wenn selbst ein junger Mann wie Ronan noch nach so vielen Jahren von ihm wusste. Sie würde im Shop sicherlich Näheres über das Geschick des Pubs erfahren. Aber offensichtlich musste sie dabei vorsichtig vorgehen. Nicht mit der Tür ins Haus fallen. Das schien ein delikates Thema zu sein.

Nachdenklich kaute sie an einem Stück Muffin und warf einen Blick aus dem Fenster. Auf der anderen Straßenseite befanden sich zwei Häuser mit Vorgärten und daneben eine Tankstelle. Eine ruhige Gegend und um diese Tageszeit öd und verlassen.

In diesem Moment fuhr ein Auto ganz langsam vorbei. Anna sah den Wagen näher kommen. Als er am »Jolly Fiddle« vorbeiglitt, schreckte sie zurück. Der Fahrer hatte in ihre Richtung geblickt, und wenn sie nicht alles täuschte, saß Ronan, der Kellner aus dem Pub in Hannover, hinter dem Steuer und schien ihr zuzunicken. Anna war schlagartig der Appetit auf die Brombeer-Muffins vergangen.

Keltische Kreuze

»Das waren nur zwei Studenten, die schon wieder abgereist sind.«

Eamon hatte Anna, die etwas derangiert am frühen Nachmittag wieder in Dublin angekommen war, an der Tür in Empfang genommen und auf ihre Frage nach den beiden anderen Hausgästen verwundert reagiert. Er trug einen ausgeleierten Pullover und sah übermüdet aus. Dann entschuldigte er sich. Er müsse weiterschreiben, sonst würde sein Buch »nie« fertig. Damit verschwand er in seinem Arbeitszimmer.

Anna sah ihm nach. Eamon war zwar freundlich, aber immer ein wenig distanziert. Vielleicht auch besser so. Das genaue Gegenteil seines manchmal etwas überschwänglichen Bruders Desmond, der sich überraschend bei ihr gemeldet und sich mit ihr zum Abendessen verabredet hatte. »Habe mein Pensum schneller als erwartet erledigt«, verkündete er vergnügt am Telefon.

Als sie ihr Zimmer betrat, glaubte sie für einen flüchtigen Moment, jemand habe ihren Koffer geöffnet, den sie nur halb ausgepackt an die Wand geschoben hatte. Sie warf einen Blick hinein. Aber alles sah normal chaotisch aus. Ihre Unterwäsche, Socken und mehrere Bücher häuften sich ungeordnet darin. Sicherlich hatte Eamons treue Haushilfe nur das Zimmer sauber gemacht und dabei den Koffer verrückt. Sie begann wirklich unter Verfolgungswahn zu leiden. Verwandelte sie sich allmählich in eine dieser neurotischen Frauen, die so oft in Thrillern auftauchten und die sich von Geistern aus der Vergangenheit, Stalkern, Ex-Ehemännern und missgünstigen Kollegen verfolgt fühlten? Gewiss war der Mann, den sie in dem Auto in Dumfridge gesehen hatte, auch gar nicht wirklich Ronan aus Hannover gewesen. Was sollte er auch in Dublin treiben und noch dazu sich an ihre Fersen heften?

Im Touristenshop, der sich an der Stelle des einstigen Pubs

befand, hatte sie nichts über das Schicksal des »Druid's Cove« erfahren. »Der damalige Wirt hat nach dem Brand das Geld von der Versicherung kassiert und ist aus Dumfridge verschwunden. Man hat ihn nie mehr gesehen. Er stammte nicht aus der Gegend, kein sehr netter Mann, wie man sagte«, erzählte ihr die junge Frau, die den Shop führte. »Man munkelt, er gehörte der IRA an, der Irish Republican Army. Aber das wurde nie bestätigt.«

Als Anna kein Interesse an den grellbunten Souvenirs in ihrem Laden zeigte, wandte sie sich ab und begann Postkarten in einen Ständer zu räumen. Anna trat aus dem Shop und blickte nervös die Straße hoch und runter. Kein Auto. Alles ruhig. Langsam begann sie sich vor sich selbst zu fürchten.

Trotzdem war sie froh, wieder in ihrem Zimmer in Dublin zu sein. Sie steckte den USB-Stick, den sie in ihrer Handtasche bei sich trug, in ihren Laptop. Sie wollte noch mal einige Stellen des Irishman gründlich studieren, die sie aufgrund des Zeitdrucks vor ihrer Irlandreise und des Zwangs, das Buch rasch an Schumann zu übergeben, nur quergelesen oder sogar ganz übersprungen hatte.

Mehr als drei Jahre sind ins Land gegangen, seit ich mit meiner kostbaren Fracht in diesem abgelegenen Kloster an dem großen See angekommen bin und hier Unterschlupf gefunden habe. Mein Heimweh wird jeden Tag stärker, und ich warte sehnlichst auf den erlösenden Brief meiner Tante, der mich heimruft. Ob ich die Masken dann im Kloster lasse oder sie zurück nach Irland bringen kann, weiß ich noch nicht. Die letzten Nachrichten aus der Heimat erfüllten mich mit Hoffnung. Daniel O'Connell, der Vertreter für eine friedliche Lösung für die Probleme Irlands, hat die Wahl im County Clare zusammen mit seiner Partei, der Catholic Association, gewonnen. Allerdings haben sich viele von ihm abgewandt und suchen ihr Heil in der radikaleren Gruppierung Young Ireland, die mit Patrick O'Tooles Gruppe verwandt zu sein scheint. Noch hat mir meine Tante keine Entwarnung gegeben. In ihrem Brief vom Frühjahr vermerkte sie nur, dass der Pub in Dumfridge weiterhin »ein Rebellennest« sei, aber keiner dagegen einschreite, weil niemand als Verräter bezichtigt werden wolle. Bethanys Mörder ist noch nicht gefasst worden, und meine Tante meint, dass dies auch nie geschehen wird. Arme Bethany! Matthew und seine Cousine Marian kümmern sich weiter um meine Tante, was mich beruhigt. Sie sollte auf keinen Fall allein in dem alten Haus leben.

Ich habe mich in dem Kloster eingewöhnt, bewohne eine Kammer mit einem Schreibpult, sodass ich in Ruhe dieses kleine Buch schreiben kann, und spreche viel und oft mit Johann Friedrich, dem Gelehrten, zu dem meine Tante mich seinerzeit schickte und der ein wahrer Freund und Vertrauter geworden ist. Er ist zehn Jahre älter als ich und stammt aus einer alten Hamburger Familie. Schon früh hat er sich für fremde Sprachen begeistert und, wie er mir sagte, mit wahrer Hingabe in der Schule Altgriechisch und Latein gelernt. Ich habe es gerade mal geschafft, die lateinische Grammatik halbwegs zu verstehen! Er beschäftigt sich in der Tat mit den verschiedenen gälischen Sprachen und bemüht sich um eine Grammatik des Altirischen. Ich bin ihm dabei keine Hilfe. Aber er hat inzwischen meine Masken sorgfältig studiert und mir einiges darüber erzählt. Wie seltsam, dass ein Deutscher mehr über die Vergangenheit meines Landes weiß als ich!

Seine Erkenntnisse bestätigen mich in meiner Meinung, dass diese Masken, selbst wenn sie nicht aus Gold und Edelsteinen bestehen, auf keinen Fall in die falschen Hände gelangen dürfen. »Ihr ideeller Wert übertrifft ihren materiellen«, meint auch Johann Friedrich. Noch immer überfallen mich nachts Alpträume von dem namenlosen Mann, der mich verfolgt und Hinnerk ermordet hat. Und oft lausche ich in die Nacht, ob ich verdächtige Geräusche höre. Doch nur der Wind streift um die alten Gemäuer, und der See schlägt leise an die Ufer.

Die Schreie der Wildgänse im Herbst erinnern mich an Irland, und ich verfluche den Tag, an dem ich mich von meiner Tante überreden ließ, meine Heimat wegen dieser Masken zu verlassen. Wenn ich wenigstens die Welt durchstreift hätte, doch *ich bin in einem kleinen Kloster gestrandet, das fernab der Welt liegt. Selbst Hannover ist zu weit entfernt, um häufiger als einmal im Monat hinzureiten. Die Briefe meiner Tante erreichen mich selten, und meine Briefe schicke ich über Reginalds Adresse in Dublin an sie. Ich lebe wie ein Verbrecher im Exil.*

Wir sind sieben Männer hier im Kloster. Alle lernen und studieren. Versorgt werden wir von einem alten Mann und seiner Frau. Drei Klosterbewohner besuchen das Predigerseminar im einstigen Zisterzienserkloster Loccum, das wesentlich stattlicher als unser Kloster ist. Doch auch hier gibt es eine wohlgeordnete große Bibliothek mit kostbaren Handschriften aus dem Mittelalter und vielen schönen Erstausgaben von Werken seit der Erfindung der Druckerkunst. Auch Romane der englischen Literatur habe ich gefunden, von Swift, Sterne, Defoe und Scott. »Rob Roy« und »Ivanhoe« habe ich mit Begeisterung gelesen, Romane über Freiheitsgedanken und die Befreiung vom Joch fremder Herrscher. Wenn es doch in Irland ähnlich große Schriftsteller gäbe, die sich mit Gedichten und Romanen unserer Geschichte widmeten!

Auch wenn man mich freundlich und ohne große Fragen in dem Kloster aufgenommen hat, fühlte ich mich lange als Fremder. Johann Friedrich hat den anderen Mitbewohnern erklärt, dass ich hierhergekommen sei, um mich theologischen und historischen Fragen zu widmen und durch ihn einen Zugang zur alten Sprache meiner Vorfahren zu finden. Ich habe mich als Seamus McDowall vorgestellt. Doch nur Johann Friedrich weiß, dass dies ein falscher Name ist. Die meisten aber nennen mich nur »den Iren«.

Die Zeit in diesem Kloster vergeht rasch, und inzwischen spreche ich recht gut Deutsch. Ich habe meinen protestantischen Mitbewohnern nicht gesagt, dass ich katholisch bin. Seltsamerweise hat mich bisher niemand nach meinem Glauben gefragt. Gerne würde ich gelegentlich an einer Messe teilnehmen. Doch in der näheren Umgebung findet sich keine katholische Kirche.

Oft sitze ich mit Johann Friedrich zusammen oder ziehe mich in die Bibliothek zurück und blättere in alten Schriften, die irische Mönche vor achthundert Jahren in dieses Land gebracht oder sogar hier verfasst haben. Dank seiner ausgiebigen Studien vermag Johann Friedrich die alten Chroniken inzwischen recht gut zu übersetzen, selbst wenn er, wie er mir sagte, noch weit davon entfernt sei, eine vollständige Grammatik oder gar ein Wörterbuch des Altirischen zu verfassen.« Vielleicht bin ich nur eine Art Vorarbeiter«, sagte er zu mir. »Andere nach mir werden dann die Hauptarbeit erledigen.«

In einer der Schriften, verfasst von einem Mönch, der im 11. Jahrhundert durch Europa reiste, entdeckte er einige Schilderungen von alten Artefakten und noch älteren Riten aus heidnischer Zeit. Mönch Kilian war offenbar ein Kenner der Druidenreligion. Johann Friedrich bemerkte zu einer meiner Masken, die mir selbst eher unscheinbar erschien: »Wer diese Maske besitzt, der hat große Macht. Die anderen Masken mögen zwar prächtiger wirken, aber diese einfache Maske aus Bronze mit ihren runenähnlichen Ritzungen ist das Symbol für magische Kräfte.« Seitdem überkommt mich jedes Mal ein Schauder, wenn ich die Maske betrachte. Etwas Unheimliches scheint von ihr auszugehen. Aber Johann Friedrich würde meine Empfindung als heidnischen Aberglauben tadeln.

Mit seiner Hilfe habe ich die acht Masken inzwischen in ein Versteck gebracht. Lange haben wir danach gesucht, bis wir schließlich fündig wurden. Das Kloster teilt sich in zwei Gebäudekomplexe auf. Zum See hin liegen unsere Unterkünfte, ein Speisesaal, die Bibliothek und die Küche. Ein Stückchen entfernt, im hinteren Teil des riesigen Klostergartens, befinden sich Gebäude aus früherer Zeit, eine Kapelle, die neunhundert Jahre zählt, inzwischen aber nicht mehr für Gottesdienste genutzt wird, ein weiterer Schlafsaal für Pilger, ein Skriptorium und ein Mausoleum, umgeben von einem kleinen, sehr alten Friedhof. Der neue Friedhof liegt näher an der Klosterkirche aus dem 13. Jahrhundert. Dort lassen sich auch Bewohner der umliegenden Dörfer zur letzten Ruhe betten. Der alte Friedhof mit seinen zum Teil zerfallenen Grabsteinen wird nicht mehr genutzt.

Im Fußboden neben dem verwaisten Steinaltar der Kapelle befindet sich eine Vertiefung, die einst für einen Sarkophag ausgehoben wurde. Sie blieb jedoch leer, der Sarkophag steht inzwischen im Vorraum der Kapelle. Glücklicherweise blieb die Grabplatte erhalten, die sich über die Grube schieben lässt. Niemand ahnt, dass sich hier eine leere Grabstätte befindet. Darin haben wir die Masken verborgen. Ich habe in die Platte, die sich vom Fußboden nicht unterscheidet, drei winzige keltische Kreuze als Markierung hineingeritzt. Sie ähneln den Grabkreuzen in Glendalough.

Johann Friedrich hat mir kürzlich gestanden, dass er gerne mit mir nach Irland reisen würde, um dort an der Quelle seine Studien fortzusetzen. Das wäre eine große Freude für mich, zumal mir vor der langen einsamen Heimreise graut. Ich ahne auch nicht, was mich daheim erwartet.

Meine innere Ruhe wurde jäh gestört, als ich vorgestern ins nahe Dorf ging, um einige Einkäufe zu tätigen. In der Dorfkneipe »Zur letzten Wildgans« wollte ich ein Bier trinken, ehe ich mich auf den Heimweg machte. Als ich die Kneipe betrat, sah ich an einem der hinteren Tische eine dunkle Gestalt sitzen, das Gesicht unter einem Hut verborgen. Die Haltung des Mannes kam mir seltsam vertraut vor und auch wie er den Kopf geneigt hielt. Mich durchfuhr ein eisiger Schrecken. Hatte mich mein Verfolger nun doch noch aufgespürt? Nach drei langen Jahren? Ich wandte mich sofort um und eilte zum Kloster zurück.

Johann Friedrich bemerkte meine Aufregung und versprach mir, sich gleich am nächsten Tag nach diesem Mann zu erkundigen. Mit ernstem Gesicht kam er am Nachmittag zurück. »In der Tat hat dieser Fremde, der Deutsch mit einem starken Akzent sprach, nach dem Kloster und seinen Bewohnern gefragt. Er wolle, so hatte er es dem Wirt der ›Wildgans‹ gesagt, das Kloster mit seiner berühmten Bibliothek und vor allem die Kirche mit dem prächtigen Altar besuchen. Der Wirt ist ein eher misstrauischer Mann, der Fremden erst einmal nicht über den Weg traut. Und so hat er diesem Mann nur angedeutet, dass nicht jedermann einfach so in das Kloster hineingehen könne. Der Fremde soll darauf nur gelächelt und die Kneipe verlassen haben. Als ich den Wirt nach dem Aussehen dieses Unbekannten befragte, konnte er mir nur vage Angaben machen. Dunkle Augen, Bart, aber alles überschattet von dem Hut, den der Mann tief ins Gesicht gezogen hatte.«

Mir wurde flau im Magen. Was für ein Zufall, dass ich den Mann entdeckt hatte. Was, wenn er plötzlich im Kloster vor mir stünde, mich bedrohte oder gar tötete? Aber dann würde er nicht erfahren, wo ich die Masken versteckt hatte. Denn darum ging es ihm sicherlich. Das beruhigte mich fast schon wieder ein wenig.

Doch nun befinde ich mich in einem Zustand ständiger Unruhe, fahre nachts jede Stunde aus dem Schlaf und schleiche mich täglich mehrmals zur Kapelle, um zu sehen, ob jemand versucht hat, die Steinplatte beiseitezuschieben. Der Gedanke daran, dass jemand die Masken entdecken und sie rauben könnte, ist beinahe zu einer Art Besessenheit geworden. Und plötzlich glaube ich, den Fremden überall zu erblicken, immer als Schatten ohne Gesicht.

Unser Klostervorsteher, ein älterer Mann mit langsamer Sprache und ruhigen Gebärden, ist ein Theologe, der lange noch zu Zeiten Georgs III. in London gelebt hat und mit mir manchmal Englisch spricht, um »die Sprache nicht ganz zu vergessen«. Er spürte meine Unruhe und fragte mich am gestrigen Tag, was mich beunruhigte. »Schlechte Nachrichten aus der Heimat?«

Ich verneinte, fügte aber hinzu, dass es sein könnte, dass ich das gastliche Kloster bald verlassen müsse. »Meine Studien sind gut vorangeschritten, und meine Familie fehlt mir«, sagte ich.

Er nickte nur und sagte dann in seiner bedächtigen Art: »Gestern war ein Fremder am Tor, der vorgab, dass er unsere Kirche sehen wolle. Aber ich hatte ein merkwürdiges Gefühl, als ich ihn sah, und deshalb, Gott möge mir vergeben, habe ich ihm gesagt, dass wir nur am Sonntag Besucher in unserer Kirche empfangen.« Er sah mich forschend an. »Mein Sohn, dieser Fremde, dessen Gesicht halb verborgen unter einem Hut fast unsichtbar wirkte, sprach Deutsch mit einem seltsamen Akzent. Ich weiß, *dass in deiner Heimat nicht alles zum Besten steht, und da mir aufgefallen ist, wie du gelegentlich, wenn du glaubst, nicht beobachtet zu werden, das Kreuzzeichen schlägst, vermute ich, du gehörst der katholischen Kirche an und hattest deine Gründe, Dublin zu verlassen.«*

Hielt er mich für einen Rebellen auf der Flucht? Ich schüttelte heftig den Kopf. »Ich bin kein Rebell, wenn auch Anhänger von Daniel O'Connell, der einen friedlichen Weg der Verständigung mit den Engländern und für unsere Zukunft sucht. Mich haben andere Gründe in die Fremde getrieben, vor allem mein Drang zu lernen.«

Der Klostervorsteher lächelte sanft und sagte: »Sei behütet, was immer du planst.«

Ich werde das Kloster bald verlassen, heimlich und ohne irgendjemandem von meinem Vorhaben zu erzählen. Was aber mache ich mit den mir anvertrauten Masken? Ich kann sie nicht hierlassen, denn sie gehören nach Irland. Und wer würde sie für mich hüten? Johann Friedrich ist mein Freund, aber diese Aufgabe kann ich ihm nicht zumuten, zumal mein Verfolger wiederaufgetaucht ist, der mich wie ein böser Dämon jagt.

Anna hielt inne. Ihr Nacken schmerzte. Es hatte zu regnen begonnen. Das leise Rauschen wirkte einschläfernd. Die Fahrt von Dumfridge zurück nach Dublin war anstrengend gewesen. Viele Reisebusse, die sich auf der Rückreise von den Wicklow Mountains nach Dublin befanden, Staus, ein Unfall, dazu ihre Furcht, verfolgt zu werden. Deshalb auch der steife Nacken. Ständig hatte sie nach hinten geschaut. Aber niemand verfolgte sie. Alles nur Einbildung.

Im Haus war es still. Draußen fuhren einige wenige Autos vorbei. Sie seufzte und las weiter, obgleich sie sich zerschlagen fühlte. Aber sie wollte endlich erfahren, ob die Masken ihr letztes Versteck tatsächlich in Deutschland gefunden hatten.

Mein Entschluss stand fest. Ich würde das Kloster so bald wie möglich verlassen und versuchen, irgendwo anders Zuflucht zu suchen. Mich stimmte der Gedanke wehmütig. Das Kloster war mir dann doch zu einer Art Heimat geworden. Die ruhige Atmosphäre von Gelehrsamkeit, die Gespräche am Kamin in dem großen Gemeinschaftsraum, die Bibliothek mit ihren alten Büchern und vor allem Johann Friedrich – seine Freundschaft war mir sehr wichtig geworden. Lange rang ich mit mir, ob ich ihn in meine Pläne einweihen sollte. Eigentlich wollte ich still und heimlich verschwinden, doch dann spürte ich den Drang, meinen Plan mit jemandem zu teilen. Und Johann Friedrich schien der Einzige zu sein, dem ich mich anvertrauen konnte.

Zunächst schwieg er, als ich ihm mitteilte, dass ich das Kloster verlassen und die Masken mitnehmen wolle. »Ich komme mit dir«, sagte er schließlich. »Lass uns diese Masken gemeinsam zurück in ihre Heimat begleiten.« Ich vermochte nur zu nicken, so überwältigt war ich von seinem Angebot.

In den kommenden Tagen überlegten wir, ob wir die Masken nicht lieber aufteilen sollten, sodass sie, falls sie doch in falsche Hände gelangen sollten, zumindest nicht mehr dem Aberglauben genügen könnten, dass alle acht zusammen eine Quelle der Energie bedeuten, einen magischen Kreis. Laut der Legende sind nur alle acht Masken zusammen mächtig und deshalb nützlich für Geheimbünde wie jenen, dem Patrick O'Toole angehört. Wir kamen zu dem Entschluss, nur vier von ihnen mit auf unsere Reise zu nehmen, die anderen vier so zu verstecken, dass wir sie bei einer möglichen Rückkehr wieder bergen könnten. Ich werde dieses Buch im Kloster lassen, geschützt inmitten all der anderen Bücher, die in der großen Bibliothek stehen. Sollte ich nicht wieder an das Steinhuder Meer zurückkehren und auch Johann Friedrich andere Wege gehen, so will ich in einem Brief an meinen Onkel Reginald Fitzgibbon auf dieses Buch verweisen. Er oder seine Nachfahren werden meine Worte und Zeichnungen gewiss richtig deuten.

Hier brach das Buch des Irishman ab. Die folgenden Seiten fehlten. Nur die Zeichnungen am Ende des Buches waren noch erhalten. Anna betrachtete sie auf ihrem Laptop mit einem Anflug von Frustration. Sie wirkten ziemlich verwaschen, anders als die Originale im Buch selbst.

Der junge Irishman erinnerte sie an seinen entfernten Verwandten Reginald, der das Moor bei Brester Holz verlassen hatte in der Hoffnung, einst wiederzukehren und die dort noch verborgenen Schätze des Moormanns zu bergen. Er war nie wieder nach Deutschland gekommen.

Welches Schicksal mochte der Ire gehabt haben? Sie hatte bei ihren Recherchen zur Klostergeschichte gelesen, dass Teile der Gebäude 1828 bei einem Brand zerstört worden waren. Ein Satz hatte sie stutzig gemacht: »Das Skriptorium brannte damals bis auf die Grundmauern nieder. In den schwelenden Überresten fand man zwei Tote.« Mehr hatte sie den eher kärglichen Angaben im Internet nicht entnehmen können. Jetzt stieg in ihr die Angst auf, dass vielleicht der Ire und sein treuer Freund diese Opfer gewesen sein könnten.

Anna hätte gerne genauer recherchiert. Doch wie sollte sie in Dublin an Informationen über einen hundertneunzig Jahre zurückliegenden Brand in einem kleinen Kloster am Steinhuder Meer kommen? Mittlerweile schien es ihr klar, dass der Irishman im Kloster Warnstedt Zuflucht gesucht und dort seine Chronik verfasst und in der Bibliothek zurückgelassen hatte. Aber es war schwer, an weitere Informationen zu gelangen. Sie müsste Dokumente finden, die im Kloster aufbewahrt wurden und vielleicht nähere Auskunft über jene Ereignisse aus dem Jahr 1828 gaben und die Toten beim Namen nannten. Bis zu ihrer Rückkehr würde zu viel kostbare Zeit vergehen.

Als sie grübelte, wer ihr Informationen verschaffen könnte, fiel ihr jemand ein, der sich mit der Geschichte Niedersachsens gut auskannte und ein Experte historischer Entwicklungen im 18. und 19. Jahrhundert war. Nicht gerade ihr Liebling, sondern eher jemand, den sie privat mied. Ihr alter Bekannter Harald Frostauer wäre sicher geschmeichelt, für sie ein paar Erkundigungen »unter der Hand« einzuholen. Aber sie durfte ihn nicht zu sehr involvieren. Er neigte dazu, sich einzumischen und seinen Vorteil daraus zu schlagen. Sie hatte seine Handynummer gespeichert. Es dauerte nur wenige Sekunden, da hörte sie seine leicht manierierte Stimme, bei der sie erst einmal immer zusammenzuckte.

»Nein, ist es denn die Möglichkeit? Anna! Das ist ja eine Überraschung! Wir haben uns ja ewig nicht mehr gesehen. Ich wollte dich immer mal anrufen, aber ich hatte sehr viel zu tun. Du weißt ja, ich veröffentliche demnächst ein Büchlein über die Geschichte des Ith. Und so habe ich drei Wochen bei unserer gemeinsamen Freundin Carola von Rödelshausen auf Schloss Hammelsberg verbracht.«

Dieser Mann war einfach unerträglich! Arme Baronin. Aber Anna machte gute Miene zum bösen Spiel. Immerhin wollte sie etwas von ihm. Ehe er weiterplappern konnte, fiel sie ihm ins Wort. »Harald, ich bin zurzeit in Dublin. Ja, schade, dass wir uns aus den Augen verloren haben.« Sie errötete leicht bei dieser Lüge. Wie gut, dass Harald sie nicht sehen konnte. »Nun, ich bin bei meinen irischen Freunden, und ich –«

»Ach, die armen Iren!«, unterbrach Harald sie sofort. »Der Brexit wird das irische Gleichgewicht ganz schön stören. Es hat ja schon die ersten Vorfälle in Nordirland gegeben. Ich habe aus einer diskreten Quelle gehört, dass die IRA wieder mit den Hufen scharrt und es sogar einen neuen Geheimbund geben soll, der für die Wiedervereinigung des Landes mobilmachen möchte.«

»Neuer Geheimbund? Was soll das denn sein?« Anna war hellhörig geworden.

»Ach, das ist alles wahrscheinlich nur Gerede. Aber ich kenne da einen Journalisten, der in Belfast gelebt hat, und der hat mir das vor ein paar Wochen so nebenbei erzählt. Diese Gruppierung geht angeblich auf eine sehr alte Geheimorganisation zurück. Aber wie gesagt, vermutlich nur Gerede. Dieser Brexit treibt uns alle noch in den Wahnsinn.« Er lachte. Was daran komisch sein sollte, blieb Anna ein Rätsel.

Sie musste an Ronan aus dem irischen Pub in Hannover denken. Schnell wischte sie den Gedanken beiseite. »Harald, weshalb ich dich eigentlich kontaktiere …« Sie setzte Frostauer grob ins Bild, ohne ihm zu viele Details zu verraten.

Harald kicherte. »Wie schön, dass du mal meine Hilfe brauchst und sogar freiwillig danach fragst! Ja, ich kenne das Kloster. Ich wollte mich immer mal mit der Geschichte von Warnstedt befassen. Es ranken sich viele spannende Sagen darum, wie die vom spukenden Mönch und von einem Totengräber, der im 18. Jahrhundert Leichen ausgegraben und an Mediziner für Experimente verkauft haben soll und, als das aufflog, gehängt wurde. Ich werde sehen, was ich herausfinden kann, und melde mich. Aber dafür schuldest du mir ein Mittagessen!«

Als Anna das Gespräch mit einem »Ja, gerne« beendete, dachte sie: Langsam entwickelst du dich zur perfekten Lügnerin!

Haralds Pilgerreise

Es war der Mittwoch nach St. Patrick's Day. Desmond hatte den geplanten vorgestrigen Ausflug nach Malahide etwas plötzlich abgesagt. »Wir sollten den Tag lieber in der Stadt erleben«, hatte er gesagt, sich dann jedoch tagsüber nicht blicken lassen. Gründe dafür nannte er nicht, aber er war dazu Anna gegenüber auch nicht verpflichtet. Sie amüsierte sich auch ohne ihn sehr gut.

Nach den Feiern in der Stadt, zu deren Ehren Anna sich einen grünen Pullover übergezogen und am helllichten Tag mehrere Whiskey getrunken und laut jedes ihr halbwegs bekannte irische Lied mitgesungen hatte, verbrachte sie dann doch noch einen unterhaltsamen Abend mit Desmond. Dabei drängte sich das britische Brexit-Chaos immer wieder in ihr Gespräch, vor allem die Frage nach der Zukunft Irlands und die Konsequenzen bei einer drohenden stärkeren Abkoppelung des Nordens vom Süden. Alte Narben würden aufreißen, alte Wunden bluten. Im Januar war wieder ein Sprengsatz in Londonderry explodiert, und Desmond fürchtete, dass dies nicht der letzte gewesen sein könnte.

Im Laufe des Abends in einem kleinen Restaurant an der Grafton Street kam Anna dann auf ihr Interesse an der Frühgeschichte Irlands zu sprechen. Sie sagte ihm zwar nichts von den eigentlichen Gründen, weshalb sie sich vor allem bei der Frage nach den frühen Kelten engagierte, doch das schien auch nicht nötig. Desmond freute sich sichtlich über ihre Begeisterung und plauderte vergnügt über seine Forschungen, über neue Funde im Westen der Insel und die Entdeckung einer Druidenmaske in einem Moor in der Nähe von Clonmacnoise. In seiner Begeisterung merkte er nicht, wie Anna erstarrte.

Ein wenig zögerlich fragte sie: »Weiß man Näheres über diesen Fund?«

»Aber ja! Die Maske ist fast zweitausend Jahre alt und gehörte zu den Grabbeigaben für einen Druiden aus dem 1. nachchristlichen Jahrhundert, dreihundert Jahre ehe Irland christianisiert wurde. Sie ist aus Bronze und lag neben einem Dolch und einem Kessel. Inzwischen werden diese Gegenstände restauriert und sollen demnächst ins National Museum.« Desmond leerte sein Weinglas und schenkte sich anschließend nach. »Der wahre Kenner all dieser Sagen und der Hintergründe der Entdeckungen ist Eamon. Er recherchiert für seine Jugendbücher immer sehr genau und verarbeitet gerne Mythen in seinen Romanen.«

Dann wäre Eamon eigentlich der ideale Ansprechpartner für sie, doch sie hatte Eamon in den vier Tagen, die sie nun schon in Dublin war, kaum gesehen. Er hockte ständig in seinem Arbeitszimmer am Computer.

Als Desmond Anna zu Eamons Haus begleitet und ihr zum Abschied einen Kuss auf die Wange gedrückt hatte, durchfuhr sie eine plötzliche Sehnsucht nach Richard. Sie ärgerte sich sofort über sich selbst. Ein so schöner Abend mit einem so attraktiven Mann, der sie offenbar mochte, und sie dachte an ihren wankelmütigen Freund, dessen Anrufe sie seit Tagen wegdrückte und dessen SMS sie sofort löschte.

Anna musste an Schumann denken. Er hatte ihr kurz geschrieben, dass Felix noch immer verschwunden sei. Außerdem sei aufgrund der Aussage eines früheren Kommilitonen von Karl der Verdacht aufgekommen, dass Karl und auch Daniel in irgendwelche Drogengeschäfte verwickelt gewesen seien. Karl habe die Bücher offenbar gestohlen, um Drogenkäufe zu finanzieren und Schulden zu begleichen. Auf dieses Motiv konzentriere man sich jetzt.

Anna glaubte das nicht. Daniel und Drogen war eine völlig absurde Konstellation. Je länger sie darüber nachdachte, desto klarer wurde ihr, dass es um etwas anderes als Drogen gehen musste. Sie würde Schumann sofort am nächsten Morgen an ihren Überlegungen teilhaben lassen, ehe sich die hannoversche Polizei zu noch gewagteren Vermutungen verstieg. Karl Hegemann mochte ja mit Drogen zu tun gehabt haben, aber niemals Daniel, den sie zwar kaum kannte, den sie aber dennoch auf grund ihrer früheren Begegnungen halbwegs einschätzen zu können glaubte.

Anna ging in ihr Zimmer, blieb aber kurz auf der Treppe stehen, als sie aus Eamons Arbeitszimmer Stimmen vernahm. Sollte sie ihm noch Gute Nacht sagen? Sie ertappte sich beim Lauschen. Das war nicht Englisch, sondern eindeutig wieder Irisch. Sie wusste von Desmond, dass Eamon lieber Irisch als Englisch sprach. Also hatte er wohl Besucher, die ebenfalls das Irische beherrschten.

Anna zögerte kurz, dann ging sie in ihr Schlafzimmer. Wenig später hörte sie die Haustür zuschlagen. Spontan sah sie durch den Spalt zwischen den Schlafzimmervorhängen hinaus. Zwei Männer schlenderten zu einem in der Nähe abgestellten Auto und stiegen ein. Annas Hand verkrampfte sich im Vorhang. Der eine der beiden ähnelte, soweit sie das im schummerigen Licht der nächsten Straßenlaterne erkennen konnte, Ronan. Oder der junge Ire hatte einen Doppelgänger.

Schwer atmend setzte sie sich auf ihr Bett. Was hätte Ronan im Haus von Eamon Casey zu suchen? Ausgerechnet Ronan, der Kellner des »The Druid's Cove« in Hannover? Fing sie nun endgültig an zu spinnen? Wie genau hatte sie den jungen Iren im Pub eigentlich gesehen? Sicherlich gab es etliche junge Männer dieses Typs. Sie war plötzlich unsicher. Bildete sie sich das alles nur ein?

Ihr Blick schweifte durchs Zimmer und fiel auf ihren Koffer. Stand er schon wieder anders da als am Morgen? Hatte die putzwütige Cathleen ihn beim Staubsaugen beiseitegeschoben? Anna öffnete ihn. Nein, alles in Ordnung. Doch da fiel ihr auf, dass auf dem Boden des Koffers mehrere noch ungeöffnete Umschläge lagen, die ihre Mutter ihr in Köln in die Hand gedrückt hatte. Immer noch verirrten sich Postsendungen an die Kölner Adresse, wobei sie schon drei Jahre in ihrer hannoverschen Wohnung lebte. Sie hatte nach ihrer Scheidung bei ihrer Mutter in Köln für fast ein ganzes Jahr Unterschlupf gesucht und deren Adresse zunächst beibehalten, auch als sie in Hannover eine Wohnung gemietet hatte.

Seltsamerweise dachte sie kaum mehr an diese Jahre zurück, an ihre Ehe, an die Trennung von ihrem Mann, mit dem sie nur selten telefonierte und hie und da mal eine Mail austauschte, an diese Zeit der inneren Ruhelosigkeit und der Neuorientierung. Sie hatte nach ihrem Umzug nach Hannover nicht allen ihre neue Adresse mitgeteilt, und so sammelte ihre Mutter noch immer Post für sie. Alle paar Wochen schickte sie ihr die Briefe nach – meistens völlig nebensächliche Dinge, überholt und veraltet. Dass dabei gelegentlich auch mal eine Einladung oder Anzeige alter Bekannter, die Annas Weg nicht so genau verfolgt hatten, unterging oder viel zu spät bei ihr in Hannover eintrudelte, erschien ihrer liebenswert chaotischen Mutter keineswegs als Tragödie. »Wer immer noch nicht mitbekommen hat, dass du längst woanders lebst, kann ja kein wichtiger Mensch in deinem Leben sein«, kommentierte sie.

Anna wollte die Umschläge gerade aus dem Koffer angeln und rasch durchsehen, als ihr Handy mit einem Signalton anzeigte, dass sie eine Nachricht bekommen hatte. Sie stammte von Harald Frostauer: »*Liebe Anna, du schuldest mir mindestens zwei Treffen zum Mittagessen! Ich schicke dir gleich eine längere Mail mit meinen Abenteuern. Bitte melde dich, wenn du sie gelesen hast. Alles Weitere dann später! Freundliche Grüße – Harald*«.

Kurz darauf piepten ihr Smartphone und ihr Laptop gleichzeitig. Frostauers Mail war eingegangen. Diesmal benutzte sie ihren Laptop. Damit ließ es sich leichter lesen. Die Mail war vier Seiten lang, und am Ende musste sie ihm Respekt zollen. Harald Frostauer hatte mehr auf dem Kasten, als sie gedacht hatte.

Liebe Anna,
um ehrlich zu sein, hat mich dein Auftrag zunächst nicht so sehr interessiert. Ich habe ihn angenommen, damit ich bei dir etwas guthabe. Falls ich dir ein paar Details schicke, die du schon kennen solltest, dann sei mir nicht böse. Du weißt ja, dass ich ein gründlicher Mensch bin und lieber zu viel als zu wenig hinterfrage. Ich habe mich mit wachsendem Interesse an diese Recherche begeben. Spannender als die frühe Geschichte bis zur

Reformation – darin ähneln sich die meisten Klosterbiografien in Niedersachsen – ist das 19. Jahrhundert. Bis 1837 gehörte auch die Gegend rund um Warnstedt zum Vereinigten Königreich Hannover – Großbritannien. Aber das muss ich dir ja nicht erzählen. Um 1820 haben in dem kleinen Kloster einige Gelehrte gelebt, meist Theologen mit jeweils einem interessanten Spezialgebiet. Da war Albrecht von Zierdorf, zu seiner Zeit ein führender Botaniker, dann Silvester Bothfeld, der auf dem Gebiet der antiken Literatur eine Koryphäe war, Johann August Renner, ein bedeutender Mathematiker, der später in Göttingen unterrichtete, der Märchenforscher Friedemann Neuberger, der aus Bayern stammte und mit den Brüdern Grimm in Kontakt stand. Und dann Johann Friedrich Reimers, der fasziniert war von alten europäischen Sprachen, vor allem dem Altirischen. Von ihm habe ich eine Chronik entdeckt, die in der Leibniz-Bibliothek seltsamerweise unter dem Buchstaben »W« wie »Warnstedt« eingeordnet war. Ziemlich unbeachtet, würde ich mal behaupten. Titel des Buches: »Keltische Mythen und ureigene Sprachen im gälischen Raum«. Und darin stand einiges über seine Forschungen, die ihrer Zeit weit voraus waren. Vieles war als eine Art Tagebuch aufgebaut. Für das Jahr 1824 vermerkt er, dass ein irischer Reisender Zuflucht im Kloster gesucht habe, der ihm aber leider nur wenig über das Altirische hätte sagen können. Der Rest des Buches gibt nicht viel her. Er sinniert darüber, wie sehr Sprachen eine Kultur und ein Volk prägen, wie wichtig es für die Identität einer Nation sei, ihre eigene Sprache wiederzufinden, und so weiter. Angeblich liegen in der Klosterbibliothek noch mehrere Schriften von ihm, die ich gerne einsehen würde, die aber wohl derzeit bereits verpackt auf ihren Umzug warten.

Anna blickte von der Mail auf. Sie hatte ein Geräusch an ihrer Zimmertür gehört, ein leises Klicken, ein Rascheln.

»Ist da jemand?«, rief sie. Aber niemand antwortete. Außer ihr wohnte derzeit nur Eamon im Haus, und der hatte sein Schlafzimmer im Souterrain. Vielleicht machte das Haus Geräusche wie viele ältere Gebäude.

Sie wandte sich wieder ihrem langatmigen Rechercheur Harald Frostauer zu.

Dieser Ire, als dessen Spezialgebiet Reimers das Kunsthandwerk früherer Kulturen Irlands bezeichnet, blieb wohl drei Jahre in dem Kloster. Er hieß Seamus McDowell.

Anna hielt inne. Seamus McDowell? Das war der Deckname des Irishman! Wie sein wirklicher Name gelautet hatte, würde ihr Deirdre hoffentlich bald sagen können. Sie vertiefte sich wieder in Haralds Mail.

Ich bin, um mehr zu erfahren, wahrhaftig zum Kloster gefahren und habe dort gebeten, mir Einsicht in die Klosterchronik zu gewähren. Der etwas grimmige Bibliothekar kannte meinen Namen aus meinen Veröffentlichungen über die Geschichte Niedersachsens im 18. Jahrhundert, die übrigens auch alle in den Beständen der Klosterbibliothek zu finden sind …

Anna stöhnte. Dieser eitle Fatzke! Harald Frostauer würde sich ebenso wenig ändern wie Richard. Männer! Doch dann las sie weiter.

Gremitzer kramte aus den Beständen, die noch nicht in Kartons verpackt sind, eine Chronik aus der ersten Hälfte des 19. Jahrhunderts hervor und bat mich, sie gleich vor Ort im Kloster zu lesen. Er hat wohl Angst, dass noch mehr Schriften verschwinden. Recht hat er ja!

Anna unterbrach ihre Lektüre. Wieder hatte sie ein schwaches Geräusch gehört. Da war doch etwas vor ihrem Zimmer!

Mühsam stand sie auf und schlich zur Tür. Mit Schwung riss Anna sie auf. Niemand stand davor, doch sie glaubte, etwas die Treppe hinabhuschen zu sehen, einen Schatten, schwarz und schnell.

Mit aller Kraft kämpfte sie gegen ihre Angst an und stieg so leise wie möglich die Treppe hinunter. In Eamons Arbeitszimmer brannte kein Licht mehr. Als sie vor seiner Schlafzimmertür ankam, war auch hier alles dunkel. Sollte sie ihn stören? Sie nahm ihren Mut zusammen und klopfte zaghaft. Sie hörte ein Brummeln, ein Schlurfen. Dann wurde die Tür geöffnet. Eamon stand in einem altmodischen rot-grün karierten Schlafanzug vor ihr, die Haare zerzaust, die Augen halb geschlossen. Sie hatte ihn offenbar aus dem Schlaf gerissen. Überrascht sah er sie an und fragte mit besorgter Stimme: »Ist was passiert?«

Anna kam sich plötzlich sehr albern vor. Sie stammelte, dass sie Geräusche vor ihrer Tür gehört und dann einen Schatten die Treppe hinunterhuschen gesehen hätte.

Eamon blinzelte erst verwirrt, dann lächelte er. »Das war sicher der Kater der O'Malleys, unserer Nachbarn. Wir haben von früher noch eine Katzenklappe in der Küche, und manchmal kommt er auf Besuch. Er heißt Hobbit und ist sehr neugierig. Aber er ist kein Räuber oder gar Mörder, außer von Mäusen!«

Schon wieder ein Kater wie bei ihrem Abenteuer im Brester Moor, als ein feister streunender Kater in ihr Haus spaziert war und sie in Angst und Schrecken versetzt hatte. Allerdings war der Kater damals tatsächlich nicht der einzige Eindringling gewesen. Hier schien der Fall aber anders zu liegen.

Anna spürte, wie ihr die Schamesröte ins Gesicht stieg. »Entschuldigung, Eamon. Zu dumm von mir. Aber ich leide ein bisschen unter Verfolgungswahn.«

Eamon grinste. »Alles gut. Und ich sollte mich mehr um dich kümmern. Von Deirdre habe ich gehört, dass du noch mal nach Glendalough fahren möchtest. Ich könnte mich als Chauffeur anbieten. Ist morgen okay?«

Sie wäre dem freundlichen Eamon fast um den Hals gefallen. »Ja, gerne, sehr gerne! Gute Nacht!«

In ihrem Schlafzimmer angelangt, sank sie ins Bett. Der Bericht über Haralds Pilgerreise musste bis zum Morgen warten.

Schon um kurz nach sieben saß Anna wieder an ihrem Laptop. Draußen wurde es gerade hell, und sogar ein Stückchen blauer

Himmel zeigte sich. Frisch gestärkt von knapp fünf Stunden Schlaf konnte sie sich wieder auf Haralds Prosa einlassen.

Gremitzer überließ mir diese Chronik der Jahre 1820 bis 1850. Ich schlug das Jahr 1828 auf. Ende August 1828 war ein verheerender Brand in den älteren Gebäuden des Klosters ausgebrochen, im Skriptorium, aber auch in der Unterkunft für Pilger. Offenbar konnten die sechs Männer, die dort seit einigen Tagen Station auf ihrer Reise zu verschiedenen Kirchen und Klöstern der Umgebung gemacht hatten, rechtzeitig entkommen. Doch in den schwelenden Ruinen des Skriptoriums fand man dennoch zwei Leichen. Vermisst wurden Johann Friedrich Reimers und der Ire Seamus McDowell. Und so vermutet man, dass diese beiden, die wohl öfter noch nachts gemeinsam im Skriptorium gesessen hatten, dem Feuer zum Opfer gefallen waren.

Einige Wochen später wurde »ruchbar«, um dieses schöne alte Wort zu benutzen, dass das Feuer durch Brandstiftung entstanden sei. Man entdeckte in den verkohlten Resten des Skriptoriums zwei Öllampen, die dort nicht hingehörten, und eine Fackel. Der Arzt, der die verkohlten Leichen untersucht hatte, bemerkte in ihren Schädeln Löcher. Der Verdacht kam auf, dass die beiden Männer erschlagen und zur Vertuschung dieses Mordes der Brand gelegt worden sei. Das Motiv blieb im Dunkeln. Vielleicht Raub, vielleicht eine alte Fehde. Die Polizei suchte nach Verdächtigen, und bald hieß es, dass ein Fremder, der sich schon vor der Feuersbrunst in der Gegend des Klosters herumgetrieben habe, der Täter gewesen sein müsse. Der Mann aber war verschwunden; in dem Gasthaus, in dem er genächtigt hatte, fand man nur noch eine zerbrochene Pfeife und eine Landkarte von der Gegend, auf der auch das Kloster verzeichnet war, mit Tinte dick umrandet. Vieles weist darauf hin, dass dieser Fremde, den die Dorfbewohner als einen Mann mit dunklem Bart und schwarzem Hut beschrieben, in den Fall verwickelt gewesen ist. Doch das wurde niemals aufgeklärt. Die Forensik war damals ja noch nicht einmal erfunden.

Liebe Anna, so weit diese Chronik. Ich habe mich aber auf

weitere Spurensuche begeben und bin selbst zu den Ruinen im hinteren Teil des Klostergrundstücks gegangen. Ich habe dort ein wenig umhergestöbert und etwas Seltsames entdeckt. Dort, wo die Kapelle gestanden hat, von der nur noch Reste des Altars und ein paar Mauersteine übrig sind, sah ich auf den zersprungenen Bodenfliesen in der Nähe des alten Altars etwas eingeritzt. Soweit mich meine Kenntnisse nicht trügen, ähnelten diese Kratzer keltischen Kreuzen. Hat der Ire diese Markierungen hinterlassen? Zu welchem Zweck? Ich bin leider nicht dazu gekommen, der Sache nachzugehen, denn ein junger Bursche tauchte auf und beschied mir mit barscher Stimme, zu verschwinden. Dies sei ein archäologisches Grabungsfeld. Um mir keinen Ärger einzuhandeln, bin ich gegangen.

Als ich das Klostergelände verließ, habe ich mich noch einmal zu den Ruinen umgedreht. Und da sah ich, wie sich dieser junge Bursche mit einem eher finster dreinblickenden Mann unterhielt, der mir vage bekannt vorkam. Ich grübele noch immer, an wen mich dieser Mann erinnert hat. Da ich aber ständig Leute treffe, bin ich noch nicht darauf gekommen. Wobei ich erstaunt wäre, wenn irgendeiner meiner Bekannten in Klosterruinen herumstreichen würde. Es könnte ja eine Art Doppelgänger gewesen sein. Wie ich einmal gelesen habe, hat fast jeder Mensch einen Doppelgänger. Was mich betrifft, kann ich mir das aber kaum vorstellen. Wäre auch zu schrecklich!

Anna staunte über Haralds Anflug von Selbstironie und schmunzelte bei dem Gedanken, dass Harald Frostauer eventuell tatsächlich irgendwo einen Doppelgänger haben könnte. Sie überlegte, wer der Mann in der Klosterruine gewesen sein könnte und wer der unfreundliche »Bursche«. Sie würde heute keine Lösung dieser Fragen mehr finden.

Post aus dem Jenseits

Ehe sie ihre Post öffnete, erledigte Anna noch etwas anderes: Sie meldete sich endlich bei Richard. Nachdem sie mit ihm gesprochen hatte, drängte es sie nun doch, nach Hannover zurückzukehren. Richard hatte am Telefon Andeutungen gemacht, dass es eine neue Entwicklung gebe und ihn Harald Frostauer, den er genauso wenig mochte wie umgekehrt, überraschenderweise angerufen habe. Man wolle sich treffen.

»Bitte, Anna, sei dabei. Allein halte ich es mit diesem Schnösel nicht aus. Und ohnehin warst du lange genug sauer auf mich!«

Anna musste lächeln. Sie war Richard nicht mehr böse. Der Besuch in Irland hatte ihr gutgetan. Und auch der Vergleich mit Desmond, den sie schätzte, amüsant und charmant fand, bei dem sie aber irgendetwas störte, was sie nicht benennen konnte. Vielleicht war er einfach nicht, obgleich sie das kurzfristig geglaubt hatte, ihr Typ. Zumindest weniger als Richard, wie sie inzwischen entdeckt hatte. Sie versprach ihm, auf jeden Fall bei dem Treffen dabei zu sein.

Dann öffnete sie als Erstes ein dickes Kuvert, in dem sie eine überflüssige Werbesendung vermutete. Zunächst fiel tatsächlich eine Illustrierte heraus. Ein wenig perplex betrachtete Anna die Zeitschrift, die laut Datum vom November des letzten Jahres stammte, also fast ein halbes Jahr alt. Doch dann sah sie, dass in die Zeitschrift ein zweites Kuvert geschoben worden war. Mit großen Druckbuchstaben stand darauf: »Für Anna, persönlich«.

Als sie den kleineren Umschlag öffnete, segelte ein Zettel auf den Boden. Nur die Anrede und die Unterschrift waren mit der Hand geschrieben worden, der Rest mit dem Computer verfasst. Sie hob den Zettel auf und strich ihn glatt.

Liebe Anna,
ich schicke Dir anbei einen wichtigen Teil des Buches, das ich
an Richard Bernhard gesandt habe. Ich gestehe, dass ich diese

Seiten aus dem Original herausgetrennt habe, als mir ihr Inhalt klar wurde. Um diese Seiten zu schützen, da ich nicht weiß, ob ich verfolgt werde, sende ich diese Blätter an die Adresse Deiner Mutter in Köln, die ich übers Internet herausgefunden habe. Dort sind sie gewiss sicher aufgehoben. Aber ich werde Dir hoffentlich bald alles persönlich erklären können. Das Buch ist, wie ich durch Zufall entdeckt habe, der Schlüssel zu einem alten Geheimnis. Es geht um die Verstecke von Masken aus der frühen keltischen Epoche, entstanden etwa zweihundert Jahre vor dem Siegeszug des Christentums in Irland. Sie sollen eine Art magische Kraft besitzen. Wie ich erfahren habe, haben sie auch heute noch für bestimmte Menschen eine besondere Bedeutung. Ich habe eine leise Ahnung, wer hinter diesem Buch und den Masken her ist. Wenn wir uns treffen, kann ich Dir vielleicht schon mehr dazu sagen. Zu meinem Entsetzen habe ich herausgefunden, dass Karl und Felix aus alten Büchern Illustrationen entfernt haben, um sie auf dem Schwarzmarkt zu verkaufen. Inzwischen bin ich zu der Überzeugung gekommen, dass die Leute, die die Illustrationen haben wollten, dies eher als Camouflage benutzt haben, um an das kleine Buch des Iren heranzukommen. Das scheint mir das eigentliche Objekt der Begierde zu sein. Durch einen Trick hat Felix mich dazu gebracht, dieses Buch zu finden. Als ich es entdeckt hatte, spürte ich, dass Felix, der sich zu verstellen versuchte, an diesem Büchlein interessiert war. Ich legte es beiseite, aber dann reizte mich der Titel.

Nachdem Felix an dem Abend gegangen war, habe ich in dem Buch geblättert und erkannt, worum es darin wirklich geht. Ich habe es an mich genommen. Am übernächsten Tag habe ich eine SMS von Felix erhalten, in der er mich fragte, ob ich zufällig das kleine Buch des Iren gesehen hätte, weil er es gerne lesen würde. Da war ich mir sicher, dass mein Verdacht berechtigt gewesen ist. Ich habe ihm nicht geantwortet. Ich bin froh, dass ich das Buch erst einmal aus der Schusslinie geholt habe, und hoffe, dass Du diese Seiten bekommst, die ich nach einem ersten Überfliegen des Textes herausgetrennt habe. Eigentlich widerstrebt mir das

zutiefst, da ich damit das Buch im Grunde zerstört habe. Aber ich sah keine andere Möglichkeit, um vielleicht etwas Schlimmes zu verhindern. Du wirst bei der Lektüre verstehen, was ich meine. Der Brief ist sozusagen mein Sicherheitsnetz. Sollte mir etwas passieren, hast Du den Schlüssel zu diesem Geheimnis und dem Schatz, den Seamus McDowell zu retten versucht hat. Pass gut auf diese Seiten auf.
Alles Liebe
Dein Neffe Daniel

Anna legte den Zettel fassungslos aus der Hand und starrte auf die losen Blätter aus dem Umschlag. Es waren eindeutig die fehlenden Seiten aus dem Buch, die vielleicht helfen würden, das Geheimnis des Iren zu lüften.

Wer hatte Karl Hegemann für seine Zwecke benutzt, der seinerseits wiederum Felix Meinrad auf Daniel angesetzt hatte? Offensichtlich steckte dahinter eine Person oder auch eine Gruppe von Menschen, die über Leichen ging, um an die Masken zu kommen.

Anna lief es kalt über den Rücken. Sie ahnte, dass sie zwar der Wahrheit langsam näherkam, ohne aber bisher die Zusammenhänge wirklich zu verstehen.

Deirdre, der sie das Buch gemailt hatte, wollte ihr heute das Ergebnis ihrer Nachforschungen mitteilen. Sie hatte alle ihre Unterlagen aus dem Nachlass von Reginald Fitzgibbon durchforstet, um den wahren Namen des Iren herauszufinden. Irgendwo in den Briefen und Notizbüchern ihres Ahnen musste sich ein Hinweis verstecken.

Was für ein Tag! Anna war aufgeregt. Zwar konnte sie das dumpfe Gefühl nicht verdrängen, dass sie nur den Saum des Mantels in der Hand hielt, hinter dem sich die Lösung der Fragen verbarg, aber der heutige Tag war entscheidend. Gleich nach ihrer Rückkehr würde sie Schumann anrufen, um ihn zu informieren. Auch Richard sollte die Neuigkeit schnell erfahren. Eine Sekunde dachte sie, sogar Harald Frostauer einen Hinweis zu geben, da er ihr ebenfalls weitergeholfen hatte. Aber dann verwarf sie diese Idee. Frostauer ähnelte einer Zecke: Er saugte sich gerne an Menschen und Themen fest.

Sie hatte vor dem Ausflug nach Glendalough keine Zeit mehr, die Blätter in Ruhe zu studieren. Sie fotografierte sie mit ihrem Handy, dann steckte sie alles wieder in das Kuvert und schob es zurück in die Illustrierte. Das Sicherste war wohl, den Umschlag wieder unter den anderen, noch ungeöffneten Briefen in ihrem Koffer zu verstauen. Falls jemand doch neugierig in ihren Sachen wühlte, würde wohl keiner vermuten, dass sich so wichtige Informationen in einem simplen Umschlag und dazu noch in einer uralten Illustrierten befinden könnten. Sie schloss den Koffer ab und stellte ihren Laptop in den Schrank.

Eine halbe Stunde vor der geplanten Abfahrt nach Glendalough traf sie Deirdre in Eamons Esszimmer. Sie setzten sich an den Tisch und tranken erst einmal einen Tee. Doch dann hielt es Anna nicht mehr aus.

»Hast du herausbekommen, wer sich hinter diesen Pseudonymen ›der Ire‹ alias Seamus McDowell versteckt?«, fragte sie etwas atemlos.

Deirdre nickte langsam. Sie räusperte sich und fuhr sich mit der Hand durch ihre dunklen Haare. Anna bemerkte nicht zum ersten Mal ihre kornblumenblauen Augen, die Desmonds Augen ähnelten. »Es ist eine kuriose Geschichte«, begann Deirdre, »und es war nicht leicht, diesem Seamus McDowell auf die Schliche zu kommen. Mir fiel ein, dass ich vor einigen Monaten einen Brief von Reginald an John Waterstone, seinen alten Bekannten in den Wicklow Mountains, gelesen hatte. Ich hatte den Brief nicht weiter beachtet, weil er mir für Reginalds Biografie damals weniger wichtig erschien. Aber ein Name ist mir im Gedächtnis geblieben, deshalb habe ich den Brief aus dem Jahre 1824 noch einmal ausgegraben. Glücklicherweise habe ich alles gesammelt und nach Jahreszahlen geordnet. Hier ist eine Kopie.« Deirdre schob ein Blatt über den Tisch. »Falls du Reginalds Schrift nicht entziffern kannst, helfe ich dir gerne.«

Aber Anna kannte die Schrift des einstigen Kartographen in Diensten der Royal Society und Entdecker der Schätze im

Brester Moor noch aus eigener Anschauung. Der erste Teil dieses Schreibens vom 10. September 1824 ging darum, dass sich Reginald nach Johns Wohlergehen erkundigte. Waterstone ging es offenbar nicht gut. Seine Frau war gestorben, zwei seiner Kinder lebten in England, und eine der Töchter hatte nach Boston geheiratet. Nach diesem Vorgeplänkel wurde Annas Aufmerksamkeit geweckt.

Meine angeheiratete Tante Elizabeth lebt ja noch immer in Deinem Fleetwood House. Ich habe von einer Bluttat vernommen, der ihr Hausmädchen Bethany zum Opfer fiel. Die Constabulary hat den Täter noch nicht gefasst. Niemand weiß, was oder wer hinter diesem Mord steckt. Womöglich war es ein geplanter Raub, den Bethany verhindern wollte. Allerdings geht auch das Gerücht, sie habe dem Dieb bei seinem Einbruch helfen wollen und ihn dann erpresst. Ein gefährliches Unterfangen, denn Erpresser fackeln oft nicht lange damit, unliebsame Zeugen zu beseitigen.

Aber mich treibt etwas anderes um, das vielleicht damit zusammenhängt. Ich habe das unangenehme Gefühl, dass sich derzeit geheime Gruppierungen zusammentun, die einen erneuten Aufstand gegen die Briten planen und deshalb eine militante Organisation bilden. Elizabeth ist im Besitz einiger wertvoller alter Druidenmasken, die vor langer Zeit zu rituellen Zwecken benutzt wurden. Auch Archibald Ravenstock scheint an diesen Masken interessiert zu sein. Aber er sieht in ihnen mehr den materiellen als den ideellen Wert.

Von Elizabeths Neffen Declan Sullivan habe ich vor wenigen Tagen erfahren, dass sie diese Masken, die angeblich mit einem Fluch behaftet sind, nicht länger in Fleetwood House aufbewahren möchte. Declan arbeitet als Bibliothekar im Trinity, ein alerter junger Mann, den Elizabeth sehr schätzt und der sie öfter besucht. Er war auch zu der Zeit bei ihr, als Bethany ermordet wurde. Declan ist aber an Dublin gebunden, weshalb ich Dich, guter Freund, bitte, gelegentlich nach Elizabeth zu sehen, die nur mit ihrem Diener und einem neuen Hausmädchen in diesem ein-

samen Haus lebt. Du weißt, dass Rory MacLeods Sohn Brendan und sein Vetter Patrick O'Toole wegen bestimmter Vorkommnisse während des Aufstandes von 1798 einen alten Groll gegen Elizabeths längst verstorbenen Mann Michael O'Brien hegen. Michael war niemals ein Verräter, und er ist bei diesem Aufstand selbst getötet worden. Ich fürchte aber, dass Brendan und vor allem dieser Wirrkopf Patrick Intrigen gegen Elizabeth spinnen. Mir ist auch zu Ohren gekommen, dass sie sich in einem Pub in Dumfridge mit Gleichgesinnten treffen.

Stehe Elizabeth zur Seite. Ihr Wohl liegt mir am Herzen, selbst wenn ich nicht unmittelbar mit ihr verwandt bin.

Du selbst bleibe behütet, und falls Dich Dein Weg nach Dublin führt, sei mein Gast!
Reginald

P.S. Just als ich den Brief an Dich abschicken wollte, habe ich erfahren, dass Declan Sullivan aus Dublin abgereist ist. Angeblich befindet er sich auf dem Weg nach London, um dort in der British Library seine Kenntnisse über das Bibliothekswesen zu erweitern. Mir kommt das seltsam vor. Ich hoffe nur, dass der Junge sich nicht in Gefahr begibt. Und vor allem deutsche Moore meidet!

Bei diesem letzten Satz musste Anna unwillkürlich lächeln. Endlich wusste sie, wie »The Irishman« wirklich hieß: Declan Sullivan, ein angeheirateter Neffe von Elizabeth O'Brien, geborene MacNeill.

Wie lächerlich klein doch die Welt war! Bei ihrem Abenteuer im Ith hatte Anna sich im vergangenen Herbst oft gefragt, was aus James MacNeills Tochter geworden war, die der Schotte bei seiner Flucht aus dem »Tal der Schatten«, wie er es nannte, bei den Verwandten seiner Frau zurücklassen musste. Aber über das Schicksal von Elizabeth war fast nichts bekannt. Und nun war ausgerechnet Elizabeth MacNeill, die mit Michael O'Brien erst in Amerika, dann in Irland gelebt hatte, letztlich die »Patin« all dieser Ereignisse.

Anna freute sich, dass sie die Verwandtschaftszugehörigkeit des Irishman innerhalb der O'Briens einzuordnen vermochte. Wieder war ein Zipfel des Geheimnisses der Masken gelüftet. Allerdings führte sie das nicht näher heran an die Identität des oder der Täter, die für den Tod von Karl und Daniel verantwortlich waren. Declan Sullivan glaubte zwar nicht wirklich an diesen ominösen Fluch der Kelten, aber vielleicht hätte er diese beiden Morde doch als Fluch interpretiert. Und womöglich war er selbst Opfer eines Mordes geworden. Die Masken schienen in der Tat keine Glücksbringer zu sein.

Anna verdrängte diese Überlegungen und dankte ihrer Freundin. »Du bist großartig, liebste Deirdre. Jetzt lassen sich manche Ereignisse besser einordnen. Ist es nicht einfach unfassbar, dass Reginald Fitzgibbon auch in dieser Geschichte wiederauftaucht, wenn auch nur in einer Nebenrolle? Aber es schließen sich damit Kreise.«

Auch wenn diese Geschichte nicht frei von Tragödien war. Falls Declan Sullivan und Reimers tatsächlich bei dem Klosterbrand gestorben waren, so nutzte die Namensfindung immerhin, um dem Toten seine wahre Identität zu geben. Dann war er wenigstens keine dieser namenlosen Seelen mehr.

»Aber es gibt noch viele Rätsel«, sagte Anna laut und riss sich aus ihren dunklen Gedanken. »Mein Neffe Daniel hat mir etwas geschickt, was uns vielleicht helfen könnte, ein paar der offenen Fragen zu beantworten.«

In diesem Moment rief Eamon nach ihnen und forderte sie auf, ins Auto zu steigen.

»Auf nach Glendalough!«

Von Masken und Menschen

Felix saß im Schatten der alten Klosterruine in Warnstedt. Er hatte sich in einer Obdachlosenunterkunft versteckt gehalten und war am gestrigen Abend zurückgekehrt. Bei seinem Abenteuer in der Ruine hatte er eine Entdeckung gemacht, aus der er Kapital zu schlagen gedachte. Wenn alles nach Plan ging, dann würde er bald viel Geld haben. Er wartete nur noch auf die Sendung eines Online-Händlers. Das Paket sollte in diesen Tagen ins Kloster Lüne geliefert werden. An die Adresse seiner Tante, die es an ihn weiterleiten sollte. Und dann würde er sein Ding drehen.

Zwei Tage nach seinem unfreiwilligen Aufenthalt in den Katakomben war er am frühen Abend unauffällig zurück zum Grabungsfeld gegangen, hatte die Steinplatte mit den drei winzigen Kreuzen mit einem kleinen Meißel aus ihren Fugen gelöst, mutig in die dunkle Grube gegriffen und einen Lederbeutel herausgezogen.

Als er ihn öffnete und den Inhalt betrachtete, war er fasziniert. Auch wenn er keine Ahnung hatte, was dieser Fund genau bedeutete, spürte er, dass es eine Rarität war. Er hatte in Museen und Ausstellungen ähnliche Kunstwerke gesehen und wusste, dass diese Artefakte sehr alt sein mussten. Ihm fiel der Titel des Buches aus der Bibliothek ein. Wahrscheinlich ging es darin um diese Masken. »Holy Masks of the Ancient Celts«. Das also stand im Fokus dieses auf den ersten Blick unauffälligen Büchleins, das Daniel hatte mitgehen lassen. Offenbar waren ihm bestimmte Zusammenhänge klar geworden. Und auch Karls Auftraggeber mussten um den wahren Wert des Buches wissen. Wenn diese Masken so begehrt waren, dann wollte Felix davon profitieren. Nach kurzer Recherche fasste er einen Plan.

Er würde die Originale durch Kopien ersetzen und sie an Stelle der echten Artefakte verkaufen. Die Kopien, die er im

Internet bestellt hatte, sahen ihren Vorbildern täuschend ähnlich. Sollte der Käufer den Betrug irgendwann erkennen – wenn er es überhaupt tat –, dann wäre er schon über alle Berge und könnte die Originale später auf dem Schwarzmarkt sozusagen ein zweites Mal verkaufen. Diese Masken würden die Käufer, an die er dachte, sicher nicht stolz in der Vitrine platzieren, sondern sich eher insgeheim daran erfreuen. Also keine Gefahr, dass dazu Fragen gestellt würden.

Er wäre dann ohnehin längst irgendwo im Ausland, in Dänemark oder Norwegen, zumindest für einige Zeit, bis sich hier alle Stürme gelegt hatten. Er pfiff auf seine Ausbildung. Er träumte von Reisen, und wer weiß, vielleicht eiferte er Gauguin nach und fuhr statt nach Dänemark gleich nach Tahiti.

Felix' Herz hüpfte. Er hatte sich also doch nicht geirrt, als er kurz vor dem Überfall auf ihn die kleinen Markierungen entdeckt und gehofft hatte, auf einen Schatz gestoßen zu sein. Jetzt musste er nur noch jemanden finden, dem er die falschen Masken andrehen konnte. Und womöglich hatte er in einem Pub in Hannover schon jemanden gefunden. Am Abend nach seinem Fund war er mit einem freundlichen Mann in seinem Alter ins Gespräch gekommen. Beiläufig hatte er die Bemerkung gemacht, dass sein Hobby das Sammeln von ungewöhnlichen Objekten sei und er gelegentlich einiges davon zum Verkauf anbiete. Eben erst habe er mit Hilfe eines Metalldetektors interessante Objekte entdeckt, die aber nicht zu seinen anderen Funden passten und die er deshalb verkaufen wolle. Im Lügen war Felix schon immer ein Meister gewesen.

Der andere betrachtete ihn aufmerksam und fragte: »Woher stammt dein Fund?« Felix erzählte, dass er im Kloster Warnstedt arbeite und dort durch Zufall im Park etwas ausgegraben habe. Der junge Mann lächelte und sagte: »Das könnte einen Bekannten von mir interessieren. Er sammelt seit Jahren alte Objekte. Ich bringe euch gerne zusammen.«

Wenig später tauchte der Mann auf, und Felix' neuer Bekannter erzählte ihm von den Funden. Nach einem kurzen Blick auf das Handyfoto nickte der Mann, und wenig später war man sich handelseinig. Der Interessent zeigte sich willig, ihm fünftausend Euro zu zahlen, »cash auf Kralle«.

Felix verabredete mit dem Käufer, sich an einem noch zu bestimmenden Ort für die Übergabe zu treffen. Fünftausend Euro – das war ein Anfang. Und er würde die Originale ja behalten. Für Kopien war das ein guter Deal.

Am nächsten Tag hatte er die Maskenkopien bei dem Online-Laden bestellt, und jetzt musste er nur noch auf das Päckchen warten.

Ein wenig unwohl fühlte er sich allerdings doch in seiner Haut; er war schließlich kein hartgesottener Gauner und längst nicht so gewissenlos und abgebrüht, wie er es gerne gewesen wäre. Dass er seiner Tante wehtun könnte, war ihm zwar durchaus bewusst. Doch das musste er in Kauf nehmen. Schließlich war es sein Leben. Er mochte seine Tante, aber er musste sich auch von ihr befreien.

Doch jetzt brauchte er ihre Hilfe.

❊❊❊

Nachdenklich legte Roswitha Ebersberg den Hörer auf. Felix hatte sie überraschend angerufen. Ihre Freude darüber wich einem Gefühl der Verwirrung. Sie hatte nicht ganz verstanden, was für eine Art Paket bald bei ihr ankommen sollte und wo Felix im Augenblick war.

»Ich fahre nach Hannover, gehe zu Kommissar Schumann und sehe dann, wie es mit mir weitergeht«, hatte er gesagt. »Es wird schon eine Lösung geben, mach dir nicht zu viele Sorgen! Ich muss auch noch nach Warnstedt, aber ich brauche etwas Zeit, um mir zu überlegen, was ich wirklich will.« Er hatte ihr noch gesagt, wohin sie das Paket schicken sollte. Auf keinen Fall an seine eigene Adresse.

Roswithas Herz zog sich zusammen. Sie ahnte, dass er sie angelogen hatte und nicht vorhatte, nach Warnstedt zurückzukehren. Sie spürte, dass er einen eigenen Weg eingeschlagen hatte. Doch wie Parzival in Klingsors Zauberschloss hatte sie geschwiegen und keine weiteren Fragen gestellt. Den Felix, den sie als Kind geliebt und betreut hatte, gab es nicht mehr. Er war ein anderer geworden, und sie hatte ihn verloren. Was hatte sie falsch gemacht, wann war ihr der nette Junge mit den fröhlichen Augen entglitten, und weshalb hatte sie die Warnzeichen nicht bemerkt?

Das Paket, das am nächsten Tag bei ihr eintraf, versetzte sie in noch größere Verwirrung. Was hatte Felix denn mit solchen Dingen zu schaffen? Sie betrachtete es von allen Seiten. Felix hatte sie gebeten, es per Eilboten postlagernd nach Hannover weiterzuschicken.

Der Zweifel nagte an ihrer Seele, als sie nach längerem Zögern eine Nummer in Hannover wählte. Es kam ihr vor wie Verrat, doch sie musste versuchen, Felix vor sich selbst zu schützen.

Kommissar Schumann hörte ihr aufmerksam zu, ohne sie zu unterbrechen. Dann sagte er: »Wir werden ihn, falls er wirklich bei uns auftaucht, hierbehalten. Er schuldet uns noch einige Antworten. Interessant, was Sie über dieses Päckchen sagen. Wo hat er bestellt? Beim ›Celtic Shop for Ancient Art‹? Ich werde gleich dazu Erkundigungen einziehen. Danke, Frau Ebersberg. Sie haben uns sehr geholfen, ich hoffe, dass ich Ihnen auch helfen kann.«

✳ ✳ ✳

Als Schumann die Antwort des Internetshops in Oberrittersdorf erhielt, dämmerte es bereits. Felix war nicht im Kommissariat erschienen. Schumann teilte Roswitha Ebersbergs ungutes Gefühl. Wo war der Bursche, und was hatte er vor? Schumann sehnte sich plötzlich nach Anna. Ihre Kombinationsgabe, gepaart mit ihrer überbordenden Phantasie, war ihm schon früher eine Hilfe gewesen, selbst wenn er sie immer wieder ermahnte, sich nicht als Miss Marple zu gebärden. Hoffentlich kam sie bald zurück.

Vielleicht würde sie ihm ein paar wichtige Erklärungen liefern können. Sie hatte angedeutet, dass es in dem sonderbaren

Büchlein unter anderem um Druidenmasken, keltische Rituale, Geheimbünde ging. Und jetzt diese Bestellung, die Felix aufgegeben hatte. Nachgemachte keltische Objekte!

Mummenschanz, dachte Schumann, dem diese Thematik wenig lag. Dazu war er viel zu rational veranlagt. Das Päckchen war im Übrigen schon bei der Post abgeholt worden, wie Hartmut Brink herausgefunden hatte.

Er erhob sich von seinem Schreibtisch. Ehe er sein Büro verließ, schrieb er Anna eine SMS: »*Liebe Anna, es wäre schön, wenn wir spätestens morgen telefonieren könnten, und am besten wäre es, wenn Sie bald zurückkämen. Der Fall wird immer sonderbarer, und ich bin mit meinem Latein am Ende. Aber das gestehe ich nur Ihnen im Vertrauen. Liebe Grüße aus dem kühlen Hannover – Hans Schumann*«.

Phantomjagd

Glendalough wirkte an diesem Tag im späten März heiter und freundlich, ohne düstere Schatten oder dunkle Wolken, die diesem Ort beim letzten Mal einen Hauch von Morbidität verliehen hatten.

Nur wenige Besucher hatten ihre Wagen auf dem Parkplatz abgestellt. Zwei Touristenbusse standen an der entgegengesetzten Seite des Besucherparkplatzes. Anna, Eamon und Deirdre gingen zielstrebig auf das Besucherzentrum zu und betraten wenig später den Wanderweg, der sich am ersten der beiden Seen entlangschlängelte. Anna bedauerte, dass ihr geplanter Ausflug mit Desmond nach Malahide bei diesem Irlandbesuch nicht stattfinden würde, weil er, wie er ihr gesagt hatte, in der kommenden Woche überraschend einen Vortrag im National-museum zu »Alte Götter in neuer Zeit« halten und diesen noch erarbeiten müsse. »Sogar ich muss gelegentlich noch recherchieren«, hatte er am Telefon gescherzt. Anna verdrängte ihre Enttäuschung und machte das Beste aus dem Ausflug mit Deirdre und Eamon.

»Das ist ein magischer Ort«, hatte Eamon gut gelaunt gesagt, als er Deirdre und sie vorhin in sein Auto geladen hatte. Laut pfeifend war er losgefahren. So entspannt hatte Anna ihn noch nicht erlebt. Mit keinem Wort erwähnte er die nächtliche Ruhestörung. »Es tut mir gut, mal aus meiner Schreibstube zu kommen.« Er zwinkerte Anna zu. »Ich war ewig nicht mehr in Glendalough. Dabei stammen die Caseys ursprünglich aus dieser Gegend.«

Anna allerdings verschwieg ihm den wahren Grund für ihren Wunsch, noch einmal nach Glendalough zu fahren, ehe sie morgen nach Hause zurückfliegen würde. Ein erneuter Versuch, Spuren der Vergangenheit zu finden.

Der Ausflug nach Glendalough erwies sich aber bald als ein Schlag ins Wasser. Sie hatte versucht, Eamon abzuschütteln, weil sie allein mit Deirdre zum alten Friedhof gehen und dort einem Instinkt folgen wollte, der ihr sagte, dass dies ein idealer Ort für Declans Schätze gewesen wäre. Auch wenn es dort nichts mehr zu entdecken gab, wollte sie den »Genius loci« noch einmal spüren. Doch vergeblich. Eamon blieb unbeirrbar an ihrer Seite und plauderte über Mönche, Wikinger und den Ärger mit Touristen, die überall ihre Spuren auf dem »heiligen Grund«, wie er Glendalough nannte, hinterließen. Glücklicherweise blieb er dann irgendwann kurz stehen und holte Deirdre und sie auch nicht so schnell wieder ein. Rasch zückte Anna ihr Handy, öffnete den fotografierten Text der acht Seiten mit Declans Hinweisen und versuchte, ihn zu lesen. Das war nicht ganz leicht, weil die fotografische Wiedergabe der handgeschriebenen Seiten recht krakelig war.

Johann Friedrich und ich haben einen verzweifelten Plan gefasst. Zwei der Masken sollen beim Altar in ihrem Versteck unter der Steinplatte bleiben, vier nehmen wir auf unsere Fahrt mit, und weitere zwei lege ich an einem Ort ab, den ich nicht nennen werde, der aber mit Hilfe der Zeichnungen zu finden sein wird. Er liegt nicht weit vom Kloster entfernt. Ich werde versuchen, nach Irland zurückzukehren und die vier Masken sicher zu verwahren. Glendalough könnte der rechte Ort dafür sein. Schon lange liegt er in Ruinen, aber unter all den Zeugnissen der Vergangenheit scheint mir der rechte Platz zu sein, die Masken zu verbergen – nicht weit von Fleetwood House entfernt, wo meine Tante sie einst so sorgfältig gehütet hat.

Meine geliebte Tante Elizabeth werde ich nicht mehr sehen können. Vor einigen Wochen erreichte mich die schreckliche Nachricht, dass sie tot am Fuße der Treppe in der Eingangshalle ihres Hauses aufgefunden wurde. Fast achtundsiebzig Jahre alt ist sie geworden. Sie muss wohl des Nachts aufgestanden sein und versucht haben, in den unteren Stock zu gelangen. Ein Ausrutscher oder ein falscher Tritt genügt, um von dieser Treppe in den Tod zu stürzen. Und dennoch nagt in mir ein leiser Zweifel, ob Elizabeth nicht auch das Opfer eines Mörders geworden ist.

Die Kunde ihres Todes hat mich über Umwege erreicht. Wäre ich in Wicklow, so würde ich diesem sogenannten Unfall auf den Grund gehen. Ich stehe kurz davor, mit meinem Onkel Reginald Kontakt aufzunehmen, um ihn nach Einzelheiten zu fragen. Aber ich wage es noch nicht. Wenn alles nach Plan gehen sollte, dann werden Johann Friedrich und ich in wenigen Monaten in Dublin sein, und dann kann ich dieser Frage nachgehen. Es mag leichtsinnig sein, heimzukehren, aber ich werde mich unter John Waterstones Schutz begeben. Er ist ein mächtiger Mann, der einst in den Diensten Georgs III. stand und für dessen Sohn, dem späteren Georg IV., manchen Auftrag erfüllte. Sein Einfluss ist noch immer stark in den Wicklows.

Meine Hoffnung besteht, dass ein Zeitalter der Vernunft anbrechen wird, verknüpft mit der Erkenntnis, dass diese Masken keine magischen Kräfte besitzen und somit selbst als Symbol für einen Geheimbund nutzlos sind. Sie sollen im Trinity College neben dem Book of Kells, das schon eintausend Jahre zählt, ihre Heimstatt finden. Aber zunächst muss ich meinem Verfolger entkommen, ehe ich große Pläne schmieden kann.

Dieses Buch werde ich zurücklassen. Es mag späteren Generationen nutzen und helfen, die hier verbliebenen Masken zu finden.

Möge eine Zeit kommen, da die Menschen keine Flüche mehr fürchten noch abergläubisch an die angeblich magische Wirkung von Symbolen glauben. Vor allem aber zerbrechen wir mit der Aufteilung der Masken die Vorstellung, dass nur mit allen acht zusammen in einem magischen Kreis überirdische Kräfte entfesselt werden.

Johann Friedrich und ich werden in der Nacht vom 31. August aufbrechen und wahrscheinlich zunächst nach Helgoland reisen. Von dort soll es dann weiter in die Heimat gehen. Ich hoffe, dass wir das Phantom abschütteln können.

Um unsere heimliche Flucht verwirklichen zu können, haben wir einen auch für uns erschreckenden Plan gefasst. Der Gedanke kam uns, als wir die zum Teil recht verwahrlosten Gräber auf dem Friedhof betrachteten. In einer abgelegenen

Ecke stießen wir auf ein Doppelgrab, zwei Brüder, beide 1790
gestorben. Und da nahm die tollkühne Idee Gestalt an. Wir
werden ihre beiden Skelette aus den Gräbern holen und sie so
herrichten, dass sie aussehen, als seien sie erschlagen worden. Wir
legen sie im Skriptorium ab und werden dort einen Brand ent-
fachen. Niemand wird dann noch erkennen, dass hier zwei alte
Skelette verbrannt sind und nicht wir. Man wird glauben, die
beiden Toten seien Johann Friedrich und ich. Wir aber werden
dann schon auf dem Weg nach Westen sein. Den Pilgern, die
im Gästehaus nächtigen, lassen wir eine Warnung zukommen,
sodass ihnen nichts geschieht.

Wir gehen um Mitternacht ans Werk. Sollte jemand den
Schein unserer Fackel sehen, so hoffen wir, dass die Sage von der
auf diesem Friedhof umherirrenden Spukgestalt des ermordeten
Mönchs Neugierige fernhält. Der Verdacht, wer uns erschlagen
und zur Verdeckung seiner Tat ein Feuer entfacht haben könnte,
soll auf den Mann ohne Gesicht fallen, der schon einige Male
in der Nähe des Klostergeländes gesehen wurde. Auch er wird
denken, dass Johann und ich tot sind. Vielleicht wird er dann
nach Irland zurückkehren, selbst ohne die Masken. Und ich
kann endlich wieder als freier Mann atmen.

Anna hätte laut jubeln können, als sie diese Zeilen las. In ihrem
tiefsten Inneren hatte sie gehofft, dass die beiden Freunde geflohen waren. Dass die beiden Männer allerdings wie in einem
modernen Thriller zwei präparierte Skelette an ihrer Stelle
zurückgelassen hatten, fand sie bizarr und großartig zugleich.
Hoffentlich war ihr Plan aufgegangen, und sie waren den Verfolger tatsächlich losgeworden.

Endlich hatte sie einen Fingerzeig, wo die Masken versteckt
worden waren. Dazu gehörte auch Glendalough. Declan hatte
von den Zeichnungen gesprochen, die ebenfalls Hinweise auf
den Verbleib einiger Masken geben könnten. Diese befanden
sich am Ende des Buches. In der Kopie schlecht zu erkennen,
aber Schumann hatte ja das Original in seiner Asservatenkammer.

Annas Herz pochte schneller. Vor allem die Idee, dass Declan und Johann Friedrich zunächst nach Helgoland gereist waren, fand sie spannend. Sie hatte die Insel, die eine so besondere Rolle in der deutschen Geschichte spielte, vor einigen Jahren selbst besucht. Auf diese Felseninsel waren im 19. Jahrhundert manch politischer Flüchtling und manch Intellektueller gekommen, der unzufrieden mit der Politik im konservativ geprägten Deutschland jener Jahre gewesen war.

Helgoland um 1830 hatte ganz anders ausgesehen als das Helgoland von heute. Teile der Insel waren während des Zweiten Weltkrieges Bombenangriffen zum Opfer gefallen, und auch nach dem Krieg wäre die Insel weitgehend zerstört worden, wenn sich nicht 1950 eine Handvoll tapferer Männer gegen die Briten gestellt und die Vernichtung Helgolands verhindert hätte. Aufgrund all dieser dramatischen Ereignisse war Helgoland, das 1890 im »Vertrag zwischen dem Deutschen Reich und dem Vereinigten Königreich über die Kolonien und Helgoland« an Preußen ging, wesentlich kleiner als vor fast zweihundert Jahren.

Anna beschäftigte die Frage, ob Declan jemals nach Irland zurückgekehrt war. Es fehlte jede Spur von ihm. Deirdre war nirgendwo auf einen Hinweis gestoßen, dass Declan Sullivan nach 1828 in Dublin oder Umgebung aufgetaucht wäre. Allerdings hätte er natürlich auch erst nach dem Tod von Reginald im Jahre 1838 unter einer anderen Identität zurückgekommen sein können. Deirdre musste noch einmal auf die Suche gehen.

Anna wollte vor Ort erkunden, ob es in der Nähe des Hochkreuzes Anzeichen eines Verstecks gab. Nach so vielen Jahren natürlich eine verrückte Idee. Und wenn Declan gar nicht selbst hierher zurückgekehrt sein sollte, dann war das hier eine reine Phantomjagd. Dazu wäre sie gerne allein gewesen, aber Eamon hatte wieder zu ihnen aufgeschlossen und klebte an ihr wie eine Klette. Offenbar wollte er sie an ihrem letzten Tag in Irland verwöhnen und wiedergutmachen, dass er sich in den vergangenen Tagen nicht ausgiebig um sie gekümmert hatte.

Als sie an dem Hochkreuz stand und hinauf zu dem blassblauen Himmel sah, vor dem sich der mächtige Stein kunstvoll abhob, klingelte Eamons Handy. Unwillig nahm er das Gespräch entgegen, wandte sich dann ab und ging ein Stück in Richtung des Turms. Anna sah, dass er bleich wurde, sein Gesicht sich dann aber dunkelrot färbte. Etwas musste ihn sehr aufregen. Er steckte sein Handy wieder ein und eilte zu ihr.

»Wir müssen sofort nach Dublin zurückkehren!«, rief er. »Bei uns ist eingebrochen worden.«

»Eingebrochen?«, fragte Deirdre schockiert. »Wie das denn?«

»Das ist noch nicht ganz klar. Wir müssen jedenfalls sofort zurück.« Er machte kehrt und marschierte los.

Deirdre warf Anna einen unglücklichen Blick zu und folgte Eamon. Anna blieb noch einen Moment stehen und betrachtete das Hochkreuz. Die Erde um das Kreuz war hart, durchwachsen mit Grashalmen und einigen spärlichen Blümchen. Die Steinplatten um das Kreuz vermittelten nicht den Anschein, als eigneten sie sich zum Vergraben von Schätzen. Enttäuscht folgte sie Eamon zum Auto. Letztlich ein vergeudeter Tag – und dann noch ein Einbruch. Nicht Schwarzer Freitag, sondern Schwarzer Donnerstag!

Auf der Rückfahrt nach Dublin herrschte angespanntes Schweigen im Wagen. Eamon überschritt sämtliche Geschwindigkeitsbeschränkungen und hielt eine knappe Stunde später vor seinem Haus, vor dem ein Polizeiwagen stand. Ein eleganter Mann mit hellbraunen Haaren und kühlen grünen Augen trat ihnen entgegen. Er musterte Eamon und die beiden Frauen mit einem Blick, den Anna als distanziert beurteilte.

»Finn McCoole«, stellte er sich Anna vor. Eamon und er schienen sich bereits zu kennen. »Wir wurden vor zwei Stunden von Ihren Nachbarn alarmiert, den O'Malleys. Sie sahen zwei Männer aus dem Haus eilen, die beide offensichtlich recht schwere Rucksäcke mit sich schleppten. Francis O'Malley hat uns sofort angerufen, seine Frau Abigail ist sogar mit einem Besen in der Hand rübergelaufen, um die Männer zu vertreiben. Aber da waren die Kerle natürlich schon weg.«

Anna musste trotz des Schreckens grinsen. Die klapperdünne rothaarige Abigail O'Malley, die sie einige Male von Weitem freundlich gegrüßt hatte, mit einem Besen auf Diebesjagd – eine köstliche Vorstellung! Aber sie unterdrückte rasch ihr Feixen, als O'Coole fortfuhr: »Die Haustür ist aufgebrochen worden. Kommen Sie und schauen Sie bitte, was gestohlen worden ist.«

»Am helllichten Tag brechen diese Burschen ein!« Eamon war fassungslos. Er stürmte ins Haus. Anna folgte ihm.

Im Esszimmer waren alle Schubladen aufgerissen. Aber da das tägliche Besteck aus Edelstahl und nicht aus Silber bestand, schien es uninteressant gewesen zu sein. Dagegen fehlten zwei schöne alte Teller aus der Belleek Pottery im County Fermanagh, die über der Kommode gehangen hatten. Im Wohnzimmer hatten die Räuber den Fernseher aus der Wand gerissen, ihn aber dann doch nicht mitgenommen. Eine Waterford-Glasschale war fort und in der Küche ein nagelneues Messerset mit zwölf Messern. Mehr konnte Eamon auf den ersten Blick nicht feststellen. Sein Arbeitszimmer war abgeschlossen, die Tür unbeschädigt. Doch als Anna in ihr Zimmer kam, schrie sie laut auf.

Finn McCoole, sein Assistent Caspar Browne, ein bärtiger Jüngling mit schwarzen Augen, und Eamon eilten zu ihr. Ihr Koffer war aufgebrochen worden, ihre Sachen lagen verstreut im Raum. Falls die Diebe Schmuck gesucht hatten, waren sie enttäuscht worden. Anna hatte auf Reisen nie welchen dabei. Aber zu ihrem Entsetzen war ihr Laptop aus dem Schrank verschwunden. Und inmitten des Chaos auf dem Boden entdeckte sie nur noch einen einzigen Umschlag der nach Köln gesandten Post, den Werbekatalog eines Reisebüros. Alle anderen Umschläge waren fort.

In den nächsten beiden Stunden gaben Eamon und Anna die gestohlenen Gegenstände zu Protokoll. Für die meisten Dinge würde die Versicherung bezahlen, aber Annas Laptop besaß nicht nur einen materiellen Wert, sondern barg vor allem eine Fülle gespeicherter Materialien wie das Buch von Declan Sullivan. Dummerweise hatte sie den USB-Stick neben dem Laptop liegen lassen. Sie konnte sich allerdings nicht vorstellen, dass die Diebe sich dafür interessierten. Wahrscheinlich würden sie alles löschen und den Laptop weiterverkaufen, den USB-Stick vielleicht gleich wegwerfen.

Anna fühlte sich hundsmiserabel. Als Desmond später kam, um sie zu einem letzten Essen abzuholen, trank sie gerade mit Eamon einen Brandy, um die Nerven zu beruhigen. Deirdre war nach Hause gegangen. Sie wollte, wie sie andeutete, etwas für Anna überprüfen. Desmond hatte noch nichts von dem Einbruch erfahren, da er den ganzen Tag an seinem Vortrag gearbeitet hatte. Sein Mitgefühl galt vor allem Anna. Eamon kaute betreten an seiner Unterlippe und murmelte, dass dies wahrlich kein schöner letzter Tag in Dublin für Anna gewesen sei. »Glendalough haben wir deshalb auch nicht genießen können.«

Plötzlich musste Anna mit den Tränen kämpfen. Vor allem der Verlust der aus dem Buch herausgetrennten Seiten, die sie immerhin Gott sei Dank noch fotografiert hatte, machte ihr schwer zu schaffen. Alles erschien ihr, wie sie schon mehrfach gedacht hatte, ohnehin wie eine Jagd nach Phantomen, nichts wirklich greifbar, nichts real. Die Masken schienen alle längst verschwunden zu sein, wer weiß, wohin. Aber irgendein Wahnsinniger hatte Daniel wohl wegen dieses Buches und der darin erwähnten Druidenmasken ermordet. Jemand, der das Buch um jeden Preis besitzen wollte. Was für ein Blödsinn, dass irgendjemand im 21. Jahrhundert noch an die magische Kraft dieser Masken oder an irgendwelche uralten Druidenflüche glauben könnte! Geradezu hirnrissig.

Sie spürte Zorn in sich aufsteigen. Das Ganze artete zu einem bescheuerten Alptraum aus, dem sie am liebsten entflohen wäre. Es war schon bitter ironisch: Sie war aus Hannover nach Dublin gereist, um dem Mordfall dort zu entgehen, und war nun in Dublin erneut in dessen Sog geraten. Im wahrsten Sinne vom Regen in die Traufe.

Als die beiden Polizisten das Haus wenig später verließen,

drückte McCoole Eamon die Hand. »Sorry, Eamon, aber viel können wir im Moment nicht machen. Wir haben auch keine brauchbaren Spuren gefunden. Die Täter haben sicherlich Handschuhe getragen.«

Ein kleiner Hinweis kam dann noch von der energischen Abigail O'Malley. »Die Burschen war eher jung, schlaksig und trugen Kapuzenpullover.«

McCoole grinste schief. »Na, dann klappern wir die Stadt jetzt nach etwa zweitausend oder mehr Typen mit Kapuzenpullovern ab. Vor allem aber schauen wir, ob wir irgendwas aus der Szene erfahren. Wir haben da unsere Mittelsmänner. Die Teller sind recht wertvoll. Da sickert vielleicht etwas durch.«

Eine Stunde später saß Anna mit Desmond in einem hübschen Restaurant. Er versuchte alles, um sie abzulenken, und erzählte ihr von den Ergebnissen seiner jüngsten Forschungen über Moorleichen in Westirland, amüsierte sie mit Anekdoten aus dem Universitätsalltag, hielt zwischendurch ihre Hand, sagte ihr, dass er sie gerne bald wiedersehen würde, und versüßte ihr nach diesem missglückten Tag den Abend. Und doch sprang bei Anna der Funken nicht über. Eigentlich schade, dachte sie.

Während dieser letztlich dann doch recht schönen Stunden nagte etwas an ihr. Es war nicht nur der Verlust ihres Laptops und des Briefes von Daniel. Irgendetwas gab es da, was sie nicht genau definieren konnte. Ein Satz aus Declans Notizen zu den Verstecken der Masken? Nein, das war es auch nicht.

Desmond schien nicht zu merken, dass Annas Gedanken abschweiften, die sich trotz seines Charmes und seiner Aufmerksamkeit sogar ein bisschen nach Richard sehnte, der ihr gestern noch eine liebevolle SMS geschickt hatte. Anna versuchte sich wieder auf das Essen und vor allem auf Desmond zu konzentrieren. Vielleicht würde ihr später noch einfallen, was in ihrem Unterbewusstsein spukte.

Beim Nachtisch, einem köstlichen Apple Crumble, erreichte sie eine SMS von Deirdre. Anna warf Desmond einen entschuldigenden Blick zu. »*Anna, du musst heute noch zu mir kommen.*

Ich habe etwas in den Unterlagen von Reginald entdeckt. Ich weiß, dass du gerade mit Desmond zu Abend isst, aber bitte komm schnell. Ich bin auf jeden Fall noch wach! Und verrate Desmond bitte nichts. Ich muss das erst mal mit dir allein besprechen.«

Maskentreiben

Während Anna mit Eamon und Deirdre an diesem milden irischen Vorfrühlingstag nach Glendalough aufgebrochen war, hatte sich Kommissar Schumann ein etwas späteres Frühstück gegönnt. Aber weder sein Kaffee noch der Toast schmeckten ihm an diesem Morgen. Sein Handy klingelte, als er gerade seine vierte Tasse Kaffee leerte.

Langsam werde ich süchtig und Henning Mankells Kommissar Wallander immer ähnlicher, dachte er und schob die Tasse weg. Hartmut Brink war am Telefon.

»Felix Meinrad wurde tot in der Ruine der Kapelle von Kloster Warnstedt gefunden. Sie waren nicht zu erreichen, deshalb hat man mich zuerst informiert.« Brink klang vorwurfsvoll, doch Schumann hatte erst jetzt den Klingelton seines Handys wieder auf laut gestellt, um in Ruhe frühstücken zu können.

»Wer hat die Leiche gefunden?«, fragte Schumann.

Brink berichtete, dass Günther Rademacher, der Archäologe, am frühen Morgen zu einer ersten Sichtung für die kommende Grabung auf das »eigentlich ja abgesperrte Gelände« gekommen sei und dabei in der Ruine der Kapelle den jungen Mann ausgestreckt auf dem Boden gefunden habe. Er wirkte ein wenig irritiert, als er hinzufügte: »Rademacher sagt, dass neben dem Toten zwei sonderbare Masken lagen. Er hat als Erstes den Beamten in Wunstorf angerufen, der dann uns informiert hat.« Immerhin hatte der Polizeiwachtmeister aus Wunstorf festgestellt, dass in der Jeans des Toten seine Brieftasche mit Personalausweis steckte. Allerdings fehlten Geld und Handy.

Als Schumann eine knappe Stunde später zum Kloster kam, fand er dort alle in heller Aufregung. Mechthild von Ippendorf stand mit schreckensbleichem Gesicht in der Eingangshalle, die vier Stiftsdamen drückten sich wie verschreckte Hühner in einer Ecke herum. Auch der Gärtnermeister und seine wenigen noch verbliebenen Schützlinge hatten sich versammelt.

Keiner hatte letzte Nacht etwas Auffälliges gesehen oder gehört. Nur einer der Gärtnerlehrlinge meinte, dass zu später Stunde ein Auto am Kloster vorbeigefahren sei. Aber er war sich wegen der Uhrzeit unsicher. »Und so ungewöhnlich ist das ja nicht, dass mal ein Auto hier vorbeikommt. Ich habe deshalb nicht weiter darauf geachtet.«

Sauerwein stellte nach der ersten Untersuchung des Toten fest, der mit seitlich gedrehtem Kopf auf dem Bauch lag, dass der Todeszeitpunkt zwischen dreiundzwanzig Uhr und zwei Uhr morgens liegen müsse. Todesursache war ein Schlag auf den Hinterkopf mit einem schweren Gegenstand. »Schädelfraktur mit subduraler Blutung. Details folgen«, verkündete er kurz angebunden. »Ich tippe auf einen Stein als Tatwaffe, ähnlich wie bei Daniel Piehlau. Hier liegen ja überall genug zur Auswahl herum.«

Allerdings fand die Spurensicherung in der näheren Umgebung der Leiche keinen Stein, der als Tatwaffe in Frage kam. Auf den sonderbaren Masken, die Sauerwein, der eine gute Schulbildung an einem katholischen Internat durchlaufen hatte, an griechische Theatermasken erinnerten, waren offenbar Fingerabdrücke abgewischt worden. Außer etlichen Fußspuren auf dem erdigen Teil der Anlage ließen sich keine Hinweise auf den oder die Täter finden.

Schumann überließ die Befragung der Klosterbewohner seinem Assistenten. Brink kannte seine Pappenheimer ja bereits, und die Stiftsdamen begrüßten ihn fast wie einen guten Bekannten.

Was hat der Junge hier bloß gesucht?, fragte Schumann sich, als er sich auf einen der bröckelnden Mauersteine setzte. Eigentlich hätte sich Felix gestern bei ihm melden sollen, war aber nicht aufgetaucht. Und nun lag er erschlagen auf den kalten, rissigen Steinplatten der zerfallenen Kapelle. Die Masken stammten offensichtlich aus dem Online-Shop in Oberrittersdorf. Warum hatte Felix sie hierher mitgenommen?

Sauerwein hatte seine Untersuchung beendet, die Spurensicherung gab den Leichnam frei, und wenig später trugen die

Männer den Sarg mit dem Toten zum Parkplatz. Gregor Meins und Willibald Herrlich, die beiden Kollegen von der Spurensicherung, kamen zu Schumann, der noch immer versonnen auf die Stelle starrte, an der Felix gelegen hatte. Die Spusi hatte die beiden Masken eingetütet, um sie mit nach Hannover zu nehmen. Sie waren laut Auskunft des Online-Shops keine billige Massenware gewesen. Das Stück immerhin zu einhundert Euro.

Auf der Webseite des Shops hatte Schumann Dutzende von Schmuckstücken im »keltischen Design« entdeckt und eine Reihe von Masken, darunter allerdings auch Kopien von römischen, germanischen und afrikanischen Masken. Dabei nannte sich dieses Online-Geschäft »Celtic Shop for Ancient Art«, also nichts mit Römern und Afrika. Aber offenbar war man da nicht so pingelig. Kennzeichnend für die keltischen Varianten waren die Andeutung der berühmten Knotenmuster und verflochtene Ornamente am oberen Teil der Stirn. Schumann fand sie recht attraktiv. Einige der Masken waren alten gälischen Gottheiten zugeordnet, andere standen nur unter der Bezeichnung »nach keltischen Originalen« im Online-Katalog.

Schumanns Blick fiel auf die Steinplatte, auf der Felix' Körper gelegen hatte. Sie war mit dem Blut aus seiner tiefen Kopfwunde bespritzt. Der Schlag hatte ihn, so Sauerwein, mit solcher Wucht getroffen, dass er schon tot war, ehe er auf dem Boden aufschlug. Ein schwacher Trost. Schumann überschwemmte eine Welle der Frustration, vermengt mit Kummer bei dem Gedanken, dass er Roswitha Ebersberg über den Tod ihres Neffen informieren musste.

Plötzlich sah er etwas auf der Steinplatte, was ihm bisher nicht aufgefallen war. Drei kleine Kreuze. Irische Kreuze mit den typischen Ringen über den Balken, die wie Kränze aussahen. Er ging vor den Einritzungen in die Hocke und fühlte mit dem Finger über die Steinplatte. An ihren Rändern schien sie locker zu sein. Er zog einen Kugelschreiber heraus und kratzte in dem lockeren Staub um die Platte. Dann ruckelte er an der Steinfliese – und der Stein rutschte zur Seite. Darunter befand sich ein kleiner leerer Hohlraum wie eine ausgeschachtete Grube. Vorsichtig griff er hinein. Doch da war nichts. Nur nackter Stein und Staub.

Was hatte darin gelegen? Etwas, das Felix entdeckt und geborgen hatte? War dies Felix' Geheimnis gewesen, das ihn jetzt das Leben gekostet hatte?

Er schickte eine Nachricht mit einem Foto der Masken an Anna in der Hoffnung, dass sie ihm irgendwie weiterhelfen konnte. Schumann gestand sich ein, dass er ihre Hilfe bei all diesen keltischen Maskentänzen dringender denn je benötigte. Er schrieb ihr eine weitere Nachricht und erwähnte mit einem Satz, dass Felix Meinrad tot im Kloster aufgefunden worden sei.

***

Anna las die beiden Nachrichten erst am frühen Abend, als die Polizei Eamons Haus verlassen hatte und sie sich für das Abendessen mit Desmond umzog. Der Tod des jungen Mannes schockierte sie, vor allem weil sie seine Tante schätzte. Schumann hatte ihr erzählt, dass die Eltern von Karl Hegemann bei ihrem Besuch in der Gerichtsmedizin kaum Emotionen beim Anblick ihres Sohnes gezeigt hatten. Nur die Mutter schluchzte kurz auf und verließ den Raum dann mit schnellen Schritten. Roswitha Ebersbergs Reaktion würde gewiss anders sein. Anna tat das Herz weh bei dem Gedanken.

Sie betrachtete das Foto der beiden Masken, die man bei Felix gefunden hatte, und schrieb Schumann, dass sie vermutlich sehr gute Fälschungen seien, die aber einen Experten wohl kaum täuschen könnten. Sie wolle das Bild aber noch einem Fachmann zeigen, wobei sie dabei eher an einen Kurator im Museum und weniger an Desmond dachte. Wenige Minuten später kam Schumanns Antwort mit der Bitte, ihn möglichst schnell in Hannover zu treffen.

Anna schlug vor, sich am Samstag gegen einundzwanzig Uhr in dem irischen Pub »The Druid's Cove« zu treffen. »*Okay, einundzwanzig Uhr in dem Pub*«, schrieb Schumann postwendend, und Anna musste lachen, als sie las: »*Hoffentlich dudeln* die in dem Lokal nicht ständig diese Liedchen zu Flöte und Fiedel!« Typisch Schumann.

Auch Richard erhielt eine SMS, dass er Frostauer nun doch »leider« allein »entertainen« müsse. Ihr sei etwas Wichtiges dazwischengekommen.

Beim Essen mit Desmond hatte sie die traurige Nachricht von Felix' Ermordung seltsamerweise weitgehend verdrängt, da ihr eine Fülle anderer Probleme durch den Kopf ging – trotz Desmonds heldenhafter Versuche, sie mit seinem Smalltalk abzulenken. Als sie sich mit dem Taxi zu Deirdre aufmachte, wirbelten alle Ereignisse dieses Tages in ihrem Kopf herum.

»Ich muss Kartoffeln auf den Augen gehabt haben«, begrüßte Deirdre sie, als sie etwas atemlos ihre Wohnung erreichte. Der Apple Crumble lag ihr schwer im Magen, abgesehen von den Tagesdramen. »Zu meiner Entschuldigung kann ich nur sagen, dass ich nichts von Declan und den Masken gewusst und die Briefe deshalb für meine Recherchen zu Reginalds Biografie nicht allzu wichtig genommen habe. Aber jetzt bin ich noch mal an meine Unterlagen gegangen und habe dieses Schreiben gefunden. Mir ist bei unserem Ausflug eingefallen, dass ich vor ein paar Wochen auf einen Brief gestoßen war, in dem Glendalough erwähnt wird.«

Sie schob Anna einen Brief zu. Ehe Anna ihn nahm, berichtete sie Deirdre von dem Fund der Leiche in Kloster Warnstedt und den seltsamen Maskenkopien. Deirdre warf einen Blick auf das Foto, das Schumann Anna geschickt hatte.

»Ich habe einen Freund im National Museum, der Fachmann für solche Masken ist.« Sie gab Anna das Handy zurück. »Ich werde ihn mal fragen, was er davon hält. Sind ja offenbar keine ganz schlechten Kopien.«

Anna nahm den Brief zur Hand, vermochte die etwas verwackelte Schrift jedoch zuerst nicht vollständig zu entziffern. Sie erkannte aber, dass dies ein Brief von Johann Friedrich Reimers an Reginald war, datiert vom 12. Oktober 1836, abgeschickt auf Helgoland. In den ersten Zeilen bedauerte Reimers, dass Elizabeth nicht mehr lebte und Fleetwood House nach dem

Tod von John Waterstone an die O'Tooles gefallen sei. Woher Johann Friedrich dies wusste, konnte Anna dem Brief nicht entnehmen. Doch auch auf Helgoland gab es englische Zeitungen, und sicherlich war John Waterstones Tod dort registriert worden. Vielleicht hatte sogar etwas über das Schicksal von Fleetwood House in einer dieser Gazetten gestanden. Aufgrund einer komplizierten Erbgeschichte hatten Johns Söhne das Haus an die O'Tooles verkauft. Dann aber kam Reimers zur Sache:

Declan ist schwer erkrankt, und es besteht kaum mehr Hoffnung, dass er wieder genesen wird. Es ist seine Lunge. Vor Kurzem hat er in einem Moment, da es ihm besser zu gehen schien, von Ihnen erzählt und auch von Ihren Abenteuern im Brester Moor. Schon immer wollte ich Sie kennenlernen. Vielleicht ergibt sich nun bald die Gelegenheit. Declan und ich haben nahezu acht Jahre auf dieser schönen, aber abgeschiedenen Insel gelebt. Declan hat schon einmal hier für kurze Zeit Station gemacht. Uns hat es hierhin verschlagen, als wir vor jenem Mann flüchteten, der es auf die Masken und Declans Leben abgesehen hat.

Eigentlich wollten wir nur ein paar Wochen auf der Insel bleiben, doch dann begann Declan zu kränkeln. Da die Luft auf Helgoland als gesund gilt, beschlossen wir, so lange zu bleiben, bis es ihm besser ginge und wir unsere Reise nach Irland fortsetzen könnten. Doch leider hat sich sein Zustand stetig verschlechtert. Den Keim seiner Krankheit haben wohl die Jahre in dem feuchten Klima am Steinhuder Meer gesät.

Es mag sein, dass Sie nicht genau in diese Geschichte eingeweiht sind. Sie begann vor zwölf Jahren mit dem Auftrag von Elizabeth O'Brien, acht kostbare Druidenmasken außer Landes zu bringen und sie vor dem Zugriff einer Geheimorganisation und auch vor der Gier eines angeheirateten Verwandten namens Archibald Ravenstock zu bewahren. Es heißt, dass diese Masken mit einem Fluch belegt seien, der auf die Ermordung eines mächtigen Keltenfürsten namens Finlach zurückgeht, der auch Druide war. Die Leiche dieses Mannes soll in einem Moor versenkt worden sein, aber sein Geist geht laut einer alten Sage, die mir Declan erzählt hat, noch um.

Wir haben einige dieser unschätzbaren Reliquien – so könnte man diese Gegenstände durchaus nennen – in Deutschland gelassen, damit der magische Kreis, dem sie angeblich ihre Kräfte verdanken, durchbrochen ist. Vier Masken haben wir mitgenommen mit dem Ziel, sie nach Irland zu bringen.

Die letzten Jahre haben wir in einer Kate nicht weit vom Hafen gewohnt. In dieser Zeit kamen viele interessante Menschen auf die Insel, darunter Friedrich Hebbel, dessen Worte über seine Tage auf Helgoland – »Ich war, wo mich niemand suchte« – auch auf uns passten, und ein weiterer Dichter, den ich sehr verehre, Heinrich Heine. Er sagt über die Insel so treffend: »Der Himmel hängt voller Violinen, und auch ich rieche es jetzt, die See duftet nach frischgebackenem Kuchen.« Manches Mal tranken wir mit ihm ein Glas Grog in der Kneipe, in deren Nähe Declan bei seinem ersten Aufenthalt auf Helgoland gewohnt hatte. Sein damaliger Vermieter, der alte Hinnerk, ist ermordet worden, wohl von demselben Mann, der Declan verfolgte, um in den Besitz der Masken zu kommen.

Inzwischen glauben wir, dass der Mann ohne Gesicht, wie Declan ihn stets nannte, entweder selbst gestorben ist oder seine Suche aufgegeben hat, da wir als tot gelten und hier unter anderem Namen leben. Declan nennt sich Joseph O'Connor, ich bin Hermann Albrecht Rochester. Niemand scheint Declan noch aus jener Zeit vor zwölf Jahren zu erkennen. Er trägt einen Bart und ist aufgrund seiner Krankheit sehr schmal geworden. Sogar in der alten Kneipe »Zum Wilden Wassermann« erinnert sich niemand an ihn. Der Wirt hat gewechselt, und manch einer der Fischer, die Declan hätten erkennen können, lebt nicht mehr. Die See holt sich viele Opfer. Von Hinnerks alter Hütte sind noch ein paar Mauerreste geblieben, von Gras überwuchert.

Declan hat mich gebeten, nach seinem Tod nach Irland zu reisen und die vier noch verbliebenen Masken dorthin zu bringen. Ich werde sie nach Declans Angaben unter einem Hochkreuz in Glendalough vergraben.

Sobald ich in Dublin ankomme, werde ich mich bei Ihnen melden, selbst wenn ich der Überbringer der traurigen Nachricht vom Tode Declan Sullivans sein werde.
Mit respektvollen Grüßen
Johann Friedrich Reimers

Postskriptum vom 14. Oktober: Gestern Abend, am 13. Oktober 1836, ist Declan von uns gegangen. Ich konnte den Brief nicht eher abschicken, da wegen heftiger Herbststürme kein Schiff den Hafen verlassen durfte. Nun werde ich wohl erst zu Beginn des neuen Jahres meine Reise fortsetzen und Declans letzten Willen erfüllen.

Anna ließ den Brief sinken. »Was für eine traurige Geschichte«, sagte sie. »Und all diese ungelösten Rätsel. Wurde Elizabeth ermordet? Wo sind die Masken geblieben, die Reimers in Glendalough vergraben hatte? Und wo sind die Masken vom Steinhuder Meer?« Sie stand auf und streckte sich gähnend. »Wir sind kaum weitergekommen. Der Mörder von Daniel und Karl und nun auch von Felix läuft frei herum, bei Eamon wurde eingebrochen. Meine Unterlagen wurden gestohlen. Wir drehen uns im Kreis.« Sie war plötzlich sehr erschöpft. »Hoffen wir, dass dieser Finn McCoole irgendeine Spur findet. Ich glaube, ich sollte ins Bett. Vielleicht findest du noch weitere Dokumente, die uns Hinweise geben, ob Reimers Reginald je getroffen und Declans letzten Wunsch erfüllt hat.«

Deirdre nickte. »Ich werde mir Reginalds Notizbücher von 1837 noch einmal genau anschauen. Das war das Jahr vor seinem Tod. Er ist ja am 6. Dezember 1838 friedlich gestorben, mit achtundsiebzig Jahren. Für damals recht alt.« Sie lächelte melancholisch. »Nach all diesen Recherchen stehe ich immer noch am Anfang seiner Geschichte, denn so vieles, wie auch sein Engagement für die irische Freiheitsbewegung, liegt noch weitgehend im Dunkeln. Ein Fass ohne Boden.«

Sie umarmte Anna fest zum Abschied. Anna nahm ein Taxi zu Eamons Haus. Dublin schien schon zu schlafen. Nur noch wenige Leute waren unterwegs. Die meisten Pubs hatten bereits geschlossen. Ein milder Regen nässte die Straßen, der Anna an den berühmten irischen Segen erinnerte: *»Möge der Wind immer in deinem Rücken sein, möge die Sonne warm auf dein Gesicht scheinen und der Regen sanft auf deine Felder fallen.«*

Anna öffnete leise die Eingangstür zu Eamons Haus. Trotz der späten Stunde drangen Stimmen aus dem Arbeitszimmer. Sie wollte nicht lauschen, doch dann hörte sie Eamon laut sagen: »Da mache ich nicht mehr mit! Du hast den Bogen überspannt.«

Eine dunkle Stimme, die Anna nicht erkannte, antwortete: »Zu spät, mein Lieber. Wir müssen da jetzt gemeinsam durch. Wir stehen kurz vor dem Ziel!«

Punkt ohne Wiederkehr

Richard Bernhard machte sich Sorgen um Anna. Er hatte in der Woche, die sie nun schon in Dublin war, nur sporadisch von ihr gehört. Hie und da mal eine SMS, ein paar Fotos von Glendalough und aus Dublin. Was trieb sie eigentlich in Irland? Er wusste nur, dass sie gemeinsam mit Deirdre an deren Aufarbeitung der Biografie ihres Vorfahren Reginald Fitzgibbon alias O'Brien arbeitete. An sich hätte sie am Freitag zurückfliegen sollen, hatte das aber um einen Tag verschoben, da sie an »einer wichtigen Sache« dran sei. Was mochte das schon wieder sein?

Am liebsten wäre er in ein Flugzeug nach Dublin gestiegen, doch er musste lernen, sich zu gedulden.

Allerdings spürte er einen unangenehmen Stich von Eifersucht. Dieser Desmond war, wie er Fotos im Internet entnommen hatte, ein sehr attraktiver Mann. Und er beschäftigte sich mit spannenden Themen, die Anna offenbar auch faszinierten. Anna hatte ihm zwar diese törichte Geschichte wegen des geplanten, aber nicht vollzogenen Buchverkaufs verziehen, aber sie blieb auf Distanz. Wie konnte er nur ihr Vertrauen wiedergewinnen? Wie gut, dass er ihr nichts von Marlene erzählt hatte. Das hätte sicherlich in einem Eklat geendet, wenn da vielleicht bei Anna so etwas wie »retrospektive Eifersucht« im Spiel wäre. Eigentlich recht schmeichelhaft für ihn, aber gefährlich dünnes Eis.

Und nun musste er sich ausgerechnet mit der Nervensäge Harald Frostauer treffen. In diesem irischen Pub. Eigentlich hatte er nicht die geringste Lust, ausgerechnet mit Frostauer einen Abend zu verbringen. Der aber lockte ihn mit den Worten: »Es geht um Anna. Ich habe für sie ein bisschen recherchiert über das gute alte Kloster Warnstedt. Wahrscheinlich steckt sie gerade wieder die Nase in irgendeinen Fall. Ich habe einen wichtigen Hinweis entdeckt, den ich Ihnen vorab zeigen möchte, weil Sie sicherlich auch wieder involviert sind. Wenn Anna endlich aus Dublin zurück ist, sollten wir uns zu dritt zusammensetzen.«

Richard betrat den schummerigen Pub. Im Hintergrund sangen irgendwelche irischen Barden vom Band. Die Live-Show hatte noch nicht begonnen. Malachi, der Wirt, schien nicht anwesend zu sein. Stattdessen stand eine hübsche, ein wenig füllige Frau mit roter Lockenpracht hinter der Theke. Frostauer hockte in der hintersten Ecke an einem kleinen Tisch und trank ein Guinness. Der junge Kellner, der, wie Richard sich erinnerte, Ronan hieß, grüßte ihn freundlich. Richard bestellte einen Whiskey und gesellte sich zu Frostauer.

»Nun, was gibt es?« Er hielt sich nicht lange mit Grußworten auf.

Frostauer hob das Glas an den Mund, nahm einen gierigen Schluck und sagte dann: »Wenn Sie so mit der Tür ins Haus fallen möchten … Also, es geht in der Tat um Anna. Ich habe ein paar Informationen zu einem gewissen Johann Friedrich Reimers und einem Iren namens Seamus McDowell für sie ausgegraben, die angeblich Ende August 1828 bei dem Brand im alten Teil von Kloster Warnstedt umgekommen sind. Allerdings hat sich später herausgestellt, dass man die beiden Männer offenbar schon erschlagen hatte, ehe der Brand ausbrach. Der Fall wurde nie gelöst, waren ja damals auch andere Zeiten ohne unsere modernen forensischen Möglichkeiten. Verdächtigt wurde ein Mann, den niemand genau beschreiben konnte und der als ›der Gesichtslose‹ in die Polizeiakten einging. Er wurde mehrmals in der Nähe des Klosters gesehen und ist direkt nach dem Feuer spurlos verschwunden.« Harald Frostauer trank einen tiefen Schluck, während Richard an seinem Whiskey nur nippte.

Er nickte. »Dieser Ire hat ein Buch hinterlassen. Und Sie haben recht, Harald, Anna hat es gelesen, aber längst an Schumann weitergegeben. Der hatte vermutet, dass dieses Buch irgendwelche Hinweise enthält, die mit dem Tod von Karl Hegemann und Daniel Piehlau zusammenhängen könnten. Vielleicht der

Hinweis auf irgendwelche Artefakte, die im Kloster oder in der Nähe verborgen sind und auf dem Schwarzmarkt verkauft werden sollten. Dieser Bücherraub, in den Karl Hegemann involviert war, scheint auch irgendwie damit zusammenzuhängen.«

»Ach, das wissen Sie noch gar nicht?« Frostauer sah Richard triumphierend an. »Ich habe gestern mit Schumann gesprochen. Die alten Bücher, die Hegemann gestohlen oder, besser formuliert, entsorgt hat, sind wiederaufgetaucht. Sie wurden auf einer Müllkippe bei Bückeburg gefunden, ein Umzugskarton mit sechs alten Schriften. Einem aufmerksamen Mitarbeiter der Deponie fiel der Karton auf. Allerdings sind die Bücher schwer beschädigt, weil Karl Hegemann daraus Blätter gewaltsam entfernt hat.« Frostauer grinste selbstzufrieden. »Die Bücher sind wieder bei Gremitzer in Warnstedt gelandet, der natürlich todunglücklich über ihren Zustand ist, auch wenn er sich freut, dass sie wieder da sind. Die Versicherung zahlt, die Bücher werden in der Leibniz-Bibliothek erfahrenen Restauratoren übergeben. Aber die fehlenden Blätter kann keiner ersetzen.« Sein Seufzer des Bedauerns klang in Richards Ohren falsch. Frostauer neigte nicht zu Empathie.

»Es ist ja trotz allem erfreulich, dass diese Bücher wieder da sind, selbst in diesem beschädigten Zustand. Aber es ist schrecklich, dass Karl Hegemann, Daniel Piehlau und nun ein gewisser Felix Meinrad offenbar deswegen sterben mussten«, sagte Richard, den Frostauer zu nerven begann. »Doch was wollten Sie mir erzählen?«

Frostauer spähte zu Ronan hinüber, der an einem der Nachbartische mit einem Gast plauderte, und sagte mit gesenkter Stimme: »Ich habe bei meinen Recherchen in einer Klosterchronik ein Dokument aus dem Spätherbst 1849 gefunden. Darin ist ein kurzer Vermerk, dass im August dieses Jahres ein Reisender nach Warnstedt gekommen sei, der sich Hermann Albrecht Rochester nannte. Rochester, ein älterer Mann mit wallendem Bart, habe sich nahezu zwei Wochen in Warnstedt aufgehalten, die Ruinen des abgebrannten Skriptoriums besucht und einige längere Ausflüge zur Festung Wilhelmstein unternommen. Mehrmals war er auch bei dem alten Wehrturm im See vor dem Kloster, der aber schon damals als baufällig galt. Er bewohnte eine Kammer im Pilgertrakt des alten Klostergebäudes und verbrachte viel Zeit in der Bibliothek. In der Chronik steht, dass Rochester der einzige Gast in jenem Spätsommer in Warnstedt gewesen sei. Deshalb fiel er auch auf und wurde in der Chronik sozusagen als ›Jahresgast‹ vermerkt. Eines Tages kam ein Besucher aus Loccum nach Warnstedt, der beim Anblick von Rochester ausgerufen haben soll: ›Johann Friedrich, du lebst ja noch!‹ Große Aufregung, viel Geschrei, aber Rochester leugnete energisch, jener Johann Friedrich zu sein. Am nächsten Tag verließ er das Kloster und wurde nicht mehr gesehen.« Frostauer gab Ronan ein Zeichen, dass er ein weiteres Bier wolle.

Richard zuckte mit den Achseln. »Na und?«

»Kapieren Sie denn nichts? Offenbar ist Johann Friedrich Reimers 1828 nicht umgekommen, sondern hat Warnstedt damals zusammen mit dem Iren verlassen, irgendwo anders gelebt und ist dann noch einmal unter falschem Namen nach Warnstedt zurückgekehrt. Sein wahres Todesdatum und sein Todesort sind allerdings nirgendwo in den Unterlagen, die ich gesichtet habe, vermerkt. In diesem Zusammenhang erscheint mir interessant, dass er sich in der Klosterruine besonders gründlich umgeschaut hat.«

»Woher weiß man das so genau?« Richard zweifelte an Frostauers Bericht.

Frostauer kippte vor Selbstgefälligkeit fast vom Stuhl, als er sagte: »In der Chronik steht wörtlich – ich merke mir solche Sachen spielend: ›Hermann Albrecht Rochester, der zehn Tage in unserem Kloster weilte, zeigte sich sehr interessiert an der Festung Wilhelmstein, an dem Wehrturm des Klosters Warnstedt am Gestade des Steinhuder Meers und den Überresten der Klostergebäude, die vor einundzwanzig Jahren bis auf die Grundmauern niedergebrannt sind. Er sei sehr ergriffen gewesen, schreibt der Chronist außerdem, von dem Schicksal der beiden Männer, die dort zu Tode gekommen waren. Solche Chroniken sind oft sehr präzise Zeitdokumente.«

Richard musste sich eingestehen, dass Frostauer recht haben könnte. Vielleicht war Reimers, wenn er es denn wirklich gewesen sein sollte, auch deshalb nach Warnstedt zurückgekehrt, um nach dem Buch des Iren zu suchen. Aber was hatte ihn in die Überreste der durch den Brand zerstörten Klostergebäude getrieben? Nostalgische Erinnerungen an jene Brandnacht 1828? Als dann seine Camouflage aufflog, war er erneut geflüchtet. Und das Rätsel blieb ungelöst.

Richard verließ wenig später den Pub. Draußen sah er Ronan stehen, der, soweit er das beurteilen konnte, auf Gälisch in sein Handy sprach. Der junge Mann wirkte aufgeregt. Als er Richard kommen sah, brach er das Telefonat ab.

»Wo ist eigentlich der Wirt?«, fragte Richard.

»In Irland. Familienangelegenheiten«, antwortete Ronan kurz angebunden. Dann ging er wieder in den Pub hinein, in dem inzwischen die Gruppe The Black Irish mit ihrem Live-Auftritt begonnen hatte.

Zu Hause angekommen, gab Richard Annas Nummer ein und war erleichtert, als sie sich meldete. Hastig berichtete er ihr von seinem Treffen mit Harald, der auf eigene Faust in Sachen Warnstedt weiterrecherchiert hatte. »Das wird immer verworrener«, sagte er.

Anna widersprach. »Nein, langsam kommt Licht in dieses Dunkel. Ich fahre morgen früh noch einmal kurz nach Fleetwood House, um etwas nachzuprüfen. Es müsste dort ein paar wichtige Dokumente geben, die nützlich sein könnten.«

»Um Himmels willen, Anna! Pass auf, dass du dich nicht verrennst. Wenn du etwas weißt, dann sag es wenigstens Schumann, wenn schon nicht mir, aber bitte mach nicht wieder einen Alleingang.« Richard wurde ganz schummerig zumute. Dieses verflixte Weib mit seiner Neigung, sich in gefährliche Gewässer zu stürzen!

Aber Anna lachte nur. »Keine Sorge, ich komme morgen Abend zurück, habe ein Date mit Schumann, zu dem ich dich auch bitten möchte, und da werde ich zumindest ein paar Dinge klären können.«

Richard ahnte, dass er die ganze Nacht nicht schlafen würde.

***

Anna erging es nicht viel anders. Auch sie schlief schlecht in dieser Nacht. Am nächsten Morgen wollte sie sehr früh mit Deirdre nach Fleetwood House aufbrechen. Als sie um kurz nach sieben aus ihrem Zimmer kam, klingelte es an der Haustür. Davor stand Finn McCoole, adrett gekleidet und frisch rasiert.

»Ist Eamon da?«, fragte er ohne Umschweife. Ehe Anna antworten konnte, war McCoole schon im Flur, und Eamon trottete aus seinem Schlafzimmer. »Eamon, ich muss dir mitteilen, dass letzte Nacht die Leiche eines Burschen namens Ken Bradley in der Nähe des St. James Green gefunden worden ist. In einem Rucksack, der neben dem Toten lag, haben wir das hier entdeckt.« McCoole legte einen Teller auf die Kommode im Flur.

»Das ist doch einer meiner beiden gestohlenen Teller!«, rief Eamon entgeistert.

»Genau. Es scheint, dass Ken Bradley, der ein langes Vorstrafenregister hat, einer der beiden Einbrecher war. Vielleicht kann das Ehepaar O'Malley den jungen Mann identifizieren.« O'Coole sah Eamon an. »Der andere Kerl ist nicht auffindbar. Möglicherweise hat er seinen Kumpanen aus Gier oder im Streit getötet. Weshalb Bradley diesen Teller noch bei sich hatte, ist uns ein Rätsel. Auf einem Zettel in seiner Jackentasche hatte er übrigens diese Adresse und eine Handynummer, die wir noch nicht zuordnen konnten, wahrscheinlich aber ein Prepaid-Handy.« McCoole blickte Anna an. »Den Laptop und die anderen gestohlenen Objekte haben wir leider noch nicht gefunden. Wahrscheinlich sind sie längst bei Hehlern gelandet.«

Eamon fuhr sich mit der Hand durch seine noch vom Schlaf verstrubbelten Haare. »Trotz allem traurig, dass der junge Mann tot ist. Wie ist er denn gestorben?«

»Erschlagen. Mit einem Stück Holz, das wir in seiner Nähe gefunden haben, blutverkrustet, aber ohne weitere brauchbare Spuren. Aus dem Einbruch ist nun ein Mordfall geworden.« Finn McCoole schien darüber verärgert zu sein, eine Reaktion, die Anna erstaunte. Aber sicherlich hatte der irische Polizist genügend andere Fälle im Kopf, und diese Geschichte belastete ihn zusätzlich. »Ich melde mich wieder.« Damit verabschiedete er sich und ging mit langen Schritten davon.

Eamon blickte ihm nachdenklich nach. Anna legte ihm eine Hand auf den Arm. »Das ist alles sehr unschön. Dass dies nun auch noch so eskalieren musste, ist wirklich furchtbar«, sagte sie. Sie merkte, dass Eamon ihr nicht zuhörte. Dennoch fuhr sie fort: »Ich fahre jetzt mit Deirdre nach Fleetwood House. Mein Koffer ist schon gepackt, und ich komme nachher noch mal vorbei und verabschiede mich, ehe ich zum Flughafen gebracht werde.«

Eamon nickte geistesabwesend. Er drehte sich abrupt um und ging hinauf in sein Arbeitszimmer. Irgendetwas beschäftigte ihn, aber er würde es ihr sicher nicht verraten. So nahe waren sie sich in dieser Woche nicht gekommen.

Fleetwood House lag verlassen im fahlen Sonnenlicht dieses Märztages. Kein alter Mann, der ihnen die Tür öffnete. Dafür standen mehrere Baugeräte auf dem Grundstück und einige Schubkarren voller Bauschutt. Anna war enttäuscht. Sie hatte den alten Mann bitten wollen, sie noch einmal in die Bibliothek und in den Ausstellungsraum zu lassen. Sie hätte gerne nach dem Buch mit der Märchensammlung von Elizabeth O'Brien gesucht. Darin hoffte sie eventuell wichtige Hinweise zu finden. Für den Bruchteil einer Sekunde hatte sie sogar gehofft, dass die Masken aus Glendalough auf wundersame Weise zurück nach Fleetwood House gekehrt sein könnten. Letztlich natürlich eine Illusion.

Anna klingelte mehrmals an der Haustür, und Deirdre benutzte den Elefantenkopf, der als Türklopfer diente. Aber nichts regte sich. Bleierne Stille. Schließlich gaben sie auf und gingen zum Auto zurück.

Sie bemerkten den Mann nicht, der sie aus einem der Fenster beobachtete. Er stand halb hinter einem Vorhang in der Bibliothek und spähte hinaus. Als sich die beiden Frauen umdrehten, um zu ihrem Auto zurückzugehen, holte er sein Handy aus der Tasche. »Sie sind gleich wieder weg«, sagte er. »Ich bin hier noch nicht fertig. Aber der alte O'Toole stört nicht. Der schläft sanft.« Er blickte auf die bewusstlose Gestalt in der Ecke der Bibliothek, die gefesselt und geknebelt in einem der Sessel hing. »Nein, der wird schon wieder. Keine Angst. Wenn ich weg bin, rufe ich im ›Jolly Fiddle‹ an. Die finden ihn dann. Bis später!«

Durch das Fenster verfolgte er, wie die beiden Frauen in ihr Auto stiegen und davonfuhren. Er ging wieder zum Bücherregal und setzte seine Suche fort. Viel Zeit blieb ihm nicht.

Anna sollte in wenigen Stunden nach Düsseldorf abfliegen. Ihre Stimmung war gedämpft. Sie fühlte sich enttäuscht und matt. Die vielen Toten, zuletzt auch noch der Einbrecher, belasteten sie sehr.

Sie hatten Dumfridge gerade hinter sich gelassen, als Deirdre einen Anruf erhielt. Sie lauschte, erstarrte und rief: »Nein, das gibt es doch nicht!« Sie wandte sich an Anna. »Wir müssen sofort zum National Museum!«

Der magische Kreis

Die Leiche des zweiten Einbrechers wurde am späteren Vormittag in Ufernähe in der Liffey gefunden. Neben ihm in den grünen Fluten dümpelte ein Rucksack, in dem sich der andere geraubte Teller befand, in zwei Teile zerbrochen. Keith Malcolm hieß dieser Tote, achtundzwanzig Jahre alt, mit einer langen Vorstrafenliste wie sein Kumpel: Einbrüche, Diebstähle, leichte Körperverletzung. Auch Malcolm hatte einen Schlag auf den Kopf bekommen – »nicht sehr originell«, meinte der Pathologe Gregory Doyle dazu. Allerdings war er so unglücklich mit dem Kopf voran ins Wasser gestürzt, dass er, hätte ihn nicht schon der Schlag niedergestreckt, durch den Aufprall auf einem Stein am Uferrand gestorben wäre.

In Malcolms Jackentasche steckte eine Art Ausweis, laut dem der junge Mann einem Club mit Namen »Saoirse agus Athartha« angehörte. Finn McCooles Assistent Caspar Browne sprach zwar leidlich Gälisch, wusste aber nicht, was für ein Club »Freiheit und Vaterland« sein sollte. Er vermutete, das könnte der Name eines Fight Clubs sein, der allerdings nirgendwo registriert war.

Anna hatte McCooles Reaktion auf diesen Fall richtig eingeschätzt. Er verspürte nur wenig Lust, seine Energie für die Lösung der beiden Todesfälle einzusetzen. Zwei kleine Gauner mit einem langen Vorstrafenregister, die sicherlich Opfer des in Dublin schon lange schwelenden Bandenkrieges geworden waren. Er schloss aber immer noch nicht aus, dass zunächst Keith seinen Kumpel umgebracht hatte, ehe er selbst Opfer wurde.

Widerwillig ging er erneut zu Eamon, um ihm die Nachricht von dem Toten in der Liffey zu überbringen. Fast vergaß er dabei, Eamon von dem zweiten Teller zu erzählen, der in Malcolms Rucksack gefunden worden war. Eamon reagierte verhalten, meinte, der Teller sei nicht mehr zu reparieren und deshalb wertlos, und beschied McCoole unwillig, das sei ja alles traurig und schrecklich, aber er habe jetzt eine Verabredung mit seinem Lektor. Beim Verlassen des Hauses sah Finn McCoole einen Mann zielstrebig die Straße heraufkommen, offenbar der erwartete Lektor.

Als McCoole zurück zur Polizeistation fuhr, erreichte ihn auf seinem Autotelefon eine Meldung aus Dumfridge. Ein Unbekannter hatte in den Morgenstunden den Hausmeister von Fleetwood House, Brian O'Toole, überfallen und niedergeschlagen. Der Einbrecher durchwühlte anschließend die Bibliothek und den Ausstellungsraum, wobei mehrere Bücher und zwei Porzellanteller beschädigt worden seien. Noch schien nicht klar, ob und was entwendet worden sei.

Durch einen anonymen Anruf im »The Jolly Fiddle« war der Dorfpolizist von Dumfridge alarmiert worden und hatte den noch immer halb bewusstlosen Brian O'Toole aus seiner misslichen Lage befreit. Er könne den Mann, der ihn überfallen habe, nicht beschreiben, gab O'Toole an. Er sei von ihm von hinten überrascht worden, habe einen Schlag verspürt und sofort das Bewusstsein verloren. Der Polizist aus Dumfridge sicherte den Tatort, registrierte das gesplitterte Holz an der hinteren Terrassentür und versuchte, von O'Toole zu erfahren, ob der Unbekannte etwas geraubt habe. Doch der alte Mann stöhnte über seinen Brummschädel und verlangte erst einmal einen ordentlichen Schluck Brandy. Dann schlurfte er, wie es Polizist Paddy Conlon in seinem Bericht nach Dublin schilderte, wankend mit dem Polizisten in die Bibliothek und in den Ausstellungsraum, um den Schaden einzuschätzen. Conlon meldete, es seien wohl zwei Bücher und einige der kleinen Sammlerobjekte gestohlen worden. Die Regale und die Vitrine sahen, wie er es ausdrückte, »etwas zerrupft« aus. Aber O'Toole wirkte noch zu benommen, um deutlichere Angaben machen zu können.

Finn McCooles Laune verschlechterte sich zusehends. Ein Einbruch in Fleetwood House – was sollte das nun schon wieder? Das war ein Fall für die Versicherung, und da der alte

O'Toole keine Blessuren davongetragen hatte, die nicht ein paar Gläser Brandy kurieren konnten, schob er diesen Fall so weit von sich wie möglich. Sein Assistent Caspar Browne sollte sich darum kümmern.

Als er wenig später in die kühle Eingangshalle der Polizeidienststelle in der Pearse Street trat, fiel sein Blick eher zufällig auf einen Steckbrief, der dort schon einige Zeit hing, den er aber bisher wenig beachtet hatte. Er betrachtete das Konterfei des Mannes zum ersten Mal genauer. Auf seine Ergreifung war eine stattliche Belohnung ausgesetzt.

Er hieß Aidan McIntyre und war jahrelang aktives Mitglied der IRA gewesen. Sogar nach dem Karfreitagsabkommen von 1998 beging der 1960 in Belfast geborene McIntyre noch Anschläge. Man erwischte ihn, als er eine Autobombe in Londonderry anbringen wollte, und er kam für zehn Jahre hinter Gitter. Vor drei Jahren war er aus der Haft entlassen worden, fiel danach zwar immer wieder durch seine radikalen Äußerungen auf, die er vor allem gerne in Pubs von sich gab, ließ sich offiziell aber nichts mehr zuschulden kommen. Doch dann schlug er in einer Kneipe einen Gast zusammen, der McIntyre einen »Nazi« genannt hatte. Der Mann wurde schwer verletzt ins Krankenhaus eingeliefert und starb später an seinen Verletzungen. Das war zehn Monate her, und seitdem war McIntyre verschwunden.

McCoole blickte in das glatt rasierte Gesicht des flüchtigen Mannes. Es waren die Augen des Gesuchten, die McCoole stutzig machten. Klein, von einem schillernden Graubraun und unter sehr dichten schwarzen Augenbrauen wie in Höhlen versteckt. Zweifelsohne ähnelte er dem Mann, den er in Eamon Caseys Straße in der Nähe von dessen Haus gesehen hatte.

McCoole zauderte. War es möglich, dass dieser Mann, den er für Eamons Lektor gehalten hatte, in Wahrheit Aidan McIntyre war? Und wenn ja, was hatte er bei Eamon zu suchen? Da stimmte doch etwas ganz und gar nicht. Er fürchtete, dass Gefahr im Verzug sein könnte. McCoole schnappte sich seine Jacke und hastete aus dem Gebäude. Er sprang in seinen Wagen und jagte mit heulender Sirene durch die Straßen. Über Funk beorderte er zwei Kollegen zu Eamons Haus.

Dublin ist keine sehr große Stadt, und er erreichte das Haus in der ruhigen Seitenstraße der O'Connell Street knapp zehn Minuten später. Er sprang aus dem Wagen und lief zur Tür. McCoole fühlte eine Welle der Erleichterung, als Eamon selbst öffnete und ihn überrascht ansah. »Was treibt dich jetzt schon wieder zu mir?«

McCoole rang nach Luft, ehe er antwortete: »Ich habe befürchtet, dass du in die Gewalt eines gesuchten IRA-Terroristen geraten sein könntest. Ich habe vorhin in der Nähe deines Hauses einen Mann gesehen, der wahrscheinlich ein schon lange gesuchter ehemaliger IRA-Terrorist ist, seit zehn Monaten flüchtig. Ein sehr gefährlicher Bursche.«

Eamon schüttelte indigniert den Kopf. »Mein Lektor hat abgesagt, und sonst war niemand hier.«

»Bist du sicher?«, fragte McCoole. »Es schien ganz so, als würde dieser Mann genau auf dein Haus zusteuern.«

Eamon sah ihn fast unwillig an. »Nein, da war niemand. Und wenn du mich jetzt entschuldigst, ich habe ein Buch fertig zu schreiben und bin nun noch mehr im Verzug, weil sich mein Lektor plötzlich krankgemeldet hat. Und dazu die Polizei hier ständig aufkreuzt!«

Damit schloss er die Tür und ließ McCoole draußen stehen. Was war nur in Eamon Casey gefahren? McCoole kannte den Schriftsteller schon länger und hatte ihn immer als höflichen, fast scheuen Menschen erlebt. Offenbar belastete ihn der nahe Abgabetermin seines Manuskripts sehr.

Als der Streifenwagen mit den zwei Kollegen vorfuhr, gab er den beiden ein Zeichen, dass dies falscher Alarm gewesen sei, und stieg in seinen Wagen. Doch sein Instinkt sagte ihm, dass irgendetwas nicht stimmte. Seine Unruhe wuchs, je weiter er sich von Eamons Haus entfernte.

***

Während McCoole vergeblich Gangster jagte, standen Anna und Deirdre in den Werkstätten des National Museum vor zwei wunderschönen Masken aus Bronze und Silber, die sich auf das 3. nachchristliche Jahrhundert datieren ließen. Sie lagen dekorativ auf einem blauen Samtkissen. Der junge Mann, der sie ihnen präsentierte, hieß David Gregson.

»Diese Masken hat uns vor vier Monaten ein Sondengänger gebracht. Er hatte den Friedhof in Glendalough mit einem Metalldetektor abgesucht, angeblich, um dort einen Kessel voller Münzen zu finden. Stattdessen stieß er in der Nähe des Hochkreuzes auf diesen Schatz. Die beiden Masken befanden sich in einem Lederbeutel unter einer Schicht aus Erde und Kieselsteinen, fast einen halben Meter unter der Oberfläche. Aber der Detektor hat trotzdem angeschlagen. Der Mann hat dann an der Stelle gegraben und die Masken entdeckt. Eigentlich wollte er sie, wie er mir gestanden hat, selbst behalten, aber dann hat er sich an die Sage vom Keltenfluch erinnert. Wer solche Masken, die einst von Priestern des alten Kultes getragen wurden, unrechtmäßig an sich bringt, den trifft angeblich dieser Fluch.« Der junge Restaurator lächelte. »Wie gut, dass manche Iren noch immer an solche Spukgeschichten glauben. Auf diese Weise habe ich die Masken bekommen. Wir haben sie restauriert, sie sollen ab 2020 im Museum ausgestellt werden.«

Anna sah die beiden Masken fasziniert an. Sie wirkten in ihrer zeitlosen Schönheit eher friedlich, und man konnte sich nur schwer vorstellen, dass sie mit einem Fluch belastet sein sollten. Sie war sich sehr sicher, dass dies zwei der Masken waren, die Johann Friedrich Reimers zurück nach Glendalough gebracht hatte. Aber wo waren die beiden anderen? Hatte der Sondengänger sie selbst behalten? Sie schob diese Gedanken fort. Dankbar wandte sie sich an David Gregson. »Was für eine wunderbare Wendung in dieser rätselhaften Jagd nach den Masken!«

Deirdre strahlte. »David und ich kennen uns seit unserer Schulzeit. Er arbeitet seit fünf Jahren als Restaurator. Gestern haben wir uns zufällig in der Stadt getroffen, und da habe ich ihn gefragt, welche spannenden Objekte er gerade restauriert. Da hat er etwas von einer Fibel aus dem 8. Jahrhundert erzählt. Heute ist ihm dann eingefallen, dass er zwei besonders schöne keltische Masken in seiner Werkstatt hat, die aus Glendalough stammten. Er hat mich sofort angerufen, weil er weiß, wie interessiert ich an seiner Arbeit bin. Ich glaube, es besteht kein Zweifel, dass dies zwei von den acht Masken sind.«

David nickte. »Das passt zu einer Legende, dass es acht sein müssen, um eine Art magischen Kreis der Macht herzustellen. Schöne Folklore, aber doch immer noch recht wirkungsvoll und vor allem spannend für alle, die sich mit keltischer Esoterik beschäftigen. Ich bin der Meinung, dass diese beiden Masken zu so einem Kreis der Macht gehören.«

Anna sagte erfreut: »Hier im Museum sind sie genau dort, wo sie hingehören.«

Deirdre wandte sich an David. »Bitte lass noch nichts über diese Masken verlautbaren. Das sollte nicht zu früh publik werden. Vielleicht tauchen ja noch weitere Masken auf.«

David schüttelte den Kopf. »Nein, wir warten mit dieser Neuigkeit noch. Es gibt eine Handschrift im Trinity, die besagt, dass ein Druide aus fürstlichem Haus namens Finlach vor etwa tausendfünfhundert Jahren acht Masken hat anfertigen lassen, die er mit seinen engsten Anhängern zu kultischen Anlässen trug. Er wurde jedoch infolge eines Machtkampfs ermordet und in einem Moor versenkt. Wir lassen aber einen Experten untersuchen, ob diese zwei Masken zu diesen acht verschollenen Masken Finlachs gehören könnten. Jede dieser alten Masken hat besondere Kennzeichen, oft regional unterschiedlich, und auch das Material, aus dem sie gefertigt sind, gibt uns Aufschluss über ihre Provenienz und natürlich ihr Alter.«

Er blickte liebevoll auf die beiden Kunstobjekte, dann wandte er sich wieder an Deirdre. »Du bist doch entfernt mit Desmond Casey verwandt. Er interessiert sich auch für alte Masken und hat schon einige Male nachgefragt, ob wir neue Funde haben. Er ist Fachmann, insbesondere wenn es um Finlach und seine Epoche geht. Er glaubt, dass Finlachs Leiche im selben Moor wie die des Old-Croghan-Mannes liegt. Nur dass Finlach fast sechshundert Jahre später ermordet wurde.«

Anna stutzte. Desmond hatte ihr zwar viel über seine Forschungen und vor allem über Moorleichen erzählt, aber nie konkret erwähnt, dass er auch Experte für Druidenkulte aus der Zeit war, aus der diese Masken angeblich stammten. Vielleicht hätte er ihr davon berichtet, wenn sie mehr Zeit miteinander gehabt hätten. Im Moment überwog ihre Freude über die wiedergefundenen Masken all ihre Zweifel und auch bange Frage nach den beiden anderen Masken.

Sie machte ein paar Bilder von den Masken, die sie auch Schumann zeigen wollte. Langsam fügten sich einige Puzzlesteine zusammen. Sie glaubte inzwischen, dass Felix Meinrad in der Ruine der alten Kapelle durch Zufall die zwei Masken entdeckt hatte, die Declan damals in Warnstedt zurückließ. Und er musste die absurde Idee gehabt haben, diese echten Masken zu behalten und stattdessen zwei lächerliche Kopien als Originale zu verkaufen. Aber da war er bei diesem sehr durchschaubaren Betrugsversuch offenbar an den Falschen geraten.

Was, wenn Felix' Mörder nun im Besitz der beiden Masken aus Warnstedt war? Vielleicht würde dieser Unbekannte gerne noch weitere Masken besitzen. Falls der Täter die Legende kannte und glaubte, dass diese Masken magische Eigenschaften besäßen, sollte er lieber den Fluch fürchten. Anna lächelte. Allerdings war der magische Kreis allein schon durch die zwei Masken im Dubliner Museum zerstört. Ein Trost.

Als sie Eamons Haus betrat, um ihren Koffer abzuholen, hörte sie die Stimmen von Desmond und Eamon. Die Brüder schienen sich zu streiten. Anna zog sich in ihr Zimmer zurück. Gleich darauf ging ihre Zimmertür auf, und Desmond stand mit hochrotem Gesicht im Türrahmen. Er wirkte völlig aufgelöst, versuchte aber zu lächeln.

»Ich möchte mich wenigstens richtig von dir verabschieden«, sagte er. Hinter ihm tauchte Eamon auf, im Gegensatz zu seinem Bruder war er totenbleich. Zwischen den beiden Brüdern lag ein Gewitter in der Luft. Komisch, Anna hatte immer geglaubt, dass die zwei ein Herz und eine Seele wären. Aber sie hatte sich ja früher auch öfter mit ihren Geschwistern gestritten. Und Gewitter zogen meistens schnell wieder ab.

Der Abschied von den beiden war herzlich, obwohl sie spürte, dass sie ein Problem miteinander hatten. Auf dem Weg zu Deirdres Wagen begegnete ihr Finn McCoole. Er grüßte sie freundlich, wünschte ihr einen guten Heimflug und erwähnte, dass es eine erste Spur im Fall des Einbruchs und der beiden Toten gebe. Er würde sich mit ihr in Verbindung setzen, falls er etwas Neues zum Verbleib ihres Laptops erführe. Anna bezweifelte allerdings, dass der Laptop je wiederauftauchen würde. Sie gab McCoole aber für alle Fälle ihre Handynummer. Er wollte noch etwas sagen, aber da kamen Desmond und Eamon aus dem Haus, und McCoole sagte nur: »Man sieht sich!«

Anna war im Flugzeug gerade dabei, ihr Handy auszuschalten, als sie eine Nachricht von Deirdre empfing: »*Habe gehört, dass es einen Überfall in Fleetwood House gab, womöglich genau zu der Zeit, als wir vor der Tür standen. Gruselig! Bisher ist die Identität des Täters unbekannt, weil der alte O'Toole wohl völlig durch den Wind ist. Was gestohlen wurde, ist auch noch unklar. Eventuell Bücher und etwas aus der Keltensammlung. Ich habe mit Finn McCoole gesprochen, der gehört hatte, dass wir heute bei Fleetwood House waren. Er hat mich gefragt, ob uns irgendetwas aufgefallen sei. Ich konnte ihm nur berichten, dass niemand auf unser Klingeln reagiert hat. Er schien beunruhigt, wollte mir aber nichts weiter dazu sagen. Da ist etwas im Busch. Pass bitte auf dich auf.*«

Als das Flugzeug abhob, fühlte Anna sich plötzlich beobachtet. Sie drehte sich um. In den zwanzig Reihen hinter ihr saßen ihr völlig unbekannte Menschen, einige halb hinter Zeitschriften oder Büchern verborgen, andere mit Kopfhörern auf den Ohren, die meisten mit geschlossenen Augen. Doch für einen Moment glaubte sie, in einer der hinteren Sitzreihen am Gang ein Gesicht erkannt zu haben – ein dunkler Bart, eine tief in die Stirn geschobene Kappe. Anna erstarrte. Dieser Mann ähnelte auf den ersten Blick dem Wirt des hannoverschen »The Druid's Cove«, Malachi McLaughlin. Sie sah wohl wirklich Gespenster!

Enerviert drehte sie sich um und versuchte sich auf den neuen Krimi von Tana French zu konzentrieren, der in Dublin spielte. Als sie sich kurz vor der Landung wieder umschaute, saß in der Reihe, in der sie Malachi oder seinen Doppelgänger zu sehen geglaubt hatte, ein glatt rasierter älterer Mann in die »Irish Times« vertieft.

Eindeutig Verfolgungswahn, dachte Anna und schloss die Augen, während die Maschine zum Landeanflug auf den Flughafen Düsseldorf ansetzte.

Der verlorene Brief

Bei ihrem abendlichen Treffen mit dem sichtlich über ihre Rückkehr erfreuten Hans Schumann berichtete Anna ausführlich von Daniels Brief und dem Schreiben von Reimers, der sich nach seiner Flucht aus Warnstedt Rochester genannt hatte. Sie saßen nicht im irischen Pub, wie Anna ursprünglich angeregt hatte, sondern in einem Lokal daneben. Im Pub ging es an diesem Abend hoch her, und Schumann wollte mit Anna in Ruhe reden. Später würde noch Richard dazustoßen.

Schumann berichtete ihr von Gremitzers Reaktion auf die wiedergefundenen Bücher. »Gremitzers Freude darüber hielt sich in Grenzen«, sagte er, »weil sie durch die fehlenden Illustrationen ruiniert sind. Du hättest ihn mal schimpfen hören sollen. Am liebsten hätte er Karl Hegemann wohl selbst den Hals umgedreht. Um Daniel Piehlau aber trauert er ehrlich.« Schumann trank einen großen Schluck Bier. »Ich habe ihm versprochen, das kleine Buch des Irishman demnächst in die Obhut der Klosterbücherei zurückzugeben. Offenbar eilt es aber damit nicht. Es stand jahrzehntelang in einem der Regale herum, und keiner hat es bisher vermisst. Und ehrlich gesagt findet unser guter Bibliothekar es ganz schön aufregend, dass dieses Buch eventuell sogar eine Rolle in einer Mordermittlung spielt.«

Schumann grinste. »Gremitzer hat selbst ein wenig recherchiert und erfahren, dass der Ire, der sich Seamus McDowell nannte, mit dem Sprachwissenschaftler Johann Friedrich Reimers befreundet gewesen und gemeinsam mit ihm wohl am 31. August 1828 umgekommen ist. Jetzt fühlt er sich selbst als Detektiv.«

Anna rutschte unruhig auf ihrem Stuhl herum. Aber der Kommissar war noch nicht fertig. Er schien so überglücklich über die Rückkehr seiner »Miss Marple« zu sein, dass sein Redebedarf nicht zu stoppen war. »Ich habe Gremitzer übrigens Ihre SMS sofort weitergeleitet. Die hat ihn dann echt umgehauen.

Da hat er nun so gründlich geforscht, und jetzt ist wieder alles anders.«

Anna hatte Schumann noch kurz vor ihrem Abflug aus Dublin geschrieben: »*Ereignisse überschlagen sich. Einbruch bei Eamon nicht aufgeklärt, doch inzwischen beide Diebe tot aufgefunden. Und Brief mit Information entdeckt, dass Reimers und der Ire damals nicht umgekommen sind. Sie haben ihren Tod vorgetäuscht, um Warnstedt unauffällig verlassen zu können.*«

Gremitzer hatte Schumann daraufhin entgeistert angerufen und gemeint, das klänge ja allmählich wie das Drehbuch zu einem »Tatort Steinhude«. »Vorgetäuschter Tod, um unbehelligt von Warnstedt fortzukommen. Das ist ja mal ein Ding! Das Kloster verwandelt sich immer mehr in einen Schauplatz von Mord, Totschlag und allerlei dunklen Geheimnissen.« Schumann hatte ihm am Telefon zugestimmt, und der Bibliothekar fügte hinzu: »Ich habe mich vor einigen Jahren um den Bibliotheksleiterposten in Warnstedt beworben, um an diesem friedlichen Ort auch meinen eigenen Forschungen über frühmittelalterliche Seefahrerliteratur frönen zu können. Übrigens ist mir bei meiner Lektüre diverser Dokumente etwas aufgefallen, was ich erst mal in meinem Unterbewusstsein unter ›ferner liefen‹ abgespeichert und nicht weiter beachtet habe. Aber da war irgendetwas. Ich gehe dem noch mal gründlicher nach.«

Schumann schloss seinen Bericht mit den Worten: »Bin mal gespannt, ob unser belesener Detektiv wirklich noch etwas Interessantes entdeckt. Ich habe ihn durchaus ermutigt.«

Anna hatte sich Schumanns ausführlichen Report aufmerksam, aber am Ende ungeduldig angehört. Gremitzer hin oder her. Es gab wichtigere Themen zu besprechen. Und obgleich sie sich nicht sicher war, drängte es sie, Schumann von ihrem Verdacht zu erzählen. »Sie sollten mal die beiden Hauptprotagonisten des Pubs unter die Lupe nehmen«, sagte sie. »Ich glaube, dass ich beide unabhängig voneinander in Irland gesehen habe.« Nach ihrer Landung in Düsseldorf hatte sie den Bärtigen im Getümmel allerdings nicht mehr entdecken können.

»Klingt zwar ein bisschen wie eine Horrorgeschichte, aber interessant, dass Sie das sagen.« Schumann leerte mit Genuss sein Glas Bier. »Ich habe vor einigen Tagen einen Anruf von Sybille Friedrichs erhalten, der alten Dame, die den toten Daniel entdeckt hat. Sie erzählte mir, dass ein Fremder mit Bart schon mehrmals in der Nähe des Klosters herumgeschlichen sei. Er war ihr bei ihren Spaziergängen am See aufgefallen. Und dann rief mich auch noch Herbert Meier an, dessen Hund Ferdi die Leiche von Karl Hegemann entdeckt hat. Er konnte sich plötzlich an etwas erinnern. Nach mehr als einer Woche! Er sagte mir, dass ihm am Tag vor der Entdeckung des Toten ein Mann aufgefallen sei, der am Seeufer entlanggelaufen sei – ein Mann mit Bart. Männer mit Bärten sind nichts Ungewöhnliches, es gibt ja heutzutage reichlich viele Männer mit Bart, aber irgendwie erscheint mir das doch beachtenswert.« Schumann grinste. »Vielleicht sollte ich mir auch einen Bart wachsen lassen.«

»Um Himmels willen!«, erwiderte Anna. »Sie würden damit wie ein alternder Hippie aussehen.«

»Wäre nicht das Schlechteste.« Schumann schmunzelte. »Und Veganer werde ich dann demnächst auch noch.«

Anna lachte. Sie kannte Schumanns Leidenschaft für Rumpsteak und Schnitzel.

Schumann wurde wieder ernst. »Wir sollten der Sache nachgehen. Es hat sich bei mir ein gewisser Finn McCoole gemeldet, Chief Inspector oder so was in Dublin. Ihm sei eine Information aus der Dubliner Unterweltszene zugespielt worden, in der er einige Informanten hat. Offenbar führt die Spur eines seit langer Zeit gesuchten irischen Ex-IRA-Mannes nach Deutschland. Interpol ist auch eingeschaltet, da vermutet wird, dass dieser Mann mit einem falschen Namen in Deutschland untergeschlüpft ist. Wir überprüfen jetzt ein paar Leute. Um sicherzugehen, werden wir heute Abend noch Fotos von Malachi McLaughlin und diesem Ronan an Finn McCoole schicken. Wir wollen uns die beiden aber auch selbst vorknöpfen. Man kann ja nie wissen, wie der begnadete Kurt Schwitters einst sagte.«

Schumann zerkrümelte ein Stück Brot, ehe er fortfuhr: »Hartmut Brink untersucht gerade die Lizenzen und den Pachtvertrag des Pubs. Wenn sich herausstellen sollte, dass dieser Malachi McLaughlin das Lokal unter falschem Namen gemietet hat, wissen wir das bald. Auf die Idee ist bisher keiner gekommen, dass ein untergetauchter IRA-Mann ausgerechnet in Hannover einen Pub betreiben könnte.«

Und womöglich ein mehrfacher Mörder ist, dachte Anna. Blieb immer noch die Frage, falls Malachi der gesuchte Aidan McIntyre war, warum er an den Masken interessiert sein könnte. Wusste Malachi, dass diese Gegenstände auf dem Schwarzmarkt hoch gehandelt wurden? Oder hatte er einen Auftraggeber, der ihn als seinen Mittelsmann vorschob? Und welche Rolle spielte Ronan dabei, den sie in Glendalough und Dublin zu sehen geglaubt hatte? Der junge Ire hatte sympathisch gewirkt, aber um Schumann oder besser Schwitters zu zitieren: »Man kann ja nie wissen.«

Als Schumann sein zweites Glas Bier bestellte und Anna mühsam ein Gähnen unterdrückte, kam Richard in die Kneipe. Anna sah sein Lächeln, und auf einmal erschien ihr der attraktive und geheimnisumwitterte Desmond sehr weit weg. Ein Traum, bereits halb vergessen. In dem warmen Schummerlicht des Lokals in der Altstadt von Hannover mit Hans Schumann und Richard an ihrer Seite fühlte sie sich zu Hause. So knapp wie möglich berichtete sie von ihren irischen Erlebnissen und ausführlicher von den beiden Masken, die nach ihrer Entdeckung in Glendalough im National Museum restauriert und aufbewahrt wurden.

Die beiden Männer freuten sich sichtlich über diese gute Nachricht, die ein Lichtblick im Dunkel der anderen Ereignisse war. »Diese Sondengänger sind doch manchmal recht nützlich«, bemerkte Schumann.

Richard fügte nüchtern hinzu: »Es fehlen aber immerhin noch sechs.«

Anna nickte. »Meiner Meinung nach hat Felix die zwei Masken in dem Versteck beim Altar gefunden, das Declan in seinem Buch erwähnt. Langsam komme ich zu der Überzeugung, dass er jemanden übers Ohr hauen und die Imitate als echte Artefakte verkaufen, die Originale aber für sich behalten wollte. Und da ist er wohl auf jemanden gestoßen, der keinen Spaß versteht. Und der hat jetzt zwei Masken.«

»Das wäre nur logisch«, stimmte Richard zu.

Anna war auf einmal wieder hellwach. Und verspürte plötzlich Lust auf ein Glas Grauburgunder. Richard folgte ihrem Beispiel.

»Wo aber können die restlichen Masken sein?«, fragte Schumann.

»Ich möchte noch mal in dem Buch nachsehen. Die Zeichnungen des Originals könnten weiterhelfen. Auf dem Laptop und dem USB-Stick sahen sie reichlich verschwommen aus. Dürfte ich das Buch noch einmal ausleihen?«, bat Anna. Schumann war sofort einverstanden.

Anna hatte aber noch ein Thema auf dem Herzen, das sie an diesem Abend loswerden wollte. »Ich glaube einfach nicht, dass diese Morde an Karl und Daniel etwas mit Drogen zu tun haben. Karl mag ja früher gedealt haben, aber in diesem Fall geht es meiner Meinung nach wirklich um Kunstobjekte für den Schwarzmarkt, um Illustrationen alter Bücher und um die Keltenmasken.«

Schumann nickte. »Darauf sind wir auch gekommen. Diese Drogengeschichte war schnell wieder vom Tisch. Ich schäme mich fast dafür. Zumal wohl Daniel Piehlau einen absolut integren Leumund hat, anders als Karl Hegemann. Im Übrigen war Roswitha Ebersberg bei mir. Die Szene in der Pathologie möchte ich am liebsten vergessen. Es war herzzerreißend.« Er bestellte noch ein weiteres Bier. »Daniels Handy haben wir leider nicht mehr wiederherstellen können, obwohl wir es zu Spezialisten nach Hamburg geschickt haben, nachdem unsere Leute aufgegeben hatten. Das hätte uns bei der Rekonstruktion des Abends geholfen. Aber keine Chance.«

Glücklicherweise hatten die drei auch andere, weniger morbide Themen an diesem Abend. Sie trennten sich gegen Mitternacht in bestem Einvernehmen, und Schumann musste seine Meinung über Richard revidieren. Er mochte ja einiges Schräge in seinem Leben angestellt haben, aber er war ein unterhaltsamer Mensch und sehr großzügig. Schumann war selbstkritisch genug, um sich einzugestehen, dass Anna, wenn sie überhaupt eine Beziehung in Erwägung zog, sich wohl für Richard entscheiden würde. Aber sie und er blieben gewiss gute Freunde. Ein halbwegs tröstlicher Gedanke. Schumann fühlte einen Hauch von Melancholie. Vielleicht sollte er sich einen Hund anschaffen, aber einen ganz kleinen, den er ins Büro mitnehmen konnte.

Als er seine Wohnung betrat, blinkte auf seinem Anrufbeantworter das Lämpchen. »Eine neue Nachricht«, schnarrte die Maschine. Nur wenige kannten seine Festnetznummer, zumal er erst seit Kurzem in Hannover wohnte. Da musste jemand gut recherchiert haben.

»Hier Alfons Gremitzer, Herr Schumann. Ich rufe Sie unter dieser Nummer an, die ich von Ihrem Assistenten erfahren habe, da ich Sie auf dem Handy nicht erreiche. Bitte melden Sie sich doch morgen bei mir in Warnstedt. Ich habe eine Information für Sie, die wichtig sein könnte. Gute Nacht.«

Es gab Tage, sinnierte Hans Schumann am nächsten Morgen, an denen alles im Zeitlupentempo ablief und man vergebens hoffte, dass sich ein Fall bewegte und neue Erkenntnisse auftauchten. Und es gab Tage, an denen sich die Ereignisse überstürzten. So ein Tag war dieser Sonntag.

Schon früh morgens meldete sich Hartmut Brink mit der Nachricht, dass Finn McCoole Malachi McLaughlin trotz seines üppigen Bartes als Aidan McIntyre identifiziert hatte. Der Haftbefehl war beantragt. McCoole würde gegen Abend nach Hannover kommen. Das war alles schon mit den jeweiligen Behörden und Institutionen abgesprochen, wie McCoole mitteilte. McCoole war offenbar sehr entschlussfreudig und energisch. Schumann schätzte das.

Brinks Recherchen hatten außerdem ergeben, dass der Pub nicht von Malachi selbst gepachtet worden war, sondern eine

Gruppe privater Geldgeber dahinterstand, die in irische Lokale in ganz Europa investierten. »Seriöse Geschäftsleute, nichts Verdächtiges, soweit man das beurteilen kann«, sagte Brink mit einem leichten Unterton, da er alles, was Banken und Investoren betraf, eher skeptisch betrachtete.

Wenig später erhielt Schumann von der Spusi die Nachricht, dass man auf Felix Meinrads Rucksack einen Fingerabdruck gesichert habe, der nicht von dem Toten stammte. Die Recherchen ergaben, dass dieser Fingerabdruck in der internationalen Verbrecherkartei registriert war und einem gewissen Aidan McIntyre zuzuschreiben sei. Schumann informierte Brink, dass sie nicht auf McCoole warten müssten, sondern Malachi McLaughlin alias Aidan McIntyre selbst verhaften würden. »Wegen mindestens eines Mordes«, sagte Schumann, der Malachi auch der Morde an Karl und Daniel verdächtigte. Allerdings war ihm das Motiv bisher unklar. Erpressung? Wut? Gier? Was hatte den Iren zu seinen Taten getrieben? Oder besser gesagt, wer? Denn auch Schumann glaubte an einen Auftraggeber.

Als Schumann, Brink und zwei weitere Polizisten zum Pub kamen, war McLaughlin ausgeflogen. Im Pub stießen sie auf eine ältere Reinemachfrau, die ihnen erklärte, dass keiner außer ihr da sei. In seiner kleinen Wohnung über der Kneipe fanden die Fahnder, die mit einem Durchsuchungsbefehl antraten, nichts Außergewöhnliches. In der Ecke stand ein zur Hälfte gepackter Koffer, aber sie entdeckten weder Pass noch Computer. Die Wohnung war eher karg eingerichtet und wirkte wie ein Provisorium. An den Wänden klebten Plakate von irischen Landschaften, darunter die Klippen von Moher und die üppig mit Rhododendron bewachsene Halbinsel Howth. Auch von Ronan keine Spur, der ein Zimmer mit Dusche und Kochnische in demselben Gebäude bewohnte.

Schumann fluchte laut. Er mailte seinem irischen Kollegen, dass die beiden Männer flüchtig seien. Mehr, als sie zur Fahndung auszuschreiben, konnte er derzeit nicht tun.

Schumann bat Anna, mit ihm zum Kloster zu fahren, um

Gremitzer zu besuchen. Der Bibliothekar hatte ihn noch zweimal anzurufen versucht und hatte jedes Mal aufgeregter geklungen. Schumann hatte zuvor noch rasch das Buch des Irishman für Anna aus der Asservatenkammer geholt. Richard würde sich ihnen anschließen, worüber Anna sich freute. Schumanns Miene blieb dagegen unergründlich. Er hatte die ganze Nacht von Hunden geträumt, aber die waren kein wirklicher Ersatz für eine Beziehung, wie er sich eingestehen musste. Auch eine Katze wäre keine Alternative. Doch das behielt er für sich und bemühte sich, gelassen zu wirken.

Die grünbraunen Wellen des Steinhuder Meers glitzerten an diesem milden Sonntagmittag in der ersten Frühlingssonne und ließen die dicken Klostermauern weniger abweisend erscheinen. Im großen Klostergarten trieben die Büsche und Bäume erste Blüten, und aus den Beeten lugten Hyazinthen und Krokusse. Gremitzer empfing Schumann und Anna in der Eingangshalle, auf deren Fliesen die Sonnenstrahlen helle Kringel malten. Richard würde sich ein wenig verspäten, da er in einen Stau geraten war. Doch Schumann und Anna wollten nicht auf ihn warten.

Der Bibliothekar wirkte fahrig. Er zog hastig ein Blatt Papier aus einer Mappe und reichte es Anna. »Schauen Sie sich das an. Ich hatte plötzlich eine Art Memoryflash, als ich den Namen Hermann Albert Rochester mitbekommen habe. Dieser Name hat mich an eines meiner Lieblingsbücher erinnert, an ›Jane Eyre‹ von Charlotte Brontë. Der männliche Protagonist heißt Rochester. Deshalb ist mir der Name aufgefallen, als ich vor nicht allzu langer Zeit Briefe im Archiv sortiert habe. Dass sich hinter diesem Namen Johann Friedrich Reimers verbergen könnte, ahnte ich nicht. Aber noch etwas anderes war mir aufgefallen. Der Briefeschreiber erwähnt Helgoland, und datiert ist der Brief, wie Sie sehen können, vom Sommer 1849. Gerichtet war er an eine Adresse in Irland, wurde aber nie aus dem Kloster abgeschickt. Soweit ich weiß, ist Rochester alias Reimers um diese Zeit aus Warnstedt verschwunden, und der Brief geriet irgendwie in die Bibliothek und dort in die Abteilung Handschriften. Aber sehen Sie selbst!«

Vor Annas Auge verschwamm die verblasste Tinte. Die Hand, die die Feder gehalten hatte, musste leicht gezittert haben. Beim zweiten Versuch gelang es ihr, den auf Englisch verfassten Text zu entziffern. Sie las vor:

»Warnstedt, im Spätsommer 1849

An die Erben von Reginald O'Brien, Terrace House, Dublin, Irland

Nach elf Jahren bin ich aus Irland nach Deutschland zurückgekehrt. In Irland herrschen seit einigen Jahren furchtbare Zustände. Hungersnöte überziehen das Land, seitdem die Kartoffeln auf den Feldern verfaulen. Tausende, vor allem Kinder, sterben. Viele meiner Bekannten haben das Land mit Ziel Amerika verlassen. Königin Viktoria hat den hungernden Iren die Summe von zweitausend Pfund zukommen lassen. Als das Osmanische Reich die fünffache Summe spenden wollte, wurde dies abgelehnt. Niemand darf mehr als der Souverän eines Landes geben. Ein Skandal! Es wundert nicht, wenn die Unruhen wachsen und sich die nächsten Aufstände anbahnen.

Inzwischen ist Hannover kein Teil von Großbritannien mehr, sondern seit zwölf Jahren ein eigenständiges Königreich unter der Regentschaft von Ernst August, dem Onkel von Königin Viktoria. Mich hat es nach so vielen Jahren in der Fremde wieder zurück in die Gegend gezogen, in der ich lange Zeit gelebt habe. Ich wollte als alter Mann zurück zum Kloster Warnstedt, wo ich einst Declan Sullivan traf, der sich Seamus McDowell nannte. Wir waren die Hüter der Keltenmasken, von denen wir vier in dieser Region zurückließen und vier auf unsere Reise mitnahmen. Nach Declans Tod sollte ich sie nach Glendalough bringen und dort zu Füßen des Hochkreuzes vergraben. Von Fleetwood House, wo einst Elizabeth O'Brien lebte, der diese Masken anvertraut worden waren, konnte man bis fast in die-

ses Tal blicken. Declan glaubte, dass dies der beste Ort für die Masken sei – zumindest bis jemand sie finden und nach Dublin bringen würde, damit sie dort für immer eine Heimstatt hätten, die, wie Declan sagte, ›ihrer würdig‹ sei. In Glendalough, so erklärte Declan, seien sie zumindest erst einmal nicht weit von dem Haus entfernt, in dem Elizabeth O'Brien sie einst gehütet hatte. Meine Zweifel, dass derjenige, der die Masken entdecken würde, sie wahrscheinlich selbst behalten und nicht nach Dublin bringen würde, wies Declan von sich. Er glaubte immer noch an das Gute im Menschen, anders als ich.

Nun, da ich fühle, dass auch meine Tage bald gezählt sind, ich aber Warnstedt zu meinem Kummer verlassen muss, möchte ich ein Geständnis ablegen. Wir haben zu den Aufbewahrungsorten der Masken einige Hinweise hinterlassen. Declan in seinem Buch und ich nun in diesem Brief. Doch ich muss gestehen, dass nicht vier von ihnen in Glendalough liegen, sondern nur zwei. Ehe ich nach Irland aufbrach, um Declans letzten Wunsch zu erfüllen, ließ ich zwei der Masken auf Helgoland zurück. Ich tat dies, um unsere Schulden zu begleichen. Declan und ich besaßen keine Ersparnisse mehr, da seine Krankheit unser Geld aufgezehrt hatte. Um für seine Beerdigung und für meine Passage nach Irland zahlen zu können, veräußerte ich zwei der Masken an den Wirt vom ›Wilden Wassermann‹, der sie mit großer Freude an sich nahm. Er schwor, sie in Ehren zu halten. Er war begeistert von ihrer Schönheit und erkannte ihren Wert. Die Summe, die er mir zahlte, reichte, um alle Schulden zu begleichen und mich mit genügend Geld für meine Weiterreise nach Irland auszustatten. Dort habe ich übrigens Arbeit als Übersetzer in einer Kanzlei gefunden und damit ausreichend Geld für mein bescheidenes Leben verdient. Nebenher konnte ich meine Forschungen über die Wurzeln der gälischen Sprache fortsetzen. Da meine Kraft aber nicht mehr reicht, um diese Studien zu veröffentlichen, werde ich meine Unterlagen der Universität Göttingen übereignen. Sie könnten als Grundlage für künftige Erkundigungen des Altirischen dienen.

Im Grunde war Declans Wunsch allzu romantisch. Ich hätte

diese Masken gerne Reginald O'Brien gegeben. Aber Declans tief verwurzelte Furcht, dass der Geheimbund noch immer auf der Suche nach ihnen sei und vor nichts zurückschrecken würde, um sie zu besitzen, hat mich dazu getrieben, die beiden tatsächlich zu vergraben. Solange ich in Irland war, bin ich alle zwei Monate nach Glendalough gepilgert und habe mich davon überzeugt, dass sie noch niemand entdeckt hat. Jetzt, da ich nicht mehr dort bin, möchte ich Reginalds Nachkommen über dieses Versteck in Kenntnis setzen. Ich hoffe, dass sie damit verfahren, wie es ihrer Meinung nach für diese Relikte der alten Kultur angemessen ist. Sie sind am Fuß des Hochkreuzes in einem Lederbeutel unter Kies und Erde vergraben. Ich bereue nicht, dass ich die beiden anderen Masken in der Obhut des ›Wilden Wassermann‹ gelassen habe. Da Helgoland für mich ein magischer Ort zwischen den Welten geworden ist, empfinde ich die Insel als geeigneten Hort für diese Zeugnisse aus der Vergangenheit.«

Schumann sah Annas Reaktion. Sie war blass geworden. Auch ihn, der sich gar nicht so sehr mit diesem Thema befasst hatte, überkam ein fast andächtiges Gefühl. Er sagte zu Gremitzer: »Das ist eine ungeheuerliche Nachricht. Falls die Masken immer noch in der Kneipe auf Helgoland hängen, wäre das eine Sensation. Aber das wage ich kaum, zu hoffen.« Er nahm sein Handy und rief Brink an. »Bitte setzen Sie sich mit der Polizeidienststelle auf Helgoland in Verbindung.« Er lauschte Brinks heftiger Erwiderung. Genauso heftig reagierte er. »Ich weiß, dass heute Sonntag ist! Aber diese Masken sind Teil unserer Ermittlungen!« Er drückte das Gespräch weg.

Gremitzer lächelte zufrieden. »Jetzt bin ich neugierig, welche Geheimnisse und ungehobenen Schätze noch in der Bibliothek warten.« Der Fund dieses Briefes und die damit verbundenen Erkenntnisse schienen ihn über den Verlust der Illustrationen und die zerstörten Bücher ein wenig hinwegzutrösten.

Anna schlug Declans Buch auf, das Schumann ihr in die Hand gedrückt hatte, und blätterte bis zum Ende. Versonnen starrte sie die beiden letzten Bilder an. Und plötzlich dämmerte ihr, wo Declan und Johann Friedrich die zwei Masken, die nicht in der Kapelle gelegen hatten, versteckt haben könnten. Dazu passte auch der Eintrag in der Chronik über »Rochesters« Spaziergänge am See.

Sie wollte es Schumann gerade sagen, als sein Handy klingelte.

»Ja, Brink? Was haben Sie erfahren?« Sein Gesichtsausdruck verfiel. »Die Masken sind nicht mehr im ›Wilden Wassermann‹?« Er wechselte im Bruchteil einer Sekunde von verzweifelt zu vergnügt. »Ach so, dann ist ja alles paletti!«

Er wandte sich an Anna. »Brink hat den Wirt vom ›Wilden Wassermann‹ erreicht. Klas Pitters führt die Kneipe seit einigen Jahren und wurde wohl schon öfter auf die beiden Masken angesprochen. Sie hängen seit vielen Generationen an der Wand hinter dem Tresen. Vor Kurzem hat er sie abgehängt, weil sie total verschmutzt waren, und einem Helgoländer Restaurator übergeben. Die Kollegen auf Helgoland werden sich darum kümmern. Wir haben Glück. Pitters hätte sie vor einiger Zeit fast verkauft, aber dann hat er sich auf die Tradition besonnen und sie behalten.«

Anna seufzte erleichtert.

Schumann wirkte ebenso erfreut. Doch dann fiel ein Schatten über sein Gesicht. »Ich frage mich bei all der Aufregung, was eigentlich aus Ronan geworden ist. Und welche Rolle dieser Junge spielt. Wir haben noch keine Spur von ihm. War er Helfershelfer von Malachi, steckt er mit diesem Kerl unter einer Decke? Es gibt zu ihm keine Akte. Auf jeden Fall ist Malachi alias Aidan McIntyre abgetaucht. Alle Bahnhöfe und Flughäfen sind alarmiert. Bisher ohne Erfolg.« Schumanns Freude über die auf Helgoland wiedergefundenen Masken war einem Ausdruck von Frust gewichen.

»Vielleicht kann ich helfen«, sagte plötzlich eine tiefe Stimme.

Anna drehte sich um. Desmond stand mitten im Raum. Er war sehr bleich. Anna fühlte sich wie vom Blitz getroffen. »Was machst du denn hier?«

Desmonds Stimme klang rau. »Ich muss gestehen, dass ich schon lange von diesen mysteriösen Masken weiß und selbst versucht habe, sie zu finden. Ich habe bei Recherchen im National Museum in Dublin und in Fleetwood House von ihrer Existenz erfahren. Ich wollte sie studieren und über sie schreiben, dann natürlich dem Museum übergeben. Aber ich hatte nicht genügend Hinweise auf ihren Verbleib. Vor allem aber habe ich nicht geahnt, dass irgendwelche Fanatiker nach ihnen suchen, um sie als Machtsymbole zu missbrauchen. Die Geschichte ist offenbar aus dem Ruder gelaufen, und jetzt bin ich hier, um euch zu helfen.«

Er sah Anna an. »Ich habe geahnt, dass du in Glendalough und in Dublin auf den Spuren der Masken warst und mehr wusstest als ich. Ronan Flaherty, den du in Hannover in dem irischen Pub getroffen hast, ist ein früherer Student von mir, der in Hannover nebenher ein bisschen Geld für eine Europareise verdienen wollte. Aber bei seiner Arbeit im ›The Druid's Cove‹ ist ihm aufgefallen, dass Malachi offenbar Nebengeschäfte mit Schwarzmarktkunst betrieben hat und auf der Suche nach bestimmten keltischen Artefakten war.« Desmond stockte kurz und fuhr dann fort: »Zudem hat er eine Schar merkwürdiger Leute mit verqueren politischen Ideen regelmäßig bei sich im Pub bewirtet. Ähnlich unangenehme Typen wie damals in der Gruppe um Patrick O'Toole in Dumfridge. Ronan hat in meinem Auftrag gehandelt und sowohl in Hannover ein Auge auf Malachi gehalten sowie in Irland auf dich, Anna. Er hat vor allem in Glendalough auf dich aufgepasst.«

Anna traute ihren Ohren nicht. Dieser Mann hatte die ganze Zeit während ihres Besuches in Dublin gewusst, was sie suchte, sie sogar bespitzeln lassen und bei ihren Begegnungen immer den charmanten Entertainer herausgekehrt. Er trug die Schuld daran, dass sie zwischendurch geglaubt hatte, Wahnvorstellungen zu haben. Sie kochte.

Desmond schien ihren Ärger zu spüren und sagte schnell: »Ich hätte dir gerne geholfen, aber ich war mir erst ganz sicher, was hinter deinem Besuch steckte, als du mich so intensiv nach den keltischen Ritualen ausgefragt hast. Und nach diesem Einbruch, bei dem dein Laptop gestohlen wurde, habe ich die Zusammenhänge endlich erkannt. Inzwischen hat McCoole auch herausgefunden, dass dieser Einbruch fingiert war. Es ging nur um deine Unterlagen. Malachi und sein Drahtzieher stecken dahinter. Die beiden Jungs, die den Einbruch gemacht haben, waren eher harmlose Kleinganoven.«

Anna schwieg noch immer. In ihr brodelte es. Es war einmal mehr Schumanns Handy, das die angespannte Stimmung unterbrach. Sein Lächeln verriet, dass es sich um eine gute Nachricht handelte.

»Wunderbar! Das ging ja sehr schnell.« Er wandte sich an die anderen. »Die Helgoländer Masken sind aufgetaucht. Frisch restauriert.« Ein »Ping« zeigte die Ankunft eines Fotos auf seinem Handy an. Zwei Masken aus dunkelgrüner Bronze mit silberumrahmten Augenschlitzen.

Desmond flüsterte mit Tränen in den Augen: »Cé chomh deas! Wie schön!«

Anna aber hatte die Nase voll. Sie stürmte aus dem Kloster. Verfluchter Desmond! Sie hatte ihm vertraut – und jetzt das!

Sie lief zum See hinunter und sah aus dem Augenwinkel ein Boot am Ufer schaukeln. Dann wurde das Tageslicht jäh ausgeblendet, sie spürte einen Schlag, und alles um sie herum versank in einem schwarzen Nebel.

Die Erben des Druiden

Von den Wänden tropfte Feuchtigkeit. In den alten Mauerritzen wuchs Moos, und auf dem Boden, der aus groben Basaltplatten bestand, sammelte sich Wasser in morastigen Pfützen. An einer der Wände hingen schwere Eisenketten. In den Nischen häufte sich zerbrochenes Tongeschirr, als ob jemand an diesem ungemütlichen Ort eine wilde Party veranstaltet und das Aufräumen vergessen hätte. Dieser Eindruck wurde durch Flaschenscherben und zerknüllte Papiertüten aus jüngster Zeit verstärkt. Auch die Zigarettenstummel legten Zeugnis davon ab, dass sich in diese tristen Räume gelegentlich abenteuerlustige oder schlicht neugierige Menschen verirrten.

Durch die dicken Mauerquadern drang gedämpft das leise Murmeln des Steinhuder Meers, ein fernes Echo wie aus einer Parallelwelt.

Die zwei Männer und eine dritte Person, die sich mühsam durch die engen Gänge tief im Gestein bewegten, achteten weder auf die Zeugen einer lange zurückliegenden Vergangenheit noch auf die Beispiele für Gedankenlosigkeit der Neuzeit. Sie tasteten sich behutsam voran, den Strahl ihrer starken Taschenlampen nach vorne gerichtet. Ein Gang wie ein endloser Schlauch, gefüllt mit tanzenden Schatten, erstreckte sich vor ihnen. Von irgendwoher ertönte ein leises Knacken. Eine wohlgenährte Ratte huschte an ihnen vorbei.

Einer der Männer zuckte zusammen und stieß einen heftigen Fluch aus. »Damnaigh e!«

Der zweite zischte: »Ciùin! Still!«

Die dritte Person konnte nicht viel sagen. Sie war gefesselt und ihr Mund mit einem Klebeband verschlossen. Der größere der beiden Männer musste sie mehr ziehen, als dass sie selbst laufen konnte.

Schweigend ging es weiter. Der Gang näherte sich seinem Ende. Eine Backsteinwand versperrte den Weg. Wieder fluchte einer der beiden Männer, ein bulliger Kerl. Sein Begleiter flüsterte: »Da müssen wir durch.«

Der Bullige nickte und zerrte aus einem Rucksack einen Hammer.

»Vorsichtig!«, ermahnte ihn der andere. »Dieses Gemäuer ist nicht sehr solide.« Der andere nickte nur und schwang den Hammer.

Die Männer im Inneren des alten Wehrturms von Warnstedt hörten nicht, wie sich der kleinen, künstlich im See aufgeschütteten Insel ein Ruderboot näherte. Zu laut dröhnte in der dunklen Enge des Verlieses das Schmettern des Hammers gegen die Backsteinwand, die allmählich zu bröckeln begann. Im Boot saßen Schumann, sein Assistent Hartmut Brink, Desmond und Richard, der sich nicht von Schumann hatte abwimmeln lassen. Nichts hätte ihn davon abhalten können, mit zu dem Wehrturm zu rudern. Er hatte nach einem Blick auf die beiden Zeichnungen auf den letzten Buchseiten die gleiche Eingebung gehabt wie wohl auch Anna zuvor und spontan ausgerufen: »Ich glaube, eine dieser Zeichnungen ist ein Grundriss von dem alten Wehrturm beim Kloster, der der Festung Wilhelmstein nachempfunden ist.« Er hatte auf eine der anderen Zeichnungen gewiesen und gesagt: »Sieht aus wie der Turm von außen. Der war um 1828 schon recht baufällig, keine architektonische Meisterleistung.«

Schumann war rasch überzeugt gewesen und hatte zur Eile gedrängt. Die Sonne streifte schon den Horizont, als die Männer ins Boot stiegen. Schumann hatte Einsatzkräfte aus Hannover und Wunstorf angefordert. Anna blieb verschwunden. Auf ihrem Handy antwortete nur die Mailbox. Die Stimmung im Boot war angespannt. Denn was Desmond ihnen an Informationen aufgetischt hatte, mussten sie erst einmal verarbeiten.

Als Anna nach zehn Minuten noch nicht zurückgekommen war, hatte Desmond nicht länger mit seinen Erklärungen zu seiner Rolle in dieser Affäre gewartet. Er holte weit aus. »Ich beschäftige mich seit Jahren mit irischen Traditionen. Bei Recherchen in diversen Bibliotheken, darunter auch in Fleetwood House, das wegen der Forschungen von Elizabeth O'Brien im 19. Jahrhundert als ein Zentrum für keltische Studien galt, bin ich auf ihre Sammlung von Märchen und Mythen gestoßen. Sie vermerkt darin die Bedeutung der magischen Acht und den Aberglauben, dass diese Masken eines einst mächtigen Kreises von Druiden noch immer geheime Kräfte besitzen könnten. Zur Zeit von Elizabeth gab es einen Geheimbund, der hoffte, durch Beschwörung alter Rituale den Widerstand gegen die Engländer in der Bevölkerung zu schüren. Einer ihrer Anführer hieß Patrick O'Toole, der nicht vor Gewalt und Mord zurückschreckte, um seine Ziele durchzusetzen.«

Desmond hielt einen Moment inne. »Elizabeth hat ihn und seine Leute mit Recht gefürchtet, denn sie wollten diese Masken, die ihr ein Mönch in Clonmacnoise anvertraut hatte, um jeden Preis besitzen«, sprach er schließlich weiter. »Mir war allerdings die Rolle ihres Neffen Declan Sullivan nicht bewusst. Dass er zunächst auf Helgoland, dann in Deutschland Zuflucht gesucht hat, war mir unbekannt. Aber irgendwo mussten die Masken sein, da sie aus Irland verschwunden waren.«

Desmond lächelte etwas gequält. »Als Anna dann plötzlich dieses rege Interesse für Glendalough entwickelte, ahnte ich, dass sie eine Spur hatte. Sie hat mir in Andeutungen von Declans Mission erzählt und mich nach der Bedeutung von Druidenmasken gefragt, ohne mich aber einzuweihen. Ronan Flaherty, der in Wirklichkeit Ronan Donahue heißt, war einer meiner besten Studenten, ein Vetter übrigens von Finn McCoole. Die Welt in Irland ist klein. Nach Ronans Meldungen zu den Vorgängen in dem hannoverschen Pub habe ich ihn gebeten, Malachi McLaughlin im Auge zu behalten. Mir war nicht klar, dass Malachi in Wirklichkeit Aidan McIntyre ist. Allerdings wurde mir bewusst, dass Malachi dem modernen Ableger des alten Geheimbundes ›Saoirse agus Athartha‹ angehört. Ronan gelang es, sein Vertrauen zu gewinnen. Um an Geld zu kommen, hat Malachi dann diese illegalen Geschäfte mit Kunst angefangen. Er hat sogar deutsche Anhänger rekrutiert, die sich für die irische Geschichte dermaßen begeistern, dass sie sich diesem Club in einer sonderbaren Verbindung von Politik und Esoterik angeschlossen haben. Der drohende Brexit mit seinen sich anbahnenden Problemen bei der alten und leider noch immer aktuellen Nordirlandfrage spielt ihnen dabei zusätzlich in die Hände.«

Desmond sah sich um. »Langsam frage ich mich aber doch, wo Anna geblieben ist.«

Richard knurrte: »Sie haben sie ziemlich verärgert, und wer sie kennt, der weiß, wie wütend sie sein kann und wie stur.«

Desmond und Schumann mussten beide wider Willen grinsen. Desmond fuhr fort: »Ronan konnte nicht ahnen, wie gewalttätig Malachi ist. Ronan hat Verdacht geschöpft und auf dem Klostergelände nach Spuren gesucht, als er von Daniels Tod erfahren hat. Dabei kam ihm Anna in die Quere. Er hat sie beobachtet, als sie im hinteren Teil des Gartens umhergeschlichen ist, und als sie ihn entdeckte, hat er sie etwas grob beiseitegeschubst. Und Ronan hat Felix Meinrad eingesperrt, als er nachts noch mal dort war. Ihm war beim Altar etwas aufgefallen, aber er wurde durch Felix gestört und hat sich dann lieber verzogen. Aufgrund einiger Probleme mit Malachi hatte er dann keine Gelegenheit mehr, noch einmal zu den Ruinen zu gehen.«

Schumann unterbrach Desmond. »Woher wissen Sie das alles? Das sind Informationen, die Sie der Polizei hätten zukommen lassen müssen. Was soll das?«

Desmond sah für einen Moment verlegen aus. »Finn McCoole und ich arbeiten in gewisser Weise zusammen. Er ist schon länger diesem Geheimbund auf der Spur, der in Irland allerdings bisher noch keine Gewalttaten begangen hat. Und ich forsche zu dem Thema. Wie gesagt, Malachi schien mir aufgrund von Ronans Berichten suspekt, wobei wir ihn zunächst eher für einen Spinner hielten, der in seinem Pub große Reden schwingt und von Verschwörungen faselt. Dennoch bat ich Ronan, am Ball zu bleiben. Als Ronan von den Toten am Steinhuder Meer berichtete, wurden uns einige Zusammenhänge klar. Wer hinter dem Namen Malachi McLaughlin steckt, ist McCoole erst vor Kurzem bewusst geworden, als er vor Eamons Haus einen Mann sah, den er für Eamons Lektor hielt, und wenig später im Polizeipräsidium den schon etwas älteren Steckbrief von Aidan McIntyre aufmerksam studierte. Und als er dann aus Hannover das Foto von Malachi erhielt, war klar, dass Aidan McIntyre hier unter einem falschen Namen lebt.«

Schumann blickte Desmond verdrossen an. »Sie mischen sich in Dinge ein, die nicht Ihre Sache sein sollten. Aber wenn Sie schon so viel wissen, können Sie mir vielleicht auch erklären, was Malachis Motiv für die Ermordung von Karl Hegemann und Daniel Piehlau war. Wir haben Malachis Fingerabdrücke auf Felix Meinrads Rucksack entdeckt. Der Fall scheint klar zu sein. Felix hat ihn täuschen wollen, Malachi hat den Schwindel durchschaut, ihn niedergeschlagen und die echten Masken mitgenommen. Womöglich hätte er Felix ohnehin getötet, damit der ihn später nicht erpressen oder bei der Polizei verpfeifen kann. Aber Karl und Daniel?«

Desmond zögerte kurz. Dann sagte er: »Nun, Karl Hegemann war nicht nur in diesen einen Deal verwickelt, bei dem es um Illustrationen aus alten Büchern ging. Er hatte von einem anonymen Auftraggeber, der hinter Malachi stand, den Auftrag bekommen, nach dem Buch von Declan zu suchen. Dass es so ein Buch geben musste, hat der Auftraggeber einem Brief von Elizabeth O'Brien an Reginald Fitzgibbon alias Reginald O'Brien entnommen, den sie ihm kurz vor ihrem Tod schrieb.«

»Und wie ist er an diesen Brief geraten?«, fragte Richard.

»Der Brief befand sich in einem Konvolut von Dokumenten, das Deirdre vor einigen Jahren an die Bibliothek vom Trinity College weitergegeben hat und dort unter dem Familiennamen O'Brien archiviert war. Reginald hat viele Jahre im Trinity gearbeitet und selbst einige Bücher und Schriftwerke der Bibliothek überlassen, die Deirdre im Übrigen auch für ihre Biografie benutzt. Da Elizabeth aufgrund ihrer langjährigen Beschäftigung mit keltischen Mythen keine Unbekannte in bestimmten patriotischen Kreisen ist, war es logisch für Malachis Auftraggeber, sich in der Bibliothek nach möglichen Schriftzeugnissen umzusehen. Mit Erfolg. Ich habe den Brief auch gelesen, den mir aber Deirdre erst vor wenigen Tagen anvertraut hat. Sie hatte ihn im Trinity gesucht, um ihn Anna zu zeigen, aber nicht gefunden.«

Desmond räusperte sich. »Doch dann hat sie ihn plötzlich wiederentdeckt, als sie noch mal nachgeschaut hat. Also muss ihn sich jemand sozusagen ausgeliehen und wieder zurückgebracht haben. In diesem Brief erwähnt Elizabeth, dass Declan ihr anvertraut habe, eine Art Chronik zur Geschichte der Masken zu schreiben. Er wolle das Buch seiner Tante widmen.«

Schumann überkam ein seltsam irreales Gefühl. »Das soll heißen, dass der Auftraggeber, in dessen Namen Malachi sein Unwesen getrieben hat, im Umfeld von Deirdre O'Brien lebt?«

Desmond wurde verlegen. »Dazu komme ich gleich. Ronan war ein echter Undercover-Agent, was auch leider bedeutet, dass er nicht rechtzeitig eingeschritten ist, sondern abgewartet hat. Malachi hat ihm fast blind vertraut. Und so hat er erfahren, dass Malachi mit Karl Hegemann Kontakt aufgenommen hat. Der hat geliefert, aber dann versucht, ihn zu erpressen. Wie er darauf gekommen ist, dass Malachi als Mittelsmann für diesen Deal fungierte, weiß ich nicht. Auf jeden Fall hat Karl mehr Geld verlangt, und Malachi hat sich daraufhin mit ihm am Steinhuder Meer verabredet.«

»Und wie ist Malachi an das Insulin gekommen?« Schumann spürte Ärger in sich aufsteigen, dass ihn dieser Ire über »seinen« Fall aufklärte.

»Laut Ronan ist Malachis Schwester Maire Diabetikerin. Sie arbeitet als Köchin in seinem Pub und hat sicher keine Ahnung, was ihr Bruder da getrieben hat.«

»Dann wissen Sie ja sicher auch, weshalb Daniel getötet wurde. Wir kommen dem Täter allmählich näher, da wir endlich eine Spur gefunden haben. Die Gerichtsmedizin hat bei einer zweiten Untersuchung in Daniels Kopfwunde zwei Haare entdeckt, die nicht von ihm, sondern aller Wahrscheinlichkeit nach vom Mörder stammen. Ihre DNA führt uns vermutlich zu Malachi.«

Desmond nickte. »Malachi alias Aidan McIntyre ist berüchtigt für seinen Jähzorn und –«

Schumann unterbrach ihn. Ganz wollte er sich seinen Fall von diesem »hergelaufenen« Iren nicht aus der Hand nehmen lassen. »Wir vermuten, dass Malachi Daniel, als der sich geweigert hat, das Buch herauszurücken, vielleicht sogar angedeutet hat, es längst nicht mehr selbst zu besitzen, erschlagen hat. Malachi hat in jener Nacht beim Kloster wohl auf ihn gewartet. Er wusste ja, wo die Jungen wohnen. Schließlich stand Karl mit ihm in Kontakt. Und der hat gewiss ein paar Informationen weitergegeben.«

Schumann sah Desmond herausfordernd an, aber der nickte nur. »Wir haben Karls Laptop nicht mehr finden können. Er wurde wohl entsorgt, und seine letzten Handyanrufe gingen alle über Prepaid. Sein eigentliches Handy ist ebenfalls spurlos verschwunden. Bisher sind das weitgehend Theorien, die wir noch nicht beweisen können, die aber plausibel klingen.« Schumanns Blick wurde starr, als er hinzufügte: »Drei völlig unsinnige Morde. Begangen wegen irgendwelcher alter Masken, die für eine Gruppe Wahnsinniger zum Symbol für geschichtliche Kontinuität geworden sind!«

Desmond schüttelte traurig den Kopf. »Wahnsinn hin oder her. Aber wenn der Brexit kommt, dann wird auch die IRA wieder in Aktion treten. Glauben Sie mir, dann ist diese Gruppe mit ihrer Überzeugung, dass die Nation durch die Rückbesinnung auf kulturelle Werte und historische Wurzeln zu einigen sei, noch die harmlosere Variante. Malachi, der früher der IRA angehört hat, ist keiner von denen.«

Richard entgegnete zornig: »Dann halten Sie diese angeblich gewaltfreie Organisation für tolerabel?«

Schumann hatte aber noch eine Frage: »Und wo ist Ronan abgeblieben, der ja eine nicht unwesentliche Rolle in dem Drama spielt, Informant hin oder her? Er wird sich auch verantworten müssen!«

Irrte er sich, oder glitt ein leises Lächeln über Desmonds Gesicht?

»Ich weiß es nicht. Wahrscheinlich ist er wieder in Irland, obwohl ihn McCoole dort finden würde. Aber er hat Verwandte in Schottland und könnte leicht abtauchen.«

Ehe Schumann etwas erwidern konnte, sagte Richard: »Wir sollten jetzt zum Wehrturm aufbrechen. Falls Malachi und wer auch immer schon dort sind, dann suchen sie nach den Masken. Ich hoffe nur, dass Anna irgendwann wiederauftaucht. Ich mache mir Sorgen um sie.«

Schumann stand auf. »Woher könnten Malachi und sein Hintermann von dem Versteck im Wehrturm wissen?«

»Der Einbruch bei meinem Bruder galt wie gesagt nur Annas Unterlagen«, antwortete Desmond. »Es mag ein Schuss ins Blaue für den Auftraggeber gewesen sein, aber es war anzunehmen, dass auf dem Laptop und dem USB-Stick wichtige Informationen abgespeichert waren.«

»Und wer hat die beiden Einbrecher getötet?« Schumann sah Desmond herausfordernd an.

Der aber zuckte mit den Achseln und erwiderte nur: »Das weiß ich nicht. McCoole vermutet, dass sie letztlich Opfer eines Bandenkrieges geworden sind.«

Schumann spürte, dass Desmond log. Etwas stimmte nicht an seinen Ausführungen. Als sie wenig später im Boot hockten, flüsterte Richard ihm zu: »So ganz koscher ist unser irischer Freund nicht.«

Schumann widersprach ihm nicht.

Der Fluch der Kelten

Nach einem gewaltigen letzten Hammerschlag brach die Backsteinwand im Verlies des Wehrturms in sich zusammen. Mörtel spritzte auf, eine leichte Staubwolke legte sich auf die drei Menschen. Sie husteten. Malachi McLaughlin ging als Erster durch die Öffnung, gefolgt von der gefesselten Person und danach dem Dritten im Bunde. Im Strahl der Taschenlampen leuchtete an der hinteren Wand der halbrunden Kammer ein Schloss an einer schweren Eisentür auf. Die drei betraten den Raum. An den grob behauenen Steinwänden klebten Spinnweben, auf dem Fußboden lagen Reste von Mäusenestern. Kleine Löcher in den Mauern boten den Nagern offenbar eine Möglichkeit, von draußen in das Verlies zu gelangen. Als Malachi seine Taschenlampe auf eines der Löcher richtete, sauste ein winziges Wollknäuel an ihnen vorbei.

»Luch!«, keuchte er, wobei er das irische Wort für Maus als Schimpfwort benutzte.

Die schwere Eisentür ließ sich erstaunlich leicht öffnen; das Schloss hing nur locker daran. Malachi stieß die Tür auf. Der modrige Geruch, der ihnen aus der Finsternis entgegenschlug, zeugte davon, dass diesen Raum lange niemand mehr betreten hatte. Durch schmale Ritzen in den Steinwänden fiel etwas Tageslicht.

Eine steinerne Treppe führte in die Tiefe. Die Baumeister mussten vor fast dreihundert Jahren eine Meisterleistung vollbracht haben, als sie einen Keller unterhalb der Wasseroberfläche konstruierten.

Sehr langsam ging die kleine Gruppe die steile Steintreppe hinunter. Der Modergeruch verstärkte sich mit jedem Schritt in die Tiefe.

Die Treppe endete in einem weiteren feuchten Raum, der auf den ersten Blick aussah, als bestünde er aus soliden Steinquadern. Aber dieser Eindruck täuschte. Das Mauerwerk an den Wänden, an denen ebenfalls rostige Ketten hingen, war zum Teil abgebröckelt, was den Blick auf den rohen Stein freigab. Ein leichtes Brausen drang von draußen herein. Ein fernes Branden, ein dumpfes Schlagen gegen die Mauern. Das Steinhuder Meer machte sich bemerkbar. Es schien sich gegen diese künstliche Insel im Wasser zu wehren, als wäre sie ein Virus, den es bekämpfen müsse.

Malachis Blick huschte besorgt hin und her, als er die feuchten Stellen an den Mauern registrierte. Doch er sagte nichts, sondern nahm der gefangenen Person das Klebeband ab, nicht aber die Fesseln und die über den Kopf gestülpte Mütze.

»Versuch nicht zu schreien«, sagte er drohend.

Der Anführer lachte auf. »Als ob man oben irgendetwas von hier unten hören könnte. Wir sind fast unter der Wasseroberfläche. Mach nicht so ein Theater, sondern geh lieber an die Arbeit.«

Malachi sah den Mann finster an, zog dann aber ein Brecheisen aus seinem Rucksack. Der Anführer nahm ihm die Taschenlampe ab, damit Malachi beide Hände benutzen konnte. Systematisch klopfte der bullige Mann die Wände ab. An einer Stelle klang die Wand weniger dumpf.

Malachi nickte zufrieden und setzte das Brecheisen an. »Na, hoffentlich stimmt diese Zeichnung auch. Sehr deutlich war ja nicht zu sehen, was dieser Kerl hingekritzelt hat.«

Der Anführer richtete den Strahl seiner und Malachis Taschenlampe auf die Wand. Mit jedem Schlag löste sich ein Stückchen Stein und fiel mit einem Klacken auf den Boden. Und mit jedem Schlag wurde die Atmosphäre angespannter, die Luft schwerer. Malachi begann zu schnaufen, Schweiß strömte über sein Gesicht. Aber er schlug weiter mit dem Eisen auf die Stelle ein. Und dann plötzlich gab der ganze Stein nach und fiel heraus. Gleichzeitig schien das Gebäude aufzustöhnen und ein Ächzen durch die Mauern zu dringen. Malachi hielt einen Augenblick inne. Aber der Anführer drängte ihn, weiterzumachen.

»Los, wir haben nicht viel Zeit. Nun mach schon!«

Malachi nahm eine der Taschenlampen und leuchtete in die

Nische. Erst sah er nichts. Doch dann fiel der Schein der Taschenlampe auf einen Beutel.

»Go hiontach ar fad! Großartig!«, rief er. Der andere starrte auf die Mauerlücke.

»Du darfst den Beutel herausholen«, sagte der Anführer mit leichter Ironie in der Stimme.

Malachi riss den Beutel mit einem Ruck aus der Nische und drehte sich jäh zu den beiden anderen um. In seiner linken Hand hielt er eine Pistole.

»Was soll der Blödsinn, Malachi?«

Malachi grinste. Im fahlen Licht der Taschenlampe wirkte sein Gesicht verzerrt. »Das hast du dir so gedacht, mein Lieber«, höhnte er. »Mich lässt du die Dreckarbeit machen, damit du deinen albernen Traum von einer magischen Wiedererstehung des irischen Freiheitsgedankens verwirklichen kannst. Ich habe drei Männer ermordet, damit du dieses lächerliche Buch bekommst, um deine Druidenmythen damit zu beschwören.« Er lachte auf. Es klang bitter. »Glaubst du im Ernst, dass die Einheit unserer Nation durch irgendwelchen keltischen Humbug entstehen kann? Du bist ein hoffnungsloser Idealist. Aber nicht auf meine Kosten. Mich interessiert dein ›Freiheit und Vaterland‹ nicht die Bohne.«

Er schnaubte verächtlich. »Ich habe dieses ganze esoterische Zeugs über symbolische mystische Zahlen nur deinetwegen gelernt, damit du in mir einen Gleichgesinnten siehst. Was für eine magische Zahl ist die Zwei? Denn es sind nur noch zwei Masken übrig geblieben! Yin und Yang, Gut und Böse, Dualismus? Tja, wo sind wohl all die anderen geblieben? Als ich diesen dummen Jungen Felix getötet habe, weil er mir diese beiden albernen Maskenkopien unterschieben wollte und mich danach garantiert erpresst hätte, da hatte ich gehofft, dass er die echten bei sich hat. Aber nein!«

Malachi verzog das Gesicht zu etwas, das ein Lächeln sein sollte. »Aber egal. Ich werde diese zwei Masken hier für viel Geld verkaufen. Die anderen mögen ja verloren sein. Doch allein diese beiden hier sind sehr viel wert. Und das Geld dafür wird die IRA bekommen. Für Waffen, die wir brauchen, wenn es nach dem Brexit wieder losgeht.« Seine Augen glühten.

»Du bist ja wahnsinnig!«, rief der andere Mann. »Du zerstörst alles, was wir in den letzten Jahren aufgebaut haben. Wir sind die wahren Streiter für die irische Einheit. Unsere alte Kultur, unsere Traditionen sind das Erdreich, aus dem der Shamrock neu erblühen wird. Diese Masken sind keine Wertgegenstände, die man verkaufen darf. Sie sind der ideelle Humus für unsere Zukunft!«

»Du bist und bleibst ein Spinner, is dreaghaire thú«, sagte Malachi. »Ein Träumer! Und dafür hast du diese beiden dummen Jungs geopfert, die diesen Einbruch in Irland fingiert haben.«

»Ich habe sie nicht getötet.«

»Wer dann?« Malachi spuckte aus und hob die Pistole. »Hast wohl deine schmutzige Arbeit wieder von jemand anderem verrichten lassen. Ist mir auch egal.« Er deutete mit der Waffe auf die beiden. »Wen soll ich zuerst töten? Die liebe Anna, die sich allzu sehr in deine und meine Angelegenheiten eingemischt hat, oder lieber dich? Lebend kommt hier jedenfalls keiner von euch heraus!«

In diesem Moment flammte ein grelles Licht auf, und eine Stimme rief: »Hände hoch und langsam umdrehen!«

Malachi reagierte blitzschnell. Die Taschenlampen knallten auf den Boden, ihr Licht erlosch schlagartig. Er gab einen Schuss ab, versetzte den beiden anderen einen Stoß und stürmte wie ein wilder Stier auf Kommissar Schumann los, der das Verlies betreten hatte. Der wich zurück und stolperte dabei gegen Richard und Hartmut Brink, die sich hinter ihm in den engen Raum drängten.

Richard und Brink versuchten, Malachi zu stoppen, aber der rannte brüllend weiter und rammte Desmond, der gerade durch die Tür treten wollte. Fast hätte Malachi den Ausgang zur Treppe hinaus aus dem Keller erreicht, als wieder das ächzende Geräusch aus dem alten Mauerwerk erklang. Mit einem gewaltigen Poltern stürzte ein Teil der Decke auf Malachi herunter.

Der Beutel flog ihm aus der Hand und landete vor den Füßen eines der Polizisten, die gerade den Gang betreten hatten. Teile des Kellerraums verschwanden in einer Wolke von Steinbrocken und Staub. Weiter vorne war es einen Moment ruhig, dann ertönten schnell hintereinander zwei Schüsse, und das Verlies versank in Dunkelheit.

Die herbeieilenden Einsatzkräfte fanden ein Chaos vor. Sie leuchteten in die staubige Finsternis und entdeckten Malachi halb begraben unter Steinbrocken. Er atmete kaum noch.

Im vorderen Teil des Verlieses herrschte ein heilloses Durcheinander. Desmond lag auf dem Boden, Anna daneben. Die Mütze war ihr vom Kopf gerutscht. Sie hatte eine blutige Schramme an der Stirn und war nicht ganz bei Bewusstsein. Mühsam öffnete sie die Augen und blinzelte in das umherzuckende Licht der Taschenlampen. Richard kniete neben ihr. Er löste ihre Fesseln und stammelte: »Mein Gott, Anna, was machst du für Sachen?« Er schämte sich nicht für seine feuchten Augen.

Unterhalb der Mauernische krümmte sich ein Mann im Staub und spuckte Blut. Ehe die beiden Polizisten, die Schumann gefolgt waren, ihn erreichten, sank er in sich zusammen.

Es war kein leichtes Unterfangen, die Verwundeten an Land zu bringen. Am Ufer wartete Finn McCoole, der vor einer halben Stunde eingetroffen war. Er warf einen Blick auf Malachi und sagte: »So hätte es nicht enden müssen.« Was er damit genau meinte, erklärte der irische Ermittler nicht.

Wenige Minuten später stellte Sauerwein den Tod des IRA-Mannes fest, der das Bewusstsein nicht mehr wiedererlangt hatte. Ein Stein hatte ihn am Hinterkopf erwischt, genau an der Stelle, wie Sauerwein ohne Häme sagte, an der Malachi Daniel Piehlau mit dem Stein getroffen hatte.

Desmond und Anna wurden in einen der herbeigeordeten Krankenwagen gelegt. Offenbar hatte Anna eine leichte Gehirnerschütterung, aber keine weiteren gravierenden Verletzungen. Sie stand unter Schock. Inzwischen waren die Sanitäter in das

Verlies vorgedrungen und hatten dort die Leiche geborgen, die unterhalb der Maueröffnung lag. Als die Sanitäter den Toten ans Tageslicht beförderten, richtete sich Anna auf ihrer Trage auf. Mit ungläubigem Entsetzen erkannte sie ihn: Es war Eamon Casey.

Die acht Masken

Während Desmond in die Medizinische Hochschule in Hannover gebracht wurde, wo seine Schusswunde und sein durch herabfallende Mauerstücke gebrochenes Bein versorgt werden sollten, saßen Schumann, Anna, Richard, Hartmut Brink und Finn McCoole im Salon von Kloster Warnstedt zusammen. Anna war dick in eine Decke verpackt. Sie war entgegen ärztlichem Rat wieder aus dem Krankenwagen ausgestiegen und zitterte am ganzen Körper. Mechthild von Ippendorf hatte die Köchin angewiesen, den fünfen einen Tee zu kochen.

Noch war nicht genau geklärt, wer die Schüsse abgefeuert hatte, die Eamon und Desmond getroffen hatten. Wahrscheinlich hatte Eamon aus der Pistole, die man neben seiner Leiche fand, einen Schuss ins Dunkel abgegeben und Desmond verletzt. Und wahrscheinlich hatte ihn zuvor Malachis Kugel getroffen, ehe dieser die Pistole wegwarf und zu fliehen versuchte. Der zweite Schuss war offensichtlich im Nirgendwo gelandet. Sicher war jedoch, dass Desmond sich vor Anna geworfen und so die Kugel abgefangen hatte, die ansonsten sie erwischt hätte.

Desmond wusste noch nichts vom Tod seines Bruders. Schumann fragte sich, ob Desmond geahnt hatte, dass ausgerechnet Eamon der Kopf der Geheimorganisation gewesen war. Der angeblich weltfremde Schriftsteller, der sich in seinen Büchern am liebsten mit Mythenwesen und Fantasy-Charakteren umgab. Dazu passte aber, dass er eine Organisation wiederbelebte, deren Stärke in einer Art keltischer Renaissance liegen sollte. Alte Traditionen und mythische Wurzeln als Grundlage für eine gemeinsame Zukunft. Von Dublin aus hatte er offenbar Malachi alias Aidan, um dessen IRA-Vergangenheit er wusste, geschickt manipuliert. Er hatte ihn in Hannover aufgespürt, ihn erst für seine Suche nach dem Buch von Declan Sullivan eingesetzt und dann in Irland für seine Zwecke benutzt: in Fleetwood House nach Dokumenten zur Familiengeschichte der O'Briens zu forschen, wobei er dem alten O'Toole über den Weg gelaufen war, und vielleicht auch nach Elizabeths Mythenbuch, eine großartige Quelle für Eamons fehlgesteuerten Patriotismus.

Anna konnte es immer noch nicht glauben, dass Eamon hinter allem gestanden hatte. Der sensible, freundliche Mann mit den sanften Augen. Sie war der Überzeugung, dass er zwar Gewalt in Kauf genommen, aber sicherlich nicht selbst zur Waffe gegriffen hatte. Außer im Verlies des Wehrturms. Es fiel ihr schwer, Deirdre über Eamons Tod und Desmonds schwere Verletzungen zu informieren. Aber sie musste diesen Anruf schnell hinter sich bringen.

Einige Zeit später kam die Nachricht, dass Desmond seine Operation gut überstanden habe, aber sicherlich einige Wochen in der Klinik bleiben müsse. Er lag noch im künstlichen Koma.

Und dann endlich öffnete Schumann den verstaubten Beutel aus dem Verlies des Wehrturms, der inzwischen abgesperrt worden war. Alle schwiegen andächtig, als Schumann die beiden Masken vorsichtig aus dem Beutel zog und auf den Tisch legte. Zwei fein ziselierte Meisterstücke aus Bronze mit goldenen Umrandungen der Augenhöhlen. Auf seltsame Weise naturalistisch. Die leeren Augen schienen sehen, der leicht geöffnete Mund sprechen zu können. Anna überlief ein Schauder.

»Jetzt sind sechs Masken wiederaufgetaucht«, sagte sie. »Es fehlen nur noch die zwei, die Felix Meinrad entdeckt hat.«

Schumann seufzte. »Ich dachte, dass Aidan Felix' Masken hätte, aber offenbar nicht.«

Anna schüttelte den Kopf. »Er hat gesagt, sie seien nicht in dem Rucksack gewesen, den Felix in jener Nacht bei sich hatte.«

Schumann sah enttäuscht aus. »Dann sind sie vielleicht für immer verloren.«

Richard trieb eine ganz andere Frage um. »Seid ihr sicher, dass Desmond nichts vom Tun seines Bruders wusste?«

»Er mag etwas geahnt haben, aber die wahren Zusammenhänge sind ihm bestimmt erst spät bewusst geworden«, antwortete Anna. »Vielleicht hat er nach dem Einbruch Verdacht geschöpft. Ich habe gehört, wie er sich mit Eamon gestritten hat.« Sie lächelte. »Auch wenn Desmond vielleicht nicht immer ganz korrekt gehandelt hat, hat er mir doch das Leben gerettet.«

Richard spürte einen Anflug von Eifersucht. Und Ärger über sich selbst. Er hätte Anna schützen müssen. Zu spät.

***

Am nächsten Morgen wachte Anna früh auf. Sie hatte die ganze Nacht schlecht geträumt, ihr Kopf schmerzte. Sie war sehr erschüttert von Eamons Tod und konnte noch immer nicht verstehen, dass ausgerechnet er der Anführer dieser sonderbaren Anti-Brexit-Pro-Irland-Bewegung sein sollte. McCoole schickte ihr eine SMS, in der er mitteilte, dass in den irischen Medien gemeldet worden war, dass der bekannte Autor Eamon Casey während einer Deutschlandreise Opfer eines tragischen Unfalls geworden sei.

Am späteren Vormittag rief Anna bei Roswitha Ebersberg an. Sie wollte Felix' Tante ihr Beileid aussprechen. Schumann würde sie später über den Tod von Felix' Mörder informieren, aber sie wollte ihr das schon einmal schonend vorab mitteilen.

Roswitha Ebersberg wirkte weniger deprimiert als vielmehr aufgeregt. »Heute Morgen war eine Nachricht in meinem Briefkasten, dass bei der Post ein Paket für mich liegt. Ich habe es abgeholt. Und stellen Sie sich vor! Es ist von Felix, am Tag seines Todes abgeschickt.« Sie schniefte. »Darin lag ein Zettel von ihm, auf dem steht: ›*Liebe Tante, bitte bewahre dies für mich auf. Ich werde mich melden und Dir eine Adresse nennen, an die Du mir das Päckchen nachschicken kannst. Bis dahin ist es bei Dir sicher. Herzlich – Dein Neffe*‹. Gerade wollte ich deshalb den Kommissar anrufen. Denn wissen Sie, was in dem Paket ist?« Sie schnäuzte sich. »Zwei sehr alte Masken. Ich nehme an, es sind die Originale, die Felix, der dumme Junge, gegen diese Kopien ausgetauscht hat.«

Anna konnte es kaum glauben. Felix war schlauer gewesen, als man gedacht hätte. Er hatte Malachi ein Schnippchen geschlagen und alle getäuscht. Auch wenn das seinen Tod nicht verhindert hatte. Angesichts all der Toten vermochte sie sich nicht wirklich über den Fund der letzten vermissten Masken zu freuen. Sie dankte der alten Dame und versprach ihr, zu Felix' Beerdigung zu kommen.

Nun fügte sich alles doch noch. Alle acht Masken, die Declan Sullivan einst aus Irland auf seine weite Reise mitgenommen hatte, waren wieder aufgetaucht und würden nach ihrer Restaurierung im National Museum in Dublin gewiss einen würdigen Platz finden. Aber wie viel Blut und Tränen das gekostet hatte. Vielleicht war Elizabeth O'Briens Furcht vor dem Fluch der Kelten doch nicht nur ein Phantasiegespinst gewesen.

Als Anna den Kommissar anrief, wirkte er nicht wirklich zufrieden. Nach kurzem Zögern gestand er: »Ich ärgere mich, dass wir Aidan McIntyre nicht schneller entlarvt haben und dass wir Desmond gebraucht haben, um bestimmte Zusammenhänge zu erkennen. Außerdem – ein kleines Puzzleteil fehlt mir noch. Eamons Tod gibt mir zu denken, obwohl es klar zu sein scheint, dass es Aidans Schuss war, der ihn tödlich verletzt hat.«

Er versprach Anna, Declans Buch bald dem Kloster zurückzugeben, und sie sagte zu, sich mit ihm demnächst zum Essen zu treffen. »Ganz ohne Leichen!«

Doch zuerst wollte sie einige Wochen auf Reisen gehen, ein paar Tage nach Köln, dann ins Brester Moor und in den Ith. Und sie würde ihr Versprechen tatsächlich wahrmachen und mit Harald Frostauer essen gehen. Kurz und schmerzlos.

Sie kontaktierte rasch noch David Gregson und berichtete ihm von den Funden der übrigen Masken. Er reagierte begeistert auf diese sensationelle Nachricht und versprach ihr, dass er alles daransetzen werde, dass die acht Masken im kommenden Jahr im National Museum in Dublin zusammen ausgestellt würden. Deirdre rief an und erzählte ihr, dass sie einen entscheidenden Durchbruch bei der Biografie ihres Ahnen geschafft hatte. Nebenher sagte sie: »Ach übrigens, David und ich werden uns jetzt wohl häufiger sehen. Ich kenne ihn ja schon lange, aber irgendwie hat es bei deinem und meinem gemeinsamen Besuch im Museum letztens bei ihm und mir gefunkt.«

Anna schmunzelte. Sie freute sich für Deirdre. In ihr keimte schon wieder die Sehnsucht nach der Grünen Insel. Solange der inzwischen erneut verschobene Brexit weiterhin nur eine Gewitterwolke am Horizont war, plante sie einen Trip nach Belfast und vorher nach London zu ihrem alten Freund Harold Kingsley, Kurator an der British Library. Viele Pläne und wahrscheinlich zu wenig Zeit dafür, wie immer.

Ihr Handy zeigte eine Nachricht von Richard an: *»Das nächste Mal fahre ich mit dir nach Irland – auch ich möchte Glendalough sehen. Aber morgen bitte erst einmal ein geruhsames Abendessen beim Italiener.«*

Anna lächelte. Draußen war es wieder kühler geworden, aber diese Botschaft wärmte ihr Herz. Er war schon ein Hallodri, ihr Freund Richard, aber hatte sie nicht schon als Kind für Antihelden wie Long John Silver, Robert Louis Stevensons ambivalenten Piraten aus »Die Schatzinsel«, geschwärmt?

Epilog

Morgen würde er aus dem Krankenhaus entlassen werden und dann sofort nach Dublin zurückreisen. Es gab viel zu tun. Nun, da Eamon tot war, musste er sich um »Saoirse agus Athartha« kümmern. Das Ziel blieb ein vereintes Irland auf der Basis alter Traditionen und einer gemeinsamen Geschichte, die seit der Spaltung des Landes vor einem Jahrhundert gewaltsam auseinanderdividiert worden war. Desmond hatte durchaus denselben Traum wie sein jüngerer Bruder, der sich aber am Ende völlig verrannt hatte und seinem schrecklichen »Zauberlehrling« Malachi alias Aidan die gewaltsamen Lösungen gewisser Probleme überlassen hatte.

Desmond sah hinaus auf den sonnenüberfluteten Park des Krankenhauses in Hannover. Ein herrlicher, ungewöhnlich warmer Frühlingstag. Niemand würde je erfahren, dass es ihm gelungen war, Eamon die Pistole im Bruchteil von Sekunden zu entreißen und, obwohl selbst schwer verwundet, den tödlichen Schuss auf ihn abzufeuern. Eamon war für die Organisation nicht mehr tragbar gewesen. Desmond wollte seinen Weg fortsetzen ohne offene Gewalt und ohne diesen ganzen Hokuspokus wie Druidenmasken und heilige Artefakte. Allein die Idee zählte, keine leblosen Gegenstände. Sollten die acht Masken doch im Dubliner Nationalmuseum einen würdigen Platz finden – er konnte ohne solche Äußerlichkeiten eine Organisation leiten, die sich einem großen politischen Ideal verschrieben hatte. Desmond zitierte im Geist den Refrain aus dem alten Lied seiner liebsten irischen Folkgruppe, den Dubliners: »A Nation Once Again«.

Desmond musste die Saat, die Aidan McIntyre durch Eamons Nachsicht gesät hatte, im Keim ersticken. Aidan hatte eine Handvoll alter Mitstreiter aus seiner aktiven IRA-Zeit, die in Deutschland untergetaucht waren, um sich geschart. Sie verwechselten Patriotismus mit Terror. Diese Männer waren tickende Zeitbomben. Ronan, den er auf Aidan angesetzt hatte, hatte ihre Namen zwar der Dubliner Polizei gemeldet, doch solange nichts Konkretes gegen sie vorlag, geschah nichts.

Desmond schüttelte unwillkürlich den Kopf. Eigentlich war diese Organisation seine Idee gewesen. Aber er war nie dazu gekommen, sie umzusetzen. Und dann hatte er gehört, dass offenbar jemand anders diesen Gedanken übernommen hatte. Eamon hätte er nicht zugetraut, die Gruppe zu leiten. Er sah ihn eher als einen Mitläufer, einen überzeugten Patrioten, in der Theorie ein geistiger Nachfolger all der großen irischen Rebellen, von Wolfe Tone über Robert Emmett bis zu den Männern des Osteraufstandes im April 1916. Ein Träumer, kein Aktivist. Erst als ein Erpresserschreiben nach dem mysteriösen Einbruch in Eamons Haus gelandet war, das Desmond eher zufällig gelesen hatte, war ihm bewusst geworden, dass sein kleiner Bruder der geheimnisvolle Drahtzieher der Gruppe war. Sein Versuch, mit Aidan eine Art Deal auszuhandeln, um weitere Gewalttaten zu verhindern, war an dessen Sturheit und Fanatismus gescheitert.

Glücklicherweise hatte er Ronan als seinen Gehilfen eingesetzt. Er hatte Anna beobachtet, war ihr nach Glendalough gefolgt und hatte ihre Gespräche in Eamons Haus und Deirdres Wohnung belauscht. Ronan war unbemerkt geblieben. Er konnte sich wie eine Katze schleichend bewegen. Dass Anna den Masken auf der Spur war, hatte Desmond schon früh realisiert, ebenso auch, dass sie damit Ziel der Fanatiker von »Freiheit und Vaterland« werden könnte. Ronan war zu einer Mischung aus Bodyguard, Spion und Schutzengel geworden. Dass er bei dem Ausschalten der beiden jungen Einbrecher, deren Erpressungsversuch nicht nur für Eamon, sondern auch für »Freiheit und Vaterland« eine Gefahr bedeutet hatte, Grenzen überschritten hatte, bedauerte Desmond. Eigentlich hätte Aidan der Sündenbock sein sollen. Aber Ronans übereiltes Handeln änderte die Situation. Er würde ein Auge auf den jungen Mann behalten müssen, denn Ronan konnte bei aller oberflächlichen Freundlichkeit skrupellos sein. Er war jetzt auf den Hebriden vor der schottischen Westküste untergetaucht. Bis auf Weiteres.

McCoole würde die Wahrheit nie ans Tageslicht bringen. Dafür würde er sorgen.

Er warf noch einen Blick auf die ersten blühenden Kastanien im Park. Wie symbolisch, dass er ausgerechnet am 24. April, dem Beginn des Osteraufstandes von 1916, wieder in Dublin sein würde! Er fühlte Trauer um seinen kleinen Bruder, aber keine Reue. Eamon trug selbst die Schuld an seinem Geschick.

Langsam ging er zu seinem Rucksack in der Ecke des Zimmers, öffnete ihn behutsam und holte ein in Leinen gewickeltes Paket heraus. Er schlug den Stoff zurück. Vor ihm lag eine wunderschöne aus Silber und Gold gefertigte Maske. Die neunte Maske, die Elizabeth O'Brien damals nicht ihrem Neffen anvertraut, sondern weiterhin heimlich in Fleetwood House aufbewahrt hatte. Wahrscheinlich ahnte sie selbst nichts von der Bedeutung dieser Maske, die ihr der Mönch offenbar nicht verraten hatte. Die Fürstenmaske des Druiden Finlach, die schönste, wertvollste und symbolträchtigste von allen. Sie herrschte über den magischen Kreis der Acht. Was keiner außer Desmond ahnte, der sich lange mit diesem Thema befasst hatte. Ohne diese Maske blieb der magische Kreis nicht mehr als ein Symbol.

Desmond hatte sie vor einigen Jahren in einer Wandnische in der Bibliothek von Fleetwood House gefunden. Seither hütete er sie wie seinen Augapfel. Er brauchte die anderen acht Masken nicht. Vielleicht aber würde ihm diese eine noch einmal nützen. Auch wenn er nicht wirklich an Magie glaubte, fand er die Vorstellung einer übergeordneten Maske reizvoll. Als wäre es ein Kapitel aus einem Roman von Tolkien.

Er setzte die Maske auf und betrachtete sich im Spiegel. Seine Augen hinter den Sehschlitzen schienen zu glühen. Und es war ihm, als ob ihn eine unerklärliche Kraft durchströmte. Vielleicht war doch etwas dran an den alten Legenden.

Sein Handy klingelte. Als er den Namen auf dem Display sah, lächelte er. Auf diesen Anruf hatte er gewartet. Es war Finn McCoole. Nach dem fingierten Einbruch bei Eamon, den McCoole rasch durchschaut hatte, hatte er ihn für seine Sache rekrutiert. Der Polizist würde ihm ein treuer Gefolgsmann und seine Augen und Ohren bei der Polizei sein. Gemeinsam würden sie Eamons Versagen in einen Triumph verwandeln.

»Ja, ich bin bereit. Saoirse agus Athartha go bragh! Freiheit und Vaterland für immer!«

AN DEIRAEDH

Nachwort

Irland, seine Geschichte und seine Kultur haben mich schon als Kind fasziniert. Damals waren es vor allem die irischen Märchen über Leprechauns, Elfen, kleine Kobolde und magische Hügel, die ich unwiderstehlich fand. Später entdeckte ich die irischen Schriftsteller Synge, Yeats, Sean O'Casey, Liam O'Flaherty, Frank O'Connor und natürlich James Joyce. Meine Magisterarbeit an der Universität Bonn handelte von dem Einfluss der irischen Freiheitsbewegungen auf die zeitgenössische irische Literatur im 20. Jahrhundert. Noch nicht in meine Arbeit eingearbeitet waren die Unruhen in Nordirland, die vor allem mit dem berüchtigten »Bloody Sunday« vom 30. Januar 1972 in eine neue Phase der Gewalt traten.

An diesem Tag wurden in der nordirischen Stadt Derry bei einer Demonstration für Bürgerrechte und gegen die Internment-Politik der britischen Regierung dreizehn Menschen von Soldaten des britischen Parachute Regiment erschossen und dreizehn weitere verwundet. Da die Opfer unbewaffnet waren, führte das Ereignis zur Eskalation des Nordirlandkonflikts. Am 15. Juni 2010 bat der britische Premierminister David Cameron im Namen der Regierung um Verzeihung für die Taten der britischen Soldaten.

Doch die Narben dieser langen Jahre blutiger Auseinandersetzung sind noch heute vor allem in Londonderry und Belfast zu sehen. Einen Hoffnungsschimmer bedeutete das Karfreitagsabkommen vom 10. April 1998, dessen Ziel es war, die Gewalt zu überwinden und für ein besseres Miteinander zwischen der protestantischen und der katholischen Bevölkerung in Nordirland zu sorgen. Zwar gab es nach dem Karfreitagsabkommen noch einzelne Gewalttaten, diese hatten aber keinen Rückhalt mehr in der Bevölkerung und eskalierten nicht mehr. Doch der drohende Brexit könnte böse Konsequenzen für das delikate Verhältnis zwischen dem zu Großbritannien gehörenden

Norden der Insel und der Republik Irland haben. Im Frühjahr 2019 kam es zu ersten Ausschreitungen.

»Der Fluch der Kelten« ist zwar ein fiktiver Kriminalroman, aber er greift historische Ereignisse aus der irischen Geschichte ebenso wie neuere politische Entwicklungen auf. Die Aufstände, die im Buch erwähnt werden, hat es im 18., 19. und im 20. Jahrhundert gegeben, aber ein Geheimbund wie »Freiheit und Vaterland« existiert bislang nur in meiner Phantasie, nach dem Motto, dass es durchaus eine solche Gruppe hätte geben können oder geben könnte.

Das Zitat, das dem Buch vorangestellt ist, stammt aus einem der schönsten Gedichte des großen William Butler Yeats, »Easter 1916«, in dem er fast prophetisch auf die kommenden Ereignisse hinweist – den Kampf um die Unabhängigkeit Irlands, die blutig errungen wurde. Der Irische Unabhängigkeitskrieg von 1919 bis 1921 führte 1921 zum Anglo-Irischen Vertrag, der für sechsundzwanzig der zweiunddreißig irischen Countys die Unabhängigkeit von Großbritannien garantierte. Die sechs nördlichen Countys von Ulster bilden Nordirland und sind Teil des Vereinigten Königreichs Großbritannien und Nordirland.

1937 entstand unter der Regierung von Éamon de Valera der Staat Irland mit einer eigenen Verfassung (»Bunreacht na hÉireann«). Im Jahr 1949 trat die Republik aus dem Commonwealth aus.

Diese wechselvolle Geschichte eines Landes, das bereits vor tausendfünfhundert Jahren christianisiert war und dessen Missionare auch in Deutschland wirkten, wie der heilige Kilian, hat inzwischen viele nicht-irische Autoren zu Büchern aller Genres angeregt.

Mit diesem dritten Band über die Abenteuer meiner Kunsthistorikerin Anna Bentorp schließt sich ein Kreis. Er begann mit den Erlebnissen des aus Irland stammenden Kartographen Reginald Fitzgibbon in »Der Moormann« im späten 18. Jahrhundert und setzte sich indirekt in »Die Schattenhöhle« fort, auch wenn dort der historische Schwerpunkt auf Schottland im 18. Jahrhundert liegt. Doch mir lag am Herzen, Irland, das ich viel bereist habe und in dem fünf meiner sechs Kinder zur Schule gegangen sind, zum Abschluss der Trilogie noch meine besondere Aufmerksamkeit zu widmen.

Selbst wenn einige der Figuren in dem Buch nicht reine Sympathieträger sind, was mir meine irischen Freunde verzeihen mögen, so bedeutet dies kein Manko an Liebe zur Grünen Insel. Mögen die nächsten Jahre diesem wunderschönen Land mit seinen reichen Traditionen und seinen liebenswerten Menschen viel Segen bescheren, ganz im Sinne der wundersamen irischen Segenssprüche:

Möge die Straße dir entgegeneilen,
möge der Wind immer in deinem Rücken sein.
Möge die Sonne warm auf dein Gesicht scheinen
und der Regen sanft auf deine Felder fallen.
Und bis wir uns wiedersehen,
halte Gott dich im Frieden seiner Hand.

Dank

Zum dritten Mal beschäftigt sich meine etwas eigenwillige Protagonistin Anna Bentorp mit einem Fall, in dem es diesmal um kostbare Artefakte aus der fernen irischen Vergangenheit geht. Ich danke dem Emons Verlag dafür, dass ich wieder über meine besondere »Miss Marple« schreiben durfte. Sie und die anderen Hauptfiguren sind mir ans Herz gewachsen. Ich verlasse sie nur ungern.

Auch meiner Lektorin Stefanie Rahnfeld, die sich erneut mit Geduld und Verständnis auf meine literarischen Ergüsse eingelassen hat, danke ich von Herzen. Mit ihr zu arbeiten bedeutet immer ein besonderes Vergnügen und eine besondere Herausforderung!

Mein innigster Dank gilt, wie immer, meinem Mann und meiner wunderbaren Familie, die jährlich wächst, sei es durch Schwieger- oder durch Enkelkinder. Sie ist eine stete Quelle der Anregung und der Kraft.

Dank auch meinen Freunden, die mich hoffentlich manchmal während dieser vergangenen Monate vermisst haben. Doch das Schreiben und vor allem das Korrigieren hat viel Zeit beansprucht, die gelegentlich auf Kosten meiner sozialen Kontakte ging.

Aber mein Dank geht noch viel weiter zurück – an meine Eltern, die mich schon früh für Literatur und Kultur begeistert haben, an meine holländische Großmutter mit ihrem unerschöpflichen Schatz an Geschichten und Sagen und an meinen Onkel Leopold, der mich 1969 nach London einlud und mir damit eine neue Welt eröffnete, die sich ebenfalls in meinen drei Büchern widerspiegelt. Die Geschichte Großbritanniens spielt eine wichtige Rolle.

In ganz besonderem Maße aber fühle ich mich einem Mann verpflichtet, der in meiner Familie, vor allem bei meinen Kindern, und bei unseren Freunden nur »der Onkel« hieß. Volkmar von Zühlsdorff war ein umfassend gebildeter Journalist, engagierter Gegner Hitlers, aber auch jeder anderen Diktatur und jeden menschlichen Unrechts. Viele Jahre wirkte er als Diplomat und blieb stets liebevoller Mentor und unerschütterlicher Begleiter unserer Familie durch manchen Sturm des Lebens. Die vielen Diskussionen mit ihm und seine stets wache Neugierde für alle Geschehnisse der Vergangenheit und der Gegenwart wurden für mich zum Vorbild. Er starb 2006 mit fast vierundneunzig Jahren. Ihm und allen anderen aus meiner Familie und aus meinem Freundeskreis, die nicht mehr bei uns sind, ist dieser irische Spruch gewidmet:

Die Freuden des Himmels
mögen durch zwei Dinge gesteigert werden:
dass Gott dich beim Namen ruft
und dass dein Schutzengel
ein Loblied auf dich anstimmt.

MARGARETE VON SCHWARZKOPF
DER MOORMANN
Kriminalroman

emons:

Margarete von Schwarzkopf
DER MOORMANN
Broschur, 368 Seiten
ISBN 978-3-7408-0215-8

»Ein atmosphärisch dichter Krimi in historisch stimmigem Setting von unserer hochgeschätzten Krimi-Expertin!« BÜCHER MAGAZIN

»Eine düstere, süffig erzählte Story. Sie erzählt ihre Story unprätentiös, mit Lust am Fabulieren und unterhaltsam.«
Hannoversche Allgemeine Zeitung

www.emons-verlag.de

MARGARETE VON SCHWARZKOPF
SCHATTENHÖHLE
Kriminalroman

emons:

Margarete von Schwarzkopf
SCHATTENHÖHLE
Broschur, 368 Seiten
ISBN 978-3-7408-0440-4

Kunsthistorikerin Anna Bentorp stößt in einem Schloss im Ith auf ein
ebenso kostbares wie mysteriöses Bild, das einen Hinweis auf einen
verschollenen Schatz gibt. Dessen Schicksal ist eng verflochten
mit einer sagenumwobenen Höhle – und mit dem Tod mehrerer
Menschen. Anna taucht tief in eine verstörende Vergangenheit ein,
doch sie kann nicht verhindern, dass es weitere Tote gibt …

www.emons-verlag.de